Karl-Heinz Witzko

# König der Kobolde

Roman

Piper
München Zürich

*Mehr über unsere Autoren und Bücher:*
*www.piper.de*

Über die berühmtesten Geschöpfe der Fantasy liegen bei Piper vor:
Markus Heitz: Die Zwerge
Markus Heitz: Der Krieg der Zwerge
Markus Heitz: Die Rache der Zwerge
Markus Heitz: Das Schicksal der Zwerge
Michael Peinkofer: Die Rückkehr der Orks
Michael Peinkofer: Der Schwur der Orks
Michael Peinkofer: Das Gesetz der Orks
Julia Conrad: Die Drachen
Julia Conrad: Der Aufstand der Drachen
Julia Conrad: Das Imperium der Drachen
Susanne Gerdom: Elbenzorn
Tobias O. Meißner: Die Dämonen
Stan Nicholls: Die Orks
Mary Gentle: Die letzte Schlacht der Orks
Franz Rottensteiner/Erik Simon (Hrsg.): Tolkiens Geschöpfe
Karen Haber (Hrsg.): Tolkiens Zauber
Karl-Heinz Witzko: Die Kobolde
Karl-Heinz Witzko: König der Kobolde

ISBN 978-3-492-70158-7
© Piper Verlag GmbH, München 2008
Satz: Filmsatz Schröter, München
Druck und Bindung: Pustet, Regensburg
Printed in Germany

*Polly, pretty polly, come go along with me*
*Before we get married some pleasure to see*
*She got up behind him and away they did ride*
*Over the hills and the valleys so wide*
*They rode a little further and what did they spy*
*But a new-dug grave with a spade lying by*

»Pretty Polly«, nach: Sandy Denny

# Inhaltsverzeichnis

| | |
|---|---|
| Die Rothaarige und der Wolf | 9 |
| Der krude König Raffnibaff | 49 |
| Von der Senne im Walde | 119 |
| Verschwörer im Feindesland | 159 |
| Die Rückkehr der bösen Geißlein | 199 |
| In einem kargen Land | 237 |
| Zwischenspiel in Hafenhausen | 299 |
| Deus Ex Sedili | 329 |
| Der Drachencode | 367 |
| Die Trommeln von Burakannt | 393 |
| Der hehre Tyrannensturz | 425 |
| Von düsteren und sonnigen Tagen eines in die Jahre kommenden Ritters | 469 |
| Anhang | 473 |

# Die Rothaarige und der Wolf

## 1.

Der Himmel war dunkelblau und wolkenlos. Die kühle Morgenluft war gesättigt vom Geruch kochenden Rotkohls, der, in weiße Dampfschwaden gehüllt, aus der Küche des Bauernhauses drang und sich über der ganzen Wiese ausbreitete bis hin zum nahen Waldrand. Man hätte meinen können, es wäre Weinmond, doch das war es nicht.

Nelli setzte ihren Korb mit feuchter Wäsche bei den beiden Pfosten ab, zwischen denen eine Leine gespannt war. Sie griff nach dem obersten Wäschestück, schlug es ein paarmal laut klatschend aus und legte es dann sorgsam über das Wäscheseil. Aus ihrer Schürze nahm sie zwei Klammern, deren obere Enden zu Kugeln gedrechselt waren, sodass sie an kleine, dickbäuchige Männchen mit langen Beinen erinnerten. Nelli steckte die Klammern auf das Seil, klemmte damit das Kleidungsstück fest und griff erneut in ihren Korb. Schon bald saß eine ganze Schar hölzerner Männchen auf der Leine.

Zwischen zwei Hemden sah Nelli ihren Schwager Kinnwolf aus dem Stall treten. Sie wunderte sich, da sie in dem Glauben gewesen war, er sei zusammen mit seinem Bruder aufs Feld gegangen. Wahrscheinlich war er unbemerkt zurückgekehrt, um etwas zu holen, was die beiden vergessen hatten, dachte sie. Nelli wollte ihn nicht danach fragen, und Kinnwolf sah es wie immer als unnötig an, ihr von selbst eine Erklärung zu geben. Wortlos und grimmig schritt er an ihr vorbei in die Richtung, in die vor einer

Weile Adalbrand verschwunden war. Im Vorbeigehen warf er seiner Schwägerin einen jener heimlichen Blicke zu, von denen Nelli noch immer nicht wusste, wie sie sie deuten sollte. Neugier war offensichtlich nicht der Grund, warum Kinnwolf sie mitunter mit gesenktem Gesicht unter seinen buschigen Augenbrauen hervor musterte. Auch nicht Bewunderung, Lüsternheit oder gar Zuneigung. Manchmal kam es Nelli fast so vor, als wolle er sich überzeugen, dass sie noch da war und nicht beabsichtigte, ihn und seinen Bruder zu verlassen. Vielleicht war sein Verhalten nur Ausdruck brüderlicher Sorge.

Adalbrand hatte ihr vor ihrer Hochzeit erzählt, dass er und Kinnwolf all die Jahre seit dem Tod ihrer Eltern ganz allein auf dem abgelegenen Waldbauernhof gelebt hatten. Keiner von beiden war je verheiratet oder wenigstens verlobt gewesen. Nicht einmal entfernt hatte die Aussicht darauf bestanden. Jedenfalls nicht bis zu dem Abend, als beide Brüder gemeinsam beschlossen hatten, es sei nun an der Zeit, dass wenigstens einer von ihnen sich verehelliche.

Sie hatten mit Hölzchen ausgelost, wer es sein solle, hatte ihr Adalbrand scheu gestanden.

Nelli hatte diesem schwerwiegenden Mangel an Romantik nicht viel Bedeutung beigemessen. Ihre Eltern hatten ihr keine große Mitgift hinterlassen. Eifriges Sparen hatte zwar das Geerbte vermehrt, doch hatte sie mit ihren mittlerweile schon über dreißig Jahren in großer Sorge gelebt, als alte Jungfer zu enden. Zudem schätzte sie sich wegen ihrer roten Haare als nicht sonderlich ansehnlich ein. Deswegen hatte sie nicht lange gezögert, als ihr der ernste, etwas linkische Mann einen Antrag gemacht und sie zu seinem Hof in der Wildnis geführt hatte. Tatsächlich war ihr die Begegnung mit ihm wie ein Zeichen erschienen, denn noch einen Mond zuvor hätte sie den besagten Abend mit *Großmutter* verbracht. Nicht ihrer eigenen, an die sich Nelli kaum erinnerte, sondern einer mütterlichen Freundin, die von jedem so genannt wurde und außerhalb der Stadt wohnte. Sie war jedoch kürzlich verstorben, aufgefressen von einem Leiden, das die Heilenden Frauen als *Wolf* bezeichneten. Mittlerweile lebte Nelli bereits fünf Wochen unter Adalbrands Dach. Sie war überwiegend zufrieden und zuversichtlich, dass alles, was noch nicht gut war, irgendwann gut werden würde.

Als nächstes Kleidungsstück nahm Nelli ein Schnürleibchen aus dem Korb. Sie stutzte und hielt es mit ausgestreckten Armen vor sich, um es von beiden Seiten zu betrachten. Es war mit gestickten Blüten in etwas dunklerem Garn verziert, die jedoch nicht mehr ganz heil waren. Nelli hatte das Leibchen noch nie gesehen. Es war keines der ihren. Sie legte es über den Rand ihres Korbes und hängte den Rest der Wäsche auf. Als sie damit fertig war, stopfte sie das unbekannte Leibchen in die Tasche ihrer Schürze, trug den Korb zum Haus und lehnte ihn gegen die Wand, damit er trocknen konnte.

Aufmerksam blickte sie zum Wald. Als sie niemanden entdecken konnte, rannte Nelli zum Stall. Vor seiner Tür verharrte sie und sah sich erneut um, um sich zu vergewissern, dass sie noch immer unbeobachtet war. Vorsichtshalber ließ sie mehrere Augenblicke verstreichen, während derer die kühle Feuchtigkeit des fremden Wäschestücks durch den Stoff ihres Rocks drang. Als Nelli sich endlich sicher wähnte, öffnete sie geschwind die Tür und schlüpfte in den Stall.

Die Kuh hob den Kopf und beobachtete sie mit einer

Mischung aus Neugier und Langeweile. Nelli tätschelte ihre Nase und ging zu einer größeren Ansammlung von Steinguttöpfen. Sie waren für Salzgurken und eingelegtes Gemüse bestimmt, aber gegenwärtig leer. Nelli rückte den größten Topf so weit von der Stallwand ab, dass sie dahinter greifen konnte, und zog nacheinander ein Unterkleid, eine Bluse und einen einzelnen Strumpf hervor. Sie breitete alles über den Töpfen aus und legte das Leibchen dazu. Von der Größe her passte kein Kleidungsstück zum andern! Und da keines enger gemacht oder ausgelassen worden war, mussten ihre Trägerinnen von unterschiedlichem Körperbau gewesen sein. Drei Kleidungsstücke, drei Frauen. Ob der Strumpf einer von ihnen gehört hatte, ließ sich nicht sagen.

Nelli bereute schon lange, dass sie nicht gleich beim ersten Mal zu Adalbrand gegangen war, als sie noch gedacht hatte, übrig gebliebene Kleidung seiner Mutter sei versehentlich in ihre Wäsche geraten. Sie hatte es damals unterlassen, eine einfache Frage zu stellen, auf die es sicher auch eine einfache Antwort gab. Die Frage war inzwischen nicht mehr ganz so einfach, denn mittlerweile waren aus dem einen fremden Kleidungsstück vier geworden! Jetzt würde es so aussehen, als habe sie klammheimlich gesammelt, als habe sie ... *Beweise* ... zusammengetragen. Beweise für was auch immer! Für etwas Dunkles, Düsteres, unangenehm Riechendes, das das Licht des Tages scheute ... Es wäre eine Misstrauensbekundung, von der sich ihre junge Ehe schwer, vielleicht auch nie erholen würde. Und das wegen etwas, für das es doch sicher eine Erklärung gab! Nelli fühlte sich schuldig.

Womöglich hatte die Tür, die sie nicht öffnen durfte, damit zu tun, dachte sie.

Im Haus gab es nämlich ein Zimmer, das sie noch nie von innen gesehen hatte. Adalbrand hatte ihr erklärt, dass der Boden oder die Decke beschädigt seien – ganz genau erinnerte sich Nelli nicht mehr –, sodass sie es unter keinen Umständen betreten dürfe. Es sei zu gefährlich! Vor Wintereinbruch fände er jedoch keine Zeit, den Schaden zu beheben.

Vielleicht stimmte das nicht. Vielleicht stimmte einiges nicht, was er ihr erzählt hatte. Vielleicht hatten die Brüder einst eine Schwester gehabt, die unter solch schmerzlichen Umständen ihr Leben verloren hatte, dass sie lieber so taten, als hätte es sie nie gegeben, statt sich ihrer zu erinnern. Vielleicht hatte die Kleidung ihr gehört, und hinter der verbotenen Tür wartete weder ein eingesackter Fußboden noch ein löchriges Dach, sondern das unberührte Zimmer eines jungen Mädchens? Vielleicht, vielleicht...

Vielleicht war selbst Kinnwolf nicht immer so düster und in sich gekehrt gewesen. Vielleicht hatte es Jahre gegeben, in denen er fröhlich und zuversichtlich gewesen war. Jahre, in denen sein Herz einer Frau gehörte, mit der er sein Leben geteilt hatte. Bis sie gestorben war... im Kindbett... zusammen mit dem Neugeborenen... in einem Zimmer, das seither verschlossen war. Vielleicht...

Nelli war ratlos. Sie verbarg die Kleidungsstücke am alten Ort, rückte den Topf wieder an die Wand und verließ den Stall. Der Himmel über ihr und der Himmel in ihr waren nun nicht mehr wolkenlos.

Pünktlich zu Mittag kamen Adalbrand und Kinnwolf nach Hause. Sie setzten sich, so wie sie waren, an den Tisch und begannen zu essen. Beide rochen nach Erde. Nelli liebte diesen Geruch. Während des Essens fiel kein einziges Wort. Das Eintauchen der Löffel in die Suppe, das

Schlürfen und das gelegentliche Brechen des Brotes waren die einzigen Geräusche. Erst als die Brüder wieder zu ihrer Arbeit aufbrachen, fielen wenigstens ein paar Worte.

»Es wird regnen«, sagte Adalbrand und deutete mahnend zur Wäscheleine.

Als Nelli wieder allein war, spülte sie das Geschirr und ging ihren vielfältigen Aufgaben und Pflichten nach. In immer kürzeren Abständen verließ sie das Haus, um nach der Wäsche zu sehen. Wie Adalbrand angekündigt hatte, zog sich der Himmel zu. Es würde noch regnen, wahrscheinlich sogar schütten.

Irgendwann wurde Nelli jedoch bewusst, dass ihre Sorge überhaupt nicht der Wäsche galt. Eigentlich hielt sie nur Ausschau.

Sie wollte diese nagende Ungewissheit beenden. Adalbrand und Kinnwolf würden heimkehren, sobald es zu regnen begann, doch keinen Augenblick früher. Sie hatte also genügend Zeit, um zu handeln, aber nicht genug, um sie zu vertrödeln.

Atemlos vor Aufregung öffnete Nelli die Tür zu dem Flur, der von der Küche zu Kinnwolfs Kammer führte. Auf seiner halben Länge befand sich die verbotene Tür. Sie erschien Nelli übergroß, obwohl sie genau wusste, dass sie etwas niedriger war als die anderen. Entschlossen ging sie auf sie zu, wischte sich die Hände an der Schürze sauber und drückte die Klinke. Doch nichts geschah. Die Tür bewegte sich nicht.

Ein fassungsloser Augenblick verstrich, bis Nelli verstand, dass die Tür abgeschlossen war. Keine andere Tür im ganzen Haus war abschließbar, und auch dort, wo sie früher gelebt hatte, waren Türen mit Schlössern nicht üblich gewesen. Ein weiterer Augenblick verging, bis Nelli begriff, dass sie einen Schlüssel benötigte. Sie schwankte kurz, ob sie das unerwartete Hindernis als Zeichen ansehen sollte, ihr Vorhaben abzubrechen, doch dann ging sie ins Schlafzimmer und suchte unter der Matratze, hinter dem Bett, zwischen den Leinentüchern und in jedem einzelnen von Adalbrands Kleidungsstücken. Nichts, nichts, nichts!

Ihr nächster Schritt kostete sie weniger Überwindung. Er führte sie geradewegs in Kinnwolfs Zimmer. Es war ordentlich aufgeräumt, aber so karg ausgestattet, als gehöre es einem einfachen Knecht. Ein schmales Bett, ein Schrank mit einer breiten Schublade ganz unten und drei Kleiderhaken an den halbwegs frisch gekalkten Wänden – das war fast alles. Auch hier fand Nelli keinen Schlüssel. Sie dachte nach.

Die verbotene Tür war nicht nur die einzige mit einem Schloss, sondern sah auch sonst anders aus als alle anderen. Sie bestand nicht nur aus mit der Klinge glatt gezogenen Brettern, sondern war eine Kassettentür aus Wurzelholz, dessen prächtige Maserung Wolken auf sie zauberte. Fugen ließen sich nicht einmal erfühlen, sondern nur erahnen. Sie erweckte den Anschein, als habe sie ursprünglich in ein anderes, erheblich älteres Haus gehört. Eines, das vielleicht abgebrannt oder eingestürzt und von dem sonst nichts Nützliches übrig geblieben war als diese einzelne Tür. Adalbrand, sein Vater oder sein Großvater hatten sie vielleicht zufällig gefunden, es als Sünde und Verschwendung angesehen, sie verrotten zu lassen, und sie daher zu ihrem eigenen Haus mitgenommen.

Nelli kam plötzlich der Gedanke, dass es zu der Tür aus genau diesen Gründen vielleicht überhaupt nie einen Schlüssel gegeben hatte und sie womöglich nur klemmte.

Angetrieben von dieser schwachen Hoffnung, kehrte sie zu der verbotenen Tür zurück. Sie presste ihren Körper dagegen, um die anfallenden Geräusche abzudämpfen, hob sie an und rüttelte an ihr. Doch auch damit hatte sie keinen Erfolg. Die Tür wollte sich einfach nicht rühren!

»Sie ist nicht da«, erklang plötzlich eine vertraute Stimme aus der Küche.

»Wahrscheinlich ist sie noch einmal zurück zum Weiher gegangen«, erwiderte eine ebensolche. »Oder sie pflückt Würzgräser oder sucht wilde Zwiebeln fürs Abendmahl.« Schwere Schritte untermalten diese Worte.

Nelli begann am ganzen Leib zu zittern. Sie war ertappt worden! Kinnwolf und Adalbrand waren früher zurückgekehrt, als sie erwartet hatte.

Ängstlich blickte sie zur Tür am Ende des Flurs, hinter der die Küche lag. Sie war zwar zu ihrem Glück geschlossen, mochte sich aber jeden Augenblick öffnen. Und dann ...

Urplötzlich schwappte eine Woge der Erleichterung über sie hinweg. Wie töricht sie doch war! Es gab unzählige Gründe, die ihr Hiersein rechtfertigten. Sie war schließlich die Herrin des Hauses und kein Eindringling! So lange sie nicht dabei überrascht wurde, wie sie Kleidung durchwühlte und sich an der verbotenen Tür zu schaffen machte, war nichts verloren. Sie musste nur einen Besen holen und kehren. So leicht war das. Zu putzen gab es in diesem Haus immer etwas.

Doch Kinnwolfs nächste Worte versperrten diesen Ausweg gründlicher, als sich Nelli hätte träumen lassen.

»Das Leibchen hängt nicht auf der Leine. Es ist ihr also aufgefallen. Wahrscheinlich hat sie es bei dem anderen Plunder im Stall versteckt.« Er lachte.

»Du sollst nicht mit ihr spielen«, tadelte ihn Adalbrand.

»Katzen spielen auch mit Mäusen. Das regt ihren Appetit an«, belehrte ihn sein Bruder gackernd.

»Du bist keine Katze, Kinnwolf. Noch nicht einmal ein Kater!«

»Aber ich bin hungrig. Wie lange willst du noch warten? Du wirst doch bei der Rotmütze nicht etwa weich werden wollen?«

Adalbrand schnaubte. »Gewiss nicht! Du glaubst nicht, wie oft ich nachts wach liege, sie betrachte und mir vorstelle, meine Zähne in ihr weiches Fleisch zu schlagen. Der Speichel läuft mir davon im Mund zusammen. Manchmal wacht sie sogar auf. Meistens schnurrt sie nur und schläft wieder ein. Aber nicht immer! Du ahnst gar nicht, wie hart es ist, wenn man gerade noch ans Essen dachte und dann plötzlich ran soll.«

»So genau wollte ich das gar nicht wissen!«, fuhr ihn sein Bruder an. »Kein Wort mehr. Das ist ja widerlich!«

»Du hast gut reden!«, brummte Adalbrand. »Allerdings kann sie meiner Meinung nach ruhig noch ein bisschen mehr auf den Rippen vertragen, bis sie dran ist. So mager wird das Fleisch gern fad und zäh. Zudem riecht sie noch nach Stadt. Das schmeckt durch.«

Nelli wurde ganz schwindelig und schwach in den Beinen. War das ein Spaß? War es Ernst? Sollte das die Strafe für ihre Heimlichtuereien sein? Sie mochte es gern glauben, konnte es aber nicht, da die unheimliche Unterhaltung unbarmherzig fortgesetzt wurde.

»Ich wünschte, sie würde noch Gürkchen einmachen, bevor wir sie rannehmen. Ich esse gerne eingelegte Gürkchen dazu. Senfgürkchen, Salzgürkchen, das ist mir einerlei. Ich mag beides. Am besten schlage ich es ihr gleich heute Abend vor.«

»Wenn du schon dabei bist«, warf Kinnwolf ein, »dann könntest du auch noch Kürbisschnitze in Auftrag geben. Du weißt schon, mit Essig, Zucker und Holunderbeeren.«

»Das trifft zwar nicht ganz meinen Geschmack«, erwiderte Adalbrand, »aber ... ah! Zwiebelchen!«

Nelli fühlte sich wie im Griff einer stählernen Faust, die sich immer weiter schloss und sie erdrückte und zerquetschte. Nein, das waren keine Scherze! Das war die Strafe für ihren dummen Leichtsinn. Was wusste sie schon über diese beiden Männer? Nur das, was ihr Adalbrand erzählt hatte, aber nichts, was irgendjemand außer ihm bestätigt hatte. Wenn jedoch seine Worte Lügen waren, was blieb dann übrig von der Geschichte zweier schlichter Brüder, die friedlich und eins mit der Natur auf dem Hof ihrer Eltern lebten, denen es manchmal etwas einsam wurde und die sich langsam sorgten, dass im Alter niemand für sie da wäre, keiner, dem sie die Früchte ihres Lebens anvertrauen könnten, wenn nicht wenigstens einer von ihnen bald eine Familie gründete? Was blieb übrig außer einem Fremden, dem sie wegen leerer Worte in die Wildnis gefolgt war, wo es weit und breit keine Nachbarn gab, wo sie niemand hörte, wenn sie schrie, um Hilfe rief oder um ihr Leben bettelte? Was blieb übrig? Niemand außer ihr und ihren Mördern. Zwei Menschenfressern!

Ein unbeabsichtigter, verzweifelter Schluchzer entschlüpfte ihrer Kehle. Als könne sie ihn noch nachträglich einfangen, schlug Nelli rasch die Hand vor den Mund. Doch das kam viel zu spät, denn der Schluchzer floh längst den Gang hinunter bis zur Küchentür, die ihm ebenfalls keinen Einhalt gebot und einen Augenblick später aufgerissen wurde. Kinnwolf füllte ihren Rahmen aus.

»Das Miststück hat alles gehört!«, sagte er ruhig.

## 2.

Im Nu war Kinnwolf bei ihr, packte sie und zerrte sie in die Küche. Nelli dachte überhaupt erst daran, Gegenwehr zu leisten, als sie bereits auf den Küchentisch geworfen und von kräftigen Händen festgehalten wurde. Flinke Finger banden Riemen um ihre Gelenke, so geschickt, als täten sie es gewiss nicht zum ersten Mal. Plötzlich sah Nelli Adalbrands Gesicht. Kalte Wut loderte in seinem Blick.

»Du machst mir alles kaputt. Warum lauschst du auch, blöde Kuh? Was geht es dich an, was ich und mein Bruder zu besprechen haben? Das war nicht nötig!«

Er wandte sich ab, ging zum Küchenschrank und entnahm ihm ein schmales, mit Samt gefüttertes Kästchen, das ein Messer enthielt. Adalbrand hatte Nelli von Anfang an verwehrt, es jemals zu benutzen, da die Klinge angeblich bei unzureichender Pflege Schaden nahm. Dieser Ermahnung hätte es nicht bedurft, da schon ein kurzer Blick auf die unterarmlange, handbreite Klinge ausreichte, um Nelli für alle Zeiten davon zu überzeugen, dass sie sich unweigerlich schneiden würde, sollte sie sie jemals anrühren.

Adalbrand nahm das Messer heraus, griff nach einem Wetzstahl und begann die Klinge mit gleichmäßigen Strichen zu schärfen. »Alles macht sie kaputt!«, wiederholte er dabei düster.

Nelli wurde so elend vor Angst, dass sie meinte, sich übergeben zu müssen. Sie bäumte sich auf und schrie.

Doch sogleich drückte Kinnwolf ihren Kopf roh auf die Tischplatte und drohte: »Einen Mucks noch, und ich breche dir den Hals!«

Trotz dieser letztlich sehr sinnlosen Drohung wimmerte Nelli. Kinnwolfs fester Griff verhinderte, dass sie Adalbrand bei seinen Vorbereitungen noch weiter zusehen musste. Das Fenster, das war nun alles, was sie sah.

Draußen regnete es inzwischen in Strömen. Der Himmel war gleichmäßig dunkelgrau und würde noch viel dunkler werden, je mehr der Tag seinem Ende zuging. Vielleicht wäre der letzte Sonnenstrahl auch gleichzeitig das Letzte, was sie in diesem Leben sehen würde? Vielleicht kam ihr Ende aber auch früher oder später, kein bisschen geplant und passend, sondern völlig beliebig und beiläufig. Gerade dieser Gedanke erfüllte Nelli mit besonderer Trauer.

Mit einem Mal vermeinte sie fremde Stimmen zu hören. Sie waren sehr leise und schienen weit weg zu sein. Nelli gab sich alle Mühe, sie zu verstehen, und verkrampfte sich regelrecht dabei. Gerne hätte sie Adalbrand aufgefordert, für einige Augenblicke mit dem gleichmäßigen »Schrapp! Schrapp!« des Messerschleifens aufzuhören. Doch das wäre vielleicht kein guter Einfall gewesen.

Endlich löste sich das Murmeln in zwei einzelne, flüchtige Stimmchen auf.

»Diese Eile ist unvernünftig. Wenn sie ihn jetzt finden, dann haben sie ihn bereits gegessen.«

»Aber nicht, wenn wir früher kommen.«

»Auch früher ist keine Gewähr, dass es rechtzeitig ist.«

»Aber wenn wir rechtzeitig da sind, so ist es doch wieder zu spät.«

»So ist es. So oder so ist diese Eile sinnlos. Er ist nicht mehr da, auch wenn er jetzt noch da sein sollte.«

»Also sollten wir uns beeilen, willst du damit sagen?«

Die merkwürdige Rede verunsicherte Nelli. Sie war sich nicht mehr sicher, ob sie wirklich Stimmen vernahm oder ob nur die knarrend aufschwingenden Tore zum endgültigen Wahnsinn diese Geräusche verursachten.

Der nächste Augenblick verstärkte ihre Unsicherheit beträchtlich, denn etwas Großes bewegte sich draußen vorbei. Wegen des starken Regens war sich Nelli auch nach dem zweiten Blinzeln nicht sicher, was sie sah. Der regenverhüllte, braunweiße Fleck sah zwar aus wie ihre Kuh – ganz bestimmt! –, aber nicht so, als habe sich das Tier wundersamerweise aus dem Stall befreit und trotte nun gemächlich im Regen einher, sondern arg, arg anders.

Eher so, als habe jemand die Kuh im Stall erstarren lassen und trage sie nun bauchaufwärts am Fenster vorbei. Steif und gerade zeigten ihre Beine und Hufe zum Himmel.

Nelli vergaß, dass sie eigentlich um Hilfe hatte rufen wollen. Stattdessen flüsterte sie »Fenster!« und lernte daraus, wie wenig ihr der Wahnsinn drohte, denn Kinnwolfs Griff um ihren Kopf lockerte sich sogleich. Nicht einmal, dass ihn Nelli in den Daumen biss, um seine Hand ganz zu verscheuchen, kümmerte ihn. Er sagte bloß: »Adi, da klaut einer die Kuh!« und rannte zornig ins Freie.

Die Kuh hörte auf, sich zu bewegen. Mit wem sich Kinnwolf stritt, konnte Nelli nicht erkennen. Umso besser verstand sie seine überschnappende Stimme.

»Was soll das? Ihr Gören nehmt sofort die Finger von unserer Kuh!«

»Meins!«, antwortete trotzig eine unbekannte Stimme.

Kinnwolf stieß einen Schmerzenschrei aus: »Mein Schienbein!« Dann schien er zu stürzen. Er rief noch nach seinem Bruder, doch gleich danach war nur noch das eifrige Trommeln des Regens zu hören.

Adalbrand fluchte. Das große Messer in der einen Hand, den Wetzstahl in der andern, sah er nun ebenfalls draußen nach dem Rechten.

»Wachsam, er scheint auf einen bösen Streich aus zu sein!«, warnte eine der fremden Stimmen.

»Und ob er das ist!«, brüllte Adalbrand. »Verschwindet, ihr frechen Kinder, oder es endet übel. Das ist meine Kuh!«

»Deine?«, äffte ihn eine spöttische Stimme nach. »Dann fang sie eben!«

Nelli vernahm einen fassungslosen Ausruf, gefolgt von etwas sehr schwerem, das auf dem Boden aufschlug. Wieder herrschte Stille.

Nelli zögerte nicht länger. Sie riss an ihren Fesseln, ungeachtet des Schmerzes, mit dem sie in ihr Fleisch schnitten, und schrie aus Leibeskräften: »Hilfe! Hilfe! Rettet mich! Sie wollen mich morden!«

Doch niemand kam.

Sie hatte schon beinahe die Hoffnung aufgegeben, als sie plötzlich leichte Schritte hörte.

»Hier ist niemand«, sagte eine Stimme.

»Ich bin doch hier!«, rief Nelli. »Schnell, bindet mich los, bevor sie zurückkommen.«

»Das kommt von da oben«, hörte sie nun sagen und wunderte sich. Wer mochte eine Tischplatte als »da oben« bezeichnen?

»Wer mag das sein?«, ging es weiter.

»Du solltest vielleicht nachschauen, Brams.«

»Hilf mir hoch, Rempel Stilz!«

Einen Herzschlag später kletterte eine kleine Gestalt auf den Tisch. Sie trug einen hellen Kapuzenmantel mit Dutzenden von Knöpfen und war so groß wie ein zweijähriges Kind. Flüchtig betrachtet würde sie zweifellos auch als eines durchgehen, doch der klare Blick, den Nelli dank ihrer misslichen Lage auf ihren Besucher hatte, ließ einen solchen Eindruck gar nicht erst aufkommen. Das Gesicht der Gestalt besaß weder die Proportionen eines Kindergesichts, noch wies es die großäugige, runde Niedlichkeit auf, diese angeborene Unschuld, die selbst den Jungen der blutgierigsten Raubtiere noch zu eigen ist. Andererseits war es auch nicht das Gesicht eines Erwachsenen oder allenfalls in dem Sinne, dass, wenn sein Besitzer kein Kind oder Heranwachsender war, er schließlich irgendetwas anderes sein musste. Entweder oder! Das Gesicht war völlig glatt, geradezu maskenhaft und unnatürlich! Die vielen kleinen Spuren, die die Jahre hinterlassen, die Erinnerungen an Freude, Glück, Trauer, Enttäuschung, Verdruss und Eintönigkeit, die sich in Kanten, Fältchen oder grauen Haaren niederschlagen und wohlmeinend als Reife bezeichnet werden, fehlten vollkommen. Von diesem Gesicht war keinerlei Auskunft zu erwarten, ob es dreißig, fünfzig oder neunzig Jahre zählte. In ihm konnte man wie in dem Gesicht einer Puppe allenfalls Ausschau nach einem Geflecht feinster Haarrisse auf der glatt polierten Oberfläche oder nach Sprüngen im Holz halten. Aber es war nicht aus Holz! Schon die überaus lebhaften, alles neugierig erfassenden Augen sprachen dagegen.

Nelli war sich auf einmal ganz sicher, dass sie es nicht mit einem Menschen zu tun hatte. Sie musste an die Geschöpfe des Waldes denken, die vielen reizbaren, aber mitunter auch hilfreichen Geister, die die alten Legenden und Märchen ihrer Kindheit bevölkerten und die die Priester Monderlachs scharf als Aberglauben verurteilten, als kaum verhüllte Verniedlichung des Erzbösen. »Kobolde« kam ihr in den Sinn. Gehörten ihre Besucher etwa zu diesem Volk?

Sprachlos starrte Nelli die winzige Erscheinung an. Einen Augenblick lang schwankte sie zwischen ihrer Furcht vor dem Zorn der Priester und dem Drang zu überleben, dann bat sie: »Schnell, binde mich los!«

»Warum?«, fragte das Männchen auf dem Tisch.

Nelli dachte nach. Was wusste sie über Kobolde?

»Heißt du vielleicht Klaas?«

Der Kobold schüttelte den Kopf.

»Heißt du dann womöglich Kunz?«

»Mitnichten!«

Nelli lächelte. »Heißt du dann etwa … Brams?«

Der Kobold seufzte. »So ist es. Brams, das ist mein Name.«

Nelli atmete erleichtert auf. »Also musst du nun tun, was ich befehle, da ich deinen Namen kenne! Binde mich auf der Stelle los, Brams!«

Das Gesicht des Kobolds wurde ganz runzlig. Nelli hatte ein unbestimmtes Gefühl, dass er womöglich über sie lachte. »Mitnichten! Es wirkt nicht bei mir«, sagte er.

»Es wirkt nicht?«, wiederholte Nelli enttäuscht.

»Wie ich es sage. Doch da wir schon einmal dabei sind, uns einander vorzustellen: Heißt du womöglich Hedewiche?«

»Nein, wieso?«, antwortete Nelli verwirrt.

»Dann heißt du bestimmt Forstpurga?«

»Auch nicht! Wie kommst du denn darauf?«

»Dann womöglich Brünntruda?«

Nelli wollte bereits erneut verneinen, als sie durchschaute, worauf diese Fragen hinauszulaufen schienen. Konnten dieses Spiel etwa auch zwei spielen? Sie erinnerte sich, dass sie noch einen anderen Namen gehört hatte, und rief, als er ihr wieder einfiel: »Rempelpilz! Derjenige, der Rempelpilz heißt, muss mir gehorchen und mich losbinden.«

»Stilz!«, klang es fröhlich unter dem Tisch hervor. »Rempel Stilz ist der Name. Aber bei mir wirkt der Zauberzwang auch nicht.«

»Bei wem wirkt er denn?«, rief Nelli ungeduldig.

Das Gesicht des Koboldes Brams wurde runzelig. »Bei niemandem. Es ist nur ein Streich.«

»Von unserem König!«, schallte es von unten hoch. »Dem Guten König Raffnibaff!«

Ein Schatten legte sich für einen winzigen Augenblick auf Brams' Gesicht. »Das ist nicht erwiesen!«, widersprach er. »Aber nun müssen wir wieder weiter.«

»Bindet mich los!«, flehte Nelli noch einmal. »Ihr bekommt auch Milch von mir.«

Dieses Angebot wirkte wie ein mächtiger Zauber. Mit lautem Scharren wurden Stühle an den Tisch geschoben und Nelli war ihre Fesseln so schnell los, dass sie es kaum mitbekam. Als sie sich aufsetzte und ihre Handgelenke rieb, zählte sie vier Kobolde. Sie standen auf den Stühlen, klopften mit ihren Becherchen auf den Tisch und riefen: »Milch! Milch! Milch!«

Nelli stieg vom Tisch herunter. »Ich muss erst in den Stall, um die Kuh zu melken«, sagte sie und öffnete vorsichtig die Haustür. Der Regen hatte fast aufgehört. Von Adalbrand und seinem Bruder war weit und breit nichts zu sehen. Die Kuh steckte wie ein riesiges Spielzeug mit dem Rücken im aufgeweichten Boden. Noch immer zeigten ihre Beine zum Himmel. Bei dem Anblick fiel Nelli noch etwas Weiteres ein, was sie über Kobolde gehört hatte.

»Die Kuh«, begann sie in dem Wissen, dass ihr mindestens einer der kleinen Gesellen gefolgt war.

»Das ist unsere«, wurde sie schnell unterbrochen.

Ansichtssache, dachte Nelli und stellte die entscheidende Frage: »Ist im Stall ebenfalls eine Kuh?« Bewusst vermied sie die Wörter »meine« oder gar »unsere«.

»Ja«, wurde ihr mit merklicher Verzögerung bestätigt.

Aha, dachte Nelli. Die Geschichte mit den Wechselbälgern stimmte also. Denn so sagte man: Immer wenn Kobolde ein Tier stahlen oder jemanden entführten, ließen sie *etwas* zurück, das ihm bis aufs Haar glich, aber vor Tücke strotzte, nämlich einen Wechselbalg. Sie war froh, gefragt zu haben, bevor sie arglos in den Stall gegangen wäre. Bestimmt hätte die vermeintliche Kuh scheinbar unabsichtlich fortwährend den Melkeimer umgestoßen, sie mit dem Schwanz geschlagen oder am Ende gar besudelt!

Unterdessen trugen die Kobolde die echte Kuh mit vereinten Kräften auf die andere Hausseite, wo sie dem Regen nicht ganz so ausgesetzt war.

»Ich glaube, in der Küche ist auch noch Milch«, sagte Nelli, als sie zurück waren, und trat wieder ins Haus. Dort füllte sie die Becher ihrer Gäste aus einem Krug, der zum Schutz vor Mücken mit einem Teller abgedeckt war. Während die vier – Nelli hatte zwischenzeitlich erfahren, dass die übrigen beiden Pürzel und Krümeline genannt wurden – genießerisch ihre Milch tranken, als wäre sie der alleredelste Wein, dachte Nelli über ihre Zukunft nach.

Hier konnte sie selbstverständlich nicht länger bleiben. Am besten schnürte sie, so viel sie tragen konnte, zu einem Bündel. Viel würde das allerdings nicht sein, dachte sie traurig. Sie würde diesen unheilvollen Hof mit weitaus weniger verlassen, als sie ihn vor ein paar Wochen betreten hatte. Dann musste sie an Adalbrand und Kinnwolf denken. Die Kobolde hatten sie zwar vertrieben, doch irgendwo mussten die beiden stecken. Sie dachte an den stundenlangen Weg durch den Wald, ganz allein, und an die vielen, vielen Bäume und Büsche, hinter denen ihr die beiden Brüder auflauern konnten. Was sollte sie bloß tun?

Plötzlich hatte sie einen ungeheuerlichen Einfall. »Ich möchte euch begleiten«, sagte sie zu ihren Besuchern.

Die Kobolde kreischten vor Vergnügen und konnten sich kaum beruhigen. Offenbar schien sie der Vorschlag sehr zu belustigen, und wenn Nelli noch irgendwelche Zweifel gehabt hatte, dass ihre Gesichter runzelig wurden, wenn sie lachten, so wurden diese nun endgültig ausgeräumt.

»Ausgeschlossen!«, sagte Brams, nachdem er mit Lachen aufgehört hatte. »Völlig ausgeschlossen. Wir können dich nicht mit nach Hause nehmen.«

Nelli erschrak. Bei allen guten Geistern! Das hatten ihre Worte nun wirklich nicht bedeuten sollen. Tatsächlich klang der Vorschlag, die Kobolde nach Koboldheim oder Koboldhausen oder wohin auch immer zu begleiten, nicht wesentlich verlockender, als von Adalbrand und Kinnwolf ermordet, zerstückelt und mit Knödeln und einer Preiselbeersoße angerichtet zu werden.

Rasch stellte Nelli den falschen Eindruck richtig. »Ich meinte doch nur, wir könnten ein Stück gemeinsam wandern. Am liebsten, bis wir aus dem Wald heraus sind.

Doch wenn es nicht anders geht, dann eben so weit wie möglich.«

»Warum?«, fragte Krümeline. Nelli vermutete, dass sie eine Koboldfrau war, war sich aber nicht ganz sicher.

»Weil ich euch einen Kuchen dafür backen werde«, antwortete sie.

»Abgemacht!«, brüllten die Kobolde.

Das war ja einfach, dachte Nelli. Offenbar galt hier das eiserne Gesetz von Angebot und noch einem Angebot. Sie machte sich sogleich ans Werk und duldete es, dass die Kobolde später über den Kuchen herfielen, obwohl er noch dampfte. Wie sie eben so vieles hinnahm seit ihrer wundersamen Errettung vor dem Verzehrtwerden. Morgen, vielleicht auch erst in ein paar Tagen würde sie sicherlich alles, was sich gerade zutrug, in einem anderen Licht sehen. Vielleicht würde sie kreischen, weinen und sachkundige Hilfe benötigen. Doch nicht jetzt. Jetzt weilten Kobolde im Haus, und das Beste war es, gar nicht erst darüber nachzudenken, wie seltsam und befremdlich das war.

Inzwischen waren die vier dazu übergegangen, ihre Becher selbst zu füllen. Dass der Krug immer noch nicht leer war, war merkwürdig, doch vielleicht hatten sie einen Weg gefunden, ihre stocksteife Kuh zu melken. Auch darüber lohnte es nicht, sich den Kopf zu zerbrechen. Nicht jetzt. Es gab Dringlicheres zu erledigen, wie etwa die Vorbereitung ihrer Abreise.

Nelli ging ins Schlafzimmer und häufte alle ihre Kleidung auf dem Ehebett auf. Danach trennte sie die Kleidungsstücke, die sie mitnehmen wollte, von denen, die sie aufgeben müsste. Sie hatte sich von vornherein vorgenommen, erheblich weniger zusammenzupacken als sie tragen konnte. Denn falls während ihrer Wanderung eine schnelle Flucht nötig wurde, wollte sie nicht Gefahr laufen, ihren gesamten verbliebenen Besitz wegwerfen zu müssen, um den Verfolgern zu entkommen.

Als sie nach einiger Zeit mit viel Herzschmerz den ursprünglichen Haufen in zwei kleinere geteilt hatte, seufzte sie unzufrieden, warf alles wieder zusammen und begann von vorne. Erst nach dem dritten Anlauf gab sie den Versuch auf, eine Aufteilung zu finden, die sie weniger unglücklich machte. Sie konnte einfach nicht alles mitnehmen! Niedergeschlagen faltete sie die Wäsche zusammen, die hierbleiben musste, und legte sie wieder in den Schrank zurück. Erst nach einer Weile wurde ihr die Unsinnigkeit ihres Ordnungsdranges bewusst. Sie wischte die restliche Kleidung auf den Boden, ließ sich aufs Bett fallen und starrte zur Decke. Da sie vor noch nicht allzu langer Zeit frisch gekalkt worden war, war sie noch strahlend weiß und ohne Risse oder Spinnweben. Von diesem Anblick wurde Nelli plötzlich ganz flau.

Sie erhob sich und öffnete eine Truhe, an die sie bislang nicht gedacht hatte. Auch aus ihr blitzte es ihr weiß entgegen, da sie ihre Linnen und Tischdecken enthielt. Nelli blickte zu dem kleinen Häufchen, das sie mitnehmen würde, und entschied, dass sie ohnehin etwas brauchte, in das sie ihr Bündel schnüren könnte. Sie zerrte die jahrelang sorgsam und stolz gehüteten Tücher aus der Truhe und entschied sich für ein Betttuch und eine Tischdecke. Das war doch sicher nicht zu viel des Guten? Dabei fand sie jedoch noch ein Schultertuch, das sich in die Truhe verirrt hatte und einstmals von ihrer Großmutter – ihrer leiblichen Großmutter – bestickt worden war. Auf keinen Fall durfte es den Ungeheuern überlassen werden! Es war das

Einzige, was noch vom Leben dieser gütigen Frau übrig geblieben war, und sollte sie, Nelli, je eine eigene Tochter haben, so könnte sie ihr damit beweisen, dass es vor ihnen beiden noch jemand anderen gegeben hatte und damit Hoffnung bestand, dass auch sie einst nicht im Vergessen vergehen würden.

Mit etwas Glück regnete es morgen vielleicht, sodass das Tuch sogar eine nützliche Aufgabe erfüllte, dachte sie, sich selbst beruhigend.

Plötzlich kreischte Nelli auf und rannte in die Küche. Wäsche war nicht das Einzige, was sie mitgebracht hatte! Sie ließ den Blick über ihre Schätze schweifen, die Töpfe, Schälchen, Rührlöffel und so manches Küchengerät, und beschloss dann, dass eine einzige Schüssel in den Rang der erwählten und auserlesenen Dinge aufsteigen sollte, die unter allen Umständen gerettet werden mussten. Sie war nicht wertvoll und nicht einmal sonderlich schön, sondern irden und zwar liebevoll, aber unkundig bemalt. Sie hatte ihrer Mutter gehört. Nelli nahm sie, drückte sie an ihren Busen und eilte zurück ins Schlafzimmer. Dort setzte sie sich schluchzend aufs Bett.

Wie viel leichter wäre alles, wenn der Bauernhof gleich nach ihrer Errettung bis auf die Grundmauern abgebrannt wäre! Dann müsste sie jetzt nicht selbst den Dolch führen, der jahrelanger Arbeit und Mühe den Garaus machte. Alles wäre Schicksal, gegen das sich nicht ankämpfen ließ.

Unter Tränen verfluchte sie ihre Heirat, die sie beinahe das Leben gekostet hätte und deretwegen sie künftig so arm sein würde wie eine Tempelmaus. Nun schickte sie sich auch noch an, die Erinnerung an ihre Verwandten zu vertilgen, ja im Grunde deren ganzes Lebenswerk aufzufressen!

»Nicht weinen, Nelli«, tröstete sie eine sanfte Stimme. Nelli wischte sich die Tränen aus den Augen und blickte sich um, aber sie war allein im Zimmer. Sie bückte sich, sah unter dem Bett nach, aber auch da war kein Kobold zu finden. Schließlich ging sie zum Fenster und schaute durch einen der Schlitze in den Fensterläden ins Freie. Es regnete nicht mehr, und ein frischer Wind hatte die Wolken vertrieben. Der Mond war nicht so voll, dass ihn Wölfe begierig hätten anheulen wollen, doch hell genug, um jeden Schritt ihrer nächtlichen Jagden zu beleuchten. Eine halbe Armeslänge von sich entfernt erkannte Nelli Adalbrand. Mit derselben sanften Stimme wie zuvor sprach er: »Nicht mehr weinen, Nelli. Und nun öffne, Schatzi!«

# 3.

Erschrocken wich Nelli zurück. Von draußen wurde am Fensterladen gerüttelt.

Die Fensterläden!, dachte sie und rannte los.

Üblicherweise wurden die Läden zur Nacht geschlossen und von innen verriegelt. So hatte es Nelli auch heute gehalten. Aber konnte sie völlig sicher sein, kein einziges Fenster vergessen zu haben? In Todesangst hastete sie von Zimmer zu Zimmer, riss die Türen auf, eilte zum Fenster, tastete im Halbdunkel nach der Verriegelung und rannte dann ins nächste Zimmer. Zwischendurch hörte sie immer wieder einzelne Wortfetzen von Adalbrand, die sich erst nach und nach zu ganzen Sätzen vereinigten. »Sei nicht albern, Nelli! Es war doch nur ein Streich. Ein geschmackloser, zugegeben, aber nur ein Streich. Sei nicht mehr böse, mach auf!«

Lügen, Lügen, Lügen!

Nur einmal sagte Adalbrand etwas anderes, nämlich bei dem Fenster, das Nelli tatsächlich übersehen hatte. Denn während sie die rasch geschlossenen Läden sicherte, vernahm sie ein nicht mehr ganz so sanftes »Mist!«.

Erst zum Schluss gelangte Nelli wieder in die Küche. »Sie sind zurück!«, rief sie zu den Kobolden. Doch die schien die Nachricht nicht zu kümmern. Sie standen immer noch auf den Stühlen am mittlerweile völlig mit Milch und Kuchenkrümeln vollgekleckerten Tisch, schwangen ihre Becher, schubsten und stupsten sich gegenseitig und gaben merkwürdige, glucksende Töne von sich. Von ihnen war offensichtlich keine Hilfe zu erwarten.

Seit Adalbrands Rückkehr hatte Nelli nicht einen besorgten Gedanken an die Küchenfenster verschwendet, da sie sich genau erinnerte, wie sie deren Läden verriegelt hatte. Während sie die Kobolde betrachtete und nach einem Weg suchte, ihre Aufmerksamkeit zu erlangen, erinnerten sie die vielen kleinen Pfützen auf dem Tisch an eine immer noch unbeantwortete Frage. Woher stammte die Milch? Aus dem Krug oder von draußen?

Sie rannte zur Tür und berührte ihren Knauf im selben Moment, als er auch von außen berührt wurde. Ein banger Augenblick verstrich, dann konnte Nelli aufatmen: Die Tür war verschlossen!

»Ich bin nicht allein«, sagte sie laut.

»Wer ist denn bei dir?«, fragte Adalbrand. »Hol ihn her, ich möchte mit ihm reden.«

»Sie schütteln den Kopf, aber du kannst sie ja hören«, behauptete Nelli und blickte zu den Kobolden. Doch die gaben momentan überhaupt kein Geräusch von sich und wirkten völlig in ihre Gedanken vertieft. Nelli zischte: »Macht Lärm!« Aber keiner der vier dachte daran.

»Ich glaube, du beschwindelst mich, Schatzi, und bist in Wirklichkeit ganz allein«, antwortete Adalbrand erheitert. »Nun mach schon auf. Es war ein dummer Scherz, der mir jetzt aufrichtig leidtut. So ist es doch, Kinnwolf? Sag, dass er mir leidtut.«

»Er tut ihm leid«, bestätigte Kinnwolf völlig gelangweilt.

»Auch Kinnwolf tut es leid«, knurrte Adalbrand gereizt.

Nelli hörte ihn ausspucken und brummen: »So ist es. Genau so.«

Lautes, aber unverständliches Zischen bewies, dass Adalbrand mit der lügnerischen Leistung seines Bruders nicht ganz zufrieden war. Beide gingen von der Tür weg, ohne sich jedoch vom Haus zu entfernen. Nelli eilte ins benachbarte Zimmer, spähte durch die Läden und folgte den Brüdern so lange im Innern des Hauses von Zimmer zu Zimmer, bis sie endlich stehen blieben.

»Bärendienst«, hörte sie ihren Gatten sagen.

»So bin ich eben, wenn ich hungrig bin«, verteidigte sich Kinnwolf. »Das weißt du doch! Ihr Mittagessen war wieder einmal unter aller Sau. Was die sich jeden Tag erlaubt, das geht auf keine Kuhhaut! Davon soll ein erwachsener Mann satt werden? Jetzt hängt mir der Magen wieder bis zum großen Zeh. Weißt du, das wird mir alles zu albern. Ich hole jetzt die Axt, dann schlagen wir die Tür ein. Fertig, aus, gut!« Er ging zum Stall.

»Kinnwolf!«, rief ihm sein Bruder ungeduldig und vergeblich hinterher.

Kurz darauf trat Kinnwolf wieder aus dem Stall. In der Hand trug er die Axt. Die Kuh folgte ihm auf den Fersen. Offenbar hatte sie sich befreit.

Während Nelli fieberhaft nach einem Ausweg suchte und erwog, durch eines der Fenster auf der abgewandten Hausseite zu fliehen, solange noch Zeit dafür war, sah sie, wie die Kuh sich zutraulich an Kinnwolf rieb. Er stieß sie weg. Die Kuh gab ein beleidigtes Muhen von sich, ließ sich von der Unfreundlichkeit aber nicht abschrecken, sondern strich abermals an Kinnwolf entlang, dieses Mal so ungestüm, dass er stolperte und ein paar Schritte lang um sein Gleichgewicht kämpfen musste.

»Blödes Vieh!«, rief er und schlug ihr die Faust in die Seite. Erneut muhte die Kuh empört – und schubste so kräftig zurück, dass Kinnwolf stürzte. Ungeachtet seines Schimpfens trampelte sie über den Gestrauchelten und ließ sich auf ihm nieder. Umgehend verwandelten sich seine Wutschreie in gedämpfte Schmerzensschreie und Hilferufe.

Nelli war nicht weniger fassungslos als Adalbrand, der zu der Kuh rannte und sie so lange trat, bis sie sich unwillig erhob. Kinnwolfs Schreie klangen danach nicht weniger laut, sondern nur weniger dumpf. Anscheinend hatte ihm das Tier mehrere Knochen gebrochen.

Und das sollte noch nicht das Ende sein.

Während Adalbrand sich um seinen verletzten Bruder kümmerte, trottete die Kuh ein paar Schritte weg, wendete, senkte den Kopf und scharrte mit einem ihrer Vorderhufe herausfordernd den Boden.

Was ist das für eine Kuh?, dachte Nelli. Dann begriff sie endlich und murmelte: »Was ist das für eine Kuh, die überhaupt keine Kuh ist?«

Von wegen umgestoßene Eimer! Von wegen lästige Schläge mit dem Schwanz! Solch harmlosen Schabernack trieben Wechselbälger offenbar nur, wenn sie einen sehr, sehr guten Tag hatten. Die Kuh hatte keinen. Mit zornigem Brüllen griff sie an.

Adalbrand handelte bemerkenswert schnell. Er ließ seinen Bruder Bruder sein und rannte davon. Doch damit wurde er seine Verfolgerin nicht los. Eine Zeit lang scheuchte sie ihn zwischen Haus und Stall vor sich her. Als sie ihn schließlich schon fast auf den Hörnern hatte, besann sich Adalbrand auf die Überlegenheit des menschlichen Geistes und sprang im letzten Augenblick zur Seite. Wie erwartet schoss die kämpferische Kuh an ihm vorbei. Nicht ganz wie erwartet, schlug sie mit den Hinterbeinen aus. Nun stand auch Adalbrand nicht mehr. Die Kuh kehrte dorthin zurück, wo er liegen musste, trampelte eine Weile auf der Stelle und erleichterte sich dann in einem anhaltenden breiten Strahl. Er war so laut, dass Nelli unwillkürlich an einen Gebirgsbach nach mehreren Wochen herbstlichen Dauerregens denken musste.

Nun wusste sie, dass sie sich beruhigt schlafen legen konnte. Draußen war es viel zu gefährlich, als dass nochmals jemand es wagen würde, in das Haus einzubrechen.

Nelli erwachte mit dem ersten Sonnenstrahl, jäh herausgerissen aus einem aufschlussreichen, doch leider unvollendeten Traum, der ihr die Antwort auf all ihre Sorgen dieses und auch der kommenden sieben Jahre verkündet hatte. Zum Glück war er bei seinem abrupten Ende schon weit genug fortgeschritten, sodass sie wenigstens wusste, was sie die nächsten Augenblicke unternehmen sollte. Mit wehendem Nachtkleid eilte sie in die Küche. Sie blitzte vor Sauberkeit, da die Kobolde sie gründlich geputzt hatten. Danach hatten sie es offenbar für dringend erforderlich gehalten, den Tisch und die Stühle auseinanderzunehmen. Nun standen sie zwischen den auf dem Boden aufgereihten Einzelteilen und besprachen sich. Ein Wort, das immer wieder dabei fiel, lautete »Extras«. Manchmal in der Verbindung »nützliche Extras«, ein andermal als »notwendige Extras« und gelegentlich auch als »spaßige Extras«. Gerade nach Letzterem pflegten die Koboldgesichter ganz runzelig zu werden, und verstohlenes Lachen erklang.

Nelli kümmerte sich nicht um sie, sondern griff nach einem Messer. Denn so hatte es sie der unvollständige Traum geheißen: Öffne das verbotene Zimmer! Bestimmt haben die Brüder darin den Besitz deiner weniger glücklichen Vorgängerinnen verborgen!

Nelli strich mit dem Finger über die Klinge und hatte plötzlich einen neuen Einfall. »Ihr könnt doch sicher Türen öffnen?«

Brams erwiderte ihre Frage mit einem erwartungsvollen Blick.

»Ich kann euch jetzt nicht bezahlen«, erklärte Nelli. »Doch sollten wir uns je wieder treffen, so gelobe ich, für jeden von euch einen eigenen Kuchen zu backen!«

Ihr Vorschlag fand Gefallen. Nelli erkannte das daran, dass sie umgehend zur nächsten Tür geschoben und gezogen wurde. »Die andere«, sagte sie laut. »Es ist die andere Tür.«

Nun stand Nelli wieder in dem Flur mit der verbotenen Tür, an dessen Ende es zu Kinnwolfs Kammer ging. Der Anblick war ihr unheimlich, auch wenn sie wusste, dass er nicht darin war, nicht darin sein konnte. Niemand, dem die falsche Kuh der Kobolde so übel mitgespielt hatte wie ihm und seinem Bruder, wäre leichtfertig genug, sich so bald wieder herzuwagen.

Stumm deutete sie auf die Tür, um die es ihr ging. Der Kobold Pürzel sollte sie öffnen. Unter seinem Kapuzenmantel holte er mehrere Werkzeuge hervor und breitete sie vor sich aus. Plötzlich sagte irgendjemand ganz empört: »Man kann vielleicht vorher fragen. Ist das denn zu viel verlangt?«

Pürzel verharrte. »Oh, eine Tür!«, rief er verwundert.

»Oh, ein ganz Schlauer!«, äffte ihn die empörte Stimme nach. Brams trat zu Pürzel und sprach: »Was machst du hier?«

Nelli musste lachen: Eine Tür öffnen wollen und sich

dann wundern, dass die Tür eine Tür war, das war ja gar zu ... gar zu ... eigentlich gar nicht lustig.

Nun gesellten sich auch die anderen beiden Kobolde hinzu. Alle vier tuschelten und flüsterten. Nelli verstand zwar nicht den Grund, wohl aber den Hinweis und trat als Zeichen guten Willens ein paar Schritte zurück.

Wie seltsam, dachte sie. Noch vor einem Tag hatte sie Kobolde nur aus Fabeln gekannt. Sie hatte gehört, dass sie hilfreich, aber auch launisch und boshaft sein konnten. Nur einen Tag später war sie gewohnt, Geschäfte mit ihnen einzugehen, und überzeugt, dass das Schlechte, was man über sie sagte, gar nicht stimmte. Doch vielleicht – und hierbei rührte sich leichtes Unbehagen – dachten auch diejenigen so, die mit den verderbten Geschöpfen des Schinderschlundes paktierten. Sie sahen den Nutzen, den Vorteil, aber nicht das lauernde Böse. Womöglich war alles nur eine Frage zunehmender Gewöhnung.

Diese grauen Gedanken verschwanden fast gänzlich, als sich plötzlich die Tür öffnete. Pürzel verstaute wieder sein Werkzeug, von dem Nelli hätte schwören können, dass er es überhaupt nicht benutzt hatte. Doch maß sie diesem Umstand keine weitere Bedeutung bei. Sie betrat das muffig riechende Zimmer und öffnete die Fensterläden, damit Licht hereinkam. Weder der Boden noch die Decke dieser Kammer wiesen Schäden auf. Doch das hatte Nelli längst geahnt. Stattdessen entdeckte sie Berge aufgeschichteter Frauenkleidung und Regale, in denen Gläser mit milchigen Flüssigkeiten standen. Undeutliche Schemen verrieten, dass sie noch anderes enthielten, wovon Nelli lieber nichts wissen wollte. Das war zwar nicht genau das, was ihr Traum versprochen hatte, nämlich Adalbrands und Kinnwolfs wohlsortierte Schatzkammer, kam ihm aber sehr nahe. Nelli durchstöberte die Kleiderbündel und fand bald, was sie erhofft hatte: Gürtelschnallen, Broschen, Medaillons, Kettchen. Keines der Stücke war für sich allein sonderlich wertvoll, doch alle zusammen würden ihren Verlust mehr als nur ersetzen. Während sie nach diesen bescheidenen Reichtümern suchte, hielt Nelli die eine Hand wie eine Scheuklappe ans Gesicht, da sie nicht versehentlich einen Blick auf das erhaschen wollte, was die Gläser womöglich enthielten. Das bewahrte sie jedoch nicht davor, die Meinung der Kobolde mit anhören zu müssen. Voller Unbehagen riefen sie: »Ganz schlechter Streich! Ganz, ganz schlechter Streich! Ganz, ganz, ganz schlechter Streich!« Je länger es dauerte, desto erregter klangen sie, sodass ihre »schlechten Streiche« schließlich von stattlichen *Ganz*herden angeführt wurden. Das war nicht leicht zu ertragen. Nelli wollte deswegen schon ihre Suche nach Gegenständen von Wert beenden, als ihre Finger auf etwas Hartes stießen. Ihre Hände legten eine Schatulle frei. Nach den geschnitzten, ineinander verwobenen Mustern zu urteilen, stammte sie keinesfalls aus der Gegend, sondern wahrscheinlich aus einem fernen Land.

Nelli versuchte sie zu öffnen, fand aber keinen Verschluss. Sie drehte die Schatulle zwischen den Händen und hob sie auf Augenhöhe hoch, um sie eingehend von allen Seiten zu betrachten. Schließlich gab sie auf und wandte sich zu den Kobolden, um sie zu bitten, das Kästchen zu öffnen. Doch plötzlich sprang es ganz von alleine auf, und ein hellgrüner Qualm drang heraus. Vor Schreck ließ Nelli es fallen. Gebannt sah sie zu, wie die Qualmwolke die Form eines durchscheinenden Wesens mit spitzer Schnauze, großen Ohren und Stummelflügeln auf dem Rücken annahm.

Plötzlich schossen ihr die eigenartigsten Gedanken durch den Kopf, die überhaupt keinen Sinn für sie ergaben und die sie dennoch aussprechen musste: »Vielleicht haben die Unterdessenmieter meinen Kuchen doch noch nicht gefunden! Ich verstecke ihn ja immer in dem blauen Schrank ganz oben. Wenn wir uns beeilen, sind wir vielleicht gerade rechtzeitig zu Hause, um das Schlimmste zu verhindern. Andererseits meint Brams, dass rechtzeitig viel zu spät sei. Aber was nützt es, früher aufzubrechen, um rechtzeitig da zu sein, wenn auch das schon zu spät ist? O weh! Nach allen unseren Missionen sollten mir solche Fehler nicht unterlaufen. Immerhin hat sie uns einen Kuchen gebacken und schuldet jedem noch einen weiteren ...«

Nelli schüttelte sich. Seit wann verstand sie ihre eigenen Gedanken nicht mehr?

Ihr fiel auf, dass die vier Kobolde ebenfalls murmelten. Krümelines leise Worte vernahm sie am besten: »Er ist ein stattlicher Mann und macht auch einen sehr netten Eindruck. Zudem bewirtschaftet er einen eigenen Hof mit seinem Bruder zusammen. Etwas einsam gelegen vielleicht, aber das stört mich nicht. Eine große Auswahl habe ich in meinem Alter sowieso nicht mehr. Ich hätte gleich ja sagen sollen, bevor mir noch eine andere zuvorkommt ...«

Nelli errötete, denn was Krümeline sprach, war ihr nur zu bekannt. Am liebsten wäre sie im Boden versunken.

Auch das seltsame Wesen schien nicht unempfänglich für diesen Zauber zu sein. »Ich habe nicht viele Geheimnisse«, sprach es, »doch dieses eine muss gewahrt werden, selbst wenn er nur gelogen haben sollte. Der schlechteste Streich, den man sich denken kann, wäre es, wenn alle erfahren müssten, dass unser Guter König ... nein, ich darf seinen Namen nicht einmal denken ... überhaupt nicht nett ist, sondern bösartig und griesgrämig. Hoffentlich bleibt er noch lange mit seinen Fischen und Fledermäusen in dieser Höhle eingeschlossen, gleich bei dem kleinen See, der gar nicht so tief ist, wie man meinen könnte ...«

Ein schepperndes Lachen erklang. Das Wesen beendete sein Murmeln und rief triumphierend: »Na, das ist doch etwas! Euch werde ich lehren!« Schon löste es sich wieder in Dunst auf und verschwand. Die Kobolde hörten augenblicklich auf zu murmeln.

»Wir gehen jetzt!«, verkündete Brams. Keiner widersprach, schon gar nicht Nelli. Die Kobolde holten ihre erbeutete Kuh hinter dem Haus ab, und obwohl alle mit anfassten, kam es Nelli so vor, als trüge der Kobold Rempel Stilz die Hauptlast. Nun ging es auf geradem Weg in den Wald. Nelli sah sich immer wieder vorsichtig um, denn irgendwo mussten sich ja auch Adalbrand und Kinnwolf versteckt haben.

Nach kurzer Zeit kamen sie und ihre Kobolde an einer Tür vorbei. Sie lehnte mitten im Wald an einem Baum, war aber nicht so leicht zu entdecken, wenn man nicht um sie wusste. »Wir haben einiges miteinander zu besprechen«, sagte Brams eindringlich. »Aber später, sehr viel später!«

Mit wem er eigentlich sprach, war für Nelli nicht ersichtlich, da ihm niemand zuzuhören schien. Vielleicht mit der Tür, dachte sie und musste innerlich bei der Vorstellung lachen. Wie albern das doch war!

Die Kobolde nahmen die Tür mit. Brams und Pürzel trugen sie und überließen die Kuh ihren Gefährten Rempel Stilz und Krümeline. Nelli vermeinte nun alles zu begreifen. Die Kobolde hatten also außer der Kuh noch eine Tür gestohlen! Vermutlich hatten sie auch statt ihrer einen Wechselbalg hinterlassen. Davon hatte sie zwar noch nie gehört – keine Fabel berichtete davon –, aber *sehen* bedeutete *wissen*, und von Türen, die immerzu knarrten, schlugen oder bei denen es kühl hereinzog, hatte sie schon öfter gehört. Anscheinend waren auch sie Koboldwerk – wieder etwas gelernt!

Gemäß ihrer Vereinbarung geleiteten die Kobolde Nelli fast bis zum Ende des Waldes. Dann sagte ihr Anführer Brams zu ihr, dass sie nun allein weitergehen solle. Er und seine Gefährten beteuerten, dass sie sich sehr auf ein Wiedersehen mit ihr freuten. Nelli antwortete dasselbe und fügte zur Bekräftigung hinzu: »Beim Guten König Raffnibaff!«, wie sie es ihre Begleiter oft hatte sagen hören. Auch dieses Mal entging ihr nicht, dass Brams bei der Nennung dieses Namens seltsam unwohl zu sein schien.

Tatsächlich war sich Nelli jetzt, da ihr keine Gefahr mehr drohte, gar nicht mehr so sicher, ob sie ihren Abschiedsgruß und vor allem die Hoffnung auf ein Wiedersehen ernst meinte. Sehr sicher war sie sich jedoch, dass sie niemandem erzählen durfte, auf wie freundschaftlichem Fuße sie mit Kobolden stand. Selbst alte Freunde, selbst die besten, würden sie unter lauten Entsetzensschreien für verrückt erklären und umgehend das einleiten, was sie für eine angemessene Hilfe hielten. Die Folge wäre wochenlanges Beten mit den Hohen Meistern und tagelanges Fasten zur Reinigung von Leib und Seele. Danach bekäme sie sicherlich eine verantwortungsvolle Tätigkeit zugewiesen, wie etwa für den Rest ihres Lebens Vögel von den Rapsfeldern und Zwetschgenbäumen fernzuhalten. Wie man es eben mit denen hielt, denen der Verstand abhandengekommen war und denen man nicht zutraute, dass sie ihn jemals wiederfänden.

Nelli war erst wenige Hundert Schritt allein gewandert, als die Neugier sie übermannte und sie heimlich zu den Kobolden zurückkehrte. Sie waren immer noch da. Die Tür hatten sie mittlerweile aufrecht hingestellt, und zwar so, dass sie von alleine stand. Brams unterhielt sich mit jemandem, dessen Wortschatz überwiegend aus »Toll!«, »Wunderbar!« und anderen Begeisterungsbekundungen zu bestehen schien. Welcher seiner Gefährten es war, konnte Nelli jedoch nicht zuordnen. Nun wurde es drollig, da Brams so tat, als wolle er die Tür öffnen. Er zog sie auf und – das Grauen griff nach Nelli und ließ sie winseln!

Hinter der Tür zeigte sich ein Meer purpurfarbener, lodernder Flammen. Dunkle Schatten bewegten sich in ihnen, wurden größer und formten sich zu Fratzen. Dieser Anblick war nicht nur schrecklich, sondern auch verwirrend, da das Feuer nicht *im* Wald wütete, sondern *irgendwo anders*. Als habe die Tür bislang ein Loch in der Welt verdeckt.

Die Kobolde schien das alles nicht zu berühren. Gelassen und ohne ihre jeweiligen Unterhaltungen zu unterbrechen, stiegen sie einer nach dem anderen in das Flammenmeer. Brams ging als Letzter und zog die Tür hinter sich zu. Als sie sich schloss, vernahm Nelli erneut die begeisterte Stimme. »Wirft das Los!«, forderte sie und verstarb jäh. Im selben Augenblick verschwand auch der gesamte Spuk. Nun gab es nichts Ungewöhnliches mehr im Wald zu sehen: keine Kobolde, kein Feuer, keine bedrohlichen Fratzen. Nelli war noch eine Zeit lang wie erstarrt, dann fasste sie sich ein Herz und ging zögernd zu der Stelle, wo die Tür gestanden hatte. Sie fand weder angesengtes Laub, noch schnupperte sie den Geruch von Verbranntem. Allerdings entdeckte sie einen Abdruck, der sehr gut zu der Unterkante einer Tür passte.

»So muss das sein!«, sprach sie mit sich selbst. »Es war eine Täuschung. Es ist alles eine Täuschung, damit ihnen niemand folgt.«

Das stimmte zwar nicht ganz, doch rings um sie herum gab es niemanden mehr, der ihr hätte widersprechen können.

# Der krude König Raffnibaff

## 4.

Mit einem letzten Blick in den Wald zog Brams die Tür hinter sich zu. Für einen winzigen Augenblick gaukelten ihm seine Sinne vor, dass er durch eine schlecht beleuchtete Diele ging, dann war er plötzlich daheim, im Koboldland-zu-Luft-und-Wasser, mit seinen verschlungenen Wegen und seinen kleinen Häuschen, die an zu groß geratene Pilze oder Wurzeln und Kieselsteine erinnerten, eben an vieles, nur nicht gerade an Häuser. Von dieser Regel gab es nur wenige Ausnahmen. Brams' eigenes Haus war eine davon, da es ein Spitzdach besaß, eine rechteckige Tür und Fenster zu beiden Seiten mit Blumentöpfen davor. Es galt als sehr exotisch.

Während Brams die Tür vorsichtig kippte, damit Pürzel wieder ihr vorderes Ende tragen konnte, wiederholte diese ihre letzte Aufforderung: »Ein ganz neues Licht auf die Geschichte wirft das. Los, Brams, erzähle weiter!«

»Wo war ich denn?«, fragte er.

»Der Mensch sprang eben aus dem Haus: links ein Messer, rechts den Wetzstahl, Harz schäumte ihm aus dem Mund…«

»Das hat er dir schon zweimal erzählt, Birke«, ertönte Rempel Stilz' Stimme unter der Kuh hervor. Da er sie im Wesentlichen allein trug – Krümeline hielt sich als Zeichen guten Willens an ihrem Schwanz fest –, war außer den Füßen fast nichts von ihm zu erkennen.

»Weiß ich, aber diese Stelle ist so spannend«, erwiderte die Tür.

Nun schaltete sich Pürzel ein. »Er war schon viel weiter, nämlich da, wo uns die Menschenfrau Nelli fragte, ob wir nicht eine Tür für sie öffnen könnten. Pass gut auf, Birke, diese Stelle wird jetzt nämlich ebenfalls sehr spannend! ... Ich stehe also vor der Tür, hole gerade mein Werkzeug heraus, da sagt sie: ›Man kann vielleicht vorher fragen!‹ Ich – völlig überrascht – antworte: ›Oh, eine Tür!‹ Darauf sie: ›Oh, ein ganz Schlauer!‹ ... Und zwar in einem völlig herablassenden Ton: Oh, was für ein Schlauberger! ... Ohoho, ein richtiger Schlaukopf, was? Hohoho, die Sonne der Schläue geht auf! Warum ist es plötzlich so zappenduster? ... Hojotoho ...«

»Wir waren alle dabei und haben es gehört«, unterbrach ihn Brams, bevor Pürzel sich noch weiter hineinsteigerte.

»Toll!«, rief Birke. «Aber warum sagte sie das zu dir?«

»Weil sie eine Tür war.«

»Ich weiß, du wolltest ja eine öffnen.«

»Ein Tür wie du selbst, Birke!«

»Toll!«, antwortete die Tür. »Toll! Wie ich! ... Was machte sie in dem Haus? Warum haben wir sie nicht mitgenommen?«

»Das wäre etwas gewesen!«, brummte Pürzel. »Heiaha, noch ein paar Schlaufüchse!«

»Sie wollte es nicht«, sagte Brams. »Sie meinte, sie habe lange genug Kobolde ins Menschenland und zurück kutschiert und wolle nun ihren Lebensabend in Ruhe in diesem Haus verbringen. Eine Beschäftigung als Tür, die kaum einmal geöffnet werde, sei ihr gerade recht.«

»Toll!«, rief Birke. »Aber sie ist nicht wie ich. Ich möchte meinen Lebensabend nirgends verbringen.«

»Sie war auch wesentlich älter als du«, erklang Rempel

Stilz' gepresste Stimme, »mindestens so alt wie Bookweetelins Tür.«

»Toll! Wer ist das?«

»Ein Klabautermann, den Rempel Stilz und ich kennen«, erklärte ihr Brams. »Wo sollen wir dich übrigens absetzen, beim *Fein geölten Scharnier*?« Damit meinte er eine Kneipe, in der viele Türen die Zeit verbrachten, in der sie nichts Besseres zu tun hatten.

»Nein«, widersprach Birke. »Lieber beim Denkmal des Guten Königs Raffnibaff. Ich bin dort verabredet.«

Brams war verblüfft. »Du weißt doch gar nicht, wie lange wir dieses Mal weg waren. Hier können ein paar Wochen vergangen sein, weil völlig unvorhersehbar ist, wie lange der Übergang vom Menschenland zum Koboldland …«

»*Hoplapoi Optalon*«, unterbrach ihn Birke in belehrendem Ton. So lautete nämlich der genaue Fachbegriff, mit dem die Türen beschrieben, warum ein Vorgang, der für einen Kobold nur aus dem Öffnen einer Tür, dem scheinbaren Durchschreiten einer kurzen Diele und dem Schließen der Tür bestand, manchmal einen Augenblick dauerte und manchmal viele Tage. Insgeheim war Brams davon überzeugt, dass die Türen diesen und andere unverständliche Fachbegriffe nur erfunden hatten, um zu verschleiern, dass sie selbst nicht genau wussten, was sie wirklich trieben. Sie hätten ebenso gut *Tralala* oder *Huba-huba* verwenden können, nur hätte dann jeder die Wahrheit erkannt.

Brams kam zurück auf seine Frage. »Deine Bekannten werden doch nicht wochenlang am selben Fleck auf dich warten?«

»So war es aber ausgemacht«, erwiderte Birke.

Brams sagte nichts mehr. An manchen Tagen teilte er die Ansicht vieler Kobolde, dass es im Grunde nur zwei Sorten von Türen gab: sonderliche und absonderliche.

Pürzel hatte seine Geschichte noch nicht zu Ende gebracht, als die kleine Schar das Denkmal des Guten Königs erreichte. Es war ein bedeutendes Zentrum koboldischen Gemeinlebens. Hier traf man sich, hier schwatzte man miteinander, hier lernte manches Koboldkind seinen ersten Streich zu spielen oder zu erdulden. Zwar würden ihm noch viele weitere folgen, bis die jungen Kobolde erlernt hatten, was gleichzeitig Stützpfeiler, Zement und Strebebogen koboldischer Lebensart war, doch dieser allererste Streich, das stolze Lächeln ihrer Eltern oder – je nachdem – auch spöttische Grinsen, blieb ihnen für immer in Erinnerung.

Bei der Beliebtheit dieses Ortes war es nicht verwunderlich, dass Brams sogleich einen Bekannten ausmachte: Regentag. Stocksteif stand er auf der obersten Stufe des Denkmals und blickte in die Ferne, umringt von ein paar Kindern. Die Hälfte von ihnen plärrte endlos dasselbe Lied, der Rest sagte selbst erdachte Gedichte auf und brüllte gebrechliche und bettlägerige Verse. Offenbar hatten ihnen ihre Eltern zu Lehrzwecken eingeredet, Regentag sei der Gute König Raffnibaff. Selbstverständlich konnte ihn keines der Kinder aus der Fassung bringen. Er war nämlich kein Kobold, sondern ein Erdmännchen, das Brams und Rempel Stilz vor einigen Jahren ins Koboldland-zu-Luft-und-Wasser gefolgt war. Wenn Regentag beschlossen hatte, seiner früheren Tätigkeit des Wachehaltens aus lieber Gewohnheit nachzugehen, so konnte ihn nichts, aber auch gar nichts ablenken, außer dem Einbruch der Nacht.

Dieser gern gespielte Streich, nämlich eine Horde von Kindern auf einen arglosen Besucher des Denkmals zu hetzen und ihnen zuvor einzureden, er sei der Gute König, den sie nun gebührend erfreuen sollten, konnte vor allem deswegen so leicht gelingen, weil das Denkmal nur aus einem Sockel rot geäderten schwarzen Steins bestand. Es gab kein Bildnis Raffnibaffs, da niemand wusste, wie er einst ausgesehen hatte. Groß, klein, schlank oder rund – nichts sprach für das eine oder andere. Tatsächlich war auch sonst nicht viel von ihm überliefert, außer den beiden Sätzen seiner Abdankungsrede. Die kannte allerdings jeder:

> Liebe Kobolde, ihr braucht mich nicht länger mehr als König! Ich wünsche euch allen auch weiterhin noch viel, viel Spaß!

Diese wenigen Worte hatten als einzige die Zeit überdauert. Sie galten als Zeugnis von Bescheidenheit, nobler Größe und Sorge um das Wohl aller und hatten bewirkt, dass der einstige König Raffnibaff im Herzen seines Volkes zum Guten König Raffnibaff verklärt worden war.

Leider fiel es einem ganz bestimmten Kobold an manchen Tagen schwer, noch weiterhin an dieses hehre Bild zu glauben. Der Betreffende hieß Brams und war zu Brams' Bedauern kein Namensvetter von ihm. Dieselbe Reise, auf der er auch Regentag begegnet war, hatte ihn nämlich zu jemandem geführt, der steif und fest behauptete, Raffnibaff zu sein, aber alles verkörperte, was jener nicht war. Er war weder gut noch bescheiden, noch von nobler Größe oder gar Sorge um das Wohl aller erfüllt. Er war ein Drache, gefangen unter einem Berg, und hatte jene schreckliche, nicht wieder zu vergessende Behauptung ausgestoßen, dass er nämlich der wahre König der Kobolde sei.

Zum Glück war er nur ein unverschämter Lügner gewesen! Daran glaubte Brams an vielen Tagen leichter, an manchen aber umso schwerer.

Birkes Bekannte waren ebenfalls Türen und daher leicht auszumachen. Sie lehnten am Rande des Geschehens zeltartig aneinander und stützten sich so gegenseitig. Wie Brams erst sehr spät gelernt hatte, kannten die Türen keine unterschiedlichen Geschlechter. Sie waren gleichzeitig männlich und weiblich. So hatte es ihm jedenfalls eine der ihren mit derben Worten erklärt: Jede von uns besitzt ein Schloss und einen Schlüssel, du Einfaltspinsel!

Als Brams und Pürzel näher kamen, begannen alle drei Türen laut zu kreischen und wie Wasserfälle aufeinander einzureden. Die beiden Kobolde stellten ihre Tür ab und verabschiedeten sich. Wenn Birke später woandershin getragen werden wollte, würde sie sich schon zu helfen wissen.

Nun musste nur noch die Kuh abgeliefert werden. Ihr Empfänger war wie stets Moin, der Rechenkrämer. Wegen seiner beeindruckenden Körpergröße, die laut Moin auf einen Zwerg in seiner Anverwandtschaft zurückzuführen sein sollte, war es weitverbreitete Sitte, seinen Namen zu verdoppeln und ihn nicht nur mit »Moin!«, sondern mit »Moin-Moin!« anzusprechen. Manchem erschien es nämlich falsch, dass ein solch großer Kerl einen ganz kurzen Namen haben sollte.

Als Brams und seine Gefährten bei Moin anlangten, stand dieser breitbeinig vor seinem Haus und gab seinen Gehilfen besorgte Anweisungen. Die beiden waren aufs Dach geklettert und mühten sich unter Jammern und Wehklagen damit ab, eine blau-grün gestreifte Plane über das Gebäude zu ziehen.

Moins Haus stand nämlich üblicherweise in einem Zelt. Einmal im Jahr baute Moin es ab, um die Tücher gründlich zu säubern. Für ein paar Tage wurde dann jeder daran erinnert, dass es überhaupt ein Haus im Zelt gab. Ansonsten sah man es nicht und konnte sein Vorhandensein leicht vergessen. Offenbar war es nun wieder so weit.

Brams hatte lange geglaubt, dass Moin nur deswegen in einem Haus wohnte, das in einem Zelt stand, weil er sich nicht entscheiden konnte, worin er eigentlich wohnen wollte. Moin hatte das immer bestritten und auf die angeblich unleugbaren, aber nie weiter ausgeführten Vorteile dieses Wohnstils verwiesen. Erst vor Kurzem hatte er Brams bei ein paar Bechern süßer Milch mehr über die Hintergründe enthüllt: Ein Haus stehe für Beständigkeit und Zuverlässigkeit, also Eigenschaften, die man von einem Rechenkrämer erwarte. Ein Zelt hingegen werde mit Beweglichkeit und Abenteuerlust in Verbindung gebracht. Ein Haus im Zelt vermittle also den Eindruck zuverlässiger Beständigkeit bei gleichzeitiger Aufgeschlossenheit für frische Gedanken!

Damit war ein altes Rätsel gelöst und geschwind durch ein neues ersetzt worden: Wer mochte Moin diesen unglaublichen Unfug eingeredet haben? Brams wäre so gern der Urheber dieses Streichs gewesen, dass er sich noch Tage später bei Selbstgesprächen oder stummem Nachstellen der entscheidenden Überredungsszene ertappte: Moin-Moin, was du als Erstes brauchst, sind Mauern, unglaublich dicke und schwere, *selbst errichtete* Mauern!

Als Moin Rempel Stilz mit der Kuh kommen sah, rief er sofort warnend: »Nicht auf die Theke!«

Diese stand nämlich vor dem Haus, und üblicherweise wurden alle Beutestücke zur Begutachtung auf sie gelegt. Unter der Kuh schallte der mürrische Ratschlag »Abstützen und gut verfugen!« hervor, dann stellte Rempel Stilz das starre Tiere neben die Theke. Zum ersten Mal seit Stunden sah man wieder mehr von ihm als nur Unterschenkel und Füße.

»Macht allein weiter!«, befahl der Rechenkrämer seinen Gehilfen und kam zur Theke. Er zog das Buch mit den laufenden Missionen unter ihr hervor und blätterte so lange darin, bis er zu der Kuh kam, die ein unbekannter Auftraggeber bei ihm bestellt hatte.

»Brauchst du uns noch?«, fragte Krümeline.

Brams verneinte. »Ihr könnt ruhig schon gehen. Ich erledige die Abrechnung mit Moin-Moin allein.«

Pürzel, Krümeline und Rempel Stilz verabschiedeten sich. Bevor sie gingen, erteilten sie Mopf und Erpelgrütz noch ein paar ungebetene gute Ratschläge, die mit der Vermeidung von Schwielen und roten Köpfen beim Aufbauen von Zelten über Häusern zu tun hatten. Dann verschwanden sie hämisch lachend. Moins Gehilfen lachten zwar ebenfalls, doch ihre Freude klang nicht ganz so echt wie die der anderen.

Der Rechenkrämer überprüfte nun anhand des Buches, ob die wenigen Wünsche des Bestellers beim Beschaffen der Kuh eingehalten worden waren. »Ich hatte gar nicht mehr mit euch gerechnet«, sagte er dabei.

»Wieso?«, fragte Brams. »Wie lange waren wir denn dieses Mal unterwegs?«

»Etwas über einen Monat«, erwiderte Moin und schnippte getrockneten Schlamm vom Rücken der Kuh.

Brams war zwar wie immer etwas erstaunt, weil er

selbst kein bisschen beurteilen konnte, wie lange die Reise gedauert hatte, aber keineswegs beeindruckt. »Das ist zwar nicht kurz, aber auch nicht sonderlich lang, Moin-Moin. Ich bin schon länger unterwegs gewesen.«

»Wenn du meinst, Brams«, antwortete Moin und schnippte weitere Schlammbröckchen aus dem Kuhfell.

Brams wunderte sich über die Antwort. »Wie viel länger als einen Monat?«

»Einen Monat und zwölf Tage«, erklärte Moin, ohne seine Tätigkeit zu unterbrechen.

»Einen Monat und zwölf Tage waren wir länger als einen Monat …?«, sprach Brams zögernd. Plötzlich verstand er und schrie entgeistert: »Wir waren zweieinhalb Monate unterwegs?«

»Nicht ganz, etwas weniger«, verbesserte ihn der Rechenkrämer.

Brams konnte es nicht fassen. »So lange hat noch nie eine Mission gedauert! Zweieinhalb Monate! Der arme Rempel Stilz! Er machte sich noch Sorgen, dass jemand seinen Kuchen finden könnte … Wenn er zwischenzeitlich nicht aufgegessen wurde, so kann er ihn jetzt als Türstein verwenden … Zweieinhalb Monate! Meine Güte! Fast ein Vierteljahr!«

»Nicht ganz, etwas weniger«, verbesserte ihn der Rechenkrämer abermals. »Was habt ihr nur mit diesem armen Tier angestellt?« Er war noch immer am Dreck-Wegschnippen.

»Es stand eine Weile verkehrt herum im Regen«, erklärte ihm Brams. »Wegen der beiden Menschenfresser, verstehst du?«

»Menschenfresser«, wiederholte Moin und ließ das Schnippen sein. Also erzählte ihm Brams die ganze Geschichte oder zumindest ihre wesentlichen Teile: Wie sie die Kuh ausgetauscht hatten, gleich danach mit den beiden Männern zusammengestoßen waren und schließlich mit Nelli mehrmals handelseinig geworden waren. An manchen Stellen der Erzählung hob Moin missbilligend die Augenbraue. Brams beruhigte ihn jedes Mal mit den Worten: »Keine Sorge, Moin-Moin, wir waren in der Überzahl und hatten alles unter Kontrolle. Die Mission war keinen Augenblick lang gefährdet!«

Ein paar Dinge ließ Brams wohlweislich aus, etwa, wie Rempel Stilz die Kuh nach einem der Menschenfresser geworfen hatte. Er wollte dem Rechenkrämer nicht noch mehr Anlass geben, an ihrem Zustand herumzumäkeln. Schließlich kam Brams zu der Stelle, die ihn selbst am meisten beschäftigte. »Hast du jemals von einem grünen Rauch gehört, der aus einem Behältnis strömt und eine Gestalt annimmt?«

»Gewiss, ein Flaschengeist«, antwortete Moin sofort.

»Das Behältnis war aber keine Flasche, sondern ein Kasten.«

»Ein Kastengeist«, schloss Moin nun. Brams bedachte ihn mit einem tadelnden Blick. Noch nie hatte jemand etwas von Kisten- und Kastengeistern gehört! »Es hatte eine spitze Schnauze, spitze Ohren und Stummelflügel.«

Moin vergrub sich in das Buch mit den laufenden Missionen. »Meine Ansicht kennst du, aber sie scheint ja nicht gut genug für dich zu sein. Wenn du also nichts weiter zu sagen hast, Brams ...«

Brams war tatsächlich noch nicht fertig. »Plötzlich geschah etwas ganz Seltsames: Ich hatte Gedanken, die überhaupt nicht meine waren, und ich bin mir sicher, dass es mir nicht als Einzigem so ging. Ein riesiges Durcheinander! Jeder schien plötzlich zu denken, was eigentlich jemand anders denken sollte. Alles war vertauscht.«

Moin blickte auf. »Und das sagst du mir erst jetzt, ganz am Schluss? Das ist doch entscheidend! Da erzählt er mir seelenruhig etwas von spitzen Schnauzen und Ohren, als wären sie einzigartig ... So etwas Auffälliges sagt man doch gleich!«

»Und, was ist es?«, fragte Brams begierig.

»Woher soll ich das wissen?«, brummte Moin. »Ich kann mich ja mal erkundigen.«

»Tu das! Wenn jemand die Gedanken eines anderen kennt, kann er in einem Vierteljahr sehr viel Schindluder damit treiben.«

»Nicht ganz, etwas weniger«, verbesserte ihn Moin. »Übrigens, Brams, warum schaust du heute Abend nicht vorbei? Da ich gerade eine Kuh habe, können wir ein paar Becherchen Milch kippen. Ich lade die Nachbarn ein, wir machen Musik und haben eine richtig nette Zeit.«

Brams' Nackenhaare sträubten sich. Genau eine solche Einladung hatte ihn einmal in große Schwierigkeiten gebracht. »Einverstanden«, sagte er zögernd. »Aber wir reden über nichts Geschäftliches.«

»Warum sollten wir auch?«, antwortete Moin unschuldig. »Selbstverständlich tun wir das nicht.«

»Das möchte ich schriftlich«, erklärte Brams.

Moin sah ihm fest in die Augen: »Ist dir bewusst, Brams, dass ich dich als Gast zu mir einlade? Als Gast?«

»Schriftlich!«, antwortete Brams kalt. »Schriftlich!«

Moin griff blind unter die Theke und zog ein Pergament hervor. Während er darauf schrieb, sagte er: »Ein minderer Kobold als ich würde dein Beharren als beleidigend ansehen.«

Dann schob er seinem Gegenüber das Pergament zu. Darauf stand:

*Moin, genannt Moin-Moin, und Brams, genannt Brams, werden heute Abend über nichts Geschäftliches reden.*

Brams las das kurze Schreiben mehrmals gründlich durch. Mit Moin war nicht zu spaßen! Wahrscheinlich enthielt dieser eine Satz mehr Hintertürchen als Buchstaben! Er schob das Pergament zurück und verlangte eine Ergänzung: »Tun sie es dennoch, so sind alle sich daraus ergebenden Abmachungen null und nichtig.«

Moin schrieb wie verlangt und murmelte dabei: »Unbegründetes Misstrauen... ich das verdient? Grundehrlich und anständig... viel zu vertrauensselig... mit Füßen getreten... ins Gesicht geschlagen... unsäglich verletzt... weine mich wieder in den Schlaf...«

Dann schob er das Schreiben zu Brams. Der las es erneut durch. Zwar hatte er mittlerweile ein ziemlich schlechtes Gewissen wegen seines Misstrauens, aber er war entschlossen, hart zu bleiben. Er deutete auf die freie Stelle unter den beiden Sätzen und sagte: »Aber sie sprechen sowieso nicht über Geschäftliches.«

Dieses Mal gab Moin keinen Laut von sich, allerdings wandte er auch nicht die Augen von Brams ab, während er das Gewünschte schrieb.

»Pass gut darauf auf«, riet er danach. Seinem Ton nach zu urteilen, hätte er auch sagen können: »Lass dich bloß nicht mehr blicken!« Das war nicht zu unterscheiden.

Brams verbarg das Pergament unter seinem Mantel und wandte sich mit gesenktem Blick zum Gehen, da er nicht länger wagte, Moin in die Augen zu sehen.

»Bring Durst mit«, empfahl ihm der Rechenkrämer geradezu widernatürlich freundlich. »Übrigens war Hutzel kürzlich hier. Er hat sich wieder gefangen und seinen Du-weißt-schon überwunden. Jetzt wittert er keine Verschwörungen mehr, sobald er zwei gleich gekleidete Kobolde entdeckt. Ich hatte schon früher von seiner Besserung vernommen, konnte mich nun aber persönlich davon überzeugen. Mopf und Erpelgrütz trugen an dem Tag nämlich zufällig ihre roten Kapuzenmäntel. Vielleicht solltest du ...«

Unwillkürlich wanderte Brams' Blick zum Dach von Moins Haus. Einer der Gehilfen hielt sich nur noch mit wenigen Fingern am Dachfirst fest und bemühte sich verzweifelt, nicht abzustürzen, während der andere alles daran setzte, ihn zum Lachen zu bringen, indem er stark überzeichnet die Unterhaltung zweier Personen nachspielte: Die eine schrieb etwas, während die andere ständig unzufrieden war und sich immer neue Ergänzungen zu dem Geschriebenen einfallen ließ.

»Schön zu hören«, antwortete Brams kühl. »Aber im Grunde genommen interessiert mich das nicht sonderlich. Wie du weißt, haben Hutzel und ich nichts miteinander zu besprechen.«

Ein schriller Schrei erklang, als Mopf ganz den Halt verlor. Er stürzte jedoch nicht tief, da Erpelgrütz ihn heimlich mit einer Leine gesichert hatte. Nun hing er etwa ein Arglang unter dem Dachrand und zappelte hilflos wie ein Fisch an der Angel. Erpelgrütz musste darüber so sehr lachen, dass er abrutschte und auf der anderen Seite des Dachfirstes verschwand.

Brams klatschte Beifall. Dieser Teil des Streichs gefiel ihm am besten. »Bis nachher«, sagte er und ging endgültig.

Auf dem Heimweg dachte er darüber nach, ob Moin Hutzels Namen vielleicht nur deswegen erwähnt hatte, um ihm sein Beharren auf dem Schriftstück heimzuzahlen. Hutzel hatte nämlich zu seinem alten Wechseltrupp gehört, zusammen mit Riette. Sein zunehmend absonderliches Verhalten, das Moin mit *Du-weißt-schon-was* umschrieben hatte und wofür andere Kobolde weniger freundliche Bezeichnungen fanden – *sein Gaga, sein Nanu?, sein Doppelplem* –, hatte kurz nach ihrer letzten gemeinsamen Jagd auf die Roten Männer zum Bruch geführt. Dieser Bruch hatte sich auf Riette ausgeweitet, nachdem ihr Hutzel gestanden hatte, wie oft er schon dafür verantwortlich gewesen war, dass jemand Spottnamen – vor allem solche, die sie besonders hasste – an ihre Tür gemalt hatte. Statt nun aber Hutzel für diese Beleidigungen zu bestrafen, war sie über Brams hergefallen, weil er davon gewusst und ihr nichts erzählt hatte. Sie hatte ihn als Verräter beschimpft, als Kackpuh, als allernichtigste Nichtigkeit! Danach waren nur noch er und Rempel Stilz von ihrem Trupp übrig geblieben. Und natürlich Birke, wenn man die Tür dazuzählen wollte.

Brams erinnerte sich noch gut an diese Zeit, da er damals von völlig wirren Albträumen geplagt worden war. Allnächtlich war ihm eine grauenhafte, blutüberströmte Fratze erschienen und hatte ihn zuerst höflich, dann stetig besorgter, schließlich gar kleinlaut aufgefordert, sich wieder mit Riette zu versöhnen. Meist war Brams lachend aus diesen Träumen erwacht. War das nicht wirklich seltsam?

# 5.

Brams vermutete, dass er träumte, war sich aber nicht ganz sicher. Entweder hielt er sich also noch immer bei Moin auf oder schon wieder. Der Unterschied war nicht allzu bedeutend.

In Moins Haus herrschte ein riesiges Gedränge. Zwar kannte Brams eine ganze Menge Gäste, aber längst nicht alle. Viel mehr waren geladen worden, als er je für möglich gehalten hatte. Fast jeder, den Brams erblickte, hatte einen Milchbart oder einen mit Kuchenkrümeln verschmierten Mund. Einige hielten leere Becher in die Höhe und riefen im Chor: »Mehr! Mehr! Mehr!«, andere stießen krachend miteinander an. Nicht wenige hatten Pauken, Tröten, Fideln und seltsam anzusehende, neu erfundene Instrumente mitgebracht, mit denen sie gleichzeitig, aber nicht gemeinsam musizierten. Da das herrschende Stimmengewirr sie jedoch mit Leichtigkeit übertönte, war von ihrer eben erst ersonnenen *Ode an die Dissonanz* kaum ein Ton zu vernehmen.

Moin saß in einem Sessel mit Mopf zur Linken und Erpelgrütz zur Rechten. Er machte einen schwermütigen Eindruck. Plötzlich erhob er sich und lallte rührselig: »Wann kommen wir je wieder zusammen?«

»Morgen, gleich morgen«, brüllten seine Gehilfen.

Moin ließ sich wieder in den Sessel fallen und gab sich ein paar Augenblicke lang mit dieser Antwort zufrieden, dann stand er erneut auf und rief: »Wann komme ich je wieder mit euch zusammen?«

Wiederum beeilten sich Mopf und Erpelgrütz, ihn zu trösten: »Sogleich morgen, Moin-Moin! In aller Frühe, wie jeden Tag.«

Auch dieses Mal war Moin nicht lange besänftigt: »Wer weiß schon, wann wir jemals wieder zusammenkommen?«

Da Brams plötzlich von einer Schar Neuankömmlinge abgedrängt wurde, entging ihm dieses Mal die Antwort. Stint und einige aus seiner Sippschaft waren soeben eingetroffen. Sie gehörten zu Rempel Stilz' Unterdessenmietern und bewohnten sein Haus, währenddessen er auf einer Mission war. Genauso beharrlich, wie sie bei ihm einzogen, pflegten sie zu vergessen, wem das Haus wirklich gehörte, sodass bei der Rückkehr des wahren Bewohners manch rohes Verhalten meist unvermeidlich wurde. Dabei war besonders Stint auf Feiern beliebt, jedenfalls wenn sie nicht im eigenen Zuhause stattfanden. Kein anderer wusste so rasch und treffsicher zu entdecken, was der jeweilige Gastgeber seinen Gästen vorenthielt: die erlesene Flasche Milch, die nur in einem Jahr mit dreizehn Neumonden geöffnet werden durfte, oder das letzte Stück köstlichen Kuchens, von dem er sich nur am ersten Tag eines Monats ohne »R« elf gewissenhaft abgezählte Krümel zu gönnen pflegte.

Zu Brams Erstaunen dachten Stint und die Seinen aber gar nicht daran, umgehend auszuschwärmen, um Kisten, Truhen und Schränke zu durchwühlen. Stattdessen verhielten sie sich auffällig wohlerzogen, was eigentlich nur bedeuten konnte, dass Moin irgendetwas gegen sie in der Hand hatte. Brams lächelte wissend. Vermutlich hatte der Rechenkrämer sie einen seiner windigen Verträge unterschreiben lassen!

Er empfand jedoch kein Mitleid für diese gelegentlichen Leidensgenossen.

Stints besondere Fertigkeiten waren auch gar nicht vonnöten. Fine Vongegenüber, die trotz des Namens das Haus rechts von Moin bewohnte und keineswegs mit Trine Ausdemhinterhaus, seiner Nachbarin zur Linken, verwechselt werden durfte, bewies beinahe ebensoviel Gespür. Wie schon mehrere Male zuvor an diesem Abend sah Brams sie mit verschwörerischem Lächeln auf sich zu kommen. Im Geiste ging er rasch durch, was er bereits getrunken hatte. Begonnen hatte er den Abend mit reichlich Milch von der auf ihre Weiterleitung wartenden Kuh. Daran hatten sich Fines Entdeckungen angeschlossen: Stutenmilch, Eselsmilch, Walkuhmilch und Wolfsmilch. Letztere hatte sich als völliger Reinfall erwiesen, da sie in erster Linie klebrig gewesen war, in zweiter Linie auf der Zunge gebrannt und in dritter überhaupt nicht nach Milch geschmeckt hatte. Wegen dieser leidigen Erfahrung war Brams etwas misstrauisch, als Fine Vongegenüber augenzwinkernd auf den Krug mit ihrem neuesten Fund zeigte und »Spitzmausmilch!« hauchte.

»Wer soll denn so kleine Mäuse melken?«, fragte er argwöhnisch.

»Fünfjährige Feenkinder«, behauptete Fine Vongegenüber. Brams sah sie einen Augenblick lang wortlos an, da er den Scherz nicht verstand und auf eine Erklärung hoffte. Fine Vongegenüber setzte auch schon dazu an und sagte...

...nichts.

Denn von einem Augenblick auf den anderen füllte ein riesiges Gesicht sein gesamtes Blickfeld aus. Brams sah in weit aufgerissene, wilde Augen voller Wut, Zorn und

Wahn und auf einen drohend geöffneten, lippenlosen Mund mit nadelspitzen Zähnen. Von der fremden Stirn, die nicht glatt war, sondern roh aus Knochenplatten zusammengesetzt, strömte unablässig Blut. Es wurde von den Brauen, die unheilvoll an zischende Vipernnester erinnerten, zu den Wangen abgelenkt oder rann den Rücken der mächtigen Nase entlang, die wie dazu geschaffen schien, Mauern einzureißen und Knochen zu zertrümmern. Von dort tropfte es auf das dornengleiche, mit Metallbändern verstärkte Kinn und fiel schließlich prasselnd wie ein heftiger Sommerregen zu Boden.

Brams fand sich urplötzlich aufrecht sitzend und hellwach in seinem Bett wieder. »Das war nun wirklich nicht nötig!«, beschwerte er sich bei niemand im Besonderen.

Mit heftig klopfendem Herzen und in banger Erwartung der Schreckensfratze ließ er die Augen über sein völlig verwüstetes Heim wandern. Wie er rasch feststellte, hatte der Anblick des zusammengebrochenen Schrankes und Tisches, der beinlosen Stühle, der zusammengenähten Kapuzenmäntel, der vielen kleinen und großen, wässrigen und zähflüssigen Pfützen, ja selbst der seltsamen neuen Farbe seines Baldachins etwas zutiefst Beruhigendes. Denn so hatte es schon am Vortag bei ihm ausgesehen, genauer gesagt, hatte die unaufhaltsame Verwandlung seines bis dahin ordentlichen Heimes in den jetzigen Zustand wenige Augenblicke, nachdem er die Haustür geöffnet hatte, begonnen.

Guter Koboldsitte und allgemein höflichem Benehmen entsprach es schließlich, jeden, der von einer Reise heimkehrte, mit einem Willkommensstreich zu begrüßen. Bei einer vierteljährigen Abwesenheit verboten sich rasch erdachte Gelegenheitsstreiche von selbst. Sie wären unweigerlich als peinliche und gedankenlose Pflichtübungen aufgefasst worden. Hier kamen nur große, gründlich durchgeplante Streiche infrage! Solche, in die die ganze Nachbarschaft verwickelt war, bei denen sich eigens kleine Zirkel bildeten, um Teilstreiche zu vervollkommnen. Auch wenn das Wiederherstellen des alten Zustandes von Brams' Haus etliche Tage erfordern würde, bewies der für Koboldverhältnisse äußerst warme Empfang, wie beliebt und angesehen er doch war.

Diese Bestätigung wirkte Wunder. Brams konnte plötzlich ganz sachlich über das Ende seines Traumes nachdenken. Es gab nichts zu befürchten! Wie er nun erkannte, war ihm das Schreckensgesicht nicht unvertraut. Er hatte es schon einmal gesehen und wusste auch, wann und wo: Damals, nach dem Zerwürfnis mit Riette und Hutzel, war es ihm im Traum erschienen. Dasselbe Gesicht, nur hatte es sich seinerzeit wohlerzogen und gesittet benommen!

Moin-Moin ist schuld, dachte Brams grimmig. Hätte der Rechenkrämer nicht Hutzel erwähnt, so wären die alten Geschichten nicht wieder zum Leben erwacht. Das war eindeutig so!

Da der Tag, so weit er sich durch das hereinfallende Licht offenbarte, noch nicht weit fortgeschritten sein konnte, ließ sich Brams wieder auf das Kissen fallen. Er schloss die Augen in dem Bestreben, zurück zu Moins Haus zu gelangen und endlich zu erfahren, welche Bewandtnis es mit den Feenkindern hatte, wo es doch überhaupt keine fünfjährigen Feen gab. Aber eine seltsame Unrast hielt ihn wach. Unzufrieden warf er sich in seinem Bett hin und her – und plötzlich sah er das Schreckensgesicht ein weiteres Mal! Nun aber war es winzig klein.

Neben Brams' Bett stand ein Stuhl, der über und über

mit grausigen, furchterregenden Schnitzereien bedeckt war. Brams hatte ihn während einer lange zurückliegenden Mission entwendet und mit nach Hause genommen, da ihm bei seinem Anblick spontan der Gedanke gekommen war, ihn für einen frühmorgendlichen Aufwach-Scherz zu verwenden, der etliche Gemeinsamkeiten mit seinem heutigen Erwachen gehabt hätte. Diesen Plan hatte er dann allerdings nicht weiter verfolgt und stattdessen den Stuhl ausschließlich dazu benutzt, um seine Pantoffeln darunterzustellen. Ein weiser Entschluss, wie sich nun zeigte, da ganz gewiss seinen abschreckenden Verzierungen zuzuschreiben war, dass keiner der Nachbarn Hand an die Pantoffeln gelegt hatte, um sie womöglich am Boden festzunageln und mit etwas Klebrigem zu füllen. Früher, als Riette noch gelegentlich zu Besuch gekommen war, hatte sie sich bevorzugt auf den Stuhl gesetzt, obwohl ihr das strengstens verboten gewesen war. So müsse sie ihn wenigstens nicht ständig sehen, hatte sie sich immer verteidigt.

Jetzt, zum ersten Mal, entdeckte Brams, dass die Fratze aus seinem Traum gleich mehrfach in den Schnitzereien zu finden war. Erstaunlich! Eigentlich war es ein Wunder, dass er nicht Nacht für Nacht von ihr träumte, so oft wie er sie sah. Aber vielleicht war das gar nicht so einfach mit der Träumerei? Vielleicht bedurfte es eines zweifellos Schuldigen wie Moin, der zunächst ungefragt die Erinnerung an den leidigen Streit mit Hutzel geweckt hatte, worauf er an das Zerwürfnis mit Riette hatte denken müssen und an ihre bevorzugte Art, ihn zu ärgern, indem sie sich auf einen Stuhl setzte, auf den sie sich nicht setzen sollte! Ein geschlossener Kreis sozusagen, dachte Brams. Oder vielleicht auch nur ein geschlossener Halbkreis.

Einen Moment lang erwog er, das nutzlos gewordene Requisit eines verworfenen Streichs woandershin zu stellen. Dann erinnerte er sich jedoch, dass ihm schon damals, als er den Stuhl mitgebracht hatte, trotz gründlichen Nachdenkens keine andere Verwendung eingefallen war, als seine Pantoffeln darunterzustellen. Und wo sonst sollten die sinnvoller stehen als gleich neben seinem Bett? Anscheinend ließ sich am gegenwärtigen Zustand nichts ändern.

Zufrieden darüber, dass nun alles geklärt schien, schloss Brams die Augen und wartete so lange, bis es ihm zu langweilig wurde. Mach schon, dachte er dazwischen ungeduldig. Ich bin fertig, es kann nun weitergehen! Zur Einstimmung beschwor er seine letzte Erinnerung an den Traum herauf: Gerade war Trine aus dem Hinterhaus, nein, Vorderhaus ... links? ... rechts? ... von gegenüber? ... Fine Vongegenüber mit einem Krug ...

Aber auf diese Weise ließen sich weder Schlaf noch Traum herbeizwingen. Schließlich gab sich Brams geschlagen und erhob sich. Er befreite einen frischen Kapuzenmantel aus der langen Kette von zusammengenähten Kleidungsstücken und machte sich daran, seinen Schrank aufzubauen und alle Stühle wieder mit Beinen zu versehen. Doch seine Unruhe wurde nicht kleiner. Von Augenblick zu Augenblick wuchs die Gewissheit, dass es irgendetwas gab, woran er denken sollte, irgendetwas, das er nicht vergessen durfte, irgendetwas, was unbedingt beachtet werden musste.

Zwischen zwei Stühlen fiel Brams endlich ein, was so wichtig war. Er stieß einen Schrei aus, griff nach dem Kapuzenmantel vom Vortag, wendete ihn, sah im Bett nach, sah unter dem Bett nach und hob schließlich planlos alles an, worauf sein Blick gerade fiel, um nachzuschauen, ob sich etwas darunter verbarg. Aber er wurde nicht fündig. Daher beschloss er, von vorne zu beginnen, allerdings dieses Mal überlegter.

Der vergangene Abend war zweifellos ein günstiger Ansatz. Wie lange war er bei Moin gewesen? Wie war er nach Hause gelangt? Was hatte sich noch in Moins Haus zugetragen? Doch so angestrengt Brams nach Antworten auf diese Fragen suchte, so unweigerlich endeten alle seine Erinnerungen bei dem Augenblick, als Fine von Trine, nein, Fine Vongegenüber von vorne auf ihn zugekommen war, während er gleichzeitig nach Trine Ausdemhinterhaus linker Hand Ausschau gehalten hatte.

Das war doch zum Mäusemelken, zum Spitzmäusemelken sogar! Brams war völlig überzeugt davon, dass, wenn er nur einschlafen und lange genug träumen könnte, sich der ganze verflossene Abend ihm wieder offenbaren würde. Dann wüsste er vielleicht, ja, dann erführe er ganz gewiss, was mit dem Dokument geschehen war, das er Moin abgetrotzt hatte und nun nicht mehr finden konnte, so sehr er es auch suchte.

Und das war vielleicht auch kein Wunder, dachte er, als ein schrecklicher Verdacht in ihm aufkeimte.

Außer ihm gab es nur einen Kobold, für den dieses Dokument von Wert war: Moin! Der Rechenkrämer musste es ihm heimlich entwendet haben.

Brams wurde ganz schlecht bei der Vorstellung, was ihm ohne den Schutz ihrer schriftlichen Abmachung widerfahren sein konnte. Ganz im Gegensatz zu den Traumbildern, die sich ihm so beharrlich verwehrten, wurde er plötzlich von einer Fülle möglicher Szenen aus den unzugänglichen Stunden des letzten Abends überflutet. Ihnen allen war gemein, dass sie ihn glücklich lachend, geradezu dankbar – und meistens lallend und kleine Speicheltröpfchen verteilend – dabei zeigten, wie er eifrig eng beschriebene Pergamente unterzeichnete. Eines ums andere – und dann noch einen weiteren Stapel davon!

Zeitweise vermeinte Brams, die winzige, kaum von einem dicken Strich unterscheidbare Zwergenschrift, in der diese unheiligen Übereinkünfte verfasst waren, entziffern zu können. Er las: »Für die Dauer eines Jahres«, »für die Dauer von zehn Jahren«, »für die Dauer von hundert Jahren«, und schließlich: »Solange es einen lebenden oder toten Nachkommen oder Anverwandten gibt von Brams, genannt der frohsinnige Unterzeichner.«

Brams wähnte sich am Rande einer Ohnmacht. Moin hatte nicht erst einmal eine ähnliche Hinterlist erfolgreich angewandt. Auch nicht zweimal oder dreimal ... Er versuchte es immer wieder! Für Brams stand unumstößlich fest, dass er das Dokument zurückbekommen musste! Am besten begab er sich sofort zu Moin. Zaudern bedeutete in diesem Fall verlieren! Allerdings war es wohl das Beste, den Rechenkrämer nicht sogleich auf das Dokument anzusprechen. Falls er wider Erwarten nichts mit seinem Verschwinden zu tun haben sollte, wäre das Wissen, dass Brams es nicht mehr besaß, geradezu eine Einladung, ihm eine Abmachung unter die Nase zu halten, die er ihn vielleicht nur gewohnheitshalber oder aus Vergesslichkeit hatte unterschreiben lassen. Moin war *alles* zuzutrauen.

Brams öffnete die Tür seines Hauses und trat in einen ungewöhnlich trüben Tag hinaus. Der mausgraue Himmel verriet ihm, dass es wesentlich später sein musste, als er gedacht hatte. Auf dem Weg zu Moin wunderte er sich, wie wenigen Kobolden er begegnete. Selbst das Denkmal des Guten Königs Raffnibaff, das er von ferne sah, machte einen reichlich verwaisten Eindruck.

Wo waren denn heute alle?, dachte Brams verwundert. Wo waren sie?

# 6.

»He, du!«

Brams blieb stehen und wandte sich zu einem Kobold um, den er nicht kannte. Anders als er selbst, trug der Fremde keinen Kapuzenumhang, sondern eine abgewetzte, offene Lederjacke, ausgefranste Hosen, die gerade bis über die Knie reichten, dazu unförmige Stiefel und einen spitzen roten Filzhut mit breiter Krempe, in den er einige zerzauste Federn und vertrocknete Zweige gebohrt hatte. Irgendwo am Körper musste er ein Glöckchen tragen. Brams sah es zwar nicht, hörte es aber klingeln.

»Bist du Brams?«, fragte der Kobold.

Brams bestätigte es. »Das bin ich tatsächlich. Was gibt es?«

»Du sollst zum Letztacker kommen.«

»Wer sagt das denn?«

Der unbekannte Kobold spuckte aus und zuckte die Schultern: »Weiß nicht, wie er heißt. Einer deiner Kumpane, vermutlich.«

»Da gibt's etliche«, meinte Brams und wunderte sich dabei über die Bezeichnung. »Kannst du ... *meinen Kumpan* ... vielleicht beschreiben?«

Sein Gegenüber runzelte die Stirn und gab ein nachdenkliches Schmatzen von sich: »Kopf ... Arme ... Beine.«

»Das schränkt es nicht sonderlich ein. Fällt dir vielleicht noch mehr ein?«

Der andere Kobold zog geräuschvoll die Nase hoch und dachte einen Augenblick lang nach. »Bauch!«

»Bauch?«, wiederholte Brams. »Er hat einen Kopf, Arme, Beine und einen Bauch?«

Sein Gegenüber nickte bei jedem Wort bestätigend, als gäbe es irgendetwas misszuverstehen.

»Na gut, ich werde ja sehen, wer es ist«, meinte Brams. »Bei einer solchen Beschreibung sollte er mir kaum entgehen können.«

»Am besten gehst du gleich zum Letztacker und lässt ihn nicht warten«, riet ihm der fremde Kobold, spuckte aus und zog die Nase hoch. »Womöglich ist er ungeduldig ... Glaub eigentlich schon ... machte so den Eindruck.«

»Ist gut«, erwiderte Brams und schlug den Weg zum Letztacker ein. Offenbar ging es um etwas Wichtiges, da dieser Ort zu den wenigen im gesamten Koboldland-zu-Luft-und-Wasser gehörte, wo man vor Streichen sicher war. Im Gehen dachte er über den Boten nach, den ihm sein gesichtsloser Bekannter, sein *Kumpan*, geschickt hatte. Offenbar war er gerade eben erst von einer recht anstrengenden Mission heimgekehrt. Das verriet der beklagenswerte Zustand seiner Kleidung: fleckig, zerschlissen, ausgefranst, keine einzige Naht, die nicht irgendwo aufgeplatzt wäre. Dazu die wächserne Haut, die tief liegenden, rot unterlaufenen Augen, das ständige geräuschvolle Hochziehen der Nase, die schmutzigen Fingernägel, die etwas zu sehr an die erdverschmierten Krallen eines Maulwurfs gemahnten ...

Brams blieb ruckartig stehen, als ihm bewusst wurde, dass er im Geiste keinen Kobold beschrieb, sondern einen Dämmerwichtel! Er fuhr herum, sah den anderen aber nicht mehr.

Was hatte das zu bedeuten? Bestimmt nicht Gutes!, dachte er. Vorsichtshalber rief er, so laut er konnte: »He du! Sagtest du eben Brams? Brams mit langem A? Eine bedauerliche Verwechslung! Ich heiße überhaupt nicht Brams! Mein Name ist Brmms! Brmms mit kurzem ... mit kurzem Nichts!«

Wie nicht anders erwartet, antwortete ihm niemand. Brams überlegte: Noch war sein Verdacht nur ein Verdacht. Er brauchte dringend jemanden, der seine Vermutung bestätigen oder widerlegen konnte. Hoffnungsvoll sah er sich um, doch die einzige einigermaßen geeignete Zeugin der Begegnung war eine Buche, die am Wegrand wuchs. Brams trat zu ihr und sprach sie an.

»Du hast doch sicher beobachtet, mit wem ich mich gerade unterhalten habe?«

»Ich bin neu hier«, antwortete der Baum.

Brams ließ den Blick über den dicken, glatten Stamm des Baumes bis zu seiner prächtigen Krone wandern. »Du bist mindestens achtzig Jahre alt«, stellte er fest.

»Zweiundneunzig im nächsten Frühjahr«, verbesserte ihn der Baum stolz.

»Zweiundneunzig? Nicht schlecht!«, antwortete Brams in geheuchelter Bewunderung und führte umgehend den tödlichen Streich. »Wie kann ein so alter Baum behaupten, neu hier zu sein?«

Der Baum schwieg. Brams wartete geduldig. Diesen Augenblick wollte er auskosten, schließlich war es nicht leicht, eine Buche in die Enge zu treiben.

»Na?«, drängte er schließlich triumphierend.

Doch der Baum schien nur auf eine Äußerung von ihm gewartet zu haben. So kurz wie Brams' »Na?« auch war, schaffte er es dennoch, ihm ins Wort zu fallen.

»Soll ich Hinweise geben, oder ist sowieso Hopfen und Malz verloren?«

Brams konnte plötzlich sehr gut Pürzels Gefühle in Nellis Haus nachempfinden. »Du bist wohl nicht zufällig mit einer etwas ältlichen und ungehobelten Tür verwandt?«, fragte er.

»Behüte!«, rief der Baum aus. »Behüte! Viel zu flatterhaft! Einmal so, einmal so – das ist nichts für meiner Mutter Spross. Auf, zu, einen Spalt weit geöffnet, dann wieder halb geschlossen – ach, grausig! Grausig! In meiner Familie ist man gesetzt und bodenständig. Da hat man so etwas nicht… Übrigens ›haben‹: Hast du's jetzt herausgefunden? Ich könnte dir ja einen Hinweis geben, aber womöglich wäre danach ein Hinweis für den Hinweis fällig. Kurz und gut, Hopfen und Malz, Torf erhalt's, wie man bei uns sagt: Ich wurde verpflanzt. Kürzlich. Hierher.«

»Verpflanzt?«, antwortete Brams zweifelnd. »Ich dachte, so alte Bäume verpflanzt man nicht?«

»Es sei denn …«, fügte die Buche umgehend hinzu. »Es sei denn …? Kleiner Hinweis benötigt?«

»Ich weiß es nicht«, gab Brams in säuerlichem Ton zu.

Der Baum schien den Augenblick sehr zu genießen. »Alte Bäume verpflanzt man nicht, es sei denn … es sei denn … auf eigenen Wunsch!«

Brams staunte. »Warum sollte sich ein Baum so etwas wünschen? Besserer Boden? Besseres Wasser?«

»Unfug!«, tadelte ihn sein Gegenüber. »Die üblichen Gründe: streitsüchtige Nachbarn, Genörgel vom ersten bis zum letzten Sonnenstrahl und dann möglichst noch die gesamte Wachstumsperiode hindurch! So etwas erträgt man vielleicht dreißig oder fünfzig Jahre lang, aber irgendwann ist einfach Schluss! Schluss, aus, basta!«

»Das verstehe ich gut«, stimmte Brams zu. »Zumal, wenn noch eine allgemein herablassende Art hinzukommt.«

»Ich sagte nichts von Herablassung«, belehrte ihn der Baum schroff. »Niemand lässt sich zu mir herab! Hörst du? Herablassung ist etwas für kleine Geschöpfe, für Knollenblätterpilze oder Mickerlinge wie dich.«

»Lass uns auf meine Frage zurückkommen«, bat Brams.

»Welche Frage?«, gab die Buche zurück. »Wahrscheinlich habe ich gar nicht zugehört. Nun, es wird ja wohl nicht so wichtig gewesen sein.«

Brams ließ sich von den Worten nicht abschrecken und begann ganz von vorne. Mitten in der Beschreibung des vermeintlichen Dämmerwichtels unterbrach ihn der Baum.

»Warum fragst du ihn nicht einfach? Dort geht er doch.«

Brams sah sich vergeblich um. »Wo?«

»Ja, dort hinten!«

»Wo dort hinten?«

Der Baum räusperte sich. »Erwartest du, dass sich plötzlich einer meiner Äste senkt und auf ihn deutet? Vorstellungen haben manche Leute. Vorstellungen!«

»Nein! Selbstverständlich nicht«, wehrte Brams peinlich berührt ab.

Doch der Baum schien bereits beim nächsten Thema angelangt zu sein: »Übrigens strömen dort hinten etliche deiner Leute zusammen.«

»Wo?«, fragte Brams.

Die Buche räusperte sich erneut. »Hatten wir das nicht gerade erst?«, fragte sie nachsichtig.

»Brams, hör auf, dich mit dem Baum zu streiten!«, rief plötzlich jemand.

Er wandte sich um und entdeckte Krümeline, die ihm zuwinkte. Vielleicht konnte sie ihm weiterhelfen! Allzu viel Hoffnung hegte er zwar nicht, doch eine schlechtere

Augenzeugin als die Buche konnte sie nicht sein. Er ging zu ihr und sprach sie an, bevor er noch ganz bei ihr war: »Hast du ...«

»Wer nicht?«, antwortete sie, ohne stehenzubleiben. »Es geht ja um wie ein Lauffeuer!«

Brams stutzte. Das klang nicht so, als meinte sie seine Begegnung mit dem Dämmerwichtel. Er schloss zu ihr auf und ging neben ihr her. »Wovon sprichst du?«

»Ich dachte, das wüsstest du«, erwiderte sie. »Der König ist zurückgekehrt. Alle reden davon. Deswegen bin ich doch unterwegs.«

Schlagartig fühlte sich Brams, als habe jemand seine Ohren mit Watte verstopft. »Welcher König?«, hörte er sich mit dumpfer Stimme fragen.

»Welcher König wohl?«, spöttelte Krümeline. »Unserer! Der Gute König Raffnibaff ist zurückgekehrt!« Ihre Stimme klang wie aus weiter Ferne.

»Hast du ihn gesehen?«, fragte Brams.

»Nein«, erwiderte Krümeline. »Er ist bei Moin-Moin.«

»Passt er denn ins Haus?«, gab Brams überrascht zurück.

»Du bist heute offenbar nicht ganz bei dir, Brams«, tadelte ihn Krümeline. »Jeder andere hätte gefragt, was er dort will, und nicht, ob das Haus groß genug ist. Natürlich passt der König in Moin-Moins Haus. Notfalls setzt er eben die Krone ab.«

»Er ist ziemlich alt«, gab Brams zu bedenken.

»Sie wird ja nicht auf seinem Kopf festgewachsen und von Haaren zugewuchert sein«, entgegnete Krümeline lachend.

»Er hat Haare?«, fragte Brams erstaunt. »Haare?«

Krümeline zuckte die Schultern. »Was weiß ich! Vielleicht hat er auch eine Glatze.« Plötzlich blieb sie stehen und musterte Brams misstrauisch. »Falls du mir etwas sagen willst, Brams, so sprich es einfach aus, anstatt dich in Andeutungen zu ergehen.«

»Keine Andeutungen und nichts zu sagen«, behauptete Brams. »Hat er vielleicht gebrüllt und nach jemand im Besonderen verlangt?«

Krümeline atmete tief durch. »Es reicht jetzt. Ich werde keine deiner seltsamen Fragen mehr beantworten, bis wir dort sind.«

»Wohin gehen wir denn?«

»Kartoffelsalat mit Pilzen«, erwiderte Krümeline äußerst knapp.

Gleich nach dem Denkmal des Guten Königs Raffnibaff und dem Koboldmeer-zu-Land-und-Luft war *Kartoffelsalat mit Pilzen* sicherlich der drittbeliebteste Treffpunkt im Koboldland, und zwar hauptsächlich wegen des Namens, der auf sechs Häuser zurückging, von denen eines aussah wie eine Kartoffel, ein zweites wie ein Salatkopf und die übrigen vier wie Pilze. Die Hügel standen hier ein wenig weiter auseinander und machten dadurch Platz für eine flache, mit kurzem Gras bewachsene Senke. Brams war ganz erstaunt, als er sah, wie viele Kobolde sich auf der baum- und buschlosen Wiese versammelt hatten. Mehr als je zuvor, das war gewiss. Vielleicht Hunderte, vielleicht Tausende.

Der Erste, den er erkannte, war Moin. Mit seinen hängenden Schultern und zusammengekniffenen Augen machte er einen äußerst schuldbewussten Eindruck. Brams hielt sofort auf ihn zu.

»Ich sollte nicht immer so viel Milch durcheinander trinken«, begrüßte ihn Moin mit Leidensmiene und stieß auf. Das war nicht das Geständnis, mit dem Brams gerechnet hatte.

»Schlecht geträumt habe ich, aber ansonsten geht es mir gut«, erwiderte Brams. Das war auch nicht die flammende Anklage, die er hatte vorbringen wollen. Er senkte die Stimme. »Wie sieht der König aus? Hast du ihn vor dem Haus empfangen oder auf dem Dach?«

»Überhaupt nicht!«, wehrte Moin in weinerlichem Ton ab. »Was sollte er wohl bei mir wollen? Die längste Mission aller Zeiten abrechnen? Es ist ein ganz unsinniges Gerücht, das jemand in die Welt gesetzt hat. Trotzdem hält es jeder hier für nötig, mich darauf anzusprechen. Gerade heute, wo ich so etwas überhaupt nicht brauchen kann! Was soll übrigens der Unsinn mit dem Dach?«

»Eine Redensart«, behauptete Brams. »Keine sehr häufige: jemanden auf dem Dach empfangen. Du weißt schon.«

Unvermittelt drängte sich Erpelgrütz zwischen sie. »Scher dich deiner Wege, Bramsel! Moin hat den Guten König nicht getroffen und plant derlei auch nicht.«

»Ich weiß«, sagte Brams überheblich. »Es ist ein Gerücht, das mancher für Wahrheit genommen hat. Doch was machst du jetzt hier?«

»Ich?«, erwiderte Erpelgrütz.

»Nein, nicht du, sondern Moin-Moin.«

»Ich?«, antwortete Moin. »Irgendjemand meinte, wir sollten uns hier versammeln. Der König werde sich dann zeigen. Aber frag mich nicht, wer es war. Du weißt ja, wie das geht: Einer sagt etwas, der Nächste gibt es weiter, und so spricht es sich eben dann herum.«

Brams hob die Augenbraue. Er verspürte plötzlich ein

gewisses Gefühl der Erleichterung. »So«, sagte er. »So? Das ist also alles?«

»Was erwartest du mehr?«, mischte sich Erpelgrütz ungefragt ein. »Vielleicht, dass jemand die dürre Glaubhaftigkeit des Ganzen etwas aufplustert, indem er verbreitet, dass jetzt in diesem Augenblick der König bei einem angesehenen…« Urplötzlich verstummte er und warf dem Rechenkrämer einen verstohlenen Blick zu. Doch der schien ganz mit seinem Leiden ausgelastet zu sein.

»Bei mir hatte sich anfänglich gar nichts herumgesprochen«, beschwerte sich Brams. »Hätte ich nicht zufällig Krümeline getroffen… Allerdings hat mir ein zweifelhafter Bote die Nachricht überbracht, ich solle zum Letztacker kommen.«

»Das klingt nach einem Streich«, urteilte Moin. »Dort wärst du heute ganz allein gewesen.«

»Fast allein«, verbesserte ihn Brams, da der Letztacker der Ort war, wo jeder hingebracht wurde, der lange genug kein Lebenszeichen von sich gegeben hatte. Es sei denn natürlich, der Betreffende war ein Stein oder ein einschlägig bekanntes Knollengemüse.

»Ein schlechter Streich, möchte man gar meinen«, warf Erpelgrütz ein.

Brams wurde plötzlich bewusst, wen er vor sich hatte. »Moin, du hast doch Erfahrung mit Dämmerwichteln im Allgemeinen?«

Moin zuckte zusammen und sah womöglich noch leidender aus, da seine allgemeinen Erfahrungen mit Dämmerwichteln, wie Brams sehr genau wusste, vor allem aus Erfahrungen mit einer sehr speziellen Dämmerwichtelin in seiner Jugend bestanden.

»Was willst du denn wissen?«, fragte er ungnädig.

Brams wollte soeben antworten, als er eine blitzschnelle Bewegung am Rande seines Blickfelds wahrnahm. Er schrie auf, da sie machtvoll die Erinnerungen zurückbrachte, die er so gut verschlossen hatte und am liebsten vergessen hätte. Einen kurzen Augenblick lang stand er wieder in der Höhle und starrte auf den mächtigen Schädel, der sich aus der Höhe zu ihm herabsenkte. Erneut war in seiner Nase der Geruch verbrannter Fledermäuse und klangen ihm die Ohren vom Rasseln der schweren Kette und von der Stimme, der er kaum zu widerstehen vermochte: »Gehorche, Kobold, gehorche! Denn ich bin dein Herr!«

Doch der Verantwortliche für diese rasche Bewegung war Mopf, Moins zweiter Gehilfe. Ganz durcheinander wegen der unerwarteten Wirkung, die sein Erscheinen auf Brams hatte, verkündete er: »Moin und der König haben sich zwar getroffen, aber das ist noch kein Gerücht!«

Eine unerklärliche Unruhe kam auf. Moin reckte den Kopf und sagte: »Was wollen die denn?«

»Wer?«, fragten Brams, Erpelgrütz und Mopf sogleich im Chor. Doch Moin behielt die Antwort für sich. Das war allerdings nicht weiter schlimm, da er nicht der Einzige war, der dank seiner Größe die Menge überragte. Andere waren mitteilsamer: »Dämmerwichtel! Eine ganze Schar Dämmerwichtel!«

Endlich ließ sich auch Moin zu einer Antwort herab: »Die sehen fast so aus wie Menschen. Sie führen Stecken und Prügel mit sich.«

»Wo?«, erwiderten Brams und die beiden Gehilfen sowie zahlreiche andere Kobolde überall in der Menge, die in diesem Augenblick fast genau dieselbe Auskunft erhalten hatten. Sobald auch die zweite Frage, nämlich das »Wo?« beantwortet war, begann ein Schieben und Drängeln, das sich rasch nach allen Seiten ausbreitete. Da solches Verhalten nicht unüblich für Kobolde war, verharrten die Vordersten nicht so lange, bis sie aus dem Weg geschoben wurden, sondern verfielen in einen schnellen Laufschritt, dem sich die anderen anschlossen, sodass binnen weniger Augenblicke die gesamte Koboldmeute lachend, kreischend und immer seltener »Wo?« rufend über die Wiese rannte, auf deren gegenüberliegender Seite angeblich die Dämmerwichtel warten sollten.

Ein lang anhaltendes Donnergrollen rollte plötzlich über die Laufenden hinweg. Es ließ Knochen erzittern, Ohren dröhnen, ging durch Mark und Bein und löste sich erst nach und nach in einzelne Geräusche, Laute, Silben und schließlich Wörter auf. Eine Stimme sprach. Sie duldete keinen Widerspruch und forderte absoluten Gehorsam. »Bleibt stehen!«

Innerhalb eines winzigen Augenblicks hielt die ganze Koboldschar inne und richtete den Blick in die Höhe, woher die Stimme gekommen war. Auch Brams, den das kurze Rennen fast an die Spitze der Kobolde gebracht hatte, machte keine Ausnahme, wiewohl er schon vorher wusste, was er erblicken würde. Die Hoffnung auf eine Lüge war gestorben, und die widerliche Wahrheit hatte gesiegt: Über ihnen flog ein Drache!

Große, ledrige Schwingen trugen einen erstaunlich kurzen, gedrungenen Leib, der in einem langen, immer dünner werdenden Schwanz auslief. Er war mehrheitlich von schwarzen Schuppen bedeckt. Rote Schuppen zeichneten feine Linien. Der Hals war kaum kürzer als der Schwanz; auf ihm saß ein Schädel, dessen Stirn zwei Hörner entsprangen. Spitze Ohren mit fransigen Muscheln erweckten den Eindruck eines weiteren Paares seitlicher Hörner. Man musste schon gute Augen haben, um erkennen zu können, dass die scheinbaren Barthaare an der Spitze des Drachenmauls in Wirklichkeit fleischige Fühler waren. Brams brauchte keine guten Augen, da er es auch so wusste.

Der Drache sprach erneut: »Ich bin Tyraffnir, König des Koboldhimmels-zu-Land-und-Wasser, ihr werdet gehorchen!«

Auch dieses Mal ließ seine Stimme Mark und Bein erzittern. Gleichzeitig rückten die Dämmerwichtel wieder vor, die unter dem Ansturm der Kobolde zurückgewichen waren. Nicht schnell, nicht allzu auffällig, aber beharrlich.

Eine vergleichsweise dünne Stimme rief: »Unser König heißt aber Raffnibaff!«

»Raffnibaff!«, brüllte der Drache angeekelt. »Raff-ni-baff! Mein Name ist Tyraffnir, nicht Raffnibaff! *Tyraffnir!* Merkt euch das gefälligst, ihr Tölpel, ihr Spatzenhirne, ihr Koboldtrottel, ihr…« So ging es eine ganze Zeit weiter, und obwohl die Stimme nichts an Bedrohlichkeit verloren hatte, begann sich Brams doch zu wundern, wie viele Schimpfwörter so ein alter Drache kannte.

Die Koboldin, die Tyraffnir widersprochen hatte und in der Brams nun ganz verwundert Krümeline erkannte, bot ihm jedoch weiterhin die Stirn.

»Raffnibaff war nett!«, rief sie trotzig.

Sie blieb damit nicht lange allein. Umgehend schlossen sich ihr scharenweise andere Kobolde an und brüllten im Chor: »Raff-ni-baff war nett! Raff-ni-baff war nett!« Sie schüttelten die Fäuste, wurden lauter und lauter und übertönten schließlich sogar den Drachen, der immer kleinere Kreise am Himmel flog. Dann kam auch noch Unterstützung.

Offenbar war dem Drachen, der gern König sein wollte, während seiner langen Abwesenheit entfallen, dass fast alle Lebewesen im Koboldland-zu-Luft-und-Wasser, ja sogar Geschöpfe, auf die weder »Leben« noch »Wesen« sonderlich gut passten, sehr gut reden und mitunter auch zuhören konnten. Die Spatzen wussten zwar nicht, was an einem Spatzenhirn schlecht sein sollte, hatten sich aber nach kurzem Hin und Her darauf geeinigt, dass der Verweis auf sie höchstwahrscheinlich nicht freundlich gemeint war. Daher kamen sie in großen Schwärmen angeflogen, um sich zu beschweren. Sie schlugen sich auf die Seite der Kobolde und zwitscherten empört: »Slip-slip! Slip-slip!« Zwar hörte sich ihr Rufen weder nach »Raffnibaff!« noch nach »Tyraffnir!« an, sodass sie letztlich keine große Hilfe waren, doch war ihr Einsatz wenigstens gut gemeint.

Brams war trotz allem stolz. So entsprach es der Koboldart, einem Tyrannen zu begegnen! Seitdem er die Wahrheit über Raffnibaff entdeckt hatte, hatte er sich nur vorgestellt, wie unglücklich alle Kobolde wären, wenn sie erführen, dass ihr Guter König Raffnibaff in Wirklichkeit ein kaltherziger Drache war. Was sie für wahr gehalten und hoch geschätzt hatten, würde sich dann als falsch erweisen. Wie niederschmetternd! Nun war er tatsächlich zurückgekehrt, und alle konnten ihn sehen. Aber dennoch war es nicht so schlimm, wie Brams es sich ausgemalt hatte. Raffnibaff würde bestimmt nicht lange bleiben, das zeichnete sich unweigerlich ab. Einiges würde sich nun allerdings ändern müssen. Künftig wäre nicht mehr die Rede vom Guten König, der seinem Volk zum Abschied viel Spaß gewünscht hatte, sondern vom Furchtbaren, der mit vereinter Kraft vertrieben worden war. Wenigstens einer der überlieferten Sätze bliebe wahr: Ihr braucht keinen König mehr!

Ganz plötzlich wurde Brams unsicher. Alles passte so schlecht zusammen wie aufgequollenes Holz! Mit einem Mal musste er daran denken, wie der Drache sie damals in der Höhle bedroht und verspottet hatte, wie er alles daran gesetzt hatte, sie zu zwingen, ihn zu befreien, wie er als unverhüllte Drohung Feuer gespieen und die Fledermäuse in Brand gesetzt hatte. Würde er vielleicht Gleiches auch jetzt versuchen? War womöglich noch längst nicht alles ausgestanden? Brams verstummte, sah bang hoch zu dem Drachen und merkte auf einmal, dass der Boden unter seinen Füßen vibrierte. Wie lange ging das schon so? Seit eben erst oder schon die ganze Zeit?

# 7.

Kobolde und Dämmerwichtel waren längst nicht mehr so sauber voneinander getrennt wie zu Anfang. Bei einem Haus auf der anderen Seite der Wiese waren sogar Rangeleien ausgebrochen. Zudem war eine kleinere Schar Kobolde indessen so weit vorangeprescht, dass sie nun zwischen beiden Fronten stand. Brams vermutete Krümeline unter ihnen und glaubte auch Pürzel und Rempel Stilz zu erkennen, war sich aber gerade bei Letzterem nicht ganz sicher.

Ich sollte eigentlich bei ihnen sein, dachte er und kämpfte sich weiter vor. Plötzlich öffnete sich in der Schar der Dämmerwichtel eine Gasse. Was hatte das zu bedeuten? Es wurde stiller. Brams blieb stehen und wartete angespannt wie alle anderen. Nachdem aber einige Augenblicke später immer noch kein Grund für das Verhalten der Dämmerwichtel auszumachen war und sich die Kobolde bei jedem ihrer Nachbarn versichert hatten, dass diese auch nicht mehr wussten als sie selbst, wurde erneut kämpferisch gerufen: »Raffnibaff war nett!«

Doch dann offenbarte sich urplötzlich der Grund der Gasse. Über den Kamm eines der begrenzenden Hügel schob sich etwas, was man leicht für einen hoch mit Heu beladenen Wagen halten konnte. Doch diese Illusion währte nur kurz, und bald stellte sich heraus, dass das vermeintliche Heu Haare auf einem Haupt beträchtlicher Größe waren! Dem Kopf folgten Hals, Brust und Leib, bis schließlich das ganze Wesen in all seiner Grobschlächtigkeit auf der Hügelspitze zu bestaunen war. Fast sein gesamter Körper war mit rötlichem Haar bedeckt. Vor allem aber war das Geschöpf mindestens so groß wie zwanzig oder dreißig übereinanderstehende Kobolde. Ein Riese!

Mit ausdruckslosem Gesicht, dessen Stirn, Augen und Nasenpartie, verglichen mit dem mächtigen Unterkiefer, geradezu lächerlich klein erschienen, schritt der Riese den Hügel abwärts und durch die Gasse, die ihm die Dämmerwichtel geöffnet hatten, geradewegs auf die getrennt stehende Gruppe von Kobolden zu, die sich so vorwitzig vorangewagt hatten. Ohne Vorwarnung sprang er zwischen sie und ließ den Boden kräftig dröhnen. Dann hob er den rechten Fuß, zupfte zerquetschte Leiber von der Sohle und aus den Zwischenräumen der Zehen, betrachtete sie kurz, rollte sie zwischen den Fingern und warf sie wie Dreck achtlos beiseite. So verfuhr er auch mit dem anderen Fuß, bevor er seinen unheilvollen Marsch fortsetzte.

Inzwischen befanden sich jedoch alle Kobolde schreiend auf der Flucht, entsetzt von dieser unerhörten Gräueltat. Auch Brams rannte, so schnell er konnte, und hatte wie alle anderen nur eins im Sinn – möglichst schnell fortzukommen. Besorgt wandte er sich während des Laufens um und entdeckte zu seinem Schrecken drei weitere Riesen, die wie Türme in den Himmel ragten. Auch sie verfolgten die Flüchtenden, traten wahllos auf sie drauf und zerquetschten und zermalmten sie.

Urplötzlich spürte Brams eine Hand an seinem Unterarm. Dämmerwichtel, dachte er und wehrte sich verzweifelt gegen den Griff. Doch eine Stimme, die er lange nicht mehr gehört hatte, verlangte von ihm: »Du solltest dich lieber von mir leiten lassen, Brams!«

Überrascht gab er seinen Widerstand auf und ließ sich von dem anderen Kobold, der ihn entschlossen hinter sich herzog, aus dem Strom der Flüchtenden hinaus und zum erstbesten Haus führen. Es war verlassen. Wahrscheinlich hatten auch seine Bewohner den König begrüßen wollen und rannten nun wie so viele andere um ihr Leben. Drinnen im Haus strich Brams' Führer die Kapuze zurück und erklärte: »Die Riesen zertreten offenbar keine Häuser – jedenfalls noch nicht. Für den Augenblick sollten wir hier sicher sein.«

Zwar hatte Brams seinen alten Freund Hutzel bereits an der Stimme erkannt, aber als er ihn nun von Angesicht zu Angesicht sah, staunte er dennoch, denn auf seinem Kopf wuchsen statt Haaren weiße und graue Federn. Da Brams keine bessere Gesprächseröffnung einfiel, fragte er: »Hast du den Drachen gesehen?«

»Wer nicht?«, erwiderte Hutzel erwartungsgemäß. »Ist es denn derselbe?«

Brams nickte: »Haargenau derselbe Drache, den wir anderen damals in der Höhle trafen. Er erträgt es ja auch immer noch nicht, wenn man ihn Raffnibaff nennt.«

Hutzel presste den Mund zu einer schmalen Linie zusammen, trat zu einem der vorderen Fenster und spähte hinaus. Nach wenigen Augenblicken richteten sich die Federn auf seinem Kopf erregt auf. Offensichtlich hatte Hutzel mit dem Reiher, seinem Bekannten, Freund, womöglich auch Erzrivalen – so genau ließ sich das nicht sagen –, wieder eines ihrer seltsamen Tauschgeschäfte getätigt. Als Brams zum ersten Mal Zeuge geworden war, wie Hutzels Nase von einem Tag auf den anderen die Form eines Reiherschnabels angenommen hatte, und er bald darauf erfahren hatte, dass gleichzeitig auch ein Reiher mit einer Stupsnase als Schnabel gesichtet worden war, hatte er noch angenommen, beide hätten miteinander gewettet und einer von ihnen – schwer zu sagen, wer – hätte gewonnen. Später war er zu der Einsicht gelangt, dass es bei den wiederholten Tauschgeschäften der beiden vermutlich nicht um Würfeleien ging, um Gewinnen oder Verlieren, sondern um eine außergewöhnliche Form der Selbsterfahrung. Schon damals war es das Beste gewesen, die Veränderung einfach hinzunehmen. Hutzel hatte einen Schnabel gehabt. Na und? Heutzutage wuchsen ihm Federn auf dem Kopf. Na und? Dennoch konnte Brams seine Neugier nicht ganz bezähmen.

»Wie lang waren deine Haare, als du mit dem Reiher tauschtest?«

Hutzel streckte wortlos und ohne den Blick von den Vorgängen draußen abzuwenden, den kleinen Finger hoch. Brams schüttelte stumm den Kopf. Irgendwo im Koboldland gab es also derzeit einen Reiher mit Stoppelhaaren. So, so.

Nicht ganz so ungewöhnlich, aber dennoch weit abseits des Üblichen war Hutzels Kapuzenmantel, der so bunt war, als sei er nach den Mustern eines jeden anderen Umhangs im gesamten Koboldland-zu-Luft-und-Wasser gefertigt worden. Dass sein Träger jemals einem anderen Kobold mit dem gleichen Umhang begegnen würde, war so gut wie ausgeschlossen. Offenbar waren Moins Angaben über Hutzels Genesung etwas übertrieben gewesen. Er hatte mittlerweile nur gelernt, mit seinem *Husch-dich* zu leben.

Nach einer Weile sagte Brams: »Übrigens erinnert sich der Drache an mich.«

Hutzel wandte sich vom Fenster ab und sah ihn fragend

an. Also erzählte ihm Brams, wie ihn der Dämmerwichtel, an dessen Natur er mittlerweile nicht mehr zweifelte, zum Letztacker hatte locken wollen.

»Gut, dass du auf der Hut warst und nicht dorthin gegangen bist«, antwortete Hutzel. »Aber das bedeutet, dass auch die anderen in Gefahr sind. Regentag wahrscheinlich nicht, da er kein Kobold ist, sondern ein Erdmännchen und den Drachen sowieso nicht hätte befreien können. Aber ganz bestimmt Rempel Stilz und Riette.«

»Wir müssen sie warnen«, erwiderte Brams aufgeregt, da er an diese Möglichkeit gar nicht gedacht hatte. »Hoffentlich ist es noch nicht zu spät!«

Hutzel sah erneut nach draußen, schnippte mit den Fingern und meinte: »Lass uns zunächst zu Riette und anschließend zu Rempel Stilz laufen. Mit etwas Glück müssen wir bei dieser Reihenfolge vielleicht überhaupt nicht mehr an den Riesen vorbei.«

»Ja, das ist das wohl das Beste«, stimmte Brams zu. Er zögerte. »Er kennt dich nicht, Hutzel. Dich hat er nie gesehen. Du musst nicht mitkommen.«

»Ich weiß«, antwortete Hutzel. »Ich begleite dich dennoch. Wenn er mich nicht gesehen hat, so hat er vielleicht von mir gehört.«

»Das kann wohl sein«, bestätigte Brams entgegen seiner Überzeugung, da er das unbestimmte Gefühl hatte, Hutzel könne sich womöglich zurückgesetzt fühlen, wenn ihm als Einzigem aus seinem alten Trupp kein zorniger Drache und Gebieter über furchtbare Riesen nach dem Leben trachtete.

Beide warteten einen günstigen Augenblick ab und machten sich dann auf den Weg.

Riette wohnte eigentlich gar nicht so weit von dem Haus entfernt, in dem Brams und Hutzel Unterschlupf gesucht hatten. Dennoch war bei ihr von dem Schrecken, der über das Koboldland gekommen war, noch nichts zu bemerken. Womöglich hatte hier niemand mitbekommen, was sich zugetragen hatte. Zum Glück weilte Riette zu Hause. Dass es je einen Streit zwischen ihr und Brams oder Hutzel gegeben hatte, war ihr nicht anzumerken. Vielleicht hatte sie ihn längst vergessen. Gebannt blickte Brams auf Riettes Scheitel. Etwas Seltsames, Braunes wucherte auf ihrem Kopf. Es mochten Haare sein, vielleicht auch Borsten, womöglich etwas ganz anderes. Etwas Braunes eben – auf mehr wollte sich Brams nicht festlegen. Er hätte zwar fragen können, was aus ihrer Frisur geworden war, doch das damit verbundene Risiko, dass sie ihn anschließend zwang, Auskunft zu geben, ob ihr dieses Etwas stand oder nicht, wollte er nicht eingehen. Ganz bestimmt nicht!

»Ich habe überhaupt keine Zeit«, beteuerte Riette geschäftig. »Ich erwarte nämlich Besuch.« Zum Beweis zeigte sie auf ihren mit einer einzigen Tasse gedeckten Tisch, an dem auch nur ein einzelner Stuhl stand. Erst ein zweiter, genauerer Blick offenbarte in ein wenig Abstand von der ersten Tasse noch ein paar andere, ziemlich winzige, als sei vorgesehen, dass die Gäste auf dem Tisch Platz nahmen.

»Ich erwarte meine Freundin, die Spinne, und ihre Kinder«, erklärte Riette bereitwillig. Damit waren auf einen Schlag gleich mehrere Geheimnisse gelüftet, unter anderem auch das, warum es keine Kekse gab – eingesponnen oder nicht. »Daraus wird wohl nichts werden«, erklärte Hutzel kurz angebunden. »Der Drache, der sich als Raffnibaff bezeichnet …«

»Oder das eher nicht mag, wenn man ihn so nennt«, warf Brams ein.

»Oder es eher nicht mag«, stimmte Hutzel zu. »Er ist jedenfalls im Koboldland-zu-Luft-und-Wasser!«

»Kackpuh!«, schimpfte Riette.

»Er ist nicht allein, sondern hat mindestens vier Riesen und ein Heer aus Dämmerwichteln mitgebracht«, ergänzte Brams.

»Doppelkackpuh!«, rief Riette.

»Außerdem lässt er nach Brams suchen«, sagte nun wieder Hutzel. »Du weißt schon, wegen eurer Begegnung damals.«

»Dreifachkackpuh!«, stieß Riette aus und ergriff Brams' Hand. »Ich sage es nicht gern, Brams, aber du kannst dich hier nicht verstecken, denn wenn er nach dir suchen lässt, dann sicher auch nach mir!«

»Weiß ich«, erklärte Brams. »Deshalb wollten wir dich auch warnen.«

»Oh!«, erwiderte Riette. »Nett! Reizend sogar!«, und begann eilig ein paar Sachen zusammenzusuchen und zu einem Bündel zu schnüren. Dabei sagte sie: »Du hast Glück, Hutzelfeger! Dich kennt er nicht. Dich hat er nie gesehen. Du kannst hierbleiben.«

Brams gab ihr verstohlen ein Zeichen und sagte eindringlich: »Vielleicht hat der Drache ja trotzdem von ihm gehört, sodass es sehr unklug von Hutzel wäre, einfach abzuwarten, was noch geschieht.«

Riette hielt inne und dachte nach – viel zu lange, wie es Brams erschien. »Stimmt!«, bekundete sie nach einer ganzen Reihe von Augenblicken. »Wenn ich dieser Kackdrache wäre, ließe ich sogar als Erstes nach Hutzelmann suchen. Ich ließe ihn von Kopf bis Fuß mit Stachelbeermarmelade einschmieren und würde ihn dann anherrschen: Sprich, Hutzelpapp, wo hält sich Riette verborgen?... Da Hutzel wahrscheinlich nicht so schnell nachgeben würde, ließe ich ihm ein Bein abreißen und spräche dann: Nun, Hutzelholzer, mach es dir nicht unnötig schwer! Wo ist Riette?... Falls er dann noch immer den Mund hielte, wäre sein nächstes Bein dran, und ich würde es erneut versuchen: Ich weiß, Hutzelhuber, Riette ist lieblich und reizend, aber ist sie diese Qualen wirklich wert? Danach kämen wir zu...«

Brams unterbrach sie: »Der Drache könnte ruhig auch einmal nach mir fragen.«

»Da ist wahr!«, bestätigte Riette. »Ich als Drache würde dem Hutzelgruber also eine Kopfnuss verpassen und fragen: Na? In letzter Zeit irgendwo Brams gesehen?«

»Ist ja schon gut«, rief Hutzel. Entweder waren Riettes Ausführungen viel zu dick für ihn aufgetragen, oder er war es schlicht leid, weitere Geschichten über seine fortschreitende Verstümmelung zu hören. »Mag ja sein, dass der Drache mich nicht kennt und noch nie von mir gehört hat, aber ich begleite euch dennoch.«

»Reizend!«, meinte Riette. »Sehr reizend!«

Bis zu Rempel Stilz' Haus war es ein ganzes Stück weiter, als es zu Riette gewesen war, wodurch Brams und seine Begleiter zu erhöhter Wachsamkeit gezwungen wurden. Hierbei erschienen ihnen die Riesen trotz ihrer Mordlust, Zerstörungswut und Schnelligkeit als die kleinere Bedrohung, da sie frühzeitig auszumachen waren. Gefährlicher waren die Dämmerwichtel, von denen sie nicht wussten, wie viele eigens für die Suche nach ihnen dreien eingeteilt waren.

Doch dieses Mal erwartete sie am Ende des Weges eine

böse Überraschung, denn von der schrumpeligen Kastanie, der Rempel Stilz' Zuhause geähnelt hatte, war nichts mehr übrig außer Trümmern. Unverkennbar war das Gebäude von einem riesigen Fuß zertrampelt worden.

Bei der Ruine, diesem erschreckend niedrigen Schutthaufen, hatte sich ein Grüppchen jammernder Kobolde versammelt. Brams berührte einen von ihnen vorsichtig an der Schulter und fragte mit einem Kloß im Hals: »War Rempel Stilz im Haus, als der Riese kam?«

Der Angesprochene wandte sich zu ihm um und zeigte ein vom Weinen aufgequollenes Gesicht, über dessen Wangen dicke Tränen rannen. Brams wusste, dass er sein Gegenüber irgendwoher kannte, konnte ihn aber nicht zuordnen. Wahrscheinlich gehörte er zu Rempel Stilz' Nachbarn. Als Brams nicht gleich eine Antwort erhielt, wiederholte er seine Frage. Reichlich unerwartet schluchzte der andere Kobold: »Unser schönes Haus!«

Sogleich brachen auch die restlichen Anwesenden in lautes Wehklagen aus. Brams blickte verwirrt zu Hutzel. Der schüttelte nur den Kopf und knurrte: »Sie wissen offenbar Prioritäten zu setzen.«

Plötzlich erkannte Brams unter den Jammernden Stint und nach und nach auch noch andere aus dessen Sippe. Ein Licht ging ihm auf. Diese Trauergemeinde bestand mitnichten aus Rempel Stilz' Nachbarn. Das waren seine Unterdessenmieter! Sie, denen das Haus nie gehört hatte, die sich aber stets darin breitmachten, sobald Rempel Stilz auf einer Mission war, beweinten ihren Verlust. Nie wieder würden sie in dem Haus wohnen, das noch nie ihres gewesen war! Zum ersten Mal verstand Brams wirklich, warum Rempel Stilz immer so viel Mühe gehabt hatte, seine Unterdessenmieter bei seiner Rückkehr hinauszuwerfen. Sie hatten die Selbsttäuschung zu einer hohen Kunst erhoben!

Ratlos betrachtete er den Trümmerhaufen, der so flach gepresst war, dass es sich nicht lohnte, nach Überlebenden zu suchen. »Wahrscheinlich war er gar nicht zu Hause«, mutmaßte Hutzel. »Bestimmt war er woanders. Weiß denn jemand, wo er vielleicht zu finden sein könnte?«

Brams hatte tatsächlich eine Ahnung, da er unweigerlich an das Häufchen von Kobolden denken musste, in das der erste Riese gesprungen war.

»Ich weiß nichts«, antwortete er laut.

Unversehens durchliefen Erschütterungen den Trümmerhaufen. Geröll rutschte zur Seite, Steine spritzten durch die Luft, und aus dem Schutthaufen grub sich Rempel Stilz so entschlossen wie ein wütender Maulwurf heraus.

»Du lebst!«, rief Brams fassungslos.

»So ist es«, bestätigte Rempel Stilz und klopfte sich den Staub vom Kapuzenmantel. »Zum Glück habe ich mir vor einiger Zeit einen Keller gegraben, der mich nun vor dem Schlimmsten bewahrt hat.«

»Einen Keller«, wiederholten Riette, Brams und Hutzel erleichtert.

»Er hat auch einen Geheimkeller«, warf Stint ein. Brams fiel auf, dass weder er noch die Seinen sonderlich erstaunt waren über Rempel Stilz' wunderbare Rettung. Anscheinend waren sie fest davon ausgegangen, dass er sich in den Keller zurückgezogen hatte.

Rempel Stilz bedachte Stint mit einem mürrischen Blick: »Geheimkeller ist sicherlich übertrieben, Stint. Es ist mehr ein nicht sogleich erkennbarer Verhau, der zudem so klein ist, dass kaum etwas hineinpasst, weswegen er auch fast immer leer steht.«

Stint zwinkerte Brams wissend zu: »Er spricht vom Scheingeheimkeller. Der richtige geheime Geheimkeller befindet sich auf der gegenüberliegenden Seite des Kellers, und wenn man das Regal, das dort steht, nach links schiebt ...«

Rempel Stilz unterbrach ihn mit einem Räuspern, das so ohrenbetäubend laut war, dass es leicht als Todeshusten eines usambikischen Geröllschrates hätte durchgehen können. Zudem hatte er eine Haltung eingenommen, als beabsichtige er, umgehend Stint an Bund und Kragen zu packen und aus dem Haus zu werfen, wie er es bestimmt Dutzende Male zuvor getan hatte. Da das besagte Haus aber inzwischen nicht mehr stand, wirkte die Geste etwas hilflos. Dennoch trat Stint vorsichtshalber ein paar Schritte zur Seite, da ihm Rempel Stilz' Improvisationstalent gut bekannt war.

Rempel Stilz bedachte ihn mit einem funkelnden Blick und wandte sich dann an Brams, Hutzel und Riette: »Was führt euch her?«

»Wir wollten dich warnen«, erklärte Brams. »Nicht gerade vor dem Riesen, denn das ahnten wir ja selbst nicht ... Du weißt doch, dass ein Riese dein Haus zertrampelt hat?«

»Ich dachte mir schon so etwas«, erwiderte Rempel Stilz. »Ein anderer Grund fällt mir nämlich nicht ein, warum jemand *Da! Da! Und da!* brüllen sollte, während ein Haus einstürzt. Doch was trieb euch dann hierher?«

Brams erzählte es ihm. »Wir denken, dass der Drache es ganz besonders auf uns abgesehen haben könnte, weil er uns noch immer nachträgt, dass wir ihn damals in der Höhle nicht befreien wollten. Einer seiner Dämmerwichtel sollte mich bereits unter einem Vorwand zum Letztacker locken. Zum Glück habe ich diese Tücke sofort durchschaut. Wer weiß, was mir dort sonst zugestoßen wäre.«

Rempel Stilz hörte schweigend zu und sah dabei immer mehr so aus, als wolle er sich wieder in den Untergrund seines zerstörten Hauses zurückziehen. »Was machen wir denn jetzt, Brams?«, fragte er schließlich.

Sein Gegenüber war froh, dass ihm auf dem Weg hierher eine Antwort auf diese Frage eingefallen war: »Wir verstecken uns.«

»Das kann nicht lange gut gehen«, wandte Hutzel nicht ganz unerwartet ein.

»Ich weiß«, antwortete Brams und setzte ein überlegenes Lächeln auf. »Deswegen verstecken wir uns nicht hier, wenn ihr versteht, was ich meine. Nicht hier! Ja? Nicht hier!«

»Was meinst du denn?«, fragten die anderen sogleich. Brams ließ das überlegene Lächeln verblassen und flüsterte: »Im Menschenland!«

»Dafür wirst du eine Tür benötigen«, warf Hutzel ein, als wäre daran etwas Besonderes.

»Wir haben Birke gestern beim Denkmal König Raffnibaffs abgesetzt – des richtigen Königs Raffnibaff«, belehrte ihn Brams. »Ich meine im Vorbeigehen gesehen zu haben, dass sie dort noch immer steht.«

»Wartet auf mich«, meinte Rempel Stilz. »Ich will nur rasch in den Keller und ein paar Dinge einpacken, die wir vielleicht noch gebrauchen können.«

»Keine Sorge«, beruhigte ihn Brams. »Ich will selbst noch bei mir vorbeischauen, und für Hutzel gilt das sicher auch. Riette ist die Einzige, die schon alles beisammen hat.

Am besten trennen wir uns jetzt und treffen uns später beim Denkmal wieder.«

Rempel Stilz drehte sich schwungvoll und entschlossen zu den Überbleibseln seines Hauses und gleich anschließend wieder zu den anderen um.

»Du musst eigentlich gar nicht mit«, sagte er zu Hutzel. »Dich kennt er nicht, weil du damals nicht mit uns in der Höhle warst.«

»So scheint es auf den ersten Blick«, widersprach Riette mit Verschwörerstimme. »Doch wenn die Zeit kommt, wird der Drache unweigerlich versuchen, von dem armen Hutzelbrenner meinen Verbleib zu erfahren. Schreckliche Qualen sind ihm vorbestimmt!«

»Ist das so?«, erwiderte Rempel Stilz zweifelnd.

»So und nicht anders«, bekräftigte Brams. »Gewiss will er ihm sogar eine Kopfnuss verpassen oder eine Feder ausreißen, um mein Versteck zu erfahren.«

»Nicht auszudenken, was er dann erst mit mir vorhat«, brummte Rempel Stilz und kletterte vorsichtig über die Trümmer zum Einstieg seines Kellers.

Brams machte sich ebenfalls auf den Weg. Mittlerweile war ziemlich deutlich zu bemerken, dass etwas faul war im Koboldland-zu-Luft-und-Wasser. Er schob diese Andersartigkeit nicht so sehr darauf, dass kaum jemand im Freien weilte, als vielmehr auf einen fast greifbaren, düsteren Ernst, der jede Unbeschwertheit vertrieben hatte und nun allerorten unter altem Laub und feuchten Steinen, aus leeren Fenstern und türlosen Eingängen hervorzuquellen schien. Auch an weiteren Zeugnissen des unheilvollen Wirkens der Riesen kam er vorbei, doch nirgends ließ sich so eindeutig wie in Rempel Stilz' Fall feststellen, dass sie ihre Verwüstungen absichtlich verursacht hatten und nicht durch schieres Ungeschick. Brams' Zweifel wuchsen mit jedem Arglang, ob sich der Weg nach Hause noch lohnte. Was würde ihn dort erst erwarten? Zudem jagten ihm allenthalben aus der Ferne schallende, verzerrte Laute – eine Mischung aus Klagen und Knarren – Schauder über den Rücken. Stammten sie von den Riesen, oder gab es im Gefolge des Drachen Tyraffnir noch andere Geschöpfe, die bislang niemand gesehen hatte?

Beim *Fein geölten Scharnier* lernte Brams, dass sich Hutzel bei seinem scheinbar überflüssigen Hinweis auf die Notwendigkeit einer Tür zum Gelingen ihres Plans durchaus etwas gedacht hatte. Die Stammkneipe aller Türen wurde belagert! Gegenüber dem fensterlosen, an einen großen Backstein erinnernden Bau lungerte eine Horde Dämmerwichtel. Wohlweislich hielten sie Abstand zu seinem Eingang, der gegenwärtig von vier schweren Eichentüren bewacht wurde, deren Holz übersät war von eisernen Nieten, Zapfen, Bolzen und Beschlägen. Wer immer an ihnen vorbei wollte und keine Tür war, würde wenig Freude aus diesem Unterfangen ziehen.

Brams glaubte allerdings nicht, dass die Dämmerwichtel den Auftrag hatten, den Türen ihren Treffpunkt streitig zu machen. Wahrscheinlich bezweckte ihr gerissener Drachenherr mit diesem Aufmarsch nur, dass so wenig Kobolde wie möglich sich mit Hilfe der Türen seiner Herrschaft entzogen. Das zeigte wiederum, wie dringend es war, nicht unnötig Zeit zu vertun. Birke durfte unter keinen Umständen vorzeitig entdeckt werden! Brams beschleunigte seine Schritte, ohne dabei unvorsichtiger zu werden. Endlich erblickte er sein Zuhause. Die Tür stand auf. Das war kein gutes Zeichen.

Brams presste sich gegen die Wand eines Nachbarhauses und wartete. Sein kleines, spitzgiebeliges Häuschen mit den vielen rechten Winkeln und Blumenkästen vor den Fenstern, das zwischen den ausufernden Pilzformen und Wurzelstrünken seiner Nachbarn sonst immer wie ein völliger Fremdkörper gewirkt hatte, erschien ihm heute von so rührender Zerbrechlichkeit, dass es ihm eine wehmütige Träne in die Augen trieb. Brams wischte sie gerade weg, als eine Stimme aus einem halb geöffneten Fenster zu ihm sprach: »Sie sind nicht mehr da, Brams. Aber viel Freude wirst du nicht haben.«

»Danke«, erwiderte Brams und ging zu seinem Haus. Sein Nachbar hatte nicht gelogen, denn alle seine Bemühungen, die Folgen des Willkommensstreichs zu beseitigen, waren zunichtegemacht worden. Jetzt sah es noch viel schlimmer aus als vorher. Dem Tisch fehlte die Tischplatte, den Stühlen waren fast alle Beine abgebrochen worden, und den Schrank hatten die Eindringlinge gänzlich auseinandergenommen, nicht jedoch ohne zuvor die Einlegebretter herauszubrechen und den gesamten Inhalt über den Boden zu verstreuen. Auch Brams' Bett mit dem wunderbaren Baldachin war zusammengebrochen. Das einzige unversehrte Möbelstück war der mit Schauerfratzen verzierte Stuhl neben dem Bett. Brams nahm an, dass die Dämmerwichtel sich nur deswegen nicht an ihm vergriffen hatten, weil wahrscheinlich ein jeder vom anderen irrtümlicherweise angenommen hatte, er hätte ihn bereits verunstaltet. Selbst die Pantoffeln standen noch unberührt unter dem Stuhl.

Einen langen, langen Augenblick kämpfte Brams gegen den urkoboldigsten Drang an, sein Werkzeug zu ergreifen und alles wieder instand zu setzen. Schweren Herzens entschied er sich dagegen. »Es ist eine Falle!«, murmelte er.

»Du weißt, dass es eine Falle ist, Brams. Sie wollen, dass du Zeit verschwendest. Womöglich kommen sie sogar zurück.«

Mit zusammengebissenen Zähnen suchte er zusammen, was bei einer längeren Abwesenheit von Nutzen sein würde: Werkzeug selbstverständlich, Nähzeug – derlei vergaß man gern! –, Knöpfe, einen zweiten Kapuzenmantel ...

Wohin willst du, Brams?, meldete sich plötzlich seine innere Stimme.

»Das weißt du doch, ins Menschenland«, murmelte Brams, ohne seine Tätigkeit zu unterbrechen.

Allein?

»Nein, nein, Rempel Stilz, Riette und Hutzel werden mich begleiten.«

Wann seid ihr zurück?

»Weiß ich noch nicht«, seufzte Brams. »Alles zu seiner Zeit. Das ist schwer abzuschätzen.«

»Aber ihr kommt doch zurück?«

Brams stutzte. Seine innere Stimme sprach sonst leiser mit ihm und klang auch nicht so besorgt! Rasch blickte er sich um. »Ist da jemand?«

Keine Antwort, nur Schweigen.

Brams wiederholte die Frage, während er gleichzeitig auf Zehenspitzen zu dem eingestürzten Bett schlich. Geschwind hob er die Überreste an und blickte darunter, doch auch an diesem einzigen Ort, wo sich überhaupt noch jemand hätte verbergen können, wurde er nicht fündig.

»Einbildungen!«, flüsterte Brams besorgt. »Einbildungen und Stimmen. Kein gutes Zeichen, aber bei der vielen Aufregung ist das kein Wunder.« Er packte zielstrebig zusammen, was er mitzunehmen gedachte, und spähte dann ins Freie. Als ihm einer seiner Nachbarn zuwinkte, um ihm zu bedeuten, dass nichts zu befürchten sei, brach Brams auf. Wie ihn nicht verwunderte, war er der Letzte, der beim Denkmal des vielleicht doch nicht so Guten Königs Raffnibaff eintraf. Birke hatte sich bereits von ihren Türfreunden verabschiedet und war wie immer aufgeregt wegen der bevorstehenden Reise. Als Brams ihre Klinke drückte, fragte sie unerwartet: »Wo bleiben Pürzel und Krümeline? Kommen sie nicht mit?«

# 8.

Der Tod war kein Fremder im Koboldland. Immer wieder einmal kam es vor, dass die Mitglieder eines Wechseltrupps während ihrer gefahrvollen Missionen von Tieren und wilden Menschen angegriffen wurden und nur ein paar Kobolde zurückkehrten oder sogar das Schicksal des gesamten Trupps für immer ungewiss blieb. Doch im Koboldland selbst war der Tod ein friedfertiger Bursche. Sein Heim war der Letztacker. Dorthin wurden Kobolde gebracht, die keine Streiche mehr spielen wollten, Mäuse und Igel, deren Nasen eingetrocknet waren, und Pflanzen, die selbst dann noch staubten und zum Niesen reizten, wenn sie bereits gründlich abgewischt worden waren. Doch vor wenigen Stunden war etwas Unerhörtes und bis dahin Undenkbares geschehen. Eben deswegen wäre es Brams am liebsten gewesen, wenn Birke ihre Neugier bezähmt und nie wieder ein Wort über Pürzel und Krümeline verloren hätte. Aber das tat sie leider nicht. Deswegen blieb Brams schließlich keine andere Wahl, als ihr und den anderen zu erzählen, was aus den beiden geworden war: »Ein Riese ist auf sie getreten. Er hat sie zerquetscht und zermatscht und danach weggeworfen, als wären sie nie jemand gewesen.«

»Das war ein ganz böser Streich!«, erklärte Rempel Stilz. »Dabei fällt mir ein, dass ich schon immer etwas ausprobieren wollte. Lasst euch nicht stören.« Er nahm sein Werkzeug und verschwand zwischen den Bäumen des Waldstücks, in das die Tür sie gebracht hatte. Es war ein einigermaßen lichter Wald mit hohen, schlanken Stämmen, die in den vergangenen Jahren manchen Sturm über sich hatten ergehen lassen müssen. Hiervon erzählten abgebrochene und entwurzelte Stämme, einstmals Brüder und Schwestern, gefallene Krieger, die zu Füßen der Überlebenden lagen und langsam verrotteten oder von Käfern und Ameisen in winzigen Portiönchen zu Grabe getragen wurden.

Kaum dass Rempel Stilz weg war, fiel auch Hutzel und Riette ein, dass sie schon lange Pläne für eine bestimmte Bastelei im Kopf trugen und nun die Zeit für gekommen sahen, sie umzusetzen. Auch sie verschwanden nacheinander, und obwohl Brams seine Gefährten alsbald eifrig hämmern hörte, wusste er genau, dass er vermutlich nie eines ihrer angeblichen Werkstücke zu Gesicht bekäme. Er selbst verzichtete darauf, sich unter einem ähnlichen Vorwand zu entfernen, auch wenn er sich damit der Gefahr aussetzte, dass ihm Birke noch mehr unliebsame Fragen stellte.

Doch die Tür zeigte sich gnädig und verzichtete darauf. Anscheinend schreckte auch sie davor zurück, sich mit dem Unfassbaren auseinanderzusetzen. Der Preis hierfür war jedoch, dass sich Brams schon nach kurzer Zeit zu langweilen begann. Er sah sich um und ließ den Blick über Bäume, Farne und mit Schwämmen bewachsene Baumstümpfe wandern, bis er plötzlich ein seltsames Gefühl von Vertrautheit empfand.

»Waren wir hier schon einmal?«, fragte er die Tür.

»Ich weiß nicht«, antwortete sie.

»Aber du hast uns doch hierhergebracht?«

»Das weiß ich schon, aber ich merke mir nie, wo wir bereits waren.«

Brams war leicht beunruhigt, denn Birke war ihm immer recht verlässlich erschienen. »Du weißt hoffentlich, wie wir wieder nach Hause gelangen?«

»Sicherlich, wo denkst du hin!«, rief die Tür empört. »Ich merke mir doch nicht deswegen nichts, weil ich nichts behalten könnte, sondern weil ich es mir absichtlich nicht merke.«

Brams dachte einige Augenblicke über das Gehörte nach. »Wieso?«

»Reisen werden dadurch ungemein viel spannender und überraschender«, behauptete Birke fröhlich.

»Wenn man nicht mehr weiß, wo man war?«, wandte Brams zweifelnd ein. »Wie kann das spannend sein?«

»Man weiß doch trotzdem noch, was man während der Reise erlebt hat«, hielt Birke dagegen.

Brams seufzte und heuchelte Zustimmung. Insgeheim dachte er, dass es zumal für Türen nicht schwer sein konnte, sich Reiseerlebnisse zu merken. Schließlich standen sie die meiste Zeit nur in einem Versteck und warteten darauf, wieder abgeholt zu werden.

Unmerklich schüttelte er den Kopf. Birke war zwar offener als andere Türen, aber letztlich doch nur eine Tür.

Nach einiger Zeit kehrten Rempel Stilz, Hutzel und Riette zurück. Wie erwartet, brachte keiner von ihnen etwas mit, das als Ergebnis ihres Hämmerns hätte herhalten können.

Rempel Stilz stellte umgehend eine schwierige Frage: »Was tun wir jetzt, Brams?«

Über eine Antwort hierauf hatte Brams bereits mehrfach vergeblich nachgedacht. Jedes Mal war er an der Stelle hängen geblieben, wo ihm ein leises Stimmchen die Liste von Dingen aufzählte, die er nicht tun wollte, aber zu erwähnen vergaß, was er stattdessen unternehmen sollte. Um Rempel Stilz nicht zu enttäuschen, bediente sich Brams eines kleinen Kunstgriffes, der ihm schon oft ermöglicht hatte zu reden, ohne dabei etwas Wesentliches zu einer Sache beizutragen. Er räusperte sich und sprach: »Fassen wir einfach alles noch einmal zusammen!«

Anders als erwartet starrten ihn seine Gefährten heute nur unverständig an. Hutzel half ihm schließlich auf die Sprünge: »Du musst zuerst irgendetwas sagen, Brams, das man anschließend wieder zusammenfassen könnte. Nicht umgekehrt.«

Brams ließ sich von diesem Missgeschick nicht beirren, sondern beschloss stillschweigend, diesen Störenfried Hutzel nicht wahrzunehmen und gleichzeitig so zu tun, als sei jedes Wort, das jemand von ihm gehört zu haben glaubte, auf schiere Einbildung zurückzuführen. Er räusperte sich, legte die Stirn in Falten und sprach bedächtig: »Was wir tun sollen, fragst du, Rempel Stilz? Nun, da wir nicht mehr nach Hause können, wäre eine Möglichkeit, dass wir uns ein Versteck hier irgendwo suchen.«

»…oder…«, setzte Hutzel den Satz sogleich fort, als erwarte er noch eine ganze Reihe besserer Vorschläge. Auch wenn Brams noch immer so tat, als habe er ihn nicht gehört, konnte er damit Rempel Stilz verwirren.

»Oder?«, rätselte jener verwundert.

Riette hingegen ließ sich kein bisschen beirren. »Oder!«, schrie sie plötzlich entschlossen.

Brams lächelte. Sie schien genau zu wissen, was zu tun war! Er bedeutete ihr fortzufahren.

»Oder eben anderswo!«, brüllte Riette markig.

Hutzel wiederholte sogleich beide Antworten. Vermutlich wollte er sich damit nur vergewissern, dass er auch alles richtig verstanden hatte: »Wir suchen uns ein Versteck hier oder eben anderswo?«

Während Riette noch stolz strahlte, kam sich Brams zusehends töricht vor. Mit dieser Antwort würde sich bei klarem Verstand niemand zufriedengeben, nicht einmal Riette oder er selbst. Daher versuchte er einen neuen Anlauf. Er stellte sich auf einen Baumstumpf, setzte eine wichtige Miene auf und sprach: »Der Drache ist nachtragend und bedrohlich! Er ist so alt, dass sich niemand von uns an ihn erinnert, und vielleicht wird er noch so alt werden, dass er sich auch nicht mehr an uns erinnert. Das wäre zwar nicht das Schlechteste, aber womöglich gibt es uns dann auch nicht mehr oder sogar gerade deswegen nicht mehr. Er lässt sich mit Dämmerwichteln ein. Das ist unkoboldisch, sofern man nicht gerade Moin-Moin heißt. Er lässt sich mit Riesen ein! Er lässt Häuser zertreten! Seine Streiche sind erzunkoboldisch schlecht...«

Brams redete sich immer mehr in Fahrt. In seinen Ohren dröhnte bei jeder Silbe lauter Trommelschlag, während er sich an die Scharen tapferer Kobolde erinnerte, die dem Drachen mutig die Stirn geboten und trotzig entgegengebrüllt hatten: »Raffnibaff war nett!« Dieser Ruf schien ihm als würdiger Abschluss seiner kurzen Ansprache geeignet. Deswegen rief auch er: »Raffnibaff muss weg! Raffnibaff muss weg!«

Erst beim dritten Mal bemerkte Brams, dass die Losung, die er so lauthals in die Welt hinausschmetterte, nicht genau den gleichen Wortlaut hatte wie die, an die er sich erinnerte. Erschrocken riss er die Augen auf und schlug sich die Hand auf den Mund, als könne er damit irgendetwas rückgängig machen! Als könne er nachträglich verhindern, dass seine kecke Herausforderung auf welch gewundenen Wegen auch immer die Ohren des schrecklichen Widersachers erreichte.

Doch plötzlich vernahm Brams ein unerwartetes Geräusch. Es klang nicht nach dem Schlag großer Schwingen, dem Brutzeln eines Flammenstrahls oder dem polternden, erderschütternden Schritt riesiger Füße. Stattdessen jubelten seine Gefährten: »Hervorragend, Brams! So wird's gemacht! Guter Einfall! Der dämliche Drachenoberkackpuh ist jetzt dran!« Sie klopften ihm auf die Schultern, hoben ihn hoch und gaben ihm das Gefühl, den durchtriebensten Streich seit Koboldgedenken ausgeheckt zu haben.

Dann ermordete Rempel Stilz mit wenigen Worten kaltblütig die vor Ruhm und Erhabenheit triefende Stimmung: »Wie wollen wir das anstellen, Brams?«

Brams zuckte verlegen die Schultern.»Das weiß ich leider nicht, weshalb es mir nichts ausmacht, wenn jemand von euch eine Antwort liefert. Ich habe noch nie jemanden aus dem Koboldland-zu-Luft-und-Wasser vertrieben, und es ist bei uns ja auch nicht üblich, dass jemand allen anderen seinen Willen aufzwingen will. Allenfalls wenn die Betreffende …«

Er sah flüchtig zu Riette, die seinen Blick als dringende Aufforderung betrachtete, ihm ins Wort zu fallen: »Wir könnten den Drachen verhauen!«

»Er ist nicht ganz klein«, gab Brams zu bedenken.

»Man müsste ihn selbstverständlich zuvor schrumpfen«, tadelte ihn Riette, als beruhe sein Einwand lediglich auf sträflicher Unbesonnenheit.

»Schrumpfen? Wie sollte das angehen?«, warf Hutzel zweifelnd ein.

Auch er wurde sofort zurechtgewiesen. »Ich betrachte

mich als Koboldin mit großen, sogar großartigen Visionen, Hutzeltümpler«, erklärte ihm Riette. »Um die unbedeutenden Einzelheiten wird sich ja wohl jemand anders kümmern können.«

»Gewiss!«, sagte Brams laut in dem Bestreben, beide zu übertönen. »Sollte uns je eine Möglichkeit einfallen, den Drachen zu schrumpfen, werde ich Riettes Vorschlag sogleich in Erwägung ziehen.«

Hutzel gab sich damit nicht zufrieden. »Selbst wenn man den angeblichen König Raffnibaff schrumpfen könnte, gäbe es noch immer die Riesen.«

Brams warf ihm einen flehentlichen Blick zu. »Die werden ebenfalls geschrumpft. Kann man einen schrumpfen, kann man alle schrumpfen. Zuerst den bösen König, dann die Riesen, Dämmerwichtel und überhaupt jeden, den er bei uns eingeschleppt hat. Das ist ein Abwasch. Alles wird geschrumpft!«

»Warum machen wir es nicht wie beim letzten Mal?«, fragte Rempel Stilz unvermittelt. »Schließlich haben wir ihn schon einmal besiegt.«

Brams war so dankbar über die Ablenkung, dass er, ohne lange nachzudenken, rief: »Hervorragend!«

Rempel Stilz lächelte linkisch. »Wirklich?«

Brams überdachte das Gehörte noch einmal und sagte dann etwas zurückhaltender: »Möglicherweise. Was meinst du denn damit?«

Rempel Stilz schien verwundert: »Erinnerst du dich nicht mehr, wie wir dem Drachen damals in der Höhle mit dem Wechselta.(lg) einen zweiten Kopf verschafft haben?«

»Doch, doch!«, antwortete Brams. »Daran erinnere ich mich sehr wohl. Aber eigentlich haben wir den Drachen damals nicht besiegt, sondern nur abgelenkt, und wenn ich es mir recht überlege, so ist er vielleicht eben deswegen so begierig, uns in seine Klauen zu bekommen. Wie du weißt, hat ihn unser zweiter Kopf unablässig in die Ohren gebissen.«

»Dieses Mal wäre es allerdings mehr als nur ein Kopf«, beschwichtigte ihn Rempel Stilz.

»Ein Kopf mit Hals?«, riet Brams.

»Noch mehr!«

»Ein Kopf mit Hals und ... Schultern vielleicht?«

»Noch mehr!«

»Noch mehr?«

Rempel Stilz nickte auffordernd

»Ein Wechselbalg!«, rief Hutzel aus. »Rempel Stilz will einen Wechselbalg von Raffnibaff erzeugen! Zugegeben, soweit wir wissen, mögen sich Vorbilder und Wechselbälger nicht, aber ...«

Auch Brams hegte Zweifel. »Noch nie hat jemand versucht, einen so großen Wechselbalg zu erschaffen! Ich habe keine Vorstellung, wie viel Wechselta.(lg) man für einen Drachen brauchte und ob es überhaupt so viel gibt. Und dann ist da ja auch noch die Frage, ob eine solch große Anhäufung von Wechselta.(lg) überhaupt ...«

Rempel Stilz, dessen Ohren sich überraschend schnell rot gefärbt hatten, zog den Kopf zwischen die Schultern und murmelte: »Ich hatte gleich das Gefühl, dass mein Plan nichts taugt. Er war unüberlegt, und am besten sollten wir uns gar nicht weiter damit beschäftigen. Vergessen wir ihn also ganz schnell. Bestimmt hat jemand noch einen anderen Einfall.«

So war es in der Tat. Doch auch der nächste, übernächste und jeder folgende Vorschlag, wie der ungeliebte, aber leider heimgekehrte Koboldkönig wieder loszuwerden sei, offenbarte nach kurzem Nachdenken mindestens eine große, wenn nicht gar riesige Schwachstelle. So verstrich der Nachmittag. Schließlich enthüllte Riette eine ihrer weiteren großen Visionen: Dem Drachen müsse etwas ins Essen getan werden, was seinen Bauch übermäßig anschwellen ließe, sodass es ihm schließlich unmöglich werde, mit den Beinen noch den Boden zu berühren, und er so hilflos wäre wie ein Kürbis mit Stummelbeinchen.

Brams versprach auch dieses Mal, Riettes Vorschlag umgehend in Betracht zu ziehen, sobald die noch ausstehenden und sicherlich unbedeutenden Einzelheiten geklärt seien, während Hutzel so erbost war, dass er lauthals bekundete, von nun an keine weiteren visionären Vorschläge mehr hören zu wollen. Über diese »schmähliche Geringschätzung« ihres »beeindruckenden Weitblicks« war nun wiederum Riette verstimmt, sodass Brams alle Mühe hatte, die beiden wieder miteinander zu versöhnen.

Danach kam für lange Zeit kein weiterer Vorschlag mehr. Der Nachmittag ging seinem Ende entgegen, und der Wald wurde merklich stiller, sodass schließlich das Rufen zweier Käuzchen und das heißere Bellen eines Rehbocks die einzigen Geräusche waren. Aus der Ferne schlich sich ein Gewitter an. Es verriet sich durch vereinzeltes Grummeln, das immer häufiger zu hören war, je näher es kam. Doch der große Donnerschlag blieb aus. Urplötzlich setzte ein leichter Regen ein, der sachte, ganz sachte auf die Blätter trommelte, aber nicht stärker wurde, als wolle das Gewitter nur Bescheid geben, dass es eigentlich auf dem Weg zu einem Ort sei, an dem sich das Abregnen mehr lohnte als hier. Dennoch zogen sich die vier Kobolde unter einen dichter belaubten Baum zurück.

Brams seufzte. »Wie schön wäre es jetzt, zu Hause zu sein, gemütlich am Fenster zu sitzen und nach draußen zu schauen.«

»Und eine Tasse mit einer guten Freundin und ihren Kindern zu trinken«, stimmte Riette zu.

»Und ein bisschen zu hobeln, zu drechseln oder ein paar Nägel einzuschlagen«, sprach Rempel Stilz versonnen.

»Wie enttäuschend das doch wäre!«, rief die Tür, die darauf bestanden hatte, im Regen stehenzubleiben. »Was wäre das für eine freudlose Reise? Kaum ist man weg, da soll es schon wieder nach Hause gehen? Da lohnte sich ja der Aufbruch nicht! Ist es denn möglich, dass ich die Einzige bin, die den Drang verspürt, unbekannte Gestade zu erkunden, fremde Geschöpfe und Gemachte zu treffen, ihren Gedanken zu lauschen und mich mit ihnen auszutauschen?«

»Ich frage mich, mit wem sich unser hölzernes Plappermäulchen ständig unterhalten will«, wunderte sich Hutzel.

»Vorschläge?«, murmelte Brams spaßeshalber.

Hutzel zuckte die Schultern und flüsterte: »Mit wem soll eine Tür schon reden, wenn sie keine anderen findet? Wahrscheinlich mit Luken, Deckeln oder Klappen.«

Brams musste lachen.

»Ich verstehe euch, Kobolde!«, versicherte Birke. »Jedes einzelne Wort!«

Riette, die schon längere Zeit keinen Laut von sich gegeben hatte, beendete ihr Schweigen. »Wisst ihr noch, wie wir damals im Menschenland verschollen waren und …«

»Das wird nicht funktionieren«, unterbrach Hutzel sie geschwind.

Riette musterte ihn geringschätzig, stemmte die Fäuste in die Hüften und begann erneut: »Als wir damals verschollen waren und beschlossen, durch das Feenreich nach Hause ...«

»Das wird nicht funktionieren«, fiel ihr Hutzel abermals ins Wort.

Brams blickte von einem zum anderen. War ihm etwas entgangen? Schlagartig begriff er, dass Riette augenscheinlich zu einem weiteren visionären Kahlschlag angesetzt hatte, was Hutzel jedoch auf der Stelle durchschaut und vielleicht sogar beendet hatte, da sich Riette von ihm abwandte und mit hängenden Schultern entfernte. Sollte sie wirklich so leicht aufgeben?, wunderte sich Brams.

Mitnichten! Urplötzlich wirbelte Riette herum und sprach sicherlich doppelt so schnell wie zuvor: »... wollten durch das Feenreich nach Hause, kannten aber kein Feentor ...«

Hutzel war jedoch wachsam geblieben und bemühte sich wiederum, sie mit lauten Zwischenrufen zum Schweigen zu bringen. Dennoch konnte er wegen Riettes beinahe vollständigen Verzichtes auf Lücken zwischen ihren Wörtern nicht verhindern, dass sie ihren Plan ein weiteres Stück enthüllte. Wie sehr ihn ihr gewiss von langer Hand klammheimlich vorbereiteter Versuch, ihnen allen einen neuen visionären Vorschlag zu unterbreiten, an dem angeblich alles bis auf ein paar unwesentliche *Kleinigkeiten* durchdacht war, in Aufregung versetzte, merkte man daran, dass sich die Reiherfedern auf seinem Schädel immer weiter aufrichteten, sodass ihre Spitzen schließlich zum Firmament zeigten.

Vielleicht brachte gerade dieser Anblick eines erregten Vogels Riette auf den Gedanken, ihre Sprechgeschwindigkeit noch weiter zu steigern. Höher und höher wurde ihre Stimme. Brams verstand zuletzt noch mühsam: »Also fragten wir einen Menschen nach dem Tor...« Danach schlug Riettes Stimme völlig um, und sie gab nur noch kurze, schrille Tonstöße von sich.

Nun schien der Endzustand bei diesem Duell erreicht zu sein. Der eine Kontrahent rief mit gesträubtem Gefieder pausenlos: »Das wird nicht funktionieren! Das wird nicht funktionieren...«, während seine Widersacherin zwitscherte und zirpte wie ein zorniger Zeisig.

Urplötzlich eröffnete Riette eine neue Phase des Zweikampfes, indem sie Hutzel ansprang und zu Boden riss. Während sie nun alles daransetzte, ihm den Mund zuzuhalten, und er nichts unversucht ließ, seine Botschaft vom unweigerlichen Misslingen ihrer Pläne weiterverbreiten zu können, rollten beide zusammen über den Waldboden.

»Worum geht's eigentlich gerade?«, erkundigte sich Birke.

Brams zuckte die Schultern. »Keine Ahnung! So schnell, wie Riette redet, kann niemand zuhören.«

»Ich wusste gar nicht, dass man überhaupt unterschiedlich schnell hören kann«, mischte sich Rempel Stilz ein.

»Man lernt offenbar nie aus«, versicherte ihm die Tür. »Toll, was?«

Ein Gedanke durchschoss Brams. Er schlug sich gegen die Stirn und rief verärgert: »Ich weiß, was sie meint! Sie könnte sogar recht haben.«

Entgegen dem Anschein war Riette nicht annähernd so vertieft in ihren Kampf mit Hutzel, wie Brams gedacht hatte. Beinahe umgehend verstummte ihr ununterbrochenes *Tschirrp-Tschirrp*, und sie nahm die Hände von Hutzels Ohren, die sie gerade rätselhafterweise statt seines Mundes zuhielt. Erstaunt, dass Brams in Betracht zog, was sie möglicherweise längst aus den Augen verloren hatte und was der Grund war, warum sie mit Hutzel auf dem Waldboden rangelte, sah sie herüber.

Da Brams seine Gefährten nicht unnötig auf die Folter spannen wollte, erklärte er ihnen, was ihm und davor Riette eingefallen war: »Anders als wir hatten die Menschen damals schon einen König. Etliche von ihnen dachten ständig darüber nach, wie sie ihn loswerden könnten. Sie waren sozusagen Fachleute!«

Zum zweiten Mal an diesem Tag genoss es Brams, gelobt und bejubelt zu werden. Dann stellte Rempel Stilz erneut die lästerliche Frage: »Wie kommen wir an einen von ihnen heran, Brams?«

# Von der Senne im Walde

## 9.

Mit behaglichem Seufzen warf Volkhard von der Senne den nicht sonderlich gründlich abgenagten Kaninchenlauf auf den Teller. Nacheinander leckte er genießerisch seine neun Finger ab, die fünf der rechten Hand und die vier der linken, und berührte anschließend prüfend den einzeln stehenden Vorderzahn, der seit einer Unterhaltung mit dem unverhältnismäßig gereizten Gemahl einer – im Nachhinein betrachtet – recht reizlosen Brünetten besorgniserregend wackelte. Sodann griff er nach dem Bierkrug, leerte ihn in einem Zug und befreite zum Abschluss mit einem kurzen Faustschlag gegen seine Brust einen beachtlichen Rülpser. Der Wirt eilte sogleich herbei. »Soll ich Euren Krug wieder füllen, Herr Ritter?«

Volkhard lehnte dankend ab. »Später womöglich. Zunächst will ich deine Gastfreundschaft erwidern. Sie können jetzt herkommen.«

Der Wirt winkte einige Männer aus dem Dorf heran, die bisher geduldig an einem abseits stehenden Tisch gewartet hatten und sich nun mit den Stühlen scharrend erhoben. Volkhard konnte ein Lächeln nicht unterdrücken. Die beiden Ältesten von ihnen hatten sich seinetwegen sichtlich in Schale geworfen, wie leicht an ihren langen, erdfarbenen Gehröcken und den breitkrempigen Filzhüten zu erkennen war, die sie unsicher in den Händen drehten. Bei den übrigen sieben glaubte er hingegen genau sagen zu können, was sie zuletzt getan hatten, bevor der Wirt sie von seiner Ankunft in Kenntnis setzte: wer die

Schweine gefüttert, die Ziegen gemolken oder das Heu gewendet hatte.

Der Ritter eröffnete das Gespräch, sobald die neun vor ihm standen. Das war besser so, da es ihm umständliche Begrüßungsfloskeln ersparte und demütiges Gestammel, das sich meist erst beim dritten oder vierten Wiederholen als wirre Ansammlung von Plattheiten herausstellte.

»Wie ich verstanden habe, leidet ihr unter einem schurkischen Räuber, der sich in einem Wäldchen breitgemacht hat?«

»Im Hückeswald, Herr«, stimmte einer der Bauern zu. »Wir müssen durch ihn hindurch, wenn wir zu den fernen Feldern gehen oder Holz schlagen wollen.«

»Ihr dürft Holz schlagen?«

»Sehr wohl, Herr«, bestätigte der Sprecher. »Dieses Vorrecht hatten wir schon immer ... aber ...«

»Was aber?«

»Es ist eigentlich kein Räuber, unter dem wir leiden.«

»So?« Volkhard war verwundert. »So hatte ich es aber verstanden. Was soll ich denn dann für euch tun?«

»Er ist nur deswegen kein Räuber, Herr, weil er uns nicht beraubt«, erläuterte der Bauer. »Er lauert uns auf und schlägt uns nieder.«

Volkhard verzog lächelnd die Lippen. »Auch das kann auf die Dauer sehr lästig sein. Sprechen wir also nicht von eurem Räuber, sondern eurem Plagegeist.«

»Es ist kein Geist«, erregte sich sogleich einer von denen, die Volkhard als Ziegenmelker eingestuft hatte. »Wir bilden uns das nicht ein, Herr. Ihr mögt uns vielleicht für einfältige und leichtgläubige Landleute halten, die es nicht besser wissen. Doch das ist falsch, und es ist kein Spuk, denn die Dresche erhalten wir wirklich!«

Der Ritter musterte den Sprecher, der für seinen Geschmack etwas zu vorwitzig war. »*Geist* war selbstredend *figurativ* gesprochen.«

Der Bauer errötete und senkte den Kopf. Volkhard war zufrieden. Wie recht die Altvorderen doch gehabt hatten! Wörter besaßen Macht, und manchen wohnte fast so viel davon inne wie einem Grafentitel. *Figurativ* gehörte ganz bestimmt dazu! Er widmete sich wieder dem Rest der Schar. »Es gibt also jemanden, der offenbar ein Vergnügen daraus zieht, euch zu überfallen. Wie sieht der Unhold aus?«

»Das lässt sich schwer sagen, Herr«, erklärte einer der Schweinefütterer. »Er ist blitzschnell, müsst Ihr wissen. Zack-bumm, schon ist es geschehen.«

Der Ritter schüttelte den Kopf. »Ihr werdet doch zumindest mitbekommen haben, ob er groß oder klein ist, kräftig oder schmächtig? Ist er denn groß?«

»Das lässt sich schwer sagen, Herr«, wich der Schweinefütterer erneut aus.

Volkhard seufzte. »Ist er größer als ich?«

»Ja«, sagte der Mann nach kurzem Zögern und nachdem er – wie Volkhard den Eindruck hatte – den anderen Bauern hilfesuchende Blicke zugeworfen hatte.

»Er ist also größer als ich. Viel größer?«

»Ja«, bestätigte der Mann, nachdem er sich – daran bestand nun kein Zweifel mehr – abermals der Zustimmung seiner Nachbarn versichert hatte. Wie seltsam! So ängstlich und unsicher kam Volkhard der Mann eigentlich gar nicht vor.

»Reicht er vielleicht bis zur Decke?«

»Ja, ja, Herr!«

Wieder dasselbe Spiel!

»Womöglich ist er sogar so groß wie das Haus?« Genüsslich beobachtete Volkhard die einsetzende stumme Beratung der Dorfbewohner. Da er jedoch wegen des schmackhaften Kaninchens in milder Stimmung war, wartete er nicht, bis sie sich geeinigt hatten. »Das wäre nämlich ganz schlecht, gute Leute, da ein einzelner Ritter gegen einen solchen Riesen unmöglich bestehen könnte. Da brauchte man nämlich noch einen!«

Gleich einem Abbild von Ebbe und Flut trat umgehend die Wende ein. Gleich mehrere Mitglieder der geplagten Schar gaben hastig ihr Urteil ab: »Nein, nicht so groß wie das Haus – niemals! –, sondern deutlich kleiner. Deutlich! Vielleicht reicht er nicht einmal bis zur Decke. Kaum größer als der Herr Ritter ist er … Gleich groß etwa … Womöglich sogar kleiner … Aber nur eine Winzigkeit kleiner. Ja! Ja! Ja!«

Volkhard verzog keine Miene. Was für eine verlogene Bande! Der Unhold war also nicht so groß, dass es nötig wurde, einen zweiten Ritter zu bezahlen, aber auch nicht so klein, dass man die Kerle als Feiglinge hätte beschimpfen können. Sozusagen eine maßvolle und ausgeglichene Bedrohung: nicht zu teuer für ihren Beutel und auch nicht zu schädlich für den Ruf. Was war also die Wahrheit? Übermäßige Angst spürte Volkhard nicht, also ging es wohl tatsächlich darum, dass der geheimnisvolle Schurke nicht von beeindruckender Gestalt war. Womöglich war er nicht einmal ein Mann, sondern eine Frau. Eine kleinwüchsige Frau am Ende! Vielleicht sogar eine ihrer eigenen, die es leid war, auf ihren ständig betrunkenen und untreuen Gatten zu warten und sich von ihm Lügengeschichten erzählen zu lassen.

Nun musste sich Volkhard wirklich anstrengen, um

nicht zu grinsen. »Wie viele von euch wurden denn überfallen?«

»Alle, werter Herr«, erklärte einer der beiden Älteren. »Aber es mag noch andere Opfer geben, von denen wir nichts wissen, da sie vielleicht aus einem anderen Dorf stammten oder reisendes Volk waren.«

Der Ritter ließ den Blick über die vor ihm stehende Schar wandern. Neun Männer zwischen zwanzig und knapp über siebzig Jahren – dass sie alle mit derselben zu Handgreiflichkeiten neigenden Frau verbandelt waren, ließ sich wohl ausschließen. Daher beschloss Volkhard, diese Möglichkeit nicht weiter zu verfolgen. »Nun gut, ich weiß jetzt, wie groß er ungefähr ist. Was dann?«

»Wie, was dann, Herr?«

»Nun, er schlägt euch doch nieder. Danach wird wohl irgendetwas geschehen, oder?«

»Wir wurden gefesselt an Händen, Füßen und Hals, aber nicht so fest, dass wir uns später nicht von allein hätten befreien können. Allerdings konnten wir wegen dieser Bande auch so wenig sehen, Herr«, erklärte jemand. Die Antwort kam so zügig, dass sie wahrscheinlich stimmte.

»Nun lasst euch doch nicht jeden Satz einzeln aus der Nase ziehen«, ermahnte Volkhard seine Zuhörer, als keiner von ihnen weitersprach. »Ihr wurdet also gefesselt, und dann?«

»Wir sollten Fragen beantworten.«

»Was für Fragen?«

Der Ritter merkte umgehend, dass er erneut an einer kritischen Stelle angelangt war. Unsicherheit, Ratlosigkeit und die Verzweiflung, sich nicht auf eine gemeinsame Lüge geeinigt zu haben, waren fast fühlbar. Was versuchten diese Leute bloß vor ihm zu verbergen?

»Fragen, die so unanständig sind, dass man sie gar nicht wiederholen mag!«, rief plötzlich einer der neun, und erleichtertes Aufatmen ging durch die Reihe.

Volkhard ließ nicht locker. »Was für unanständige Fragen?«

Damit hatten sie offenbar nicht gerechnet. Sie hatten nicht erwartet, dass irgendjemand Einzelheiten ihrer windigen Geschichte hinterfragen würde. Erneut regierte Verzweiflung. Schließlich opferte sich einer der beiden Alten: »Er fragte jeden dasselbe. Genau dasselbe. Er wollte wissen, wie oft es mit der Frau geht.«

»Und, geht es denn überhaupt noch?«, erwiderte Volkhard. Erst als er den Mund wieder schloss, wurde ihm bewusst, was er soeben gefragt hatte.

»Die Frau ist seit zwanzig Jahren tot«, erwiderte der Greis auf eine derart drollig entrüstete Art, dass das Gefühl von Peinlichkeit, das den Ritter kurz gestreift hatte, umgehend verflog. Er vermied es, nun den zweiten Greis anzustarren, und suchte sich stattdessen wahllos ein anderes Opfer von mittlerem Alter aus. »Und, bekamst du dieselbe Frage gestellt?«

»Ja, Herr«, quetschte der Mann hervor. »Alle erhielten dieselbe Frage, wie der Lindenbauer ja schon sagte.«

»Und, was hast du erwidert?«

Sein Opfer warf dem Alten, der ihm das eingebrockt hatte, einen finsteren Blick zu und gab eine Antwort, von der der Ritter aber nicht viel hatte. Er verstand nämlich gar nichts und hätte nicht einmal bestätigen können, dass der Angesprochene überhaupt einzelne Wörter gebrauchte. Ebenso gut hätte seine Antwort aus einem durchgehenden genuschelten »Wallawallawalla ...« bestehen können.

Vielleicht war das sogar so! Beweisen ließ es sich allerdings nicht.

Noch einen, dachte Volkhard belustigt und nahm sich den Nächsten vor, einen der jüngeren. »Und, was hast du geantwortet?«

Anders als die beiden vor ihm strahlte der Bursche über beide Backen. Prahlerisch und verschwörerisch zugleich, antwortete er: »Was denkt Ihr wohl, Herr? Ich bin jung und voller Saft und Kraft. So oft es eben geht! Und gäbe es nicht ihren Vat...« Urplötzlich verließ ihn seine ganze, gerade noch zur Schau gestellte Selbstsicherheit, und wie bei seinem Vorgänger verwandelte sich seine Antwort in ein kaum noch hörbares »Wallawallawalla...«. Der Grund dieses Wechsels schienen die drei Heuwender zu sein, die plötzlich um einiges aufrechter dastanden und ihn neugierig und mit bohrenden Blicken betrachteten. Vom Alter her hätte jeder von ihnen der Vater des Burschen sein können – oder eben der Vater von jemandem in seinem Alter...

Volkhard empfand plötzlich Mitleid. Er wandte sich an die Heuwender und sprach: »Ihr habt doch Töchter, nicht wahr?«

»Ja, ja!«, riefen sie ganz überrascht. »Woher wisst Ihr das, Herr?«

»Lebenserfahrung«, erwiderte Volkhard mit schwerem Seufzen. »Hat vielleicht jemand kürzlich um ihre Hände angehalten, vielleicht jemand aus einem Nachbardorf, und ihr habt sie ihm verweigert, sodass er womöglich verärgert war?«

Die drei wechselten verwirrte Blicke. »Nein, Herr!«

»Dann können wir wohl einen Racheakt ausscheiden«, erwiderte Volkhard so ernst, als hätte er einen solchen Verdacht wirklich gehegt. Nichtsdestotrotz hatten die drei eine Gemeinsamkeit gefunden, über die sie jetzt reden konnten. Volkhard blickte flüchtig zu dem Burschen, der vor Dankbarkeit über diese Ablenkung fast verging. Freu dich nicht zu früh, Jüngelchen, dachte der Ritter. Du bist nur für diesen Augenblick aus dem Schneider, glaub es mir. Das ist Lebenserfahrung.

Er schüttelte unmerklich den Kopf. So hatte sich schließlich doch noch einer aus dem Haufen in diesem Lügengespinst verfangen. Doch was verbargen die Bauern wirklich vor ihm? Welches Geheimnis war ihnen so wichtig, dass sie ihm lieber irgendetwas anderes erzählten, mochte es noch so peinlich für sie sein?

## 10.

Fünf Überfälle hatten in den frühen Morgenstunden stattgefunden, drei weitere in der Abenddämmerung. Ohne den neunten, der mitten am Tag erfolgt war, hätte man an das Jagdverhalten eines Raubtiers denken können: aufspüren und schnelles Zuschlagen im Zwielicht! Das hätte wichtige Schlüsse über den Täter zugelassen und den Weg gewiesen, wie er zu finden, zu stellen und zu erledigen sei! Der neunte Überfall legte jedoch den wenig aufregenden Schluss nahe, dass der Unhold eben dann tätig wurde, wenn ein geeignetes Opfer vorbeikam, also wenn die Bauern zu den entfernten Feldern gingen oder von dort kamen. Das war in höchstem Maße unbefriedigend und bedeutete für Volkhard von der Senne, dass er auf gut Glück handeln musste. Deswegen beschloss er, zuerst frühmorgens, vollgerüstet und zu Pferd, den Weg durch den Wald zu erkunden. Sollte sich der Unhold an ihn heranwagen, so war das umso besser, da er dann schnell und tiefgründig erfahren würde, welch schrecklichen Fehler er begangen hatte. Falls es jedoch nicht zu einem Überfall käme, wollte Volkhard am darauffolgenden Tag bescheiden zu Fuß und mit verhülltem Schwert sein Glück – oder besser gesagt: Unglück – wagen.

Nach einem ausgiebigen Frühstück aus saurem Fleisch, geschmorter Gänsekeule, Raucheiern, Senfzwiebeln und gebräunter Honigbutter mit Rosinenbrot legte Volkhard Brustpanzer und Armschienen an, schnallte das Schwert um und bestieg sein ritterliches Streitross. Kriegswüterich, wie dessen Name lautete, war wegen seines hohen Alters schon seit Jahren nicht mehr für einen kühnen Lanzenangriff zu begeistern. Doch da nach Volkhards Ansicht ein Ritter zu Pferde mehr hergab als ein Ritter zu Fuß und Reiten immer noch bequemer war, als selbst zu gehen, dachte sein Besitzer nicht daran, das Tier aus seinen Diensten zu entlassen.

So vorbereitet, machten sich Reiter und Ross auf den Weg und zogen mit Ehrfurcht gebietender Langsamkeit an den einzelnen Gehöften des Dorfes vorbei, die nach Landessitte in zwei Reihen angeordnet waren: vorne an der Straße das Wohnhaus, dahinter mehrere kleine Scheunen, die auf Stelzen standen, um unerwünschten tierischen Gästen den Zutritt zu erschweren. Hoffnungsvolle Blicke folgten dem mutigen Recken, darunter sogar ein paar schmachtende, und manche Kinderhand hob sich und winkte. Der Schäfer auf der Gemeindewiese zog umgeben von seiner blökenden Herde ehrfürchtig grüßend den Hut, wohingegen beim Dorfteich eine Schar Gänse laut schnatternd Reißaus nahm, verfolgt von ihrer barfüßigen Hirtin und ihren Rufen: »Bleibt stehen, dumme Viecher, er tut euch doch nichts!« Doch die Gänse hörten nicht auf sie und glaubten ihr nicht, so als wüssten sie genauestens Bescheid, wen der Ritter an diesem Tag zum Frühstück verspeist und was er davor im letzten Sommer getan hatte.

Dann kamen die Felder und Obstgärten, danach der Wald.

Der Hückeswald war eigentlich nur ein kleiner Teil eines wesentlich größeren Waldes – ein Vorposten, eine Ausbeulung –, und der Weg, den die Dorfbewohner immer nahmen und auf dem man ihnen in den letzten paar

Wochen oft übel mitgespielt hatte, führte überwiegend nicht weiter als eine halbe oder ganze Meile in ihn hinein.

Wegen seiner eigenen Gedanken an Raubtiere, die im Dämmerlicht jagten, und wegen der Berichte der Überfallenen von einem Unhold ungewisser Größe hatte Volkhard trotz aller Zweifel am Wahrheitsgehalt ihrer Geschichte einen düsteren, unzugänglichen Forst vor Augen gehabt. Doch der Hückeswald entsprach überhaupt nicht dieser Vorstellung. Auch ohne die beachtlichen Schneisen, die heftige Unwetter in ihn gerissen hatten, hätte er als heller und lichter Wald gegolten. Dem Ritter fiel es schwer, in ihm einen Ort zu sehen, wo sich finstere Unholde unbemerkt anschleichen konnten – oder es auch nur sollten. Denn hier herrschten Friede, Ruhe und ein Gefühl, eins zu sein mit der Natur und allem, was kreuchte und fleuchte.

Angesichts eines Rehbocks, der den vorbeireitenden Ritter neugierig und ohne Scheu über einen Busch hinweg beobachtete, und einer nicht minder furchtlosen Bache, die ihre munter quiekende, gestreifte Kinderschar behütete, erinnerte sich Volkhard daran, dass er einst als junger Knappe, der noch voller Hoffnung in die Zukunft geblickt hatte, davon träumte, genau so einen Wald wie diesen zu besitzen. Einen Wald, in dem jährlich drei bis vier Treibjagden abgehalten wurden, in dem stolze Eber wohnten, denen – sobald die geifernde und kläffende Meute sie gestellt hatte – furchtlose Ritter Aug in Aug gegenübertreten konnten, um ihnen die mannslange Saufeder ins wilde Herz zu stoßen und danach den treuen, leidend und vertrauensvoll aufblickenden Hunden, die das Schwein mit seinen Hauern aufgeschlitzt hatte, gnädig mit einem schnellen Schmetterschlag den Garaus zu machen. In dem so viele Rehe und Böcklein sprangen, dass sie mit Pfeilen kaum zu verfehlen waren, und prächtige Hirsche nur darauf warteten, dass man ihnen die mächtigen Geweihe samt Schädeldach entfernte, um mit ihnen Zimmer für Zimmer des Rittergutes zu schmücken, das selbstredend zu dem Wald dazugehörte. Einen Wald mit Wölfen, aus deren Pelz sich Handschuhe und Mützen schneidern ließen, mit Luchsen, deren Fell die Nieren wärmen und deren Fett mancherlei Leiden vertreiben würde, und nicht zuletzt mit Dachsen, für die ihm irgendwann auch noch eine nutzbringende Verwendung eingefallen wäre.

Derart vertieft in alte Erinnerungen und einstige Wünsche, die ihm das Ritterleben versprochen, aber Jahr für Jahr verweigert hatte, durchquerte Volkhard von der Senne unbehindert den Hückeswald, dessen Laub ein ständiges Wechselspiel aus Licht und Schatten aufführte. Nach gut einer Stunde hatte er das andere Ende erreicht. Die jenseitigen Felder schlossen sich beinahe unmittelbar an den Waldrand an und dienten dem Anbau von Getreide. Um die heranreifenden Feldfrüchte zu beschützen, hatten die Bauern an vielen Stellen gesichtslose Gestalten aus Stöcken, Stroh und Sackleinen aufgestellt. Üblicherweise hätten sie noch alte Hüte tragen müssen, doch da ihre Schöpfer offenbar gerade keine zur Hand gehabt hatten, hatten sie ihnen Kopftücher umgebunden. Damit sahen sie aus wie die lang vermissten Vogelscheuchenfrauen, von denen Vogelscheuchenmänner auf zahllosen anderen Feldern in einsamen Nächten träumten.

Volkhard stieg vom Pferd und entnahm den Satteltaschen eine kleine Vesper aus Bier, Wurst und Brot, mit der er es sich auf dem Boden bequem machte. Kriegswüterich empfahl er, sich um sich selbst zu kümmern, und da in der Seele des alten Pferdes noch immer das Feuer eines Schlachtrosses loderte, ließ es sich von den Vogelscheuchen nicht erschrecken, sondern begann umgehend, Halme vom Feldrand zu zupfen.

Während Volkhard kleine Wurststücke abschnitt und in den Mund schob, hin und wieder einen Schluck Bier trank und gelegentlich auch mit der Zungenspitze seinen lockeren Schneidezahn vorsichtig befühlte, dachte er darüber nach, warum sein erster Versuch, den Unhold hervorzulocken und zu stellen, fehlgeschlagen war. Mannigfache Gründe fielen ihm dafür ein.

Nach Volkhards Erfahrung waren die meisten Schurken, Strauchdiebe und Wegelagerer durch und durch feige Gemüter. Oft reichte es aus, ihnen vorzuführen, dass diejenigen, denen sie zur Plage geworden waren, wehrhafte Unterstützung erhalten hatten, damit sie sich bei Nacht und Nebel davonstahlen. Eine solche Lösung war erfreulich, da auch ein Kampf mit einem unterlegenen Gegner immer die Gefahr barg, selbst verletzt zu werden. Jedoch machte das Fehlen eines vorzeigbaren Kopfes, Fußes oder einer Hand es oftmals schwer, eine Dorfgemeinschaft davon zu überzeugen, dass ihre Sorgen beseitigt waren und ernste Arbeit geleistet worden war, die nun auch genauso ernsthaft bezahlt werden wollte. Gegensätzliche Auffassungen ließen sich nach Volkhards Erfahrung zwar fast immer dadurch überbrücken, dass der rettende Ritter so lange vor Ort blieb, bis die Gemeinschaft einsichtig wurde und ihm Glauben schenkte. Doch in der Zeit zwischen der Einstufung als täglich lästiger werdender Schmarotzer bis zur Anerkennung als verdienstvoller Held galt es, feindselige Blicke gleichmütig zu übersehen;

auch war es durchaus ratsam, seine Schlafkammer allnächtlich gut zu verriegeln.

Selbstredend ließen sich nicht alle Schurken so leicht ins Bockshorn jagen. Andere, die vielleicht mutiger waren oder nur zu dumm, um den Ernst ihrer Lage zu begreifen, hielten sich bloß ein paar Tage zurück und traten erneut in Erscheinung, sobald sie sich wieder sicherer fühlten. Dabei konnte man sich darauf verlassen, dass sie nie länger Ruhe hielten, als wirklich unbedingt nötig war, denn so schlau, dass sie großartig Erkundungen über Stärke, Pläne und Vorgeschichte ihres mutmaßlichen Gegners eingezogen hätten, waren sie dann auch wieder nicht. Ein Unhold, der sich darauf beschränkte, seine Opfer zu verprügeln und zu verspotten, mochte sich zwar in seinen Taten unterscheiden, aber ganz sicher nicht darin, wie er plante, dachte oder letztlich handelte. Schon der morgige Tag mochte also zeigen, ob ein harmloser Wanderer namens Volkhard mehr Anreiz auf ihn ausübte als der wehrhafte Ritter gleichen Namens.

Volkhard ließ drei Stunden verstreichen, bis er sich zur Rückkehr entschloss. Kriegswüterich hatte sich in der Zwischenzeit zu einer der Vogelscheuchen vorgearbeitet und war nun drauf und dran, den Sack aufzufressen, der ihr als Kleidung diente. »Verrückter Gaul«, murmelte der Ritter und kam der Strohjungfer in Nöten zu Hilfe. Er führte sein Pferd aus dem Feld heraus, stieg in den Sattel und lenkte es wieder in den Wald hinein. Während er zuvor darauf gewartet hatte, dass sich der Unhold zeigte, hielt er dieses Mal nach aussichtsreichen Stellen am Wegesrand Ausschau, an denen jener ihm am morgigen Tag vielleicht auflauern mochte.

Würde sich der Grobian vielleicht in diesem hohen

Busch verstecken? Nur wenn es ihm nichts ausmachte, von den Dornen völlig zerkratzt zu werden. Wäre ihm der andere Busch, fünfzig Schritt weiter entfernt, lieber? Nur wenn er sich nicht daran störte, über einen entwurzelten Stamm springen zu müssen, um an sein Opfer heranzukommen.

So machte sich Volkhard seine Gedanken über jedes Stück des Weges. Zweimal stieg er vom Pferd, um sich an üppig Früchte tragenden Brombeerbüschen gütlich zu tun. Auch jetzt, auf dem Heimritt, wunderte er sich über die Zutraulichkeit der Rehe, Hirsche und Wildschweine. Er musste ihnen schon sehr nahe kommen, bevor sie das Bedürfnis verspürten zurückzuweichen. Volkhard schüttelte mit besorgtem Seufzen das Haupt. Bei dieser Arglosigkeit würde die erste Treibjagd ein Blutbad unter den armen Tieren anrichten, denn die einzigen Feinde, denen viele von ihnen bislang begegnet zu sein schienen, waren Luchse.

Und gerade in diesem Augenblick, da Volkhard daran dachte, schien ein Reh, das ihm eben noch neugierig und arglos entgegengesehen hatte, von einem seiner natürlichen Feinde erspäht worden zu sein, da es urplötzlich mit ängstlichem Fiepen flüchtete. In der Erwartung, den Luchs einigermaßen leicht ausmachen zu können, wandte sich Volkhard im Sattel um. Doch statt des rothaarigen Jägers sah er zu seiner größten Überraschung den Stamm einer Rottanne, der pendelartig an einem Seil hing und auf seinen Kopf zuschoss! Volkhard von der Senne war allerdings ein viel zu erfahrener Ritter, um sich so leicht überwältigen zu lassen. Während er den Oberkörper zurückbog, um dem Stamm auszuweichen, fuhr seine rechte Hand gleichzeitig zum Schwertgriff. Ebenfalls gleichzeitig traf ihn jedoch ein heftiger Schlag von der anderen Seite und schleuderte ihn aus dem Sattel.

Zwei Pendel, wie niederträchtig, dachte Volkhard noch voller Abscheu, bevor ihm schwarz vor Augen wurde. Wer tat denn so etwas?

## 11.

Als Volkhard von der Senne die Augen öffnete, blickte er in das helle Blau des Himmels, das zwischen Ästen und Blättern hindurchschien, und dachte überrascht, dass er eingeschlafen sein musste. Er hörte Vögel zwitschern und wunderte sich, dass er Kriegswüterich nicht rascheln hörte. Hoffentlich hatte der verdammte Gaul in der Zwischenzeit nicht das ganze Feld platt getreten, dachte er, denn das würde keinen guten Eindruck machen! Schon wollte Volkhard nach seinem Pferd rufen, als plötzlich sämtliche Erinnerungen auf ihn einstürzten. Von wegen eingeschlafen! Er war bereits auf dem Rückweg gewesen und hatte sich unterwegs von dem Halunken, den er eigentlich hatte dingfest machen wollen, überrumpeln lassen wie ein blutiger Anfänger!

Verletzt in seinem Stolz, versuchte sich der Ritter aufzurichten, musste aber feststellen, dass ihm das gänzlich unmöglich war, da er auf eine recht ungewöhnliche Art gefesselt worden war. Eine Schlinge führte um seinen Hals, vier weitere um seine Hand- und Fußgelenke. Die Seile oder Riemen waren jedoch nicht miteinander verbunden, sondern hielten ihn einzeln und auf ähnliche Weise am Boden fest, als hätte man ihn auf eine Tischplatte gebunden, etwa die eines Foltertisches. Wie das genau angehen konnte, war Volkhard schleierhaft. Die wenigen Bewegungen, zu denen er in der Lage war, reichten jedoch aus, um ihm einen genauen Eindruck zu verschaffen, wo ihn der Stamm getroffen hatte und mit welchen Körperteilen er zuerst auf dem Boden aufgeprallt war. Mit vor Schmerz und Zorn zusammengebissenen Zähnen fragte er sich, ob die anderen Opfer des Unholds wohl auf gleiche Weise gefesselt worden waren. Wenn dem so war, warum hatten die Bauern die augenfälligen Besonderheiten nicht für erwähnenswert gehalten, und wie waren die versprochenen Prügel einzuschätzen? Standen sie ihm noch bevor, oder war die mit der Gefangennahme einhergehende Unbill fälschlich als Schläge gedeutet worden, sodass als Nächstes nur mehr die geheimnisvollen Fragen anstanden? Nicht die unsittlichen natürlich, die sich die Bauern zurechtgelogen hatten, sondern die richtigen?

Allemal musste der Halunke in Hörweite sein!

Mit lauter, nur schwach vor Zorn bebender Stimme rief Volkhard: »Ich bin Herr Volkhard von der Senne! Binde mich sofort los, oder …«

Er verstummte, als ihm bewusst wurde, dass für jemanden in seiner Lage fast jeder Halbsatz, der mit »oder« begann, schädlich sein konnte. Denn »oder« wie in »oder ich haue dich in Stücke« oder in »oder du wirst keinen glücklichen Tag mehr im Leben haben« klänge wie eine Aufforderung an den Unhold zu handeln, solange er noch die Oberhand besaß. Umgehend zu handeln! Endgültig zu handeln! Ein für alle Mal!

Dieser Überlegung wegen widerrief Volkhard das unpassende Wörtchen blitzschnell mit einem lauten »Und!«.

Einige Herzschläge lang hing dieses »Und!« unbegleitet und ohne Gesellschaft in der Luft. Damit es nicht in Vergessenheit geriet, wiederholte es der Ritter in Abständen: »Und … und …« Derweil dachte er über eine mögliche Fortsetzung seiner Ankündigung nach.

»Und du wirst nichts zu befürchten haben« verbot sich von selbst, da es wie die fetteste aller Lügen klang. Beinahe beleidigend sogar, wenn man es sich recht überlegte.

»Und ich werde gerecht über dich urteilen« hingegen klang besser. Überhaupt nicht verlogen, sondern im Gegenteil ziemlich lauter und aus dem Herzen kommend. Das lag jedoch – wie der Unhold rasch erkennen würde, wenn er nicht völlig begriffsstutzig war – an dem Wörtchen »gerecht«. »Gerecht« klang immer ein bisschen nach »oder«.

Schließlich hatte der Ritter etwas Passendes gefunden, das er auch sofort laut aussprach: »… und ich werde dich mit Milde behandeln.«

Das war gut! Jeder konnte sich unter diesem Versprechen vorstellen, was ihm behagte: dass er unbehelligt davonkäme ebenso wie dass ein Hagel Backpfeifen das Schlimmste wäre, womit er zu rechnen hätte. Tatsächlich konnte man sogar leichte Verstümmelungen an Ohren und Nase darunter fallen lassen. Verglichen mit einem abgeschnittenen Kopf oder Schniedel war auch eine solche Behandlung durchaus milde zu nennen.

Zufrieden mit sich wiederholte der Ritter noch einmal ruhig und besonnen sein gesamtes Angebot: »Binde mich sofort los, *und … und …* ich werde dich mit Milde behandeln!«

Doch genauso gut hätte er schweigen können. Sein Bezwinger antwortete nicht. Womöglich war er doch nicht anwesend! Ärger stieg in Volkhard ob dieser groben Missachtung seiner Person auf. Ganz ohne eine Spur von Sanftheit in der Stimme, stellte er sich ein weiteres Mal vor: »Ich bin Herr Volkhard von der Senne, ein Ritter von beachtlichem Ruf!«

»Und ich bin Rempel Stilz von den Stilzens aus Stilzhausen«, antwortete umgehend eine Männerstimme rechts hinter ihm. Volkhard versuchte den Sprecher auszumachen, doch so sehr er sich reckte und an seinen Fesseln zerrte, so wenig gelang es ihm, ihn in sein Blickfeld zu bekommen.

Erneut meldete sich dieselbe Männerstimme. Doch nun ertönte sie überraschenderweise von der gegenüberliegenden Seite, nämlich von links, und zwar mindestens drei oder vier Schritt weit entfernt: »Das ist sie überhaupt nicht!«

»Bin ich eben doch, Kackpuh!«, behauptete die Stimme wieder von rechts.

»Nein, bist du nicht. *Ich* bin Rempel Stilz, ich ganz allein!«, erklang es wieder von links.

»Sage ich doch!«, wurde freudig von rechts bestätigt. »Sage ich doch! *Ich* ganz allein.«

Der Ritter atmete tief durch. Zwei Dinge hatte er in diesen wenigen Augenblicken gelernt: Sein Bezwinger konnte sich offenbar völlig geräuschlos hin und her bewegen, und außerdem war er entweder kindisch oder völlig verrückt.

Im ersten Fall unterhielt er sich, obwohl er längst erwachsen war, mit einem unsichtbaren Freund, dem er dadurch Leben verlieh, dass er bei jedem zweiten Satz in seine Rolle schlüpfte und hin und her huschte. Im zweiten Fall wusste er überhaupt nicht, dass sein »Freund« nur eingebildet war, und hielt sich wirklich für zwei Personen. Sonderlich beruhigend war keine dieser Aussichten, zumal sich sofort eine wichtige Frage stellte: Wie verfuhr man mit einem wahnsinnigen Unhold, der vermutlich gänzlich unberechenbar handelte und am Ende von einem

Augenblick auf den anderen in mörderische Raserei verfallen konnte? Das Beste war es wohl, ihm nicht zu widersprechen, ohne ihn aber gleichzeitig in seinen Wahnvorstellungen zu bestärken. Zudem konnte es gewiss nicht schaden, einen ruhigen und sanftmütigen Ton anzuschlagen.

Langsam, jede Silbe für sich betonend, wiederholte der Ritter sein Begehr: »Sei ein bra-ver Bur-sche und bin-de mich los. Ich wer-de dir auch nicht bö-se sein!«

»Das klingt wahrlich nach einem bestechend schlauen Einfall«, erwiderte eine neue Stimme. »Erst fangen wir dich mühsam, und dann lassen wir dich sofort wieder frei. Auf einen solch unsinnigen Vorschlag muss man erst einmal kommen.«

Volkhard spürte, wie die Röte in sein Gesicht stieg, und wand sich erneut in seinen Fesseln, in der vergeblichen Bemühung, einen Blick auf den zweiten Sprecher zu erhaschen. Auf das Vorgaukeln von gelassener Sanftmut achtete er dabei überhaupt nicht mehr.

Es waren also zwei Unholde, dachte der Ritter, nachdem er die Müßigkeit seines Unterfangens eingesehen hatte und wieder ruhig lag. Der Irre war vermutlich groß und stark, während der Dreiste wahrscheinlich für beide dachte. Tanzbär und Wiesel sozusagen! Bei einer solchen Kombination musste man von anderen Regeln ausgehen. Der eine setzte um, was der andere an wirrem Zeug ausbrütete. Das konnte aber wieder bedeuten, dass alles nur ein grober Scherz sein sollte und die Dörfler vielleicht doch nicht gelogen hatten.

Diese Vermutung ließ sich leicht überprüfen.

»Dann stelle eben deine dämlichen Fragen, Halunke«, sagte der Ritter. »Ich verrate dir aber gleich, dass Zweideutigkeiten und Schlüpfrigkeiten von mir nicht zu erwarten sind, da ich weder ein Weib noch ein Liebchen besitze und somit nicht berichten kann, wie oft ich ihr beiliege!«

»Was? Wie?«, antworteten die beiden Schurken verblüfft. Volkhard wunderte sich, dass die Stimme des *Tanzbären* plötzlich merkwürdig nachhallte und einen seltsamen, irgendwie weiblich klingenden Oberton aufwies.

Zu Volkhards Verblüffung ertönte eine dritte Stimme. Sanft, vertraueneinflößend und jede einzelne Silbe für sich betonend, sagte sie: »Kei-ne Furcht, Herr Rit-ter. Wir sind Freun-de. Freun-de! Wir mei-nen nichts Bö-ses. Wir ha-ben nur ein paar Fra-gen …«

Wiederum spürte Volkhard, wie ihm das Blut ins Gesicht schoss: »Es ist wahrlich nicht nötig, so mit mir zu reden, als sei ich langsam im Geiste oder als stünde mein Kessel verkehrt herum im Schrank! Ich bin weder ga-ga, tu-tu noch bim-bam! Merk dir das, Flegel!«

»Verzeiht den Irrtum, Herr von der Senne«, verbesserte sich der Sprecher umgehend. »Ich dachte nur, da Ihr selbst … Ich bin Brams, Herr Brams, wenn Euch das lieber ist. Ihr werdet mir nun einige Fragen nach bestem Wissen und Gewissen beantworten.«

Volkhard war überrascht von dem beinahe schon sittsam zu nennenden Ton. Es entging ihm nicht, dass die Sprechweise dieses dritten Schurken eine auffällige Gemeinsamkeit mit der der anderen beiden aufwies. Allein, er konnte nicht benennen, worin sie bestand. Was war es bloß?

Trotzdem widerrief Volkhard seine vorschnelle Zusage: »Zuerst bindest du mich los, Bube, dann sehen wir weiter!

Solange ich gefesselt bin, gibt es überhaupt keine Antworten. Merke dir das!«

»Zu schade«, antwortete das Wiesel.

»Ja, zu schade«, stimmte Brams zu.

Einen Augenblick lang herrschte die friedlichste Stille, dann begann plötzlich so unerwartet wie ein Hagelsturm an einem Sommertag eine Frauenstimme schrill und völlig unbeherrscht zu kreischen: »Antworte gefälligst, Verfemter, Verdammter, Verfluchter und bald auch noch Hoffnungsloser! Antworte oder … Oder! Außerdem heißt es *Herr* Brams … und übrigens auch *Herr* Rempel Stilz!«

»*Ich* bin Rempel Stilz«, versicherte der Tanzbär beruhigend.

Vier, dachte der Ritter mit klingenden Ohren. Sie waren also vier und nicht nur einer! Zwei Wiesel und offensichtlich gleich zwei Irre! Sollte er lebend davonkommen, so würde er viel mit den Dörflern zu bereden haben. Sehr viel! Harsche Worte würden fallen, und ganz bestimmt auch zahlreiche Backpfeifen verteilt werden!

»Wollt Ihr Eure unkluge Entscheidung noch einmal überdenken, oder sollen wir Euch mit ihr allein lassen, Herr von der Senne?«, erkundigte sich Brams deutlich besorgt.

Volkhard lachte ihn aus. »Meint Ihr, mich mit diesem Mummenschanz erschrecken zu können? So leicht bin ich nicht aus der Fassung zu bringen. Ich bin kein Kind, dessen Tränen fließen, sobald jemand das Märchen von den Vier Winselnden Windsbräuten erzählt. Merkt Euch das, Brams! *Herr* Brams, falls Euch diese Anrede zustehen sollte.«

»Dann wasche ich meine Hände in Unschuld«, antwortete Brams traurig.

Eine neue Frauenstimme hob zu sprechen an. Im Gegensatz zur ersten klang sie nicht kraftvoll und schneidend, sondern flüchtig, nach leisem Säuseln, kaum greifbar. Wie etwas, das der Wind verwehte. »Es gibt andere Möglichkeiten, mein liebes Kind«, behauptete sie.

»Ich bin Rempel Stilz«, versicherte der Tanzbär ungefragt.

»Was für Möglichkeiten?«, erkundigte sich Volkhard und fühlte sich dabei unerklärlich angespannt.

»Schmerzhafte Möglichkeiten, mein liebes Kind. Schmerzhafte und grausige«, versicherte die flüchtige Frauenstimme sanft. Mit einem Mal wusste Volkhard, an wen sie ihn erinnerte, nämlich an seine Amme. Und zwar nicht die fette, die immer ein wenig nach Schnaps und Zimt gerochen hatte, sondern an ihre Vorgängerin, die fortgejagt worden war, als ruchbar wurde, was für grauenhafte Gutenachtgeschichten sie ihren Schützlingen zu erzählen pflegte.

Volkhard lachte heißer. »Ich bin ein Ritter! Was weißt du schon von Schmerzen, Weib?«

»Wie man mir sagte, soll ein Biss in die Kerbe zwischen Kopf und Brustsegment sehr wehtun, mein liebes Kind«, erklärte die leise Frauenstimme.

»Kerbe? Brustsegment?«, wiederholte der Ritter verwirrt. »Meinst du den Hals? Das Schlüsselbein? Das kommt drauf an, denke ich...«

»Auch der Biss in die Kerbe zwischen Brust und Hinterleib... Unterleib, will ich sagen... sei schier nicht zu ertragen«, ging es im gleichen harmlosen Singsang weiter.

»Welche Kerbe?«, rätselte Volkhard. »Die Hüfte, die Gürtellinie? Was soll daran ungewöhnlich schmerzen?«

»Wenn man sie durchbeißt, mein liebes Kind?«, gab die ungreifbare Frauenstimme zu bedenken. »Wenn man sie ganz durchbeißt!«

»Dann ja«, stimmte der Ritter schaudernd zu. »Aber verhältnismäßig ist ein solches Vorgehen nicht zu nennen! Schon gar nicht, wenn man nur ein paar Antworten haben will.«

»Doch beide Schmerzen kann man nicht vergleichen mit einem Biss in die Tracheen!«, fuhr die sanfte Stimme unbeirrt fort.

»Die *was*?«, gab Volkhard verständnislos zurück.

»Die Tra-che-en, du unaufmerksamer Kackpuh!«, rief eine dritte Frau, die anscheinend ganz dicht bei den anderen beiden stand. Ihre Stimme klang weder schneidig, wie die der ersten, noch verweht, wie die der zweiten, sondern einfach nur ungeduldig und verärgert.

»Rempel Stilz bin aber *ich*«, brachte sich der Tanzbär in Erinnerung.

Fünf, sie sind zu fünft! Wie viele denn noch, dachte der Ritter und rief aus: »Was, bei allen verdorbenen Geschöpfen des Schinderschlundes, sind Tracheen?«

»Das ist jetzt nicht weiter wichtig, Herr von der Senne«, meldete sich Brams zurück. »Sagt uns lieber, wie man einen König loswird!«

Volkhard lachte fassungslos. Mit einer solchen Frage hatte er nun wirklich nicht gerechnet! Ohne langes Nachdenken antwortete er: »Man zettelt eine Verschwörung gegen den König an.«

»Und wie geht das?«

So weit, wie es ihm die Fesseln erlaubten, zuckte Volkhard die Schultern. »Man trifft sich im Geheimen, isst Schweinebraten, trinkt viel Wein dazu, und wenn alle genug geredet haben, geht man wieder auseinander. Was denn sonst?«

»Und dadurch wird man den König los?«

»Nein, dadurch nicht. Aber es ist eine einigermaßen angenehme und ungefährliche Weise, die Zeit zu überbrücken, bis sich alles von allein löst.«

»Wie löst sich alles von allein?«

»Wie wohl? Könige leben nicht ewig! Irgendwann wird er sterben, und ein neuer wird ihm nachfolgen.«

»Das dauert zu lange!«, antworteten Brams, das Wiesel, der Tanzbär und eine weitere, bislang ungehörte Frauenstimme im Chor.

Volkhard stutzte. »War die Frage etwa ernst gemeint? Wollt ihr wirklich wissen, wie man einen König auswechselt?«

»Gewiss doch«, versicherte Brams. »Wozu sollten wir uns sonst so viel Mühe mit Euch machen, Herr von der Senne? Aber wir wollen ihn lieber loswerden, da das Auswechseln womöglich zu schwierig ist und vielleicht nicht einmal machbar.«

Der Ritter sog pfeifend die Luft ein. Nun begriff er, warum die Bauern gelogen hatten, als es um die Fragen ihres einen – *angeblich* einen! – Unholdes ging. Sie wollten einfach keinen Ärger haben! Als zuletzt jemand versucht hatte, dem König den Thron streitig zu machen, hatte sich daraus eine langwierige und ziemlich blutige Angelegenheit entwickelt. Kein offener Kampf um die Macht war entbrannt, sondern es hatten heimliche Gemetzel zwischen den Anhängern der Krone und den Parteigängern des Grafen Neidhard stattgefunden, bei denen auch Unbeteiligte zu Schaden gekommen waren. Vor acht Jahren hatte der böse Spuk dann fast von einem Tag auf den anderen geendet. Graf Neidhard schien plötzlich seine Ambitionen aufgegeben zu haben, und König Kriegerich waren andere Dinge wichtiger geworden. Zunächst hatte er seine Königin verstoßen. Ein Grund hierfür war zwar nie genannt worden, doch da sie ihren Sohn – den einzigen Erben des Königs! – mitnehmen durfte, wurde munter gemunkelt, dass er seinem Vater, seinem *angeblichen* Vater – aber das bleibt unter uns, Herr von der Senne! –, mit jedem weiteren Lebensjahr unähnlicher geworden sei, und zwar nicht nur äußerlich, sondern auch vom ganzen Wesen her. Wie man hörte, hatte er viel lieber in der Backstube des Schlosses mit Förmchen gespielt anstatt mit seinen Ritterfiguren und Spielzeugschwertern. Ein Wunder, dass der König so viel Milde hatte walten lassen! Noch sein Großvater hätte sich mit dem Beil von dieser Gemahlin verabschiedet! Doch vielleicht war diese ungewöhnliche Milde bereits dem Einfluss ihrer Nachfolgerin zuzuschreiben. Der König hatte sie kurz danach zur Frau genommen, und obwohl sie ihm in all den Jahren keinen neuen Erben geschenkt hatte, war er offensichtlich nicht gewillt, sich von ihr zu trennen. Auch in diesem Falle hätte sein Großvater ganz anders entschieden. Nun ja, der Volksmund nannte besagten Großvater nicht grundlos den *Flinken Hacker*.

Somit würde König Kriegerich eben ohne leiblichen Erben bleiben und stattdessen einen seiner zahlreichen Neffen als Nachfolger bestimmen. Welcher es sein würde, war völlig offen, darüber gab es noch nicht einmal die schwammigsten Gerüchte. Und genau das machte die Unterhaltung mit dieser ... Bande! ... so interessant. Ein Wissen um die Ziele und die Beteiligten an dieser Verschwörung mochten ihm verraten, ob der König sich womöglich insgeheim entschieden hatte und für wen. Den nächsten Herrscher zu kennen, solange dieser womöglich noch nicht einmal selbst von seinem Glück wusste, war wiederum von unschätzbarem Wert!

Eine neue Frauenstimme riss Volkhard aus seinen Gedanken. Längst hatte er die Übersicht verloren, die wievielte Frau zu ihm sprach. »Wäre *ich* unser Gefangener, so wäre ich aufmerksamer und würde antworten, wenn man mich etwas fragt. Das ist wohl das Mindeste, was man erwarten kann«, ermahnte sie ihn.

Der Ritter war froh, dass ihm der Anblick der Sprecherin erspart blieb, denn ihre Stimme versprach Übles. Sie klang unangenehm nach einer Spinne, vorausgesetzt, Spinnen hätten überhaupt sprechen können. Aber nicht nach einer kleinen Spinne, die auf ihren acht dünnen Beinchen verschreckt davonrannte, sobald sie bemerkte, dass man sie beobachtete, sondern nach einer großen, einer fetten. Einer großen *und* fetten! Einer so großen und so fetten, wie sie angeblich die Höhlen des südlichen Burakannts bevölkerten. Einer Spinne, die ihr Opfer nicht einfach fraß, sondern es mit den Zangen festhielt und neugierig zusah, während sich seine Innereien unter der Einwirkung ihrer zuvor eingeführten Verdauungssäfte verflüssigten.

»Nicht wahr?«, meinte die Frau, das Ding oder was immer es war.

Volkhard räusperte sich: »Brams, hattet Ihr eine Frage? Herr Brams? Hallo?«

»Gewiss doch«, antwortete Brams einen kurzen Augenblick später. »Entschuldigt meine kurzfristige Unaufmerksamkeit. Was fällt Euch noch ein, wie man den König loswerden könnte?«

Der Ritter wischte alle Gedanken an die Spinnenfrau

beiseite. Nun war der Augenblick für einen kühnen Vorstoß gekommen. »Es ist von Nutzen, die Ansichten der Großen des Reiches zu kennen«, erklärte er. »Mancher teilt vielleicht Eure Ansichten. Womöglich benötigt er *Zuspruch*, wenn Ihr versteht, was ich meine, oder er heckt schon eigene Pläne aus. Habt Ihr Euch darüber schon kundig gemacht, Herr Brams? Rein zufällig ... vielleicht?«

»Die Großen sind viel zu dumm!«, behauptete das Wiesel verächtlich. »Selbst wenn einer der sechs auf den Gedanken käme, selbst herrschen zu wollen, hätte er ihn längst wieder vergessen, bis er beim König angelangt wäre. Die sechs brauchen jemanden, der ihnen sagt, was sie zu tun haben.«

»Das Einzige, was sie können, ist, Häuser zu zerstören«, empörte sich unerwartet der Tanzbär. »Gute Häuser, alte Häuser!«

Spannend, dachte Volkhard. So verächtlich, wie die Bande über die Grafen sprach, war anscheinend noch keiner von ihnen in die Verschwörung verstrickt. Mit den sechsen war selbstredend die Hausmacht des Königs gemeint, darunter seine eigene Familie.

Volkhard ging rasch die Namen der loyalen Geschlechter durch, kam aber nur auf fünf Namen. Welches war das sechste?

Aufschlussreich war auch die Bemerkung über das Ausmerzen der Alten Häuser, überlegte er. Vielleicht schlug König Kriegerich nur deswegen nicht nach seinem Großvater, weil er bereits nach seinem Urgroßvater schlug? Falls das stimmte, standen dem Königreich wahrlich große Veränderungen bevor, denn Kriegerichs Vorfahr hatte seinerzeit völlig skrupellos konkurrierende Adelshäuser ausgemerzt. Anschließend hatten die Hofschreiber Dokumente gefälscht, die die gemeuchelten Geschlechter zu erloschenen Seitenlinien des regierenden Herrscherhauses erklärten. Aber nein, nie und nimmer hatte Seine Hoheit Gewalttaten gegen Rivalen befohlen! Allesamt waren sie posthum in der Königsfamilie aufgegangen. Der König war ihrer aller legitimer Erbe!

»Nein, das ist auch kein guter Plan«, erklärte Brams. »Wahrscheinlich würden sie uns einfach zerquetschen, wenn wir ihnen zu nahe kämen.«

Volkhard konnte dieser Einschätzung nur zustimmen. So waren die hohen Herren.

»Ein anderer Plan!«, verlangte Brams.

Langsam gingen Volkhard die Einfälle aus. Zwar hatte er das eine oder andere im Laufe der Jahre aufgeschnappt, doch er war kein Umstürzler, sondern hatte sich im Gegenteil stets bemüht, den Mächtigen des Reiches nicht in die Quere zu kommen. »Mir fiele jetzt allenfalls noch der hehre Tyrannenmord ein«, erwiderte er nach einigem Nachdenken. »Habt Ihr es schon einmal mit Tyrannenmord versucht?«

»Wie geht das?«, raschelte, schabte und klickte das Spinnending.

»Zuerst sucht Ihr Euch einen Dummen, will sagen: einen Helden«, erläuterte Volkhard geduldig. »Zum Glück ist das oft ein und derselbe, was Eure Suche wesentlich erleichtern wird. Diesen Helden beauftragt Ihr, sich dem König während eines Festes oder Essens zu nähern und ihm bei passender Gelegenheit einen Dolch ins Herz zu stoßen.«

»Ist das alles?«, erkundigte sich Brams erwartungsvoll. »Warum *hehr*? Warum sagt man *hehrer* Tyrannenmord?«

»Gut, dass Ihr fragt, Herr Brams«, erwiderte Volkhard

beflissen. »Ich hätte fast das Wichtigste vergessen! Euer Held muss während der Bluttat irgendetwas Bedeutungsvolles ausrufen, damit man ihn nicht mit einem gehörnten und eifersüchtigen Ehemann verwechselt oder, falls er eine Frau ist – es kann selbstverständlich auch eine Frau sein –, mit einer abgelegten Geliebten. Enttäuscht und abgelegt – das wäre nicht gut! … Irgendetwas Wohlklingendes muss also gerufen werden, damit die Hehrheit der Tat kenntlich wird. Etwa: Nieder mit dem Tyrannen! Für die Freiheit! Die Götter mit uns! Schluss mit lustig! … Irgendetwas wird Euch schon einfallen.«

»Er wird uns verbrennen«, riefen Brams, der Tanzbär, das Wiesel und die dritte oder vierte Frau durcheinander.

»Nicht Euch«, versuchte Volkhard sie zu beruhigen. »Das wisst Ihr ja zu verhindern. Denn deswegen sucht Ihr Euch ja gerade einen Dumm…, einen Helden, mein ich. Dass jener womöglich nach der Tat verbrannt wird, geviertielt oder was auch immer, gehört allerdings zum Eignungs…«

»Nicht nachher, sondern bereits vorher oder während er noch dabei ist«, erklärte Brams besorgt. »Vielleicht schlägt der … König … auch zuerst mit dem Flügel zu. Ich an seiner Stelle würde jeden Angreifer zuerst mit dem Flügel schlagen und anschließend verbrennen.«

»Flügel?«, wiederholte Volkhard verständnislos. »Flügel?«

Vor sein geistiges Auge drängte sich unerbittlich König Kriegerich. Er saß an einer langen Tafel und speiste. Kerzenlicht flackerte, Barden musizierten, und Gaukler sorgten für angemessene Unterhaltung. Eine vermummte Gestalt schlich sich an den Herrscher heran, die eine Hand tief in einer Falte ihres Umhangs verborgen. Fast hatte sie ihn erreicht, als der König aufsprang und sie mit einem halb abgenagten Gänseflügel niederschlug. Der Herrscher handelte wie ein Besessener! Immer wieder hob er den Gänseflügel und ließ ihn auf den Meuchler hinabsausen. Fetzen von gebratener Haut und garem Fleisch schossen durch die Luft, große Spritzer von Bratensaft und Soße klatschten mit ekligem Geräusch gegen die Wand und erschufen ein Gemälde kulinarischer Gewalttätigkeit.

»Ein anderer Vorschlag!«, quengelte Brams und riss ihn damit aus seinen Gedanken. »Rasch, rasch!«

Der Ritter seufzte. »Ihr müsst nicht denken, dass ich den lieben langen Tag nichts Besseres zu tun hätte, als Pläne zur Beseitigung des Königs auszutüfteln, Herr Brams. Meinetwegen nehmt Gift, wenn Euch mein anderer Vorschlag zu spritzig ist. Das ist zwar weder ehrenhaft noch hehr, mag aber immer noch als Tyrannenmord durchgehen, wenn man die Tat geeignet darstellt.«

Brams antwortete nicht.

Niemand sonst sagte etwas.

Kein Geräusch war zu hören.

Allenfalls das Zwitschern eines einzelnen Vögelchens oder das Brummen einer Waldhummel.

Sonst nichts.

Urplötzlich ertönte die Stimme eines jungen Mädchens, das sich seiner ganzen Ausdrucksweise nach im fortgeschrittenen Flegelalter befinden musste. »Ihr müsst mich gar nicht so dämlich anstarren. Die Spinne ist völlig friedlich und harmlos! Sie könnte keiner Fliege etwas zuleide tun.«

»Vielleicht denke ich gar nicht an die Spinne«, erwiderte Brams eindringlich.

»Ich weiß überhaupt nicht, was du meinst«, schleuderte ihm der Tanzbär ruppig entgegen.

»Ich auch nicht«, fuhr jener einen Augenblick später fort. »*Ich* bin übrigens Rempel Stilz und nicht schon wieder *sie*. Sie soll endlich damit aufhören!«

»Ich habe durchaus eine Ahnung, was Brams meinen könnte«, sagte das Wiesel ruhig.

»Habe ich nicht!«, widersprach er sich aufgebracht.

»Habe ich doch«, bekräftigte er gelassen.

»Doch leider irre ich mich in diesem Fall«, fuhr er sich unwirsch an. »Riette ist lieblich und sanftmütig. Allgemein bekannt!«

»Wer wagte dem zu widersprechen?«, seufzte Brams.

»Aha, ich zeige Einsicht!«, rief er umgehend triumphierend und brummte anschließend streng: »Alles wäre weniger verwirrend, wenn gewisse Personen es für eine Weile unterließen, mit anderer Leute Stimme zu reden!«

»Ich weiß gar nicht, was du meinst«, erwiderte er, ging dann aber nicht weiter auf sich selbst ein.

Ritter Volkhard kam arg ins Grübeln. Mit halbem Ohr hörte er, wie Brams seinen Kumpanen etwas von einem Plan erzählte, über den sie offenbar schon früher gesprochen hatten. Er wollte ihn nun wohl in Ermangelung von etwas Besserem in die Tat umsetzen, auch wenn es bedeutete, Schritte zu unternehmen, die noch nie unternommen worden waren, und die Gefahr eines Scheiterns offenbar groß war. Genaueres über den geheimnisvollen Plan erfuhr Volkhard jedoch nicht. Seine Gedanken beschäftigten sich ohnehin mit anderen Dingen, da er sich fragte, ob er die Größe der Bande vielleicht die ganze Zeit falsch eingeschätzt hatte. Gerade der letzte Wortwechsel deutete darauf hin, dass sie nicht aus drei Männern und einer unübersehbaren Anzahl von Frauen jeglichen Alters bestand, sondern dieser Eindruck nur mithilfe verstellter Stimmen vorgetäuscht wurde. Doch wer ahmte wen nach? Männer Frauen, Frauen Männer, Männer Männer oder Frauen Frauen? Und wozu dieser große Aufwand? Wenn sie ihn im Unklaren lassen wollten, wie viele sie waren, war es dann nicht leichter, den Mund zu halten? ... Es sei denn, sie waren nur zu zweit, ein einziger Mann und eine einzige Frau! Kam das hin?

»Dann lasst uns beginnen!«, sprach in diesem Augenblick Brams, und eine zweite, überaus begeisterte Stimme, die Volkhard noch nicht vernommen hatte, brachte seine Theorie ins Wanken. Sie hörte sich weder nach einem Mann noch nach einer Frau an, sondern nach grünem, knarrendem Holz!

»Au, toll! Abenteuer, verschwiegene Geschäfte! Lasst uns aufbrechen und ungesehen eindringen bei Nacht, Nebel und Käuzchenschrei. Auf, auf!«

Diese fremde Stimme verriet Volkhard, was ihn bisher an den anderen Stimmen gestört hatte. Sie war die erste, die deutlich von oben kam, als stünde ihr Besitzer. Alle anderen hatten wesentlich dichter bei seinen Ohren ihren Ursprung gehabt, beinahe schon auf gleicher Höhe, als hätten die Sprecher hinter ihm gekniet oder auf dem Boden gesessen. Volkhard konnte sich darauf keinen Reim machen.

»Nun bindet mich los, bevor ihr aufbrecht«, rief er. »Schließlich habe ich euch nach bestem Wissen geantwortet.«

Leichte Schritte näherten sich, und Brams sprach: »Keine Sorge, Herr von der Senne. Die Fesseln werden Euch nicht mehr lange festhalten. Unsere Hilfe braucht Ihr jedoch nicht.«

Volkhard verspürte Zorn. »So war das nicht vereinbart!«, brüllte er, zerrte an seinen Fesseln und bäumte sich auf. Überraschend erspähte er etwas gänzlich Unerwartetes am verschwommenen, äußersten Rand seines Blickfeldes: Füße, winzige Füße, die in genau so winzigen Schühchen steckten! Sie waren nicht länger als sein längster Finger und lugten unter einem Umhang hervor. Ein Kind, dachte er verblüfft und versuchte mehr von der Person zu erkennen, jedoch ohne Erfolg. Ein zweites Paar winziger Schühchen stellte sich neben das erste, und die Stimme des Tanzbären erklang. Die Stimme, deren Besitzer sich Volkhard von ihrem ersten Laut an als einen baumlangen, bulligen Kerl mit Kugelkopf, Glatze und groben Zügen vorgestellt hatte.

»Keine Sorge, alles ist bestens verfugt!«, behauptete sie.

Konnte das wirklich sein? Kam die Stimme des Tanzbären aus einem Kinderkörper?

Volkhard erschlaffte. Alte Geschichten stiegen aus seinen Erinnerungen auf, Märchen, die auch in seiner Kindheit nicht mehr öffentlich erzählt werden durften, da die Priester ihre Kenntnis als Zeichen der Ungläubigkeit bewerteten, als Aberglauben im besten Fall und im schlimmsten als Beweis von Verbundenheit und Verschwörung mit den verderbten Mächten des Schinderschlundes! Mit pochendem Herzen fragte er sich, wen er in der vergangenen Stunde beraten hatte und zu welchem unheiligen Zweck. Er wartete, lauschte und hielt gelegentlich den Atem an. Doch der Wald schien bald nur noch seine üblichen Geräusche zu kennen: das Hämmern der Spechte, das Brummen der Käfer, das Rascheln von Laub im Wind.

Eine unabsichtliche Bewegung führte dazu, dass sich plötzlich eine von Volkhards Fesseln löste. Auch alle anderen gaben nach, als er an ihnen zog. Endlich wieder frei!

Der Ritter setzte sich auf und betrachtete, womit er gebunden gewesen war. Die *Fesseln* sahen aus wie Wurzeln in Hufeisenform, die einfach in den Boden gesteckt worden waren. Nie und nimmer hätten sie ihn länger als einen einzigen Augenblick festhalten dürfen! Aber das hatten sie dennoch getan.

In zwanzig Schritt Entfernung stand Kriegswüterich und beobachtete ihn. Volkhard erhob sich, rief das Pferd heran und ließ den Blick auf der Suche nach winzigen Fußabdrücken über den Boden wandern. Aber es gab keine. Gedankenverloren fuhr er mit der Zungenspitze über seine Zahnreihe und erstarrte. Die vertrauten Lücken fehlten! Er griff in seinen Mund, doch seine Finger bestätigten ihm, was er bereits wusste: Zahn reihte sich an Zahn, als hätte er nie einen verloren!

Hastig öffnete er Kriegswüterichs Satteltaschen und wühlte so lange in ihnen, bis er einen winzigen Metallspiegel gefunden hatte. Atemlos hielt er ihn vor den Mund. Das verzerrte Bild zeigte ihm etwas, das aussah wie Zähne, aber bräunlicher war. Sie steckten auf einer Leiste, die durch Drähte festgehalten wurde. Volkhard zerrte an der Leiste und den falschen Zähnen, und als sie nicht nachgeben wollten, griff er nach seinem Messer und stocherte damit an dem Fremdkörper in seinem Mund herum. Er achtete nicht darauf, dass er sich stach und schnitt, seine Zähne sich rot färbten vom blutigen Speichel und sein ganzer Mund salzig schmeckte. Dann endlich hielt er die fremdartige Gabe in Händen: einen Halbkreis, besetzt mit Zähnen, die weder aus Holz, Bein, Stein noch Metall bestanden. Auch die *Drähte* waren nicht aus Metall gefertigt, sondern schienen mehr mit den wurzelartigen Fesseln gemein zu haben.

Volkhard schleuderte das künstliche Gebiss auf den Boden und stampfte so lange darauf herum, bis es in Dutzende von Teilen zerbrochen war. Wer konnte schon sagen, welche Macht in ihm wohnte und welchen Einfluss es auf seinen Träger hätte? In seiner Welt verließ man sich nicht auf die Freundlichkeit von Fremden. In seiner Welt verschenkte niemand etwas, ohne eine Gegenleistung zu erwarten. So war das doch! So war das doch?

# Verschwörer im Feindesland

## 12.

»Hinterleib?«, konnte Hutzel gerade noch sagen, bevor seine Stimme unvermittelt abbrach.

»Die Spinne hat eine Bekannte, die eine Wespe ist, und ...«, erklärte Riette. Dann war auch von ihr nichts mehr zu vernehmen oder zu sehen.

»... und die beißt jemandem den Hinterleib ab?«, fragte Rempel Stilz besorgt, als er ihnen folgte.

Nun war bloß noch Brams übrig. An manchen Tagen bestand er darauf, voranzugehen und als Erster durch die Tür in die schummrig ausgeleuchtete Diele zu treten, die ihm sein Verstand in Ermangelung von etwas Besserem vorgaukelte. So wollte er seine Gefährten daran erinnern, dass er ihr Sprecher war. An anderen Tagen hingegen war er ganz zufrieden damit, zu warten und alle vorzulassen, denn dadurch bekam er noch am besten mit, worüber sie beim Verlassen des Menschenreiches sprachen, und musste sich nicht mit der Frage quälen, warum er so oft keine Antwort erhielt.

Angespannt in Erwartung des Unbekannten, griff Brams nach Birkes Klinke, trat einen Schritt vor und zog dabei die Tür hinter sich zu. Einen Augenblick später befand er sich nicht mehr im Menschenreich, sondern im Koboldland-zu-Luft-und-Wasser. Es war Nacht und ziemlich nebelig, doch kein Käuzchenschrei war zu hören. Brams runzelte die Stirn.

Auch wenn viele Kobolde – zumindest wusste es Brams von Hutzel und sich –, wenn also etliche Kobolde der Meinung waren, die Türen wüssten selbst nicht, was sie taten, und hätten erst dann damit begonnen, ihr Sammelsurium an unverständlichen Fachbegriffen einer bestimmten, ausgestorbenen Sprache zu entlehnen, nachdem sie sich gründlich überzeugt hatten, dass niemand, aber auch wirklich niemand – und schon gar kein Kobold! – ihre Bedeutung verstünde, zweifelte er gelegentlich – unter anderem in diesem Augenblick – an der Richtigkeit dieser Ansicht.

Zum Beispiel erklärten die Türen nie, was *Hoplapoi Optalon*, ihre Begründung für die Zeitverzögerung beim Reisen, eigentlich bedeutete, und behaupteten stets, dass jeder, der sich in der Materie nicht auskenne – also eigentlich jeder andere außer ihnen –, sowieso mit einer Übersetzung nichts anfangen könne. Dadurch erweckten sie vor allem den Eindruck, der Begriff sei nichts weiter als ein hastig zusammengestotterter Versuch, lästige Frager loszuwerden. Gelegentlich – unter anderem in diesem Augenblick – zweifelte Brams an der Richtigkeit dieser Ansicht und fragte sich, ob die Türen über die Vorgänge beim Wechsel von einem Reich in das andere vielleicht besser Bescheid wussten, als sie zugeben wollten.

Birke hatte davon gesprochen, dass es bei ihrer Ankunft Nacht sein werde – und ganz zufällig war es Nacht!

Sie hatte von Nebelschwaden gesprochen – und ganz zufällig war es auch sehr neblig!

Sie hatte Käuzchenschreie erwähnt – und wie es der Zufall wollte, war gerade weit und breit kein einziger zu hören. Aber das hatte nichts zu bedeuten. Sicher hatten selbst Vögel, deren Schrei sich anhörte wie ein lustlos dahingenuscheltes »Komm mit! Komm mit!« bisweilen Besseres zu tun, als Nacht für Nacht im Nebel zu lärmen.

»Lasst uns rasch die Tür verbergen!«, befahl Brams leise. Das war jedoch leichter gesagt als getan, da wegen des Nebels die vorherrschende Sichtweite höchstens zehn Arglang betrug, sodass sich jedes geeignete Versteck hervorragend hinter den milchigen Schleiern vor den Augen der Kobolde verstecken konnte. Nach einigem Suchen entdeckten sie allerdings einen stattlichen Stachelbeerstrauch, der wie geschaffen für ihr Anliegen war. Nicht nur das, er war auch sofort bereit, Birke zwischen seinen Zweigen aufzunehmen, und gab gute Ratschläge, wie sie am besten zu stellen sei. Anschließend flüsterte er aus heiterem Himmel und zu Brams' Erschrecken: »Ich bin nicht so arglos, wie ihr wohl meint, Kobolde. Meine Nachbarn halten mich sogar für ziemlich durchtrieben. Aber sorgt euch nicht! Ich kann diesen Raffnibaff und seine Riesen ebenfalls auf die Wurzel nicht leiden! Ich habe zwar keinen von ihnen je gesehen, da sie hier nie vorbeischlendern – so betrachtet, weiß ich eigentlich gar nicht, wovon ich rede –, aber das kleine Türchen kann mir sicher einiges dazu erzählen.«

Brams wusste im ersten Augenblick gar nicht, was er auf die Offenbarung des Strauches erwidern sollte, und verabschiedete sich daher knapp und markig: »Für die Sache!«

»Für die Sache!«, gab der Stachelbeerstrauch wehrhaft zurück und begann umgehend mit Birke zu tuscheln. Derweil zog Brams seine Begleiter eiligst fort.

»Ein bisschen seltsam ist er ja«, wisperte er. »Doch nun lasst uns in Angriff nehmen, weswegen wir gekommen sind.«

Beinahe schweigend und meistens darauf bedacht, keinen unnötigen Lärm zu verursachen, bewegten sich die

Kobolde durch die Nacht. Bäume zeichneten sich am Rande ihres Blickfeldes als dunkle, verschwommene Schemen ab und waren, selbst wenn die nächtlichen Wanderer in nächster Nähe an ihnen vorbeikamen, nie vollständig zu sehen. Stets verschwand ein Teil von ihnen im Nebel. Schließlich erreichten sie das erste Haus. Seine Türe war eingedrückt, und die Fensterläden hingen schief in den Angeln. Es war verlassen, das Los seiner einstigen Bewohner war zweifelhaft. Wirklich bedrückend fanden die Kobolde jedoch, dass sich niemand seines traurigen Zustandes angenommen hatte. Brams und seine Freunde schüttelten traurig die Köpfe. Es musste schlimm stehen, wenn sich im ganzen Koboldland-zu-Luft-und-Wasser niemand bereitfand, diesem Haus durch einige wenige Tage Arbeit zu altem Glanz zu verhelfen.

Auf ihrem weiteren Weg stießen sie auf immer neue Zeichen fortschreitenden Verfalls. Achtlos weggeworfene Gegenstände, Scherben und Gerümpel jeder Art, das nur deswegen Gerümpel geworden war, weil sich niemand rechtzeitig um seinen Erhalt gekümmert hatte, zeugten von wachsender Unordnung und ließen Brams verbittert schimpfen: »Dabei ist es doch wirklich kein großes Geheimnis, was man mit Liebe und etwas Farbe und ein paar Dübeln bewirken kann!«

Weitere ebenfalls heruntergekommene oder gar in Trümmern liegende Häuser wurden sichtbar, danach auch zunehmend bewohnte. Manche lagen so still, als wollten ihre Bewohner unter keinen Umständen wahrgenommen werden, andere schluchzten leise – zumindest hörten sich die Geräusche so an, die durch den Nebel drangen. Wieder andere waren Quellen des Lärms. Doch was von Weitem nach koboldischem Frohsinn klang, entlarvte sich beim

Näherkommen als Trug. Dämmerwichtel waren mittlerweile in die verlassenen Häuser eingezogen oder hatten die bisherigen Bewohner vertrieben.

»Ich muss auf der Stelle nach Hause und etwas erledigen«, sagte Riette plötzlich schrill.

»Das wird wohl nicht gehen«, widersprach Brams kopfschüttelnd. »Wie du weißt, wollten wir zu Moin-Moin, um ihn in unseren Plan einzuweihen und zu sehen, ob er uns helfen kann.«

»Aber wir werden doch nicht im Chor mit ihm sprechen wollen, mein lieber Brams«, entgegnete Riette auf eine Weise, dass Brams für einen Augenblick dachte, etwas wirklich unsagbar Dummes von sich gegeben zu haben. »Außerdem weißt du doch, dass du bei allem meine Stimme hast«, fuhr Riette fort. Um ihre Aussage zu unterstreichen, ahmte sie dabei bis ins Letzte genau Brams' Stimme und Sprechweise nach.

Doch das war des Guten zu viel. Im Nu fand Brams wieder zu sich selbst. »Du kannst nicht allein nach Hause gehen, Riette! Das wäre viel zu gefährlich!«

Einen Augenblick lange schien Riette unter diesem Einwand zu schwanken. Dann überrumpelte sie ihren Gegner mit einer unerwarteten Finte. »Aber ich will doch gar nicht nach Hause! Ich will meine Freundin, die Spinne, aufsuchen und sie befragen. Sie bekommt mehr mit, als mancher glaubt. Sehr viel mehr, mein lieber Brams! Dazu aus einem einzigartigen Blickwinkel, wenn ich so sagen darf.«

Brams war nicht geneigt zurückzuweichen. »Ich hörte dich aber sagen, du wolltest nach Hause gehen.«

»Ich kann mich durchaus erinnern«, antwortete Riette spitz und mit zugekniffenen Augen. »Ich möchte nach

Hause gehen und sehen, ob die Spinne vielleicht bei mir ist.«

»Was sollte sie wohl bei dir zu Hause wollen?«, wehrte Brams diese Behauptung ab.

Riettes Pupillen wurden so klein wie Stecknadelköpfe – und zwar von den Nadelspitzen aus betrachtet. »Blumen gießen, Brams, Blumen gießen!«

Mühsam kämpfte Brams um sein Gleichgewicht. »Ich habe noch nie eine Spinne beim Blumengießen gesehen!«

»Sie ist auch meine Freundin und nicht deine!«, spie Riette aus und verpasste ihm damit einen Tiefschlag, mit dem er nicht gerechnet hatte. Anschließend rannte sie davon.

Ungläubig schüttelte Brams den Kopf: »Wenn das jeder täte!«

»Manchmal hat Riette wirklich gute Einfälle, das muss man schon sagen«, gab Rempel Stilz bewundernd von sich und wandte sich zum Gehen.

Brams traute seinen Ohren nicht und hielt ihn zurück. »Dein Haus wurde zerstört, Rempel Stilz. Zertreten. Geplättet. Dem Erdboden gleichgemacht! Da gibt es nichts nachzusehen, und gewiss sind auch keine Blumen zu gießen!«

»Der Keller war noch ganz in Ordnung«, nuschelte Rempel Stilz mit gesenktem Blick. Urplötzlich ging ein Ruck durch seinen Körper. Als er den Kopf hob, strahlte er über beide Backen: »Stint! Ich könnte Stint fragen, Brams! Wie du weißt, erfahren er und seine Sippschaft alles. Alles!«

Damit rannte auch er, so schnell er konnte, davon.

Brams blicke verzweifelt zu Hutzel. Der schenkte ihm jedoch nur einen kalten, abweisenden Blick und ein achtloses Schulterzucken. »Ich habe ebenfalls meine Quellen, Brams! Streng vertrauliche allerdings in meinem Fall.«

Kurz darauf hätte Brams allenfalls noch Selbstgespräche führen oder in Selbstvorwürfen schwelgen können. Beherzt setzte er seinen einsamen Weg durch Nacht und Nebel fort, bis er Moins Haus erreichte. Zu seiner Beruhigung konnte er nichts Ungewöhnliches erkennen. Über dem Eingang hing wie immer das Schild, das einstmals, in alten, längst vergangenen Zeiten, die Aufschrift ABRECHNUNGEN UND ANDERER KRAM geziert hatte, aus der dann infolge von Anmerkungen, Streichungen und wahllosen Kritzeleien das heutige RECHENKRÄMER entstanden war. Aus den Fenstern, kaum behindert durch die Zeltplanen, die das ganze Haus bedeckten, drang Licht. Brams trat ein.

Auch innerhalb des Hauses sah zunächst nichts ungewöhnlich aus. An einer Wand hing die große Universaltafel aus grünem Stein mit eingelegten, güldenen Rechenbeispielen aus aller Herren Länder. Die restlichen Wände bedeckten Schiefertäfelchen mit heimischen Beispielen, die mit korrekten Berechnungen allerdings nur eine gewisse Ähnlichkeit der Form gemein hatten, da es unter Moins Besuchern Brauch war, die Berechnungen jedes Mal weiter zu verfälschen, wenn der Rechenkrämer für ein paar Augenblicke abgelenkt war.

Einzig Moin fehlte.

Statt seiner entdeckte Brams die beiden Gehilfen des Rechenkrämers, Mopf und Erpelgrütz. Wie von der Tarantel gestochen, schossen sie von ihren Stühlen hoch, die an einem Tisch standen, auf dem auseinandergerollte Pergamente lagen.

»Moin-Moin ist nicht da«, erklärte Erpelgrütz ungefragt, während er sich vor den Tisch stellte und Mopf hinter seinem Rücken hastig die Pergamente aufrollte.

»Wo ist er denn?«, fragte Brams und wunderte sich über diese eigenartige Begrüßung.

»Moin-Moin ist nicht da«, teilte ihm nun auch Mopf mit und trug die Pergamente weg.

Brams sah ihm hinterher. »Wann kommt er denn zurück?«

»Weiß nicht«, erwiderte Mopf, während sich Erpelgrütz zwischen ihn und Brams schob.

»Ist er denn länger weg oder kürzer?«, versuchte es Brams weiter.

»Länger!«, riefen beide Gehilfen im Chor. »Wesentlich länger.«

»Dann lohnt es sich ja, mich zu setzen, während ich auf ihn warte«, schloss Brams und trat zu dem Tisch.

»Das geht nicht«, behaupteten beide Gehilfen sofort. »Moin-Moin duldet es nicht, wenn Fremde allein in seinen Räumlichkeiten sind.«

»Nämlich deswegen!«, ergänzte Erpelgrütz und wies mit mahnendem Blick zu den Schiefertäfelchen. Brams sah nicht hin, denn schließlich war er selbst für einige der Verfälschungen verantwortlich.

»Ich bin kein Fremder, und außerdem seid ihr ja da«, erwiderte er, griff nach einem Stuhl und setzte sich.

Die beiden Gehilfen setzten sich ebenfalls wieder. Keiner von beiden verlor ein Wort. Stattdessen beobachteten sie Brams stumm. Auch Brams schwieg, denn in den Plan, den er und die anderen gefasst hatten, wollte er sie nicht einweihen, da er nicht wusste, wem sie es weitererzählen würden.

Moin ließ sich Zeit. Moin ließ sich sogar sehr viel Zeit.

Brams wurde langweilig. Da er den beiden Schweigern noch immer nicht von seinem Vorhaben erzählen wollte, rief er sich peinlich genau in Erinnerung, worüber er sich sonst mit ihnen unterhielt.

Das letzte Mal, als er den Gehilfen begegnet war, hatten sie sich auf dem Dach abgemüht, und er hatte nicht mit ihnen gesprochen.

Das Mal davor war er zum Haus gekommen und hatte gefragt: »Ist Moin-Moin da?«

Davor war er gerade von einer Mission zurückgekehrt und hatte Erpelgrütz eröffnet: »Ich möchte zu Moin-Moin!«

Davor wiederum war er mit Rempel Stilz hier gewesen und hatte sie gefragt: »Er da oder nich'?«

Brams lehnte sich nachdenklich zurück. Warum, um alles in der Welt, hatte er damals eine solch verkürzte Ausdrucksweise verwendet? Er da oder nich'? ... Er nich'? Geh 'ch eben wie'er!

Brams schüttelte den Kopf. Ein Grund wollte ihm nicht einfallen. Wahrscheinlich hatte er irgendetwas Schweres getragen. Ja, so musste es sein!

Erpelgrütz und Mopf starrten ihn immer noch schweigsam an. Brams fragte sich langsam, ob er überhaupt je mit einem der beiden ein Gespräch geführt oder einen Satz gewechselt hatte, der nichts mit Moins Verbleib zu tun hatte. Das konnte doch wohl nicht angehen!

Plötzlich erinnerte er sich. Er atmete erleichtert auf und hob bedeutungsschwer den Finger ...

Es war ein schöner, sonniger Tag gewesen. Ein Nachmittag, um genau zu sein. Die Sonne hatte nicht mehr ganz hoch gestanden, aber auch noch nicht sehr tief, weswegen er auch keinen sonderlich langen Schatten geworfen hatte. Beschwingt war er am gezackten Ufer des Koboldmeeres entlanggeschlendert, manchmal stehen geblieben und wieder weitergegangen, so wie er gerade Lust gehabt hatte. Dann, gänzlich unversehens, war Mopf auf ihn zugekommen. Schon von Weitem hatte er grinsend etwas gerufen. Etwas Spöttisches. Und er, was hatte er darauf erwidert? Brams erinnerte sich wieder ganz genau. Er hatte unwillig gebrummt und Mopf mit Nichtbeachtung gestraft.

Mopf und Erpelgrütz starrten inzwischen wie gebannt auf den noch immer erhobenen Zeigefinger, als erwarteten sie irgendetwas Bedeutungsschweres. Brams spielte mit dem Gedanken, seinen Finger langsam vor ihren Augen hin und her zu bewegen. Von links nach rechts, von rechts nach links und wieder zurück. Riette hatte ihm nämlich einmal erzählt, dass man mit solch gleichmäßigen, unablässig wiederholten Bewegungen fast jeden in einen willenlosen Zustand versetzen könne, in welchen er einem jeden erdenklichen Wunsch erfüllen müsse. Selbst ausprobiert hatte sie das nicht, doch ihre Freundin, die Spinne, hatte ihr davon erzählt und behauptet, sich auf diese Weise einen kapitalen Eber gefügig gemacht zu haben.

Vielleicht war es auch nur ein Hamster gewesen, denn so genau hatte Brams nicht zugehört. Irgendetwas anderes hatte ihn mehr beschäftigt. Was es gewesen war? Vermutlich nichts Wichtiges, da er sich beim besten Willen nicht daran erinnern konnte.

Des Wartens leid, erhob sich Brams, um zu gehen, und Mopf und Erpelgrütz machten auch kein Hehl daraus, wie erleichtert sie über seine Entscheidung waren. Kurz nach ihm verließen sie ebenfalls das Haus des Rechenkrämers.

Der Nebel war in der Zwischenzeit etwas dünner geworden, doch viel weiter als zwanzig Arglang reichte die Sicht immer noch nicht. Brams war ratlos, was er nun tun sollte. Er konnte nicht einfach nach Riette, Rempel Stilz, Hutzel oder nach seinem eigenen Zuhause sehen. Irgendjemand musste mit Moin sprechen, und nachdem ihn alle anderen im Stich gelassen hatten, kam hierfür nur einer infrage. Doch um nicht nur stumm dastehen und warten zu müssen, ging Brams ein paar Schritte ziellos durch die Nacht. Als er sich eine Zeit lang dem Glauben hingegeben hatte, ganz allein in dieser Nacht unterwegs zu sein, sah er überraschend Lichter und hörte Stimmen. Beides wirkte gleichermaßen verschwommen und zerfasert im Nebel. Das Licht zeichnete keine scharfen Kreise, und auch die Laute begannen dumpf und fanden keinen klaren Abschluss. Alles verlor sich im Unbestimmten und kam doch näher. Brams verließ den Weg und zog sich in den Nebel zurück. Ein Stück abseits setzte er sich reglos nieder, um nicht bemerkt zu werden. Kurz danach war das Grüppchen heran: ein halbes Dutzend zusammengedrängter Gestalten, die Brams nicht erkennen konnte. Wegen ihrer spitzen Hüte nahm er jedoch an, dass es sich um Dämmerwichtel handeln musste. Was hatte sie wohl hinaus in die Nacht getrieben? Befanden sie sich auf dem Heimweg, oder hatte ihr feuerspeiender Herr ihnen befohlen, nach dem Rechten, oder – aus seiner Sicht – wohl eher dem Unrechten zu sehen?

Brams ließ sie vorbei und entschied sich dann dafür, lieber wieder zum Haus des Rechenkrämers zurückzukehren und dort zu warten. Vielleicht waren noch mehr solcher Trüppchen unterwegs, und womöglich gab es auch vereinzelte, die, ähnlich wie er jetzt auch, im Nachtnebel lauerten.

Er wartete noch nicht lange vor dem Haus im Zelt, als er erneut Stimmen vernahm. Doch dieses Mal war er nicht nur vorbereitet, sondern ganz begierig darauf, einen Plan, den er auf dem Weg ersonnen hatte, in die Tat umzusetzen. Zufrieden grinsend schlüpfte er zwischen die Wand und die Zeltwand von Moins Haus, und da er vorausschauend genug gewesen war, die ständigen Bewohner – einen lockeren Verband mehrerer Assel- und Ohrenkneiferfamilien – von seinem vorübergehenden Einzug zu unterrichten, erhob sich auch kein unnötiges Protestgeschrei.

Durch einen der Belüftungsschlitze der Zeltwand beobachtete Brams die Herankommenden. Im Gegensatz zu dem letzten Trupp gingen sie nicht eng zusammengedrängt, sondern nebeneinander in breiter Reihe. Sie lachten und scherzten und schlenderten so achtlos daher, dass es keiner großen Anstrengung bedurft hätte, ihrer Aufmerksamkeit zu entgehen. Nicht alle trugen spitze Hüte, und einer von ihnen überragte die anderen um mehr als Haupteslänge. Er war ein Kobold, der größte, den Brams kannte. Moin!

Was ging hier vor?

# 13.

Vor dem Haus verabschiedeten sich alle von dem Rechenkrämer. Er schien besonders gut mit einer Dämmerwichtelin auszukommen, da die Trennung der beiden, die zahllosen Versprechen, sich bald wiederzusehen, die hastigen Umarmungen, die vielen kleinen Küsschen auf Wange und Stirn kaum ein Ende finden wollten. Schließlich war dann doch alles ausgestanden. Der Rechenkrämer betrat pfeifend sein Haus, und seine Freunde zogen weiter.

Brams war ganz leer im Kopf und wusste nicht, was er davon halten sollte. Moin war offenbar wieder in seine alten Gewohnheiten verfallen. Erneut hatte er sein Herz an eine Dämmerwichtelin verloren, und wie die letzte würde sie es zerbrechen, zertreten und zerstampfen, sodass abermals all die verhängnisvollen Dinge eintreten würden, die er, Riette, Rempel Stilz und Hutzel sich oftmals während ihrer Missionen grau in tiefschwarz ausgemalt hatten. Zwar in Ermangelung jedes Wissens und meistens auch eines abwechslungsreicheren Gesprächsthemas, doch auch erfundener Klatsch konnte nicht so falsch sein, dass nicht ein Gran Wahrheit in ihm zu finden war. Zudem war Brams aufgefallen, dass Moin eine deutliche Milchfahne gehabt hatte. Wichtelfrauen und Suff!

Brams wartete noch einen Augenblick, bis er Moin folgte. Der Rechenkrämer hatte an demselben Tisch Platz genommen wie vor ihm Mopf und Erpelgrütz und sprang erschrocken auf. Seine Augen weiteten sich, als er den Besucher erkannte. »Brams, wo immer du dich versteckt haben magst – nein, ich will es gar nicht wissen ...«

»Im Menschenreich«, antwortete Brams.

»... du hättest auf keinen Fall hierherkommen dürfen! Weißt du denn nicht, dass du ganz oben auf Tyraffnirs Liste stehst?«

»Wie meinst du das?«, fragte Brams.

Moin sah ihn durchdringend an. »Sagt dir der Begriff *Vorspeise* etwas? Oder *Süppchen*? Oder *Appetithappen*?«

»Ist ja schon gut!«, wehrte Brams ab. »Du meinst, der Drache will mich fressen?«

Moin zuckte die Schultern. »Wer weiß? Viel ist geschehen, seitdem du geflohen bist. Kobolde sind verschwunden, und niemand weiß, was aus ihnen wurde. Zahlreiche Gerüchte machen die Runde. Tyraffnir soll sie gegen irgendetwas eingetauscht haben. Die Dämmerwichtel sollen sie in Käfige gesperrt haben, um ihre handwerklichen Fähigkeiten auszubeuten. Sie sollen in unterirdische Gänge und Höhlen geflüchtet sein und nicht wieder herausfinden. Die Riesen sollen sie zusammen mit Nüssen vergraben haben, um im Frühjahr etwas zu essen zu haben. Sie sollen völlig eingesponnen in dunklen Winkeln hängen und darauf warten, ausgesaugt zu werden. Sie sollen ...«

»Genug, Moin-Moin!«, unterbrach ihn Brams. »Man kann ja schon beinahe erraten, von wem welches Gerücht stammt.«

»Ich zähle nur auf«, verteidigte sich der Rechenkrämer.

Brams fuhr sich mit der Zunge über die Lippen und bedachte sein Gegenüber mit einem scharfen Blick. »Dennoch soll es Kobolde geben, die sehr gut mit den Dämmerwichteln auskommen.«

»Ach ja?«, erwiderte Moin arglos.

Brams ließ den Arm vorschnellen und zeigte mit dem Finger auf ihn. »Ich meine dich, Moin-Moin! Dich!«

Der Rechenkrämer duckte sich wie unter einem Streich. »Du hast uns beobachtet?«

»Das habe ich, Moin-Moin!«, bestätigte Brams hart.

Moin ging an ihm vorbei zur Tür und schob eine schwere Kiste davor. »Das hatte nichts zu bedeuten, Brams.«

»Hatte es nicht, Moin-Moin?«, fragte Brams spitz. »Und was war mit den zahllosen Versprechen, sich bald wiederzusehen, den hastigen Umarmungen, den vielen kleinen Küsschen auf Wange und Stirn? Offenbar bist du in alte Gewohnheiten zurückgefallen!«

Moin kam zurück und seufzte. »Nur weil ich dir einmal erzählt habe, dass ich als junger Hüpfer in eine Dämmerwichtelin verschossen war, bedeutet das doch nicht, dass ich damals und seither nichts gelernt hätte.«

Erneut streckte Brams anklagend Arm und Finger nach ihm aus. »Und was ist mit den zahllosen Versprechen, sich bald wiederzusehen, den hastigen Umarmungen, den vielen kleinen Küsschen …«

»Ich kann es bald nicht mehr hören!«, unterbrach ihn der Rechenkrämer ungeduldig. »Denkst du denn, mir gefiele es so, wie es jetzt bei uns ist? Ich versuche über die Dämmerwichtel an die Riesen heranzukommen.«

»Die Riesen?«, wiederholte Brams verständnislos.

»Die Riesen!«, bestätigte Moin augenzwinkernd und begab sich zu einem Sekretär im hinteren Teil des Raumes. Von dort kam er mit einem versiegelten Krug Milch und zwei Bechern zurück. »Ich möchte sie dazu bringen, einen Vertrag zu unterzeichnen. Mopf und Erpelgrütz arbeiten bereits an den Feinheiten. Du musst nämlich wissen, dass die Riesen strohdumm und überaus einfältig sind.«

»Und deswegen sollen sie einen Vertrag unterzeichnen?«, sagte Brams nach wie vor verständnislos. »Weil sie dumm und einfältig sind?«

»Unter anderem«, räumte der Rechenkrämer ein, während er die beiden Becher füllte. »Warum auch sonst? Warum auch sonst, Brams?«

Brams trank einen Schluck und dachte darüber nach, ob der Rechenkrämer auch über ihn so sprach, wenn er sich mit Dritten unterhielt. Gewundert hätte es ihn wahrlich nicht! »Was für einen Vertrag?«, fragte er argwöhnisch.

Das Gesicht des Rechenkrämers kam ihm so nahe, dass der Geruch seiner Milchfahne kaum zu ertragen war. Ein leises Flüstern drang aus seinem Mund. »Ich will sie auf eine Reise schicken, Brams. Eine weite Reise. Eine sehr weite Reise! Eine sehr, sehr, sehr weite Reise! Eine sehr, sehr, sehr …«

Brams hatte längst begriffen, worauf er hinauswollte, und schnitt ihm das Wort ab. »Du willst sie auf hehre Weise erdolchen oder vergiften, Moin-Moin?«

Moins Augen wurden ganz groß und rund. »Brams, diese langen Aufenthalte im Menschenreich tun dir offensichtlich überhaupt nicht gut.«

Er leerte seinen Becher in einem Zug und füllte ihn neu. »Was werde ich sie umbringen wollen, Brams? Ich bin immer noch ein Kobold! Ich will sie auf eine so weite Reise schicken, dass sie nicht mehr zurückfinden. Ich sagte doch eigens, dass sie strohdumm und strunzdoof seien. Ich verfüge mittlerweile über ausführliche Aufzeichnungen, wie schnell sie wieder vergessen, was sie eben noch vorhatten, sofern sie nicht neu daran erinnert werden. Das Ganze in

Abhängigkeit von Witterung, Sonnenstand und Silbenzahl des Auftrags.«

Diese Eröffnung erleichterte Brams ungeheuer. »Und was hast du vor, wenn die Riesen einmal nicht mehr da sind?«, fragte er.

Moin zog eine Augenbraue hoch. »Das wäre wenigstens ein Anfang, Brams. Sie zertreten noch immer gelegentlich Häuser – mit oder ohne Bewohner, weißt du? Bisweilen auch Felder und Beete – einfach so zum Spaß! Übrigens brachte mir das die Unterstützung der Schnittläuche ein. Sie sind ein überaus disziplinierter und hoch motivierter Haufen! Naheliegenderweise sind sie nicht allzu vielseitig einsetzbar.«

Brams drückte den Rechenkrämer in seinen Stuhl und setzte sich dann ebenfalls. »Ich komme nicht ohne Anliegen«, begann er und schilderte ihren Plan, einen Wechselbalg des Drachen zu erzeugen, der seinen Doppelgänger anschließend vertreiben sollte. Moin verzichtete auf die bekannten Einwände, dass niemand zuvor etwas Derartiges gewagt hätte und nicht abzusehen sei, ob eine so große Menge Wechselta.(lg) wie die benötigte sich überhaupt noch vollständig verwandelte. Er brachte stattdessen ganz neue vor.

»Die Dämmerwichtel haben ein Auge auf den Verbrauch von Wechselta.(lg), was bestimmt nicht ihr eigener Einfall war. Aber da sie Dämmerwichtel sind, erledigen sie ihre Arbeit sehr schlampig, sodass es möglich sein sollte, unbemerkt kleine Mengen abzuzweigen. Leider wird es dennoch ziemlich lange dauern, bis genug zusammen ist. Zudem gibt es noch einen Haken bei der Sache: Der Wechselta.(lg) wird unterschiedlichen Alters sein, und du weißt ja, was geschieht, sollte er zu alt werden.«

Brams nickte. Sicherlich wusste er das. Jeder wusste es! Wechselta.(lg) war eigentlich eine Abkürzung für *Wechseltalg, leicht gehässig*. Je älter dieser bräunlich-grüne Brei, aus dem Wechselbälger entstanden, jedoch wurde, desto mehr verwandelte sich *leicht gehässig* zu einem schieren Lippenbekenntnis, da er sich immer weiter in Richtung einer Substanz entwickelte, über deren Eigenschaften nur gemunkelt wurde: Wechselta.(vb) – *Wechseltalg, völlig bösartig!*

»Unser Vorteil ist, dass der Drache im Freien schläft«, sprach Moin weiter. »Wahrscheinlich kommt das daher, weil er so lange in der Höhle eingesperrt war.«

Brams runzelte die Stirn. Das konnte er eigentlich nicht wissen. Wer hatte es ihm also erzählt? Er fragte.

»Dein Freund Regentag«, erklärte Moin. »Ist das wichtig?«

Brams verneinte. Dass das Erdmännchen geplaudert hatte, war entschuldbar, da es mit Raffnibaff – dem Guten König Raffnibaff! – nichts verbunden hatte. Und jetzt, da jeder die schreckliche Wahrheit kannte, hatte die Geheimhaltung ihren Sinn verloren.

»Dass er draußen schläft, ist von Vorteil! Oder sagte ich das bereits?«, sprach Moin weiter und goss neue Milch in die Becher. »Das macht es leicht, den Wechselta.(lg) zu ihm zu karren. Bei seiner Größe geht nichts ohne Wagen. Wagen, beladen mit großen Bottichen voller Wechselta.(lg)! Selbstverständlich müssen sie mit nicht quietschenden Achsen und nicht rumpelnden Rädern ausgestattet sein. Doppelnichtswagen sozusagen. Und gezogen werden müssen sie auch von nicht ... nicht ..., na jedenfalls nicht so vielen Nichtschwatzenden, nicht so vielen!«

Seine Sprache wurde immer undeutlicher. Brams legte

ihm beruhigend die Hand auf den Arm. »Darüber musst du dir nicht den Kopf zerbrechen, Moin-Moin! Das übernehmen wir. Es reicht mir, wenn du dich um den Wechselta.(lg) kümmerst. Am besten verstecken wir ihn im Menschenreich, bis eine ausreichende Menge zusammen ist. Wir kommen nur bisweilen vorbei, um ihn abzuholen.«

Moin nickte und lallte. »Nicht entdeckbar, nicht auffindbar, nicht wahr?«

Zufrieden mit dem Verlauf des Gesprächs, erhob sich Brams. Er warf einen letzten, bedauernden Blick auf den halbleeren Krug Milch und entschied sich schweren Herzens, keinen weiteren Becher davon zu trinken. Unter den gegenwärtigen Umständen konnte er sich keine Leichtsinnigkeiten erlauben.

»Ich habe mich übrigens wegen deines Kistengeistes kundig gemacht«, meinte Moin plötzlich. »Seine Art nennt sich ... jetzt habe ich's vergessen! Irgendetwas mit D, K oder Y am Anfang. Kann auch ein F gewesen sein oder ein R. Sie sind jedenfalls eine Art Rachegeister. Gedankenlesende Rachegeister! ... Wie heißen sie denn noch? Bösnickel? Neidhammel?«

»Ich habe nichts getan, was ihm Grund zur Rache geben könnte«, unterbrach Brams Moins vergebliche Suche.

»Ist auch nicht nötig!«, fuhr jener mit seiner Erklärung fort. »Dass sie überhaupt in der Kiste eingesperrt waren, ist ihnen Grund genug. Da sie jedoch meistens nicht wissen, wer für ihre Lage ursprünglich verantwortlich war, oder es auch vergessen haben, rächen sie sich an den Erstbesten, die sie wieder herauslassen. Mit viel Glück trifft es die Richtigen! Ein wenig dumm, wenn du mich fragst, Brams. Saudumm! Sie lesen die Gedanken ihrer ahnungslosen Befreier und sorgen dann dafür, dass eintritt, was diese sich am wenigsten wünschen.«

»Wer hat sie überhaupt eingesperrt?«, fragte Brams.

»So wie ich das verstanden habe ... wie heißen sie denn noch mal? Irgendetwas mit E oder V am Anfang ... war das einmal ein Zeitvertreib bei den Menschen. So wie Bootfahren oder Wandern. Dann haben sie bemerkt, dass sie sie gar nicht mehr herauslassen durften oder sie eben gleich wieder einfangen mussten, wenn ihnen nichts Schlimmes zustoßen sollte. Das ist auch ein wenig seltsam, wenn du mich fragst. Soll ich denn noch herausfinden, wie sie heißen? Irgendetwas mit ...«

»Nicht nötig. Das grüne Ekel hat schon angerichtet, was es anrichten wollte.«

»Dann hast du es ja hinter dir, Brams. Ich nehme nicht an, dass du noch einmal von ihm hören wirst.« Sein Kopf fiel auf den Tisch, und leises Pfeifen und Schmatzen kamen aus seinem Mund.

Brams verabschiedete sich der Form halber von dem Schlafenden, schob die Kiste vor der Tür beiseite und trat in die Nacht hinaus. Noch immer war es neblig.

Er schlug den kürzesten Weg zu Birke ein. Womöglich warteten Rempel Stilz, Riette und Hutzel bereits sehnsüchtig auf ihn. Es sei denn, dachte er grimmig, sie waren immer noch beschäftigt mit dem, was sie taten, um zu verschleiern, dass sie nur bei ihrem jeweiligen Zuhause nach dem Rechten hatten sehen wollen.

Wahrend er durch die Nacht eilte, dachte Brams, dass der Rechenkrämer in manchem zweifellos recht gehabt hatte. Sie brauchten auf jeden Fall ein oder sogar mehrere völlig geräuschlose Gefährte. Gleichzeitig mussten sie sich so leicht vorwärtsbewegen lassen, dass nur sehr wenige

Helfer zum Schieben oder Ziehen benötigt würden. Denn je mehr Beteiligte, desto größer wurde die Gefahr, entdeckt zu werden. Am besten wäre es, wenn sie überhaupt keine zusätzliche Hilfe benötigten. Er selbst hatte keine Vorstellung, wie dieses Problem zu lösen war. Rempel Stilz und Hutzel sollten sich darum kümmern. Bestimmt würde ihnen irgendetwas einfallen.

Brams seufzte zufrieden mit dieser Lösung.

Urplötzlich traf ihn ein heftiger Stoß in den Rücken und warf ihn zu Boden. Ein Gewicht legte sich auf seinen Rücken und hielt ihn unten. Etwas wurde ihm roh über den Kopf gezogen, und seine Beine wurden hochgerissen. Um nicht mit dem Kopf aufzuschlagen, wollte Brams die Hände ausstrecken, doch seine Finger verhedderten sich in rauem Gewebe. Man hatte ihn in einen Sack gesteckt! Er strampelte mit den Füßen und krallte sich in das Sackleinen. Doch das half ihm wenig, da seine Angreifer den Sack nun kurzerhand so lange schüttelten, bis er ganz in ihn hineingerutscht war. Seine Füße wurden als Letztes hineingezwängt und schließlich der Sack verschnürt. Irgendjemand ergriff das Bündel vorn und hinten und trug es weg, ohne sich um Brams' Schimpfen und Drohen zu kümmern.

Wer hatte ihm diesen Hinterhalt gelegt, und wie war er entdeckt worden? War seinen Gefährten am Ende Ähnliches widerfahren?, dachte Brams besorgt.

## 14.

Brams hatte nicht vor, seinen geheimnisvollen Entführern ein einfacher Gefangener zu sein. Deswegen wand er sich, so gut es ihm sein enges Gefängnis erlaubte, und trat nach ihnen. Begleitend verhöhnte er sie und überschüttete sie mit kleinlichen Spitzfindigkeiten und unsäglichen Besserwissereien.

»Ihr seid so ungeschickt wie zwei Gurken mit Watschelfüßen. Ha, schon wieder in ein Loch getreten! Wohl noch nie etwas von einer Laterne gehört? Oder Augen? Oder Feingefühl? Ein Wunder, dass ihr euch nicht längst die Knochen gebrochen habt! Ha, wird wahrscheinlich nicht mehr lange auf sich warten lassen. Ausgerechnet die unfähigsten Entführer, die man sich vorstellen kann! Ich weiß gar nicht, womit ich solche Tölpel verdient habe...«

Mit diesem Vorgehen erzielte Brams einen raschen Erfolg, denn alsbald setzten ihn seine Träger ab und schlangen so oft ein Seil um den widerspenstigen Sack, bis es seinem Inhalt nahezu unmöglich war, mehr als einen Finger oder Zeh zu bewegen. Brams verzichtete danach auf weitere Belehrungen, da er nicht herausfordern wollte, dass auch noch sein Kopf und Mund verschnürt würden. Stattdessen sann er über einen Plan nach. Dieser fiel ihm auch bemerkenswert schnell ein: sein Reisewerkzeug – wohl verstaut steckte es unter dem Kapuzenmantel! Mit seiner Hilfe würde es ein Leichtes sein, das Sackleinen klammheimlich aufzutrennen und sich hernach unbemerkt aus dem Loch gleiten zu lassen... Leider setzte ein solches

Vorgehen notwendigerweise voraus, dass er Arme, Hände oder Füße bewegen könnte. Kurz gesagt, dass er besser darauf verzichtet hätte, seine Entführer offen und ehrlich zu schmähen, und stattdessen seine nächsten Schritte lieber in hinterhältiger Bedachtsamkeit und heimtückischer Stille geplant hätte, auch wenn solches Verhalten ein wenig unkoboldisch gewesen wäre. Brams ließ sich durch diese Fehlentscheidung nicht verdrießen und dachte umgehend darüber nach, wie er seinen Plan auch ohne Hände und Füße verwirklichen könnte. Seine Überlegungen waren jedoch noch nicht weit gediehen, als die Entführer nach beträchtlicher Zeit ihr Ziel erreichten. Dass es sich dabei um ein Haus handelte, verrieten die Geräusche: das Öffnen einer Tür und Schritte über Dielen. Sie endeten vor einer Wand. Dort wurde Brams jedoch nicht abgelegt, sondern wie ein Gepäckstück an einem Haken aufgehängt. Der Gefangene atmete tief durch und ertrug die Demütigung, ohne einen Mucks von sich zu geben.

Als Nächstes war das Scharren von Stühlen zu hören, das Ächzen des Holzes, als sich jemand auf sie setzte, und danach das Prasseln von kleinen Gegenständen, die auf eine Tischplatte fielen. Auch dieses Geräusch barg nicht lange ein Geheimnis für Brams: Seine Entführer würfelten. Zwischen den einzelnen Würfen machten sie befremdliche Ansagen, mit denen sie vermutlich den Einsatz erhöhten: *Gemaut! Verwarnt! Zerhackt!* oder *Geküpppt!* Brams konnte mit diesen Ausrufen nichts anfangen, da ihm das Spiel unbekannt war. Eine ganze Zeit verstrich, bis plötzlich einer der Würfler stolz verkündete: *Lodda-lodda!* Da der Ausruf Jubel, Stöhnen und Wehklagen zur Folge hatte, war seine Bedeutung offensichtlich.

Ein einzelner Stuhl scharrte, und Schritte näherten sich

Brams. Das Spiel war zu Ende, offensichtlich war nun die Stunde der Wahrheit angebrochen! Brams wappnete sich für die Fragen, die man ihm stellen würde und deren Antwort er nicht kannte. Rohe Hände griffen fest nach ihm, nahmen ihn vom Haken, drehten ihn geschwind auf den Kopf und hängten ihn wieder auf.

»Nicht schlecht, was?«, brüstete sich der Übeltäter. Danach kehrten die Schritte wieder zum Tisch zurück.

Dabei habe ich dieses Mal kein einziges Wort gesagt, beschwerte sich Brams stumm, während erneut Würfel auf den Tisch prasselten. Wiederum wurde auf gewohnte Weise gemaut, geküppt, verwarnt und zerhackt, bis schließlich ein triumphierendes *Lodda-lodda* das Ende auch dieser Spielrunde verkündete. Abermals trat einer der Entführer zu dem Gefangenen, nahm ihn vom Haken und hängte ihn erneut auf; dieses Mal mit dem Kopf nach oben. Empört dämmerte Brams, dass er längst Teil des Würfelspiels war und die wichtige Funktion eines Anzeigers für den Punktestand ausfüllte. Kaum hörbar knirschte er mit den Zähnen. Wie viele Demütigungen würde er noch ertragen müssen?

Ein Ende dieses Zustandes war jedoch nicht abzusehen. Stunden über Stunden verstrichen, in denen der Ruf *Lodda-lodda* die zäh fließende Zeit unterteilte und Brams abwechselnd kopfüber oder kopfunter in seinem Sack dem Spielgeschehen folgte. Dann, gänzlich unverhofft, bahnte sich ein Wechsel an. Er kam völlig unvorbereitet und ohne lange Schatten vorauszuwerfen. Wenige schlichte Worte leiteten ihn ein: »Du Betrüger! Dir hau ich jetzt eine aufs Maul!«

Tumult brach aus. Zufrieden lächelnd lauschte Brams den Schreien, gegenseitigen Anschuldigungen und dumpfen Lauten, die von heftigem Gerangel zeugten. Das Ganze endete so unerwartet, wie es begonnen hatte, zwar nicht mit einem Paukenschlag, doch mit dem schweren Aufprall eines Körpers und dem Splittern von Holz.

Ein, zwei, drei Augenblicke herrschte fast völlige Stille.

»Du Tölpel hast das Tischbein abgebrochen!«, dröhnte eine Stimme. »Wie kann man sich nur so anstellen? Da kann man ja gleich mit den Scharren spielen! Und was jetzt? Das war's dann wohl mit dem Würfeln!«

Erneut herrschte Stille, die nur von dem *Komm-mit! Komm-mit!* eines einsamen Käuzchens gestört wurde. Brams hörte jemanden auf sich zutreten. Zum zweiten Mal in dieser Nacht wähnte er die Stunde der Wahrheit angebrochen und ärgerte sich darüber, dass er noch immer nicht vorbereitet war und seine Zeit damit vertrödelt hatte, sinnlosen Einwürfen und Ausrufen zu lauschen, anstatt sich endlich Antworten auszudenken auf die Fragen, die nun statt Würfeln prasseln würden:

*Wer bist du?*
*Was führst du im Schilde?*
*Wer sind deine Helfershelfer?*
*Wer weiß noch Bescheid?*
*Dreckfink, halte ihm die Lampe weiter ins Gesicht!*

(Brams wusste eigentlich nicht, ob einer seiner Entführer wirklich Dreckfink hieß, aber der Name erschien ihm überaus passend.)

Wie die Male zuvor wurde Brams vom Haken genommen, dieses Mal jedoch von zweien seiner Entführer. Sie trugen ihn ein paar Schritte von der Wand weg und legten ihn auf den Boden. Einer von ihnen bückte sich zu dem Gefangenen herab.

Jetzt begann es also!

Auch wenn Brams keine Antworten für das bevorstehende Verhör eingefallen waren – oder besser gesagt, keine überzeugenden Lügen –, so war er doch nicht gewillt, klein beizugeben, und fest entschlossen, seine Entführer wissen zu lassen, wie wenig er sich um sie scherte. Sobald er daher die Berührung dieses einen von ihnen spürte, lachte er laut und verächtlich: »Ha-ha-ha!«

Doch es war gar nicht geplant gewesen, den Gefangenen loszubinden und zur Befragung aus dem Sack zu holen. Deswegen kam sich Brams arg betrogen vor, als die Antwort auf sein höhnisches Lachen sich darin erschöpfte, dass er auf die Seite gedreht wurde. Einen Augenblick später fühlte er eine Last auf seine freie Schulter drücken. Woher sie rührte, erschloss sich ihm, als die Bande ihr Spiel fortsetzte und er die Würfel erheblich näher fallen hörte als zuvor.

»Na, so geht das doch gut ganz mit dem Tischbein«, rief einer der Entführer.

Während eine lauwarme Flüssigkeit vom Tisch tropfte und sich durch das Sackleinen zu Brams vorarbeitete, biss jener die Zähne so fest zusammen, dass seine Kiefer laut knackten. Wie viele Demütigungen würde er noch ertragen müssen?, fragte er sich. Und was war überhaupt die größere: dass er als Ersatz für ein Tischbein herhalten musste oder dass das abgebrochene Tischbein seine vorherige Aufgabe als Punktezähler übernommen hatte?

Die Antworten auf diese drängenden Fragen ließen noch lange auf sich warten.

Die Nacht ging bereits zügig in ihr letztes Viertel über, als auch der letzte Spieler keine Lust mehr zu würfeln hatte und ihm der Gedanke an eine Nachtruhe verlockender erschien.

»Stickig hier«, beschwerte sich jemand und öffnete die Tür ins Freie. Einen winzigen Augenblick lang drang kühle Nachtluft herein, dann fiel die Tür wieder zu. Auch ein zweiter Versuch führte zum selben Ergebnis. Brams hatte plötzlich eine Vision. Sie war so klar, bunt und plastisch, dass ihm die Wirklichkeit wie eine billige Nachahmung erschien, als er wenige Augenblicke später tatsächlich unter dem Tisch hervorgezogen, zur Tür getragen und gegen das Türblatt gelehnt wurde, damit sie nicht mehr zufallen konnte. Wie viele Demütigungen noch?, dachte er und biss die Zähne heftig zusammen. Urplötzlich hatte er Sackleinen im Mund. Er wollte den rauen Stoff bereits mit der Zunge aus dem Mund drücken, als er sich eines Besseren besann und noch einmal zubiss und die Fasern zwischen den Zähnen zerrieb. Brams' Stimmung hellte sich schlagartig auf. Endlich hatte er einen Weg gefunden, wie er sein Vorhaben, aus dem Sack zu entkommen, auch ohne Zuhilfenahme von Händen und Füßen verwirklichen konnte.

Als Brams bereits so viel Sackleinen zerkaut und mitunter auch versehentlich geschluckt hatte, dass sein halbes Gesicht frei lag, trat etwas ein, was er in diesem Augenblick überhaupt nicht brauchen konnte und was ihm wie hinterhältigster Verrat vorkam: Es wurde hell.

Seine Entführer waren blitzschnell auf den Beinen. Jetzt, da Brams wegen des Lochs im Sack mehr von seiner Umwelt mitbekam als zuvor, sah er bestätigt, was er sowieso die ganze Zeit über angenommen hatte: Seine Entführer waren sechs Dämmerwichtel. Einem von ihnen fielen die Früchte von Brams' nächtlichen Nagereien sofort auf.

»Schaut mal, was er getan hat!«

Brams erkannte die Stimme sofort. Sie gehörte dem Entführer, der ihn als Erster verkehrt herum aufgehängt hatte. Der Übeltäter Null sozusagen, die Quelle allen Übels, die Knospe des Bösen, der erste faule Apfel, der leichte, grüne Flaum auf einem Brot, das rostende Glied in einer Kette. Ihm hatte Brams beim unaufhörlichen Prasseln der Würfel ausgiebige Vergeltung geschworen! Um dem verruchten Dämmerwichtel einen Vorgeschmack auf künftiges Leid zu geben, wandte Brams ruckartig den Kopf und bedachte ihn mit einem eiskalten, einschüchternden Blick. Oder hätte es vielmehr gern getan. Da der Sack aber bei der plötzlichen Bewegung verrutschte, sah sich Brams' geschworener Erzfeind lediglich von einer halb verdeckten Koboldstupsnase bedroht.

»Schaut mal, was er angerichtet hat!«, rief er wie zum Spott nochmals.

»Gut aufpassen«, antwortete ein anderer Dämmerwichtel. »Wenn er reißt, reißt er aus.«

»Was?«, gab der Erste verständnislos zurück. »Was sagst du da?«

Sein Kumpan seufzte. »Wenn *der Sack* reißt, reißt *der Kobold* aus. So schwer zu verstehen ist das doch nicht! Du musst schon ein wenig mitdenken bei mir.«

Der erste Dämmerwichtel murrte noch so lange, bis endlich alle zusammen aufbrachen. Zwei Entführer packten den Sack vorne und hinten. Die Warnung ihres Spießgesellen beachtend, trugen sie ihn so, dass Brams' immer noch halb verdeckte Nase einen hervorragenden Blick auf den Himmel hatte.

Wohin man ihn schaffte, war für den Gefangenen nicht ersichtlich. Entweder war der Weg zu ihrem Bestimmungsort sehr weit, oder die Entführer hielten es für angebracht, Umwege zu gehen. Dieser Gedanke gefiel Brams außerordentlich. Niemand trug einen Sack weiter, als er unbedingt musste – Rempel Stilz vielleicht ausgenommen. Also gab es einen Grund hierfür, also bestand vermutlich noch Hoffnung auf Rettung. Rettung wovor? Darüber dachte er lieber nicht nach.

Dann blieben die Dämmerwichtel plötzlich stehen. Sie setzten Brams ab, lösten die Schnur und ließen ihn aus dem Sack heraus, wobei sie sich aber so um ihn aufstellten, dass er nicht einfach davonlaufen konnte.

Brams wusste sofort, wo er war. Dort, wo alles Leid begonnen hatte – bei *Kartoffelsalat mit Pilzen*!

Allerdings war der allseits beliebte Name für diesen Ort nicht mehr ganz zutreffend. Eines der sechs namenstiftenden Häuser, nämlich das, das ausgesehen hatte wie eine Kartoffel, stand nicht mehr. Vermutlich war es zertreten worden. *Pilzsalat mit Stampfkartoffel* muss es jetzt wohl heißen, dachte Brams in unangebrachter Heiterkeit und musste lachen, obwohl ihm gar nicht danach war.

Auch die vormals tadellose Wiese hatte sich verändert. An einigen Stellen war das Gras verkohlt, an anderen stand in länglichen und flachen Gruben das Regenwasser. Brams musste sogleich an die Riesen denken. Fußabdrücke – was sonst sollte die Ursache sein?

Bei den pilzförmigen Häusern war plötzlich Bewegung auszumachen. Eine Schar Kobolde, mehrere Dutzend, vielleicht sogar über Hundert, kam aus dieser Richtung. Brams frohlockte. Offenbar war seine Entführung bekannt geworden. Er warf seinem erwählten Erzfeind einen herausfordernden Blick zu, doch dieser zeigte sich unbeeindruckt.

»Bilde dir nichts ein, Kobold. Sie kommen nur, weil es ihnen so befohlen wurde.«

Warum?, überlegte Brams flüchtig und verbannte den Gedanken sogleich wieder. Wer dumm fragte, bekam Antworten, die er vielleicht nicht hören mochte.

»Du folgst uns lieber nicht«, riet ihm sein Erzfeind, kurz bevor er und seine ganze Bande ohne Vorwarnung, so schnell sie konnten, davonrannten.

Wer sollte mich hindern?, dachte Brams verwundert und wollte es ihnen schon gleichtun, als plötzlich der Boden im Rhythmus eines unregelmäßigen Stampfens erbebte. Er wirbelte herum, um nach der Ursache zu sehen und kannte sie doch schon halb. Inmitten der Drehung stolperte er über seine Füße und fand sich unversehens auf Händen und Knien im Gras wieder. Zögernd richtete er sich auf und erblickte die sechs Riesen, die mit großen Schritten herbeieilten. Brams unternahm keinen Versuch, ihnen zu entkommen. Er hatte mit angesehen, wie schnell sie rennen konnten, wenn sie jemanden jagten.

War das also der Grund, warum die anderen Kobolde herbeibefohlen worden waren? Sollten sie sehen, was kein Kobold sehen wollte? Sollten sie bezeugen, was jeder sofort zu vergessen trachtete, sich für immer merken, was so ganz und gar dem koboldischen Wesen widersprach?

Ein kurzes Stück von Brams entfernt hielten die Riesen inne. Sie verharrten so reglos wie Säulen und strahlten eine beispiellose Gleichgültigkeit aus. Weder der Kobold zu ihren Füßen schien ihrer Beachtung würdig, noch der Haufen in der Ferne.

Brams starrte gebannt auf die ungeheuren Geschöpfe. An dem unheilvollen Tag, als ... als er Pürzel, Krümeline und so viele andere zum letzten Mal erblickt hatte, war ihnen wahrscheinlich niemand so nahe gekommen wie er jetzt. Zumindest niemand, der später noch hätte davon berichten können. Mit Schaudern betrachtete er ihre Füße, mit denen sie so viel Zerstörung angerichtet hatten. Die Zehen waren dick genug, dass sie als bequeme Bänke hätten herhalten können, und ihre matt schimmernden, schwarzgrauen Zehennägel waren so groß wie die Platte eines kleinen Tisches. Aus dieser geringen Entfernung erkannte Brams, dass die Riesen gar nicht so dicht behaart waren, wie es von Weitem den Anschein erweckt hatte. Ihre Körperhaare waren zwar lang, doch jedes wuchs einzeln stehend und gut zu unterscheiden aus einer kleinen Erhebung der Haut heraus, wodurch es ein wenig an die Stacheln eines Igels erinnerte oder vielleicht auch an etwas, das dort eigentlich nicht hingehörte. Etwas Lästiges, das sie sich beim achtlosen und zerstörerischen Streifen durch die Welt eingefangen hatten. Auch die Haut der Riesen wirkte fremdartig. Brams rätselte, wie sie sich wohl anfühlte. Wie Stein? Wie altes, schwarzes Holz, das die Sommersonne ausdörrte und der Frost zersplitterte? Wie dickes, knarrendes Leder? Oder womöglich wie etwas gänzlich Unerwartetes? Etwas Trockenes, Warmes, Glattes, Weiches? Nichts davon war ihr anzusehen, und noch schwieriger war es zu beurteilen, ob sie warm oder kalt war.

Anders als die Riesen, deren Ruhe unerschütterlich schien, konnte sich Brams nicht sehr lange mit den Betrachtungen ihrer körperlichen Besonderheiten von seiner gegenwärtigen Lage ablenken. Es war offensichtlich, dass sie auf irgendetwas warteten. Worauf? Auf die Ankunft von noch mehr Augenzeugen oder auf die ihres geflügelten Herrn, der vorgab, die Wirklichkeit hinter einer hochverehrten Legende zu sein, und dabei wahrscheinlich nicht einmal log?

Unverhofft schmetterte eine schneidige, barsche Stimme: »Ihr seid der letzte Dreck! Richtige Dummbeutel! Ab jetzt wird nur noch getan, was ich sage!«

Die Riesen blickten sich unruhig nach dem Sprecher um. »Was sagst du da?«, fragte schließlich einer von ihnen auf gut Glück und ohne jemanden im Besonderen zu meinen. Seine Stimme war so tief, dass jeder Donnerschlag im Vergleich dazu wie Falsett wirken musste.

»Glotz nicht so blöd, Flachschädel. Ich steh dir gegenüber«, behauptete die barsche Stimme. Brams entging nicht, dass sie im Vergleich zum ersten Mal wie durch ein Wunder mehrere Oktaven tiefer sprach.

»Was sagst du?«, schnauzte der Riese seinen Nachbarn an.

»Was sagst du?«, gab dieser in aufblühendem Zorn zurück.

»Soll ich es wiederholen, Kackpuh?«, fragte die barsche Stimme, die trotz ihrer außerordentlichen Tiefe einen leicht weiblichen Einschlag aufwies. »Schisser! Henkelnase! Quastenflosser! Ach nein, damit meine ich ja euch andere Dumpftölpelpatschen.«

»Kackwu?«, brüllte der erste Riese.

»Wasflosse?«, brüllte der zweite, während sich die restlichen vier nicht weniger grimmig an unterschiedlichen Variationen von Dumpftölpelpatsch ausließen.

»Kackpuh, du dämlicher Wackwuh!«, verkündete die barsche Stimme noch einmal. Damit war die ohnehin nur noch in Spuren vorhandene Geduld des ersten Riesen erschöpft. Krachend schlug er dem anderen die Faust auf den Schädel. Der ließ sich nicht lange bitten und schlug zurück. Zügig reihten sich die anderen vier Riesen hinter dem ersten auf. Offenbar waren sie gewillt, seinen

Platz zu übernehmen, sollte es der Lauf der Dinge erfordern.

Brams konnte den Blick kaum abwenden von der rohen Gewalt, die Riette entfesselt hatte – denn welcher andere Kobold wäre sonst so dreist gewesen, die Stimme eines Riesen nachzuahmen? Der Kampf der Riesen kannte keinerlei Feinheiten. Abwechselnd schlugen sie sich mit ausgestrecktem Arm die Fäuste auf den Schädel. Keiner von beiden versuchte auszuweichen, die Reihenfolge beim Prügeln zu ändern oder vielleicht auch nur einen anderen Hieb anzubringen. Erst war der eine dran, dann der andere. Dieser mörderische Trommelschlag blieb nicht lange ohne Spuren bei den Kämpfenden. Die Haut ihrer Schädel platzte auf, und Blut floss ihnen ins Gesicht.

Jetzt oder nie, dachte Brams. Hastig sah er sich nach Riette um. Zwar konnte er die Koboldin nicht ausmachen, aber dafür Hutzel und Rempel Stilz. Sie standen am Rande der Wiese zu beiden Seiten von Birke und winkten. Brams rannte zu ihnen. Immer wieder blickte er beim Laufen über die Schulter zu den Riesen, um nachzusehen, ob sie ihn verfolgten. Sie dachten nicht daran. Gegenwärtig schien es nichts Wichtigeres für sie zu geben, als sich gegenseitig die Schädel einzuschlagen. Brams war heilfroh darüber!

Eine aufgeregte Stimme rief plötzlich: »Links, Brams!«, wohingegen ein paar andere geboten: »Rechts! Schnell! Schnell!« Zumindest einige dieser Anweisungen mussten von den unter Zwang erschienenen Zuschauern stammen.

Brams blieb ruckartig stehen. »Was?«, rief er verwirrt. »Links oder rechts?«

Fauchend wischte ein Flammenstrahl vor ihm über den

Boden. Hitze und der Gestank schlagartig eingeäscherten Grases schlugen Brams entgegen, und ein großer Schatten glitt über ihn hinweg. Erschrocken blickte er auf. Tyraffnir! Der furchterregende Herrscher der Kobolde gab sich mit königlicher Verspätung die Ehre.

Brams ließ sich hiervon nicht verschrecken, sondern rannte nur noch schneller. Wann immer bei einer Beschaffungsmission im Menschenland nicht alles so lief, wie es laufen sollte, musste er ständig damit rechnen, von geifernden Hunden oder aufgebrachten Eltern verfolgt zu werden. So gesehen war seine gegenwärtige Lage zumindest in einer Hinsicht nicht schlimmer als sonst, da der Drache ob seiner Größe nicht halb so wendig war wie ein Hund oder ein aufgebrachtes Elternteil. Wahrscheinlich würde er einen großen Bogen fliegen müssen, um zurückzukehren!

Brams hielt nicht nach ihm Ausschau, denn auch das hätte unnötig Zeit verschlungen. Stattdessen vertraute er sein Schicksal den Kobolden an, die ihn bereits zuvor mit ihren Rufen gewarnt hatten, hoffend, dass sie sich künftig einiger sein würden.

Die Gelegenheit, sich zu bewähren, kam für die Helferschar umgehend. »Links!«, gellte ein vielstimmiger Schrei über die Wiese, und Brams gehorchte. Wieder spürte er Hitze, und wieder füllte der Geruch verbrannten Grases seine Nase. Unbeirrt rannte er wieder. Seine Aufmerksamkeit galt allein dem Untergrund und den wiederkehrenden Warnrufen, die ihn leiteten.

Doch die Zeit drängte noch aus einem anderen Grund. Der Drache war kein Riese. Er war kein einfältiges und übertölpelbares Geschöpf, sondern schlau und boshaft. Kein Gegner, dem man auf Dauer widerstehen konnte.

Wenn er keinen schnellen Erfolg hätte – und Brams dachte nicht daran, ihm diesen zu gönnen –, würde er seine Vorgehensweise ändern. Vielleicht würde er Brams' Helfer angreifen, vielleicht fiel ihm noch etwas Gemeineres ein!

Ein weiterer Schrei kam von den versammelten Kobolden. Brams schüttelte den Kopf. Was war das eben? Links? Rechts? Was hatten sie gerufen? Er hatte nicht die geringste Ahnung! Notgedrungen hielt er inne, und zwar so plötzlich, dass er schlitterte und fiel. Rasch erhob sich wieder. Noch immer kein Schatten, keine glutheiße Lohe, die ihn zu verbrennen trachtete! Aufgeregt suchte er den Himmel nach Tyraffnir ab und entdeckte ihn wesentlich weniger nah, als er befürchtet hatte. Augenscheinlich befand sich der Drache derzeit gar nicht im Angriffsflug. Irgendetwas, das sich in Brams' Rücken ereignet hatte, lenkte ihn ab. Der Kobold wandte den Kopf und blickte über die zahlreichen Rauchsäulen und Brandherde, die seinen bisherigen Fluchtweg markierten und an dessen Anfang die Riesen warteten. Einer der Kämpfenden stand nicht mehr, sondern lag reglos am Boden. Es war der, hinter dem sich die anderen vier aufgereiht hatten, um notfalls in die Presche zu springen. Doch keiner von ihnen schien jetzt mehr daran zu denken, den Platz des Gefallenen einzunehmen, um statt seiner auf den vorläufigen Sieger einzuprügeln. Unschlüssig, sogar etwas hilflos standen die großen, todbringenden Geschöpfe da und blickten zu ihrem Herrn. Auch der Sieger verhielt sich nicht anders. Obwohl sein Schädel und Gesicht so mitgenommen waren, dass er aussah, als trüge er eine purpurne Haube, schaute auch er erwartungsvoll zu dem Drachen. Moin hatte nicht übertrieben, dachte Brams. Sie schienen sich wirklich nichts lange merken zu können.

Angewidert riss er sich von dem schaurigen Anblick los und eilte weiter. Um sich nicht durch unerwünschte Gedanken ablenken zu lassen, begann er zu zählen, wie es bei ihren Missionen im Menschenland üblich war: »Drei Äpfel und fünf Birnen, elf Äpfel und zwei Birnen...«

Nur noch ein kurzes Stück trennte ihn von Hutzel und Rempel Stilz. Auch Riette hatte sich mittlerweile bei den beiden eingefunden. Alle drei winkten. Rempel Stilz öffnete die Tür und bedeutete Riette hindurchzutreten. Störrisch schüttelte sie den Kopf, wischte ungnädig seine Hand von ihrer Schulter und schrie, die Arme schwenkend: »Lauf, Brams, lauf!«

Ohne viel Federlesens packte Rempel Stilz sie im Genick und schleuderte sie durch die Tür. Danach deutete er herrisch auf Hutzel. Der nickte zustimmend, ging zur Tür, hielt inne und versetzte Rempel Stilz einen kräftigen Stoß, sodass dieser durch die Tür taumelte. Damit war Hutzel der letzte aus dem Trupp, der die Gefahr mit Brams teilte. Laut und beruhigend rief er: »Keine Sorge, Brams, alles wird gut! Er kommt zwar gleich wieder, aber mach einfach, was ich sage. Warte... warte... jetzt links!«

Noch einmal fegte der Flammenstrahl dicht an Brams vorbei. Unter den anfeuernden Rufen der anderen Kobolde kam er seinem Ziel immer näher. Plötzlich streckte Hutzel die Hand nach ihm aus. Brams folgte dem Beispiel. Ihre Finger berührten sich, dann schlossen sich ihre Hände zum festen Griff. Umgehend sprang Hutzel rückwärts durch die Tür und riss Brams mit sich. Wieder wurde die schlecht beleuchtete Diele sichtbar. Die Wände schossen an Brams' Augen vorbei, während in seinen Ohren Birkes Stimme schrillte: »Schneller, Brams! Schneller!«

Dann stolperten er und Hutzel Hand in Hand wieder

ins Freie. Ein Blick reichte, um Brams erkennen zu lassen, dass sie nicht am Ort ihres Aufbruchs angekommen waren, wie sie es verabredet hatten. Ein Wald zwar, aber nicht der, in dem sie Ritter Volkhard von der Senne nach den vielfältigen Möglichkeiten ausgefragt hatten, einen Tyrannen loszuwerden. Wie konnte das angehen? Was hatte sich Birke dabei gedacht?

Jäh wurde Brams' Rücken schmerzhaft heiß. Er sprang seitwärts, wirbelte erschrocken herum und blickte zur Tür. Aufrecht stand sie zwischen den Bäumen und war geschlossen. Kein Drache versuchte hindurchzukommen, stellte Brams erleichtert fest.

Gleißendes, gelbes Licht umrandete die Tür und drang durch jede ihrer Fugen und Ritzen. »Oh!«, sagte Birke ängstlich, »Oh!« und zerbarst mit einem lauten Knall in Myriaden glühender Splitter.

# Die Rückkehr der bösen Geißlein

# 15.

»Ich wusste gar nicht, dass das geht«, meinte Riette. Ihre Stimme klang ganz verzerrt in Brams' betäubten Ohren.
»Ich auch nicht«, stimmte er zu. »Der Drache muss noch einmal zurückgekommen sein.« Er ließ den Blick über die zahllosen Stückchen brennenden Holzes gleiten, die in weitem Umkreis den Waldboden bedeckten oder in den Sträuchern und Bäumen hingen und das Laub versengten, bis sie nach und nach erloschen.
Hutzel teilte seine Einschätzung über den Drachen: »Das scheint offensichtlich zu sein.«
»Jetzt haben wir abermals keine Tür mehr«, meinte Brams und tastete seinen Kapuzenmantel ab, um sich zu vergewissern, ob er alles dabei hatte, was er benötigen würde. Als die Untersuchung zu seiner Zufriedenheit ausfiel, ging er, ohne eine Antwort abzuwarten, geradewegs in den Wald. Er blickte immer nach vorne, nie zurück, und selbst als seine Begleiter längst nicht mehr zu hören waren, blieb er nicht stehen. Er kam an saftiggrünen Farnen vorbei, machte einen Bogen um braune, mit vertrockneten Tannennadeln bedeckte Ameisenhaufen und kletterte über umgestürzte Stämme. Einem Beerenstrauch griff er in die Zweige und zog kurz daran, sodass sie schwangen. »Ein bisschen seltsam bist du ja«, wisperte er zu dem Strauch. Doch da das Beerengewächs im Land der Menschen wuchs, blieb es die Antwort schuldig.
Das geschäftige Hämmern eines Spechtes bewog Brams, tätig zu werden. Er ging zwar immer noch im Wesentlichen

geradeaus weiter, suchte nun aber den Waldboden ab, bis er einen alten Ast fand. Er hob ihn auf und schälte sorgfältig die Rinde ab. Unter ihr wurde ein Labyrinth aus Fraßgängen sichtbar und verkündete unzweideutig, dass der Ast bereits neue Besitzer gefunden hatte. Vorsichtig legte ihn Brams wieder an die Stelle, wo er ihn aufgenommen hatte – sehr zur Erleichterung einer Hundertschaft Ameisen, die sein plötzliches und unerklärliches Verschwinden in helle Aufregung versetzt hatte. Brams suchte weiter und entdeckte schließlich einen Ast, dessen dünnes, spitz auslaufendes Ende verriet, dass er nicht durch Morschsein und Käferfraß den Halt am Stamm verloren hatte, sondern mit Gewalt abgerissen worden war. Sein Holz war jünger als das des anderen Astes. Es war nicht mehr so grün, dass es noch arbeiten würde, und nach Brams' erstem Eindruck hatte bislang auch niemand Besitzansprüche angemeldet. Rasch entfernte er die Rinde und schnüffelte an dem bleichen, glatten Holz. Er drehte es in den Händen, klopfte daran und lauschte, führte es an den Mund und leckte es ab. Brams sah seinen ersten Eindruck bestätigt. Zudem hatte ihm seine Untersuchung einen guten Eindruck verschafft, wie das Holz im Inneren aussah. Nun musste ihm nur noch einfallen, was er eigentlich damit wollte.

Nachdem er den Ast noch eine Weile zwischen den Händen gedreht hatte, wusste er es plötzlich: ein Schloss, ein Türschloss würde er bauen! Er sah seine Einzelteile schon vor sich, zwar noch eingebettet im Holz, doch ansonsten klar und deutlich. In der Mitte des Astes ruhte die Abdeckplatte. Links davon versteckten sich der Riegel, rechts die Fallen – nein, ein Dreifachriegel sogar! –, weiter links die Bolzen... Brams lächelte: Beinahe hätte er den Schlüssel vergessen! Also rechts die Bolzen und links der Schlüssel. Darauf folgten Besatzungen, Stifte und das restliche Allerlei.

Beinahe liebevoll holte er unter seinem Kapuzenmantel ein Eisen mit breiter, scharfer Spitze hervor. Mehrmals setzte er es an bestimmten Stellen des Astes an und schlug darauf. Mit einem Geräusch wie einem ängstlichen Seufzen wanderte von diesen Stellen jedes Mal ein feiner Riss den gesamten Ast entlang.

Ein letzter Schlag, sie alle zu teilen, dachte Brams und vollendete sein Werk. Doch der Ast zersprang in unzählige Splitter, die feurige Spuren hinter sich herzogen und einen verzweifelten Laut von sich gaben.

Erschrocken rieb sich Brams die Augen, und das Trugbild verschwand. Der Ast sah nicht anders aus, als er hätte aussehen sollen. Er war in genau so viele Stücke zerfallen, wie es geplant war – keines weniger und schon gar nicht unzählige mehr!

Verbissen verscheuchte Brams die uneingeladenen Gedanken. Er wollte nicht wissen, warum er hier war, warum er wirklich tat, was er gerade tat, und wie es kommen konnte, dass er und drei Gefährten abermals im Menschenland gestrandet waren. Es war eben irgendwie geschehen. Solche Dinge kamen vor. Ganz und gar nichts Ungewöhnliches für jemanden, der im Wechselbalggewerbe tätig war!

Brams vertiefte sich in seine Aufgabe. Gelegentlich flüsterte er: »Schneller, Brams, schneller!« Nach einer knappen halben Stunde konnte er das Schloss zusammensetzen. Zwar war es ihm gut gelungen, aber wirklich zufrieden war er damit nicht. Etwas Besonderes fehlte! Deswegen baute er es wieder auseinander, griff nach einem übrig gebliebenen Klötzchen und schnitzte achtlos vor sich hin. Aus dem Wald hörte er unregelmäßiges Hämmern, das nicht von Spechten stammen konnte. Er lauschte angestrengt, konnte aber aus den Geräuschen nicht erraten, was seine Gefährten herstellten. Derweil hatten seine Finger das Klötzchen wie aus eigenem Antrieb in ein kleines Zahnrad mit zweiunddreißig Zähnen verwandelt. Brams blickte zu seinem Schloss. Eine sinnvolle Verbindung entdeckte er nicht. Er könnte das Zahnrad vielleicht außen befestigen, etwa als Zierde, sodass jeder Betrachter über seine geheime Bedeutung rätseln würde – ein schaler Streich. Urplötzlich wusste Brams die Lösung. Geschwind schnitzte er eine Feder und baute dann alle Teile zusammen, die er besaß. Nun war wirklich zufrieden.

Mit dem Schloss unterm Arm machte er sich auf den Rückweg. Als seine Schritte einen Pfad kreuzten, der ein bisschen den Eindruck erweckte, als würde er gelegentlich von Menschen benutzt, platzierte er das Schloss samt dem Schlüssel auffällig in einer Astgabel, sodass ein gelegentlicher Wanderer, Jäger oder Waldbauer es sehen musste und vielleicht mitnähme. Sollte er je auf den Gedanken kommen, das Schloss zu öffnen, würde die Feder das Zahnrad wegschleudern. Wahrscheinlich würde er nur eine kurze Bewegung aus dem Augenwinkel wahrnehmen. Doch selbst wenn er das Zahnrad suchte und fand, würde er niemals erraten, welche Aufgabe es gehabt hatte, mochte er sich noch so sehr das Hirn zermartern. So oder so würde er bei jedem künftigen Blick auf das Schloss denken müssen: Irgendetwas war nicht so, wie es sein sollte! Doch was war es? Was war es bloß? Der Schein trog bedenklich!

Vergnügt rannte Brams das verbleibende Stück des Weges.

# 16.

Als Brams nach der Fertigung des Türschlosses mit den anderen drei wieder vereint war – auch sie waren zwischenzeitlich mit ähnlichen Tätigkeiten wie er selbst beschäftigt gewesen –, sprach zunächst keiner von ihnen viel, von Nichtigkeiten einmal abgesehen. Alle standen nur abwartend da, denn niemand wollte die Frage stellen, wie es nun weitergehen solle, da jeder wusste, dass es darauf eigentlich keine Antwort gab. Hier waren sie Fremde, und dorthin, wo sie es nicht waren, war ihnen auf jede nur denkbare Weise der Weg versperrt. Diese Phase untätigen und unentschlossenen Wartens endete schlagartig, als Rempel Stilz sich bewegte. Er machte einen Schritt vorwärts – und wie Rinder, Menschen und sonstige Herdentiere trotteten ihm alle anderen hinterher.

Später grübelte Brams, dass Rempel Stilz womöglich gar nicht vorgehabt hatte, irgendwohin zu gehen, sondern nur einer Raupe auf ein Blatt hatte helfen wollen oder seinen Fuß auf einen Baumstumpf hatte stellen wollen, um bequemer die Schnürsenkel binden zu können. Doch als ihm alle folgten, sah er sich vielleicht unter dem Zwang allgemeiner Erwartung verpflichtet, dem ersten Schritt einen zweiten und dem zweiten einen dritten folgen zu lassen. Obwohl Brams meinte, diesen Sachverhalt zu durchschauen, schwieg er. Es war angenehm, nicht selbst entscheiden zu müssen, auch wenn er immer mehr davon überzeugt war, dass derjenige, der die Richtung vorgab, nicht wusste, was er eigentlich tat. Doch was hätte es sonst an Wahlmöglichkeiten gegeben? Dass alle erneut stehen blieben und, in düsteren Gedanken schwelgend, vor sich hin brüteten oder dass gar durch eine unglückliche Fügung Riette den nächsten ersten Schritt machte?

Anders als Brams war Rempel Stilz nicht der Meinung, dass die Tür sie an einem völlig falschen Ort abgesetzt hatte, da ihm der Wald auf nicht weiter begründbare Weise vertraut vorkam. Solche Vermutungen, an gewissen Orten schon einmal gewesen zu sein, äußerte er zwar häufig, doch da er mitunter recht hatte, wollte Brams seine Behauptung nicht rundweg als Hirngespinst abtun. Daher beschränkte er sich darauf, während sie durch das Unterholz stolperten, nicht öfter als ein- oder zweimal stündlich darauf hinzuweisen, noch niemals zuvor hier gewesen zu sein. Er räumte sogar bisweilen entgegenkommend ein, dass er sich selbstverständlich irren könne, aber es ihm überhaupt nichts ausmache, Irrtümer zuzugeben. Daran sei nichts Schlimmes, man müsse es nur einmal selbst versuchen.

An Rempel Stilz perlten solche Spitzen jedoch ab wie am Pürzel einer Ente. Oder besser gesagt: wie am eingewachsten Fettsteiß einer Ente. Denn fast auf jede von Brams' Äußerungen folgte von ihm über kurz oder lang ein vielsagendes »Aha!«, das er ebenfalls nicht weiter begründete.

Hutzel hielt sich aus dem Wettbewerb der beiden weitgehend heraus. Allenfalls brummte er: »Es ist, wie es ist, und kein bisschen anders!« Mit diesen geheimnisvollen Äußerungen erinnerte er Brams bestechend an einen Elfenmystiker, den er vor Längerem gekannt hatte und der ihren gelegentlichen Meinungsaustausch eines Tages mit einem radikalen Schnitt beendet hatte, indem er bei Nacht und Nebel spurlos verschwunden war. Selbst seinen Nachbarn hatte er nur hinterlassen, dass sie sich nicht sorgen sollten: Er gehe weder ins Licht noch in die Dunkelheit, sondern nur in das Unauffindbare, denn *so* könne es nicht weitergehen. Zu seinem Leidwesen hatte Brams nie erfahren, was er mit »so« gemeint hatte. Vielleicht beabsichtigte Hutzel ja, in seine Fußstapfen zu treten und der erste Koboldmystiker zu werden?

Brams fiel plötzlich auf, dass Hutzel gar keine Federn mehr auf dem Kopf hatte, sondern wieder seine eigenen Haare, und sprach ihn darauf an.

Hutzel gab bereitwillig Auskunft: »Unter den Gegebenheiten erschien es mir das Klügste, mich unkenntlich zu machen.«

Riette hingegen übte Schimpfwörter und nicht immer verständliche Beleidigungen ein. Deswegen brüllte sie ab und zu ohne Vorwarnung in den Wald: »Drachenkacker! Kackriesenflügler! Oberquastenschleimerpuhkack!«

Nach Ausräumung eines unglücklichen, aber naheliegenden Missverständnisses, das mit Brams' Beschwerden und Rempel Stilz' anschließenden Vieldeutigkeiten zu tun hatte, versicherte sie, bloß auf alles vorbereitet sein zu wollen. Gerade auf dem steinigen Felde der Beleidigungen wehe ein besonders kalter Wind. Da könne man sich keine Schwäche leisten, selbst wenn man es wolle, was auf sie allerdings ganz bestimmt nicht zutreffe.

Der Wald endete einigermaßen unangekündigt am Rand einer Schneise, die fast so breit war wie die Wiese beim ehemaligen *Kartoffelsalat mit Pilzen*. Der Hof eines Waldbauern beherrschte das Gelände. Er bestand aus einem länglichen Wohnhaus mit Scheune und Stallung, wobei dem Nebengebäude – wie Brams missbilligend feststellte – ein wenig mehr Pflege nicht geschadet hätte. Der Ort kam ihm dunkel vertraut vor. Während er noch rätselte, wovon dieser vermutlich irrige Eindruck herrühren mochte, stieß Rempel Stilz triumphierend »Aha!« aus. Als reiche dies nicht, ließ er dem ersten Ausruf sofort einen zweiten folgen. »Aha! Du erkennst es jetzt hoffentlich, Brams?«

»Wrumms«, brummte Brams möglichst unverständlich und nickte auf eine Art, die man wahlweise als Zustimmung oder auch Gleichgültigkeit, nötigenfalls sogar als heftige Ablehnung deuten konnte. Er gönnte den Gebäuden einen zweiten, zweifelnden Blick und sog die Luft ein, die den Geruch kochenden Rotkohls mit sich trug. Nun wusste er wieder, wo sie waren.

»Es ist Nelli!«, rief er begeistert. »Wir bekommen jeder noch einen Kuchen von ihr! Und außerdem ...«

»Aha!«, erwiderte Rempel Stilz stolz. »Aha!«

Unversehens hielt er seinen Becher in der Hand, obwohl bei Nellis Versprechen von Milch nie die Rede gewesen war. Mit großen Schritten ging er voran, und wie bisher trotteten ihm alle gewohnheitsmäßig hinterher.

»Wer ist Nelli?«, fragte Riette auf halbem Wege spitz.

»Zwei Kuchen!«, erklärte Rempel Stilz so knapp, dass sich Brams genötigt fühlte, ein wenig weiter auszuholen. »Eine Menschenfrau, mit der Rempel Stilz, ich und zwei andere – ihr wisst schon, wer – etwas hatten. Einen Handel nämlich, sogar mehrere. Wir öffneten ... und das wollte ich überhaupt noch erwähnen! ... nein, davor sollten wir mit ihr gehen, aber zu Anfang war sie gefesselt ...« Er stutzte und rief: »Rempel Stilz, sofort stehenbleiben!«

Der Angesprochene gehorchte mit der praktischen Folge, dass auch Hutzel und Riette umgehend innehielten. »Ganz zuletzt brachten wir Nelli von hier weg«, erinnerte ihn Brams. »Sie sagte nicht, dass sie zurückkehren wolle.«

»Weiß ich nicht mehr«, antwortete Rempel Stilz. »Jeder sollte einen eigenen Kuchen bekommen.« Ihm war deutlich anzumerken, dass er entweder dreist log oder Beeinträchtigungen seiner Pläne wirklich nicht zur Kenntnis nehmen wollte. Wenigstens packte er seinen Becher wieder weg.

»Rasche Erkundungsmission!«, verkündete Brams. »Ohne zu zählen mir nach.«

Geschwind huschten die Kobolde zum Haus. Unter einem der Fenster suchten sie Schutz. Eine Männerstimme, die Brams nicht unbekannt war, war zu vernehmen.

»Weißt du, worauf ich wieder einmal Lust hätte? Auf dieses Glibberzeug, das Mutter immer gemacht hat.«

»Das hat sicher einen Namen«, nörgelte eine zweite Männerstimme.

»Gewiss, aber der fällt mir gerade nicht ein. Wackelig, glitschig und wackelig«, erklärte die erste Stimme.

»Wackelpudding?«

»Nein, nichts Süßes. Man legt Sachen darin ein. Gürkchen, Fleisch, Saures …«

»Sülze? Meinst du vielleicht Sülze?«

»Fast, aber eigentlich auch wieder nicht. Es klang edler … Ach, jetzt weiß ich es wieder: Aspik hieß es! Ist es nicht seltsam, Kinnwolf, wie einen manchmal Kindheitserinnerungen überkommen? Man ist längst erwachsen, ein Mann, steht mitten im Leben, und dann … vielleicht ist es ein Geruch, eine Brise, das Licht zu einer bestimmten Tageszeit, eine Farbe womöglich, und schon wieder ist man ein Kind, ein kleines, unschuldiges Kind! Habe ich dir je erzählt, dass ich als kleiner Bub glaubte, Aspik sei ein Dorf oder eine Stadt?«

»Wieso das denn?«

»Weil ich meinte, die einsamen Wanderer, die Mutter mitunter bei uns aufnahm, kämen entweder von dort oder wollten dorthin.«

»Aus Aspik?«

»Oder nach Aspik... Gestern in Steinhausen, heute bei Mutti und morgen in Aspik!«

Beide lachten dröhnend, und ein Wimmern war zu hören.

Brams gab das Zeichen, dass ihm jemand zum Fensterbrett hinaufhelfen solle, damit er einen besseren Eindruck gewinnen könnte. Umgehend verschränkte Rempel Stilz die Hände zu einem Steigbügel, sodass Brams sich hochschwingen konnte. Nach einem blitzschnellen Blick ins Haus ließ er sich wieder herab und gab mit finsterer Miene seinen Gefährten das Zeichen zum Rückzug.

Was zunächst schweigend begann, wich jedoch wegen des Ernstes der Lage schon nach wenigen Schritten allgemeinem Zischen und Wispern: »Was hast du gesehen? Nun sprich endlich! Lass dir doch nicht alles aus der Nase ziehen! Oder müssen wir erst selbst nachsehen?«

Brams widerstand nicht lange. »Zwei Männer«, flüsterte er während er mit gebeugtem Rücken vom Haus wegschlich, »vermutlich sind es dieselben wie beim letzten Mal. Und Nelli ist schon wieder auf den Tisch gebunden!«

Rempel Stilz nickte bedeutungsschwer: »Sie befürchtete, dass ihr die beiden auflauern könnten. Welch ein Unglück!«

Riette blieb stehen: »Dann müssen wir diesen Männern

eben sagen, dass sie sie losbinden sollen, denn sonst kann sie ja nicht backen. So viel Einsicht wird man von ihnen wohl erwarten dürfen.«

»So einfach ist das nicht«, erwiderte Brams und blieb ebenfalls stehen. »Die beiden sind gefährliche Menschenfresser.«

»Und sie?«, fragte Riette verwundert. »Und sie?« Plötzlich begriff sie: »Oh! Sie wollen die Frau aufessen, die uns Kuchen backen wollte? Welche bodenlose Unverschämtheit!«

»*Uns*«, verbesserte Brams, da er plötzlich daran denken musste, dass Riette gar nicht dabei gewesen war, als Nelli ihr Versprechen gegeben hatte. Wahrscheinlich war es nicht übertragbar.

»Sicherlich *uns*«, stimmte Riette, ohne zu zögern, zu, wobei sie seine Stimme perfekt nachahmte. Einen Augenblick lang überlegte Brams, ob es die Mühe wert war, nachhaltiger darauf einzugehen, dass mit »uns« tatsächlich nur Rempel Stilz und er gemeint waren und nicht jeder, der zufälligerweise mit seiner Stimme sprechen konnte, und klang es auch noch so gut. Dann entschied er sich resignierend dagegen. »Es gibt jedoch noch etwas anderes, wovon ich zu berichten habe und weswegen ich dieses Gespräch an einem abgeschiedenen Ort habe führen wollen, anstatt nur ein paar Arglang entfernt von dem Haus dieser ungemein gewalttätigen und hemmungslosen Menschen. Wir müssen nämlich auf jeden Fall hinein, denn …«

»Müssen wir?«, fragte Hutzel, der im Gegensatz zu Rempel Stilz seinen Becher noch immer in der Hand hielt. Speichel troff ihm aus dem Mund, und Brams hätte sich nicht gewundert, wenn seine Augen blutunterlaufen gewesen wären. Das waren sie zwar nicht, doch hätte es gut zu dem lauernden Unterton in seiner Stimme gepasst.

Brams zuckte die Schultern: »Unvermeidlich! Aber heimlich ...«

Mit einem Mal überschlugen sich die Ereignisse. Die Tür des Hauses wurde so heftig von innen aufgestoßen, dass sie mit einem lauten Knall gegen die Hauswand schmetterte, daran abprallte und beinahe wieder zugefallen wäre, ohne jemanden ins Freie zu entlassen. Doch dann wurde sie erneut aufgestoßen, und ein einzelner Mann kam aus dem Haus. Sein Kopf war mit einem grauen Verband umwickelt, der linke Arm steckte in einer Schlinge, und das rechte Bein zog er steif hinterher. Mit kalten Augen musterte er die Kobolde und sprach heiser: »Ihr habt vielleicht eine Traute, euch wieder sehen zu lassen! Adalbrand, du ahnst gar nicht, wer zum Essen gekommen ist!«

Beim letzten Wort schleuderte er jäh ein Hackmesser nach den Besuchern, das er in der rechten Hand gehalten hatte. Wie ein silbernes Rad drehte es sich blitzend im Flug.

»Trifft nicht«, meinte Rempel Stilz gelassen. Damit sollte er recht behalten, denn fast einen halben Arglang von ihm entfernt bohrte sich das Messer in den Boden. Er hob es auf und betrachtete die rechteckige Klinge, die breit genug war, dass er beide Hände mit gespreizten Fingern hätte darauf legen können. Zweimal schlug er mit dem Hackmesser in die Luft und gab dann sein Urteil ab: »Schlecht ausbalanciert. Das kann ja wohl nichts werden. Für solche Zwecke ist es einfach nicht geschaffen.« Prüfend berührte er mit dem Daumen die Schneide und nickte anerkennend zu Kinnwolf: »Aber ordentlich scharf.« Danach reichte er das Messer Hutzel, der schon verlangend die Hand danach ausgestreckt hatte.

»Ein Hemmnis für einen anständigen Flug ist wahrscheinlich der Knubbel am Griff«, urteilte jener fachmännisch. Plötzlich hielt er ein Schnitzmesser in der Hand, und schon ringelte sich ein breiter Holzspan dort, wo er mit der Schneide den Griff entlangfuhr. Ohne Vorwarnung warf er das Hackmesser in Kinnwolfs Richtung. Dessen Gesicht unterlief einen schnellen Wandel von Überraschung zu sprachlosem Entsetzen, als das Messer auf ihn zuwirbelte. Unbeholfen wich er aus und grinste hämisch, als es geradezu lächerlich weit an ihm vorbei und durch das Fenster ins Haus flog.

Ein Schmerzensschrei und lautes Fluchen schallten heraus. Erneut wurde wenige Augenblicke später die Tür aufgestoßen, und der zweite Bruder trat heraus. Wie Kinnwolf trug auch Adalbrand einen Kopfverband, der aber auf der einen Seite, wo sich jetzt ein roter Fleck bildete, lose herabhing. Er stützte sich auf zwei Krücken, die er bei jedem Schritt zornig vor sich in den Boden stieß, um dann auf einem Bein hinterherzuhüpfen. Sein zweites hing angewinkelt in einer Schlinge, um es nicht zu belasten. Beim Anblick der Kobolde verfärbte sich sein Gesicht sofort tiefrot, und ein lautes, abgehacktes Kreischen drang aus seiner Kehle. Zu allem entschlossen – und so rasch es ihm eben möglich war –, hielt er auf seine unerwünschten Gäste zu, ungeachtet der Ermahnungen seines Bruders, sich zu keinen Unbedachtheiten hinreißen zu lassen. Riette verstellte ihm den Weg und beendete seinen stürmischen Vorstoß, indem sie ihm kurzerhand die Krücken wegschlug, sodass er stürzte und flach auf dem Bauch zu liegen kam. Fröhlich sprang sie ihm auf den Rücken, hüpfte darauf herum und stimmte aus voller Brust ein Lied an, das im Wesentlichen aus drei Wörtern bestand: »Milch und Kuchen, Kuchen und Milch – puh! Milch und Kuchen, Kuchen und Milch – puh...«

Rempel Stilz widmete sich Kinnwolf. Er nahm eine der Krücken auf und ging auf ihn zu. Eigentlich hatte sich Adalbrands Bruder ins Haus zurückziehen wollen, doch er verlor wertvolle Zeit, da er sich nicht rasch genug entscheiden konnte, ob er sich lieber rückwärts bis zur Tür tasten oder sich schnell umwenden und vorwärtshumpeln sollte, ungeachtet dessen, was die Kobolde in seinem Rücken an Unsagbarem anstellen mochten, sobald er sie nicht mehr im Auge behielt. Wegen seines Zauderns blieb ihm am Ende nichts anderes mehr übrig, als sich Rempel Stilz zu stellen. Eine Zeit lang belauerten sich Kobold und Mensch. Schließlich besann sich Kinnwolf darauf, dass er trotz allem mehr als doppelt so groß war wie sein Herausforderer. Er entblößte die Zähne zu einem gemeinen Lächeln, was Rempel Stilz als Einladung betrachtete, seinen rasch ersonnenen Plan umzusetzen. Er wechselte den Griff an der Krücke, sodass er sie mit beiden Händen am breiten Ende in etwas mehr als Schulterhöhe hielt. Mit kurzen, schnellen Schritten nahm er Anlauf, stach dann das untere Krückenende kraftvoll in den Boden und ließ sich vom Schwung emportragen wie jemand, der mit Hilfe eines Stabes über ein unsichtbares Hindernis springen wollte. Allerdings hatte er es so eingerichtet, dass er genau dann, als die Krücke senkrecht stand, sämtlichen Schwung verloren hatte.

Nun hing Rempel Stilz einigermaßen schief und wie ein aufgespießter Strohballen mit einem Arm an ihrem oberen Ende und war bemüht, sich nicht allzu sehr zu bewegen, um das überaus zerbrechliche Gleichgewicht nicht zu gefährden.

Kinnwolf war verwirrt. »Was soll die Kinderei?«, herrschte er ihn an.

»Gleiche Augenhöhe«, presste Rempel Stilz mühsam zwischen verkrampften Lippen hervor, bevor er ihm mit aller Macht die Faust auf das Kinn schmetterte. Durch den Hieb kippte die Krücke nach hinten. Rempel Stilz sprang frühzeitig ab und ließ sie ungehindert auf dem Boden aufschlagen. »Verbesserungsbedürftig«, murmelte er unzufrieden, wischte die Hände am Kapuzenmantel ab und ging gemächlich auf den wie vom Blitz gefällten Kinnwolf zu.

»Beim letzten Mal habe ich eine Kuh nach ihnen geworfen. Wie deutlich muss man denn noch werden?«, dachte er laut.

Plötzlich wurde er roh und rücksichtslos beiseite gestoßen, sodass er um ein Haar gestürzt wäre und nur mit Ach und Krach das Gleichgewicht wieder erlangte. Riette drängelte an ihm vorbei, sprang auf Kinnwolfs reglosen Körper und setzte ihren Kriegstanz fort. »Milch und Kuchen – puh, puh! Kuchen und Milch – mi, mi!«

Nach Kinnwolfs rascher Niederlage bot Adalbrand aus freien Stücken an, mit seinem Bruder zu verschwinden und *Hof und Huf den Tigern zu überlassen*. Brams wusste zwar nicht, was er mit diesem Sprachbild ausdrücken wollte, war aber sofort einverstanden, da er bislang ohnehin noch keinen einzigen Gedanken darauf verschwendet hatte, was mit Nellis Gemahl und ihrem Schwager geschehen sollte. Der Vorschlag des Unterlegenen machte ihn richtiggehend dankbar, sodass er – als Adalbrand den Wunsch äußerte, noch etwas für ihn Wichtiges aus dem Haus holen zu dürfen –, es zunächst gutmütig gestatten wollte.

Hutzel war jedoch strikt dagegen: »Mach keinen Fehler, Brams! Womöglich ist das Wichtige, das er mitnehmen will, ausgerechnet diese Nelli! *Ziegen schwimmen flott im Bach.*«

Aufgrund einiger Seltsamkeiten während des Gesprächs mochte Brams später nicht ausschließen, dass Hutzel womöglich etwas ganz anderes zu ihm gesagt hatte als das, was er zu hören meinte. Vielleicht galt Gleiches auch für Adalbrand. Denn wegen Riettes anhaltendem Gebrüll nach Kuchen und Milch hatte er die meiste Zeit nicht mehr verstanden, was jemand wirklich sagte, sondern nur noch ungefähr aus dem Zusammenhang erraten.

## 17.

Riette störte sich nicht an Kinnwolfs und Adalbrands Weggang. Nachdem Brams durch behutsames Schubsen und Schieben sie vom Rücken ihres letzten Opfers gelotst hatte, tanzte sie unbekümmert auf dem Waldboden weiter und gönnte den beiden Brüdern keinen überflüssigen Blick mehr, als sie einander stützend dem Waldrand entgegenstolperten. Brams hatte es nun eilig, ins Haus zu gelangen, und Hutzel und Rempel Stilz folgten ihm gern. Nelli musste dringend von ihrer neuerlichen Errettung erfahren – und außerdem wollten alle drei Riettes unerträglichem Lärm entkommen.

Der Anblick, der sich Brams bot, war fast genau derselbe wie bei seinem ersten Betreten dieses Hauses. Auf dem Herd köchelte in einem großen Topf Rotkraut, an der Wand daneben hingen, fein säuberlich nach ihrer Länge geordnet, Messer, Kellen und Kochlöffel, auf dem Boden stand ein mit Dreck, Staub und Asche gefüllter Fress- oder Wassernapf, der vor vielen Jahren einer Katze oder einem Hund gehört haben musste, und auf dem Tisch lag die Hausherrin, gefesselt an Armen und Beinen.

Hutzel zog die Tür hinter sich zu. Auch wenn das Fenster noch immer offen stand und Lärm hereinließ, wurde die geschlossene Tür bereits als Erlösung angesehen, und jeder der drei atmete erleichtert auf. Vom Tisch herab erklang eine ängstliche Stimme: »Wer ist da? Hallo? Bitte bindet mich los, bevor sie zurückkommen!«

»Keine Bange«, erwiderte Brams beruhigend. »Wir

haben deine Peiniger vertrieben und ihnen versprochen, dass, sollten sie sich je zurückwagen, ihnen alles, was sie mit uns bisher erlebt haben, vergleichsweise wie süßer Kuchen erscheinen wird. Übrigens Kuchen, mir springt gerade etwas ins Gedächtnis...«

»Sie sind also weg?«, unterbrach ihn die Stimme erleichtert. »Monderlach sei Dank... und auch dir, mein guter Held!«

»Nicht der Rede wert, schließlich kennen wir uns ja«, beschwichtigte Brams sie. »Und außerdem, um auf das zurückzukommen, was mir just ins Gedächtnis...«

»Wir kennen uns, mein tapferer Retter?«, fiel ihm Nelli erneut ins Wort.

»Sicherlich kennen wir uns«, bestätigte Brams ungnädig, da er wie viele Kobolde nicht gern unterbrochen wurde, wenn ihm gerade ein Kuchen ins Gedächtnis gesprungen war.

»Das steht außer Frage«, bestätigte Rempel Stilz freudig. »Wir kennen uns!«

»Das wüsste ich aber«, widersprach Hutzel. »Nie und nimmer haben wir uns je gesehen!«

Einen Augenblick lang herrschte verwirrtes Schweigen, bis sich Nelli erneut zu Wort meldete: »Gleich drei edle Recken also! So nennt eure Namen, damit ich euch wiedererkenne, oder besser noch, zeigt euch! Ihr werdet doch nicht etwa schüchtern sein?«

»Von Schüchternheit kann nicht die Rede sein«, erwiderte Brams und fügte würdevoll hinzu: »Jemand soll mir auf den Tisch helfen!«

Hutzel und Rempel Stilz kamen ihm bereitwillig zu Hilfe. Gerade als Brams sich auf der Tischplatte aufrichtete, brach Riettes Gesang ab. In diesem Augenblick urplötzlicher Stille, der auf manchen wie die blitzartige Ausbreitung vollkommenen Friedens in der Welt wirken musste, auf andere wie der Triumph der Leere oder das jähe Aufklaffen eines unendlich tiefen, alles verschlingenden Abgrunds, erkannte Brams, dass die Frau auf dem Tisch nicht Nelli war. Sie war dunkelhaarig, jünger und auch fülliger. Zudem wurde sie bei seinem Anblick aschfahl, während sich ihre Augen vor Schreck weiteten und die Flügel ihrer vom Weinen geröteten Nase bebten.

»Ein Geschöpf des Schinderschlundes!«, keuchte sie.

Die Tür ging auf, und Riette trat ein.

»Stark übertrieben«, witzelte Hutzel so leise, dass ihn nur Rempel Stilz vernehmen konnte. »Oder zumindest ein bisschen.«

Riette sah ihre beiden kichernden Gefährten arglos an und wandte sich dann an Brams: »Ist das Nelli mit dem Kuchen?«

»Nein«, erwiderte er enttäuscht und sprang vom Tisch. »Sie ist jemand ganz anderes, ich habe sie noch nie gesehen. Aber, wie ich bereits erwähnte oder vielmehr erwähnen wollte, haben wir ...«

»Wollt ihr mich nicht befreien?«, fragte die gänzlich Unbekannte auf dem Tisch.

»Was bekommen wir dafür?«, erwiderte Riette rasch. »Wahrscheinlich kennst du den Preis schon.«

»Ich ... kenne ... den Preis?«, antwortete die Frau stockend.

»Jeder in zwei Tagesmärschen Entfernung kennt ihn«, brummte Hutzel. »Es sei denn natürlich, er wäre schon zuvor stocktaub gewesen. Das ist die einzige Ausrede, die ich gelten ließe: chronische Vorab-Taubheit!«

»Hutzelschwatz!«, ermahnte ihn Riette streng.

»Ihr wollt meine Seele?«, flüsterte die Frau weinerlich. »Gut, ihr sollt sie haben.«

Die Kobolde sahen sich ratlos an. »Ein Kuchen wäre uns wesentlich lieber!«

»Und Milch!«, ergänzte Riette. »Kuchen und Milch – mi, mi!«

Rempel Stilz hielt ihr schnell den Mund zu. An einem gelegentlichen Zucken auf seinem Gesicht konnte man erkennen, dass sie versuchte, ihn zu beißen, aber das schien ihn wenig zu beeindrucken. Schließlich gab Riette durch eine Geste zu verstehen, dass sie nicht vorhatte, ihren Kriegstanz wieder aufzunehmen, sodass Rempel Stilz die Hand sinken ließ.

Brams ließ sich wieder auf den Tisch helfen. Obwohl der Preis ihrer Befreiung nur ein Kuchen sein sollte, wirkte die Frau noch immer verängstigt. Wissend, dass ein verschreckter Handwerker meist kein liebevoller Handwerker war, versuchte Brams sie aufzumuntern: »Wir stammen nicht aus dem Schinderschlund, sondern sind Reisende aus Kopoltrien. Das ist sehr weit weg, und falls du einen Ort kennen solltest, der ebenfalls weit weg ist, dann ist es noch mindestens doppelt so weit bis zu uns.«

Die anderen drei unterstützten ihn bereitwillig.

»Ungeheuer weit weg!«, bekundete Hutzel.

»Man glaubt gar nicht, wie weit das weg ist!«, staunte Rempel Stilz.

»Käme ich nicht selbst von dort, so würde ich niemals glauben, dass jemand von dort kommen könnte!«, behauptete Riette.

Während Brams die Fesseln löste, fragte er unauffällig: »Was den Kuchen angeht: Habt ihr eigentlich eine Kuh... eine neue... eine alte... oder so?«

Die junge Frau verneinte: »Adi und Kinnwolf pflegen eine seltsame Abneigung gegen Kühe. Aber wir haben eine Ziege, die auch Milch gibt. Doch den Kuchen werde ich ganz ohne Eier backen müssen. Ich weiß nicht, ob die beiden auch eine Abneigung gegen Hühner haben. Mir gegenüber haben sie stets behauptet, sie hätten so lange welche besessen, bis eine gewalttätige Kuh im Hühnerstall eingebrochen sei und sie befreit hätte. Ich hielt das immer für einen Witz, aber vielleicht glauben sie das wirklich.«

»Menschen glauben die absonderlichsten Dinge«, brummte Brams und löste den letzten Knoten. Die Frau setzte sich auf und rieb sich die Handgelenke. Die Blicke, mit denen sie ihn und die anderen bedachte, ließen vermuten, dass sie ihnen immer noch misstraute. Brams seufzte. Eines Tages würde er doch noch herausfinden müssen, was die Menschen mit diesem Schinderschlund verbanden.

»Wer war eigentlich Nelli?«, fragte die Frau.

»Ist!«, verbesserte Brams sie sofort. »Nelli war hier, als wir das letzte Mal vorbeikamen. Deine Vorgängerin also, gewissermaßen der Eintopf von letzter Woche. Bestimmt wird es dich beruhigen zu erfahren, dass du nicht die Erste bist, die auf die Brüder hereinfiel und die sie auffressen wollten.«

Die Frau brauchte einige Augenblicke, um das Gehörte zu verwinden. »Ich bin also nicht die Einzige... Jetzt ergibt manches Sinn«, sagte sie dann. »Den Namen Nelli habe ich hier zwar nie gehört, doch obwohl mein Name Onni lautet, sprach mich Adalbert manchmal mit Molli, Lilli oder Kimmi an. Ich will jetzt nicht darauf eingehen, bei welchen Gelegenheiten er das tat, aber ihr Kopolterer werdet sicher auch mitunter poltern.«

»Kimmi, Lilli, Molli, Nelli, Onni«, zählte Hutzel auf. »Das kann kein Zufall sein. Offensichtlich steckt ein System dahinter.«

»Genau!«, stimmte Riette zu. »Alle hören mit ›i‹ auf. Du solltest erwägen, dir einen ungefährlicheren Namen zuzulegen, einen, der nicht auf ›i‹ endet, zum Beispiel Onatzelwurm ... mit ›m‹ hinten.«

»Onatzelwurm? Wer will denn schon Onatzelwurm heißen?«, gab Onni empört zurück.

»Wer wohl? Ein Onatzelwurm natürlich!«, schleuderte ihr Riette genüsslich entgegen.

Onni schüttelte den Kopf. »Lieber nicht.« Sie ließ sich vom Tisch gleiten, rieb sich die Hände und ging zum Ofen. Einen Augenblick lang stand sie unschlüssig davor, dann nahm sie den Deckel vom Topf, schaute auf das Rotkraut und rührte mit einem Kochlöffel abwesend darin herum. Anschließend legte sie den Deckel wieder zurück und rieb sich erneut die Hände. In Gedanken versunken, blieb sie eine ganze Zeit lang so stehen. Als sie sich wieder umwandte, fing sie den Blick der Kobolde auf, die erwartungsvoll zu ihr aufsahen. Um Unklarheiten gar nicht erst aufkommen zu lassen, hielt Rempel Stilz bereits wieder seinen Becher in der Hand.

Onni räusperte sich und sprach: »Ich werde jetzt die Ziege melken gehen und dann euren Kuchen backen. Aber macht keine Unordnung, solange ich weg bin!«

Damit nahm sie den Eimer, den Brams bereits kannte, und ging nach draußen.

»Das trifft sich gut«, wisperte Brams geheimnisvoll. »Denn jetzt können wir ...«

»Es gibt hier eine Tür«, unterbrach ihn Rempel Stilz. »Das hast du den beiden noch gar nicht erzählt!«

»Rrrr!«, brummte Brams. »Rrrr!« Er ging zur Haustür, öffnete sie, schloss sie, wandte sich um, stellte sich mit dem Rücken davor, als wolle er seine Begleiter am Entkommen hindern, und sagte erneut: »Rrrr! Ich wollte es erzählen, seitdem wir hier sind, aber man lässt mich nicht!«

Rempel Stilz blickte ihn erstaunt an: »Manchmal bist du viel zu schüchtern, Brams. Aber jetzt habe ich's dir ja abgenommen. Danke, gern geschehen!« Er ging zu der Tür, die auf den Flur zu Kinnwolfs altem Zimmer führte, und öffnete sie.

»Was für eine Tür?«, fragte Hutzel. »Das ist doch nichts Besonderes. Ich sehe gleich zwei.«

»Brams wird euch das erklären!«, hörte man Rempel Stilz aus dem Flur rufen. »Er wartet schon die ganze Zeit darauf, es zu dürfen.«

»Eine von unseren Türen«, erklärte Brams.

»Er wird immer absonderlicher«, brummte Rempel Stilz fast gleichzeitig viel zu laut.

»Rrrr«, rief Brams, »rrrr!«, und stürmte in den Flur.

Hutzel und Riette sahen sich kurz an und rannten hinterher.

Brams deutete auf die verbotene Tür: »Aushängen!«

»Untersteht euch!«, schnauzte ihn die Tür an. »Hände weg! So ein Koboldfingerchen ist schneller eingeklemmt, als man denkt. Ich feiere hier meinen verdienten Ruhestand und habe für euereins keine Zeit! Nun trollt euch! Spielt Trollen Streiche! Achtet auf Elfen! Ergreift den Greif! Beschäftigt euch eben irgendwie und irgendwo, Hauptsache weit weg!«

In diesem Augenblick kam Onni zurück. In so kurzer Zeit konnte sie unmöglich die Ziege gemolken haben. Erschrocken rief sie: »Ihr dürft die Tür nicht öffnen. Das ist verboten!«

»Wir wollen sie nicht öffnen«, tröstete Brams sie. »Wir wollen sie nur mitnehmen.«

»Wie oft soll ich euch Schafsohren noch sagen, dass ich euch nicht begleiten werde«, schimpfte die Tür.

Onni stieß einen Seufzer aus, sank gegen die Flurwand und glitt langsam zu Boden.

»Hervorragend! Gut gemacht, Kobolde!«, keifte die Tür. »Wie soll ich ihr das erklären, wenn sie wieder bei sich ist?«

»Noch dazu ganz ohne Worte«, spottete Hutzel.

»Oh, schon wieder ein ganz schlauer Kobold«, gab die Tür zurück. »Wachst ihr Pfiffikusse neuerdings auf den Bäumen?«

»Oh, eine ganz ungehobelte Tür, wie ungewöhnlich«, äffte Hutzel sie nach. »Findet man solche wie dich sonst nicht im Freien, an Hühnerställen oder Latrinen?«

»Oh, er beherrscht sogar Wortspiele! Kannst du auch durch Reifen hüpfen?«

»Genug jetzt«, rief Brams. »Wir benötigen deine Hilfe.«

»Versagt und abgeschlagen! So einfach geht das«, antwortete die Tür. »Nun lebt wohl!«

»Nichts lieber als das«, erwiderte Hutzel. »Aber das können wir nicht.«

»Habt ihr denn keine eigene Tür? Irgendwie müsst ihr doch hierhergelangt sein?«

»Das ist richtig«, bestätigte Brams. »Aber sie ist jetzt nicht mehr da.«

»Sie ist weg«, erklärte Riette.

»Nicht mehr bei uns«, meinte Hutzel.

»Dann habt ihr eben Pech gehabt«, sagte die Tür mitleidlos, »wiewohl ich euer Gebrabbel immer noch nicht verstehe. Es ergibt keinen Sinn! Doch nun geht!«

»Die Tür hieß Birke«, presste Rempel Stilz mühsam hervor. Er, der bekannt dafür war, dass er gern schwere Lasten von einem Ort zum anderen trug, wirkte, als habe er sich mit seiner gegenwärtigen übernommen. »Sie war eine fröhliche Tür, die sich auf jede Reise freute. Aber ihr wurde ein ganz schlechter Streich gespielt.« Er atmete tief durch, als müsse er erst Anlauf nehmen für seinen letzten Satz. »Sie wurde zerstört, aber sie war eine gute Tür.«

Brams zuckte zusammen – und nicht nur er. Er fühlte sich seltsam gespalten. Seine eine Hälfte hatte den ganzen schrecklichen Vorfall schon beinahe vergessen. Rempel Stilz' Worte hörten sich für sie an wie eine lange zurückliegende Geschichte, die jemand anderem zugestoßen war, oder wie die Erwähnung eines Streichs, der so schlecht gewesen war, dass niemand darüber lachen konnte und es sich daher nicht lohnte, ihn sich zu merken. Seine andere Hälfte erinnerte sich nur zu genau daran, was aus Birke geworden war, und schien plötzlich aus tiefstem Schlaf aufzuschrecken, um noch einmal den garstigen Knall zu hören, den flammenden Regen aus winzigen Holzstücken zu erleben und letztlich um schlagartig zu begreifen, dass dies alles nicht geschehen war, weil es eben jemanden gab, dessen Natur es entsprach, Türen zu fressen, sondern weil jemand aus Gier und Herrschsucht ihr aller Dasein hatte beenden wollen und es in Birkes Fall auch geschafft hatte. Einfach so. Sich daran zu erinnern, war wie eine Hand in die gähnende Leere zu strecken und was immer sich daran festhielt, zum Bleiben aufzufordern.

»Sie war eine gute Tür«, flüsterte er. Und auch darin unterschied Brams sich nicht von seinen Gefährten.

»Erzählt mir mehr«, verlangte die Tür. In ihrer Stimme schwang jetzt nicht mehr ein Quietschen und Knarren mit, wie es eine Eigenheit vieler alter Türen war, sondern ein Klang, als würden innerhalb weniger Augenblicke sämtliche Kaulquappen der Welt ihre gallertigen Eihüllen zerreißen, um ins Freie zu gelangen – milliardenfaches leises Platzen.

Brams kam der Aufforderung nur zu gerne nach, da sie ihn davon entband, sich weiter mit schlechten Streichen beschäftigen zu müssen. »Bestimmt erinnerst du dich daran, als wir das letzte Mal hier waren und das Kästchen fanden, das dann plötzlich aufging?«

Die Tür erinnerte sich tatsächlich. »Bestimmt wäre es nicht *plötzlich aufgegangen*, wenn niemandes Finger daran herumgespielt hätten.«

Brams zeigte sich gänzlich unbeeindruckt. »Der Deckel sprang ganz unerwartet auf, und dieses durchsichtige Wesen kam heraus. Ich hatte damals das Gefühl, dass es meine Gedanken las, und das stimmte leider.«

»Das muss eine arg kurze und enttäuschende Lektüre gewesen sein«, scherzte die Tür. »Hat es sich denn deswegen beschwert? Muss man sein Mitgefühl aussprechen?«

Auch darüber ging Brams hinweg. »Leider nein. Es hat ein Geheimnis erfahren. Vor einiger Zeit weilten wir länger im Menschenreich, als wir ursprünglich vorhatten. Und auch wenn die Geschichte sehr lehrreich wäre, will ich nicht weiter darauf eingehen. Wir begegneten damals dem Drachen Tyraffnir, der behauptete, unser Guter König Raffnibaff zu sein. Ein andermal hätten wir ihn deswegen verlacht. Doch während unserer Reise waren wir ständig über Hinweise auf unseren einstigen König gestolpert, als folgten wir einer alten Fährte, die vor langer Zeit für uns ausgelegt worden war. Jeder neue Hinweis klang besorgniserregender als der letzte! Um es kurz zu machen: Außer bei uns gilt er überall als furchterregender Tyrann, und das selbst in den übelsten Tyrannenkreisen! Daher waren wir froh, dass er gefangen war, und hofften gleichzeitig, dass er uns vielleicht angelogen hatte und doch jemand ganz anderes war.

Dieser undurchsichtige Kistengeist aber scheint ihn umgehend befreit zu haben, da er mit einem Heer von Schergen zurückgekehrt ist und sich nun anmaßt, jedem vorzuschreiben, was er zu tun hat. Will ihm jemand nicht zu Willen sein, so lässt er ihn von seinen Riesen zertrampeln!«

»Nun sag mir, was geschah, bevor du dich in Einzelheiten verlierst«, verlangte die Tür.

»Wir waren im Koboldland-zu-Luft-und-Wasser, um Absprachen wegen eines hehren Tyrannensturzes zu treffen«, fuhr Brams fort. »Dabei wurden wir entdeckt und mussten fliehen. Dann war sie weg.«

»Feuer, verbrannt, Drache«, warf Rempel Stilz stockend ein.

»Der Drache hat also das Türchen verbrannt«, wiederholte die Tür.

»Mhm«, brummte Rempel Stilz.

Nach einer kurzen Pause fragte die Tür: »Wollt ihr es immer noch mit dem Drachen aufnehmen?«

Über diese Frage hatte Brams noch gar nicht nachgedacht. »Ich weiß nicht«, antwortete er unschlüssig. »Ganz ohne Tür ... und wir wissen ja auch nicht, was aus unseren Mitverschwörern wurde.«

»Doch ihr sucht trotzdem eine neue Tür. Wozu? Offensichtlich könnt ihr euch im Koboldland nicht ohne Weiteres wieder blicken lassen.«

Brams dachte über die Frage nach. Er sah seine Gefährten nacheinander an und antwortete: »Wahrscheinlich hast du recht. Ja, wir wollen es immer noch. Dieser Drache ...«

»Kackpuhdrache!«, warf Riette ein.

»Dieser Kackpuhdrache!«, wiederholte Brams und nickte heftig dabei. »Er muss weg, auch wenn es jetzt schwieriger wird als zuvor. Er muss weg!«

»Dann will ich euch begleiten«, antwortete die Tür in einem Ton, wie ihn Brams bislang selten von einer anderen Tür gehört hatte. Alter, Würde, Autorität schwangen in jeder Silbe mit und ließen den kurzen Satz bindender erscheinen, als es jeder unterschriebene und gesiegelte Vertrag mit Moin, dem Rechenkrämer, hätte sein können. Nach einer Pause, die gerade lang genug war, um dem nachfolgenden Satz mehr Gewicht zu verleihen, eröffnete die Tür ihren Zuhörern: »Mein Name lautet übrigens ... Thor!«

»Tor wie Narr und Volltrottel?«, krähte Riette sogleich begeistert.

»Doch eher Tor wie Tür?«, rief Brams Zustimmung heischend, um Riettes Vorschlag umgehend wieder vergessen zu machen.

»Mit ›h‹«, erklärte die Tür geduldig.

»Tyrha?«, rätselte Rempel Stilz.

»Das H kommt zum Tor, nicht zur Tür«, verbesserte ihn die Tür freundlich.

»Hator!«, rief Hutzel strahlend aus. »Das ist doch ganz einfach, Leute: Hator heißt sie.«

Die Tür knackte mehrmals ohne ersichtlichen Grund.

»Fangen wir am besten noch einmal von ganz vorne an«, schlug sie vor. »Gebt mir ein T!«

Die Kobolde wechselten ratlose Blicke, zuckten die Schulter und zeigten sich die leeren Hände. Keiner von ihnen musste erklären, dass sie nicht wussten, was von ihnen erwartete wurde. Das verstand auch die Tür. »Es ist nicht schwer«, erklärte sie. »Wenn ich ein ›T‹ verlange, dann ruft ihr: ›T!‹ Und so machen wir es mit meinem ganzen Namen: Ich verlange einen Buchstaben, und ihr ruft ihn dann.«

»Und wenn wir fertig sind?«, wollte Hutzel wissen.

»Dann sehen wir weiter«, erwiderte die Tür. »Wir wollen es für den Anfang nicht zu schwer machen. Seid ihr bereit? Gebt mir ein T!«

»T!«, riefen die Kobolde.

»Und nun ein O!«

»O!«, erschallte es begeistert.

»Mist!«, schimpfte die Tür. »Jetzt habe ich mich selbst vertan. Mein Name scheint tatsächlich nicht so einfach zu sein. Von vorn! Ja? Von ganz vorn!«

Die Kobolde nickten bejahend.

»Ein T!«, rief die Tür.

»T!«, schmetterten die Kobolde.

»H!«

»H!«, wiederholten sie.

»O!«, fuhr die Tür fort.

»O!«

»R!«

»R!«

»Und jetzt alle Buchstaben zusammen«, rief die Tür ermunternd. »Was erhält man dann?«

Hutzel gab Brams einen Stoß. Brams trat einen kurzen

Schritt vor und räusperte sich. »Ich weiß nicht, vielleicht Fisch? Tut mir leid, aber wir können gar nicht schreiben.«

Es wurde sehr, sehr still. Nicht so still, dass man eine Stecknadel hätte fallen hören können, sondern noch erheblich stiller. Ungefähr so still wie in den fernen Äonen, bevor der erste Schmetterling seinen Geburtsschrei ausstieß und der schuppige Bauch des Eidechsenkönigs zum ersten Mal Furchen in der staubtrockenen Erde hinterließ. So still.

Brams musste als Erster lachen. Die anderen Kobolde prusteten etwas verzögert los. Sie schlugen ihm immer wieder begeistert auf den Rücken und riefen mit albernen, verstellten Stimmen: »Wir können gar nicht schreiben!«

Die Tür begriff, dass sie ihr einen Streich gespielt hatten. »Kobolde«, seufzte sie. »Kobolde!«

»Ich wusste es doch!«, gellte Onnis Stimme durch den engen Flur. Sie musste unbemerkt wieder zu sich gekommen und danach weggeschlichen sein, denn nun stand sie an seinem Ende, in der geöffneten Küchentür, und umklammerte mit den Händen den Stil eines langen Reisigbesens, als wäre er eine gefährliche Waffe. Ihr Haar war zerzaust, und ihre Augen funkelten wild.

»Ich wusste von Anfang an, was ihr seid«, behauptete sie mit schriller Stimme. »Durch euer Zutun sprechen plötzlich die Türen! Euretwegen gibt die Ziege keine Milch mehr, und bestimmt seid ihr auch schuld an Adalbrands und Kinnwolfs Wahnwitz! Bis heute, bis ihr kamt, waren beide friedliebend, fleißig und gottesfürchtig. Adalbert war ein gütiger und sorgender Ehemann. Kinnwolf war kein großer Redner, sondern ernst und besinnlich, zufrieden mit den kleinen Freuden des Lebens. Doch seit ihr hierhergekommen seid, sind beide plötzlich nicht wiederzuerkennen und verhalten sich wie wilde Tiere! Gewiss, ja ganz gewiss habt ihr das Böse in sie gepflanzt, als ihr euch zum ersten Mal unter dieses Dach geschlichen habt! Mich habt ihr versucht, mit Lügen zu umgarnen, mit hässlichen, gemeinen Lügen. Doch nun seid ihr durchschaut! Daher befehle ich euch im Namen Monderlachs: Weichet, verderbte Geschöpfe des Schinderschlundes! Dreimal gebiete ich's: Weichet! Weichet! Weichet!«

»Dieser ewige Schinderschlund geht mir dermaßen auf den Geist«, schimpfte Riette. »Was ist jetzt mit unserem Kuchen? Ich will Kuchen! Du hast ihn uns versprochen!«

»Weichet!«, schrie Onni mit sich überschlagender Stimme. »Hinweg, zurück mit euch in den Schinderschlund!«

»Schon wieder!«, ärgerte sich Riette.

Brams lenkte ein: »Augenblick, wir gehen doch gleich! Wir wollen nur noch geschwind die Tür aushängen, dann sind wir ...«

»Nichts da!«, zeterte Onni. »Die Tür bleibt, wo sie ist.«

»Hast du dir das wirklich gründlich überlegt, Onni?«, fragte die Tür. »Vielleicht solltest du deine Einstellung zu unserem weiteren Zusammenleben überdenken. Ich befürchte nämlich, dass nach dem heutigen Tag schwere Unverträglichkeiten auf uns beide zukommen könnten.«

Onni schien plötzlich wie versteinert. Mund und Augen waren weit aufgerissen, und die Augäpfel drohten aus ihren Höhlen zu treten. Nichts Ansprechendes oder gar Liebenswertes war mehr in ihrem verzerrten Gesicht auszumachen. Ihre Lähmung endete erst, nachdem die Kobolde die Tür ausgehängt hatten und auf sie zukamen. Als habe sie sich gegenteilig besonnen und wollte die Eindringlinge in ihr vermeintlich bisher geordnetes und friedliches Leben doch nicht entkommen lassen, hob sie drohend den Besen und gab nur zögernd den Weg frei. Brams hegte jedoch keine Zweifel, dass sie wild kreischend davonrennen würde, sobald sie ihre Schritte nur ein klein wenig beschleunigten. Aber er war nicht auf Streit aus, also ließ er ihr das Gefühl, zumindest noch ein bisschen Herrin der Lage zu sein.

Im Eilschritt entfernten sich die Kobolde vom Haus, überquerten die Schneise und wurden selbst unter dem Dach der Bäume nicht wesentlich langsamer. Nach etwa einer halben Stunde hielten sie inne.

»Also?«, fragte Thor erwartungsvoll.

## 18.

Das Kleidungsstück am oberen und unteren Ende angefasst und etwa ein Viertel der Gesamtbreite zusammen mit dem Ärmel nach innen gefaltet. Ärmel glatt gestrichen. Das Ganze auf der gegenüberliegenden Seite wiederholt. Alles rasch um ein Viertel gedreht! Nun mit beiden Händen den oberen Rand ergriffen und quer zur Längsachse zurückgeklappt, sodass sich Kragen und Saum berührten. Zwei feste Schläge mit der linken Hand, um Ausbauchungen zu beseitigen, dann mit der Rechten glatt gestrichen und weggelegt. Nächstes Kleidungsstück!

Durch das Fenster, dessen Läden seit Langem wieder geöffnet worden waren, fiel warmes Sonnenlicht und verwandelte die alltäglichen Schatten, die auf den Boden des Zimmers fielen, in die Umrisse einer Stadt mit Mauern, Wehranlagen und hohen Türmen.

Onni fand das Zusammenlegen der fremden Wäsche, die sie in dem nun türlosen Zimmer, dessen Betreten ihr von Adalbrand bis vor einem Tag noch verboten gewesen war, beruhigend. Sie liebte diese gleichförmige Tätigkeit, die ihr ständig kleine Entscheidungen abverlangte, die sie zwar nicht überforderten, aber ein Abgleiten in Stumpfsinn verhinderten. Verschmutzte oder muffig riechende Wäschestücke warf sie in einen braunen Weidenkorb. Sie mussten zuerst gewaschen werden. Für zerrissene oder fadenscheinig gewordene Teile war der helle Korb bestimmt. Später, irgendwann später würde sich entscheiden, ob es ihr Los war, ausgebessert zu werden oder sich in Lappen, Tücher oder Flicken zu verwandeln, aus denen dann vielleicht ein Flickenrock oder eine Decke entstünde. Nichts würde verschwendet, alles fände eine neue Bestimmung. Der Kreislauf des Lebens im Kleinen.

Der Rest, die noch guten Wäscheteile, wurden von Onni ungeachtet ihrer späteren Verwendung gefaltet und erst einmal in das beinahe leere Regal gelegt. Kreisförmige Abdrücke, die die Bretter verfärbt hatten, erzählten, dass einmal Gefäße und Krüge auf ihnen gestanden hatten. Sie waren verschwunden. Ein Kästchen war übrig geblieben, in dessen Holz ein verwobenes Muster geschnitzt war. Sein Anblick weckte Sehnsüchte nach fernen Ländern jenseits wilder Meere, mit Städten, deren Straßen erfüllt waren von Singen und Tanzen und Gerüchen, ganz unähnlich denen einer Wäschekammer, und deren vergoldete Dächer selbst bei Mondlicht noch glänzten. Onni hatte das Kästchen gespannt geöffnet. Doch es war leer. Sie hatte darin geschnuppert. Doch es roch nur abgestanden.

Bisweilen gewann Onnis Neugier die Oberhand, und sie nahm sich die Zeit, ein Wäschestück, das eigentlich für das Regal und spätere Begutachtung bestimmt war, schon jetzt genauer zu betrachten. Dann hielt sie etwa ein Kleid mit ausgestreckten Armen vor sich und überlegte fachkundig, ob sie es für sich passend machen könnte, wenn sie die Nähte öffnete oder den Saum verkürzte. Manches Mal nickte sie bestätigend und in Vorfreude auf das Künftige. In diesen Augenblicken, in denen sie die Frieden bringende Gegenwart leichtfertig verriet und ihre Gedanken sich abwandten vom sturen Jetzt und hin zu dem, was morgen und in Zukunft sein würde, wurde ihr bewusst, dass sie von nun an ganz allein einen Hof zu bewirtschaften hatte. Das ängstigte sie nicht. Aufgewachsen als eine von acht Töchtern auf dem elterlichen Pachthof, hatte sie jede anfallende Arbeit zu verrichten gelernt, selbst solche, die es hier im Wald gar nicht gab.

Erneut weckte ein Kleidungsstück Onnis Aufmerksamkeit. Diesmal handelte es sich nicht um ein Kleid oder einen Rock, sondern um ein Schnürleibchen, das mit Blüten in etwas dunklerem Garn bestickt war. Leider war die Stickerei beschädigt. An etlichen Stellen standen lose Fäden ab. Onni biss sich auf die Unterlippe. Ein Fall für das Regal oder den hellen Weidenkorb? Weidenkorb, entschied sie. Sie senkte die Arme und blickte in das Gesicht Adalbrands, der, auf seine Krücken gestützt, zum Fenster hereinsah. »Habe ich dir nicht streng verboten, diese Kammer je zu betreten, Schatzi?«, fragte er spöttisch.

Onnis Herz schlug plötzlich bis zum Hals. »Ich … ich …«, stammelte sie und hielt das Leibchen wie einen Schild vor sich. »Ich räume doch nur auf, Adalbrand. Wo ist dein Bruder?« Das Quietschen eines Dielenbrettes gab ihr die Antwort. Kinnwolf stand in der Türöffnung! Onni wich langsam zur Wand zurück und sagte weinerlich: »Sie haben doch versprochen, dass ihr nicht mehr wiederkommen werdet.«

»Hab ich es nicht gesagt«, stieß Kinnwolf trotzig aus.

Sein Bruder dagegen wirkte ernsthaft erstaunt: »Ich will zwar einräumen, dass sie wegen des ohrenbetäubenden Lärms, den das eine Geschöpf veranstaltete, nur schwer zu verstehen waren, doch ich bin mir ganz sicher, dass sie sagten: Sobald wir weg sind, ist das wieder euer Revier! Vertrau mir, Schatzi, die haben dich rotzfrech angelogen.«

# In einem kargen Land

## 19.

»Ich bin eine sehr alte Tür«, behauptete die neue Tür der Kobolde. »Das soll nicht heißen, dass ich euch von geringerem Nutzen wäre als eine jüngere, sondern nur, dass ich sehr viel mehr weiß. Und nachdem wir dies klargestellt haben, möge mir jemand erklären, was ihr mit Raffnibaff, dem Drachen Tyraffnir, dem falschen Raffnibaff – was ist er denn jetzt? – vorhabt.«

»Er ist wahrscheinlich wirklich König Raffnibaff«, erklärte Brams. »Aber er ist nicht *unser* König Raffnibaff. Nichts Nettes ist an ihm, und das passt nicht zusammen mit dem, was wir immer glaubten. Wie können wir uns an den Guten König erinnern, wenn er es doch kein bisschen ist und sich niemand so an ihn entsinnt?«

»Wie könnt ihr Kobolde euch überhaupt an etwas erinnern?«, gab die Tür Thor leise zurück. »Aber nun weiht mich ein.«

Diese Aufgabe übernahm Hutzel. »Wir wollten einen Wechselbalg von ihm erschaffen und dann beide aufeinanderhetzen. Dazu bedarf es sehr viel Wechselta.(lg). Deswegen sind wir wie erwähnt heimlich ins Koboldland-zu-Luft-und-Wasser gereist, um Helfershelfer zu gewinnen. Da Brams entdeckt wurde und wir flüchten mussten, wissen wir nicht, was aus unseren Helfern geworden ist. Sind sie noch frei? Können wir gefahrlos mit ihnen Verbindung aufnehmen? Oder gibt es eine andere Möglichkeit, an große Mengen von Wechselta.(lg) zu gelangen?«

»Das will gut überdacht sein«, antwortete die Tür. »Ich glaube ...«

Sie verstummte. Augenblick um Augenblick verstrich. Die Schatten wurden kurz und kürzer und schließlich wieder lang und länger. Inzwischen hatten die Kobolde beschlossen, die Wartezeit sinnvoll zu nutzen und den unerträglich im Ungewissen flatternden Satz selbst zu vervollständigen.

»Ich glaube ... ich glaube, dass es bald regnet!«

»Ich glaube ... ich glaube, dass die Tür uns segnet!«

»Ich glaube ... ich glaube, die Tür steht auf einem Steg, nett!«

Die letzte Vermutung stieß nicht auf allgemeine Zustimmung und wurde als Regelwidrigkeit angegriffen. In dem aufkommenden Tumult rief Hutzel plötzlich aus: »Ich glaube ... ich glaube, Brams sollte ein wenig aufpassen, dass er auch künftig noch unser Sprecher ist.«

»Ich glaube ... ich glaube, das ist mir auch schon aufgefallen«, antwortete Brams. »Diese Tür Thor hat etwas sehr Entschlossenes und erinnert mich nicht wenig an Bookweetelins Tür.«

»Entschlossene Türen gibt es überhaupt nicht«, widersprach Riette. »Es gibt allenfalls *ge*schlossene, *ver*schlossene oder *er*schlossene.«

»*Auf*geschlossene«, verbesserte Hutzel sie, »auch wenn die Vorstellung einer aufgeschlossenen Tür jedem, der häufiger mit ihnen zu tun hat, vielleicht etwas merkwürdig erscheinen mag.«

Riette war nicht überzeugt. »*Er*schlossene, Hutzelschlau«, beharrte sie.

»Und was sollte eine *erschlossene* Tür sein?«

»Zum Beispiel die beiden in Rempel Stilz' Keller!«

»Da gibt es nur eine Tür«, brummte Rempel Stilz unglücklich. »Die andere ist geheim oder war es jedenfalls, bis Stint alles ausgeplaudert hat.«

»Er war nicht der Erste, der sie fand«, behauptete Riette und lächelte überlegen. »Meine Freundin, die Spinne, hat die Geheimtür schon vor ihm entdeckt. Seitdem ist sie der Paradefall einer *erschlossenen* Tür!«

Plötzlich sprang ihre eigene Tür von ganz allein auf, und die dämmrige Diele erschien.

»Ich glaube ... ich glaube, dass ich euch weiterhelfen kann«, sagte Thor. »Wappnet euch für eine Reise ins Ungewisse!«

Brams ging voran. Üblicherweise dachte er nicht darüber nach, dass während jedes Schrittes, den er auf das Ende der Diele zuging, ein Augenblick verstreichen konnte, aber auch Wochen. Er war völlig zufrieden damit, sich plötzlich auf der anderen Seite der Tür wiederzufinden, entweder in vertrauter Umgebung oder wenigstens in nicht gänzlich unerwarteter.

Dieses Mal stieß Brams einen überraschten Laut aus, als sich die Illusion einer Diele von einem Augenblick auf den anderen verflüchtigte.

»Nicht vor der Tür stehen bleiben!«, rief der ihm auf dem Fuß folgende Hutzel schrill und versuchte ihn vergeblich zur Seite zu schieben. Doch schon kam Riette und trat beiden in die Hacken. Rempel Stilz, der der Letzte war, stolperte und begrub der Einfachheit halber alle anderen unter sich. Danach fiel die Tür lautstark zu. Während Brams sich verzweifelt bemühte, unter dem sich windenden Koboldknäuel hervorzugelangen, hörte er Rempel Stilz wieder einmal viel zu laute Selbstgespräche führen: »Er wird immer mehr zum Tagträumer.«

Endlich standen alle vier Kobolde auf ihren Füßen und sahen sich um. Es war um einiges wärmer als in dem Wald, von dem sie aufgebrochen waren, und weder richtig hell noch richtig dunkel, sondern ungefähr so hell wie in den ersten Abendstunden eines trüben Tages und ähnlich still. Die Wolken hingen so tief, dass man meinen konnte, es reiche, sich auf die Fußspitzen zu stellen und den Arm auszustrecken, um sie mit den Fingerspitzen berühren zu können. Der Boden war fast durchgängig mit etwas Hellem und Körnigem bedeckt, was zunächst wie Kiesel aussah. Da Riette beim Aufstehen eine Handvoll dieser vermeintlichen Steinchen aufgehoben hatte, zeigte sich nun, dass es sich bei ihnen mitnichten um Kiesel handelte, ja, nicht einmal um Steinchen, sondern um Muschelschalen und winzige Schneckenhäuser. Brams bückte sich und tauchte die Hand in den lockeren Untergrund. »Ich fühle keinen Boden«, berichtete er und zog dann etwas an die Oberfläche, was sich als spitzes, gewundenes und mehr als unterarmlanges Schneckengehäuse herausstellte. Ein paar winzige flinke Käfer ließen sich aus dem Gehäuse fallen und versteckten sich schnellstmöglich wieder unter den Schalen.

Die häufigste Pflanze in der gleichförmig ebenen Landschaft, die kaum einmal durch niedrige Erhebungen abwechslungsreicher wurde, schienen Nadelbäumchen zu sein, die in der Regel nicht höher wuchsen als anderthalbfache bis doppelte Koboldgröße. Ihre Nadeln waren zum Stamm hin dunkelgrün, wurden in den Ästen mit jedem Rechtkurz etwas bleicher und waren in den Spitzen in einem hellen, glanzlosen Braun gefärbt. Etwas seltener waren Sträucher, die aussahen, als bestünden sie eigentlich aus Trieben, die wild aus Baumstümpfen gewuchert waren. Sie waren keine Nadelgewächse, doch – vergleichbar mit den Nadelbäumchen – waren ihre teils aufgerollten, manchmal missgestalteten Blätter von der Wurzel ausgehend in immer hellerem Grün gefärbt und ebenfalls an den Spitzen mattbraun.

Brams verschränkte die Hände hinter dem Rücken, und ein Kobold nach dem anderen tat es ihm gleich. Wie auf ein geheimes Zeichen blickten alle vier vom Himmel zum Boden, danach von links nach rechts. Brams unterbrach die Stille. »Hat einer von euch je einen Onatzelwurm gesehen? Ich glaube, die gibt es gar nicht.«

Riette war jedoch wachsam. »Ich zwar auch nicht«, räumte sie ein, »aber warum sollte es keine Onatzelwürmer geben? Schließlich gibt es auch Regenwürmer, Sandwürmer, Nasenwürmer und Brtzlwtzlwürmer!«

»Auch wieder wahr«, antwortete Brams, wohlweislich darauf verzichtend, nach Brtzlwtzlwürmern zu fragen, da sie gar zu offensichtlich nach einer Einladung klangen, sich für immer im Kreise zu drehen, sobald das Gespräch auf sie kam. Stattdessen nahm er die Hände vom Rücken, schlug sie tatendurstig zusammen und fragte: »Wo sind wir denn hier?«

»Keine Ahnung«, antwortete Thor. »Ich habe nicht die geringste Ahnung.«

Brams ließ diese Antwort einen ausgedehnten Augenblick in sich einsinken, bevor er antwortete: »Könntest du ›keine Ahnung‹ womöglich etwas eingrenzen?«

»Ich habe keinen Dunst«, verstärkte Thor Brams' Befürchtungen, lenkte danach aber ein. »Selbstverständlich weiß ich, wie man hierherkommt und wieder weg, doch der Ort als solcher ist mir unbekannt. Ich entdeckte ihn einmal zufällig. Ihr Kobolde werdet ja wohl wissen, dass wir Türen selbstredend nicht nur den Weg vom Koboldland zum Menschenreich und zurück kennen. Das muss euch doch bewusst sein, oder?«

Brams warf seinen Gefährten einen verstohlenen Blick zu.

»Die Alwen«, murmelte Hutzel.

»Klar wissen wir Kobolde das«, antwortete Brams. »Es wäre schließlich ein Wunder, wenn zwischen all den Optalons nicht noch Platz für das eine oder andere Optalönchen wäre.«

Wie alle Türen war auch Thor unempfänglich für Scherze über die Fachbegriffe, die die Türen einer längst toten Sprache entlehnt hatten, die außer ihnen niemand verstand und die sowohl vor als auch nach der Übersetzung ziemlich hochtrabend klangen.

»*Esploraton Optalon!*«, rief die Tür feierlich, einen Begriff verwendend, den keiner der vier Kobolde je gehört hatte. Sie übersetzte ihn auch gleich. »Das bedeutet: *Die treffsicherste Entscheidung.* Es gibt so unglaublich viele Orte ... Orte, von denen ihr Kobolde noch nicht einmal träumen würdet, geschweige denn, dass ihr von ihnen gehört hättet! Hier ist einer davon.«

»Manchmal hat man gute Gründe, von einem Ort nicht träumen zu wollen«, gab Hutzel zu bedenken. »Aber was wollen wir denn nun hier?«

»Wir müssen noch ein Stück weiter«, sagte die Tür. »Fasst an und tragt mich. Ich sage euch dann, wohin es geht.«

Die Kobolde taten wie geheißen. Brams und Rempel Stilz trugen das vordere Ende der Tür, Riette und Hutzel das hintere. Nachdem Thor die Richtung vorgegeben hatte, begann einer der lautesten Märsche, an den sich Brams oder einer seiner Gefährten erinnern konnte, da jeder Schritt vom Knacken und Knallen zersplitternder und berstender Muschel- und Schneckenschalen untermalt wurde. Wollte jemand ein Wort sagen, so musste er schon beträchtlich die Stimme erheben, um verstanden zu werden.

»Eine heimliche Tauschmission wird hier sehr schwierig sein«, rief Brams laut.

»Wen will man hier auch heimlich austauschen?«, schrie Hutzel zurück. »Ist dir aufgefallen, dass es noch nicht einmal Vögel, Bienen oder Schmetterlinge zu geben scheint?«

Brams nickte. Auch ihm war bereits das Fehlen sämtlicher Geschöpfe aufgefallen, die anderswo die Lüfte bevölkerten.

»Hasst die Pest!«, forderte Riette lautstark.

»Was?«, gab Brams zurück.

Sie wiederholte, was sie gerufen hatte. »Passt zum Rest!«, verstand Brams dieses Mal und nahm an, dass sie das Gleiche schon beim ersten Mal gesagt hatte. Auch teilte er ihre Einschätzung. Mittlerweile hatten sie zwar Graspflanzen entdeckt, jedenfalls wenn man sich damit zufriedengab, dass es sich um dünne, kniehohe Halme handelte, und sich nicht daran störte, dass nur alle zwei oder drei Arglang ein einzelnes Pflänzchen wuchs, aber an der vorherrschenden Kargheit des örtlichen pflanzlichen Lebens änderte das nichts Wesentliches.

Brams wandte sich deswegen an Thor. »Ich wusste nicht einmal etwas von den Käfern«, antwortete die Tür. »Als ich zuletzt hier war, was wirklich sehr lange her ist, gab es noch sieben unterschiedliche Pflanzen, darunter sogar richtige Bäume und nicht nur diese mickrigen Sträucher. Warum jetzt nur noch drei Arten zu sehen sind? Schwer zu sagen. Vielleicht sind die anderen mittlerweile ausgestorben, oder sie wachsen vielleicht woanders?«

»Oder sie vergraben Kinder!«, schlug Riette vor.

»Was?«, rief Brams verwirrt nach hinten.

»Oder es ist gerade Winter!«, rief sie nun.

»Jetzt wird er auch noch taub«, brummte Rempel Stilz dumpf. Dumpf, aber durchaus gut verständlich.

»Das wäre aber ein Sarg armer Blinder«, meinte Hutzel neben ihm.

»Wrumms«, erwiderte Brams resignierend. »Wrumms!«

»So ist es«, gab ihm Hutzel ganz erfreut recht. »Genau so, Brams! Darauf hätte ich auch selbst kommen können!«

Etwas später streckte er den Arm aus und zeigte aufgeregt auf etwas. Brams gab das Zeichen zum Anhalten. Umgehend endete das Knacken und Knirschen und wich einer befreienden Stille. Worauf Hutzel seine Begleiter aufmerksam machen wollte, war ohne jede weitere Erklärung offensichtlich, denn nicht nur dort, wohin er gedeutet hatte, war Bewegung in die örtliche Pflanzenwelt gekommen. Allenthalben war zu beobachten, wie die Blätter der Baumstumpfsträucher sich aufrollten, die Zweige der Nadelbäumchen sich an ihre Stämme legten und beide Pflanzen, wie auch die Grashalme, sich in den Boden zurückzogen. Binnen einer Viertelstunde war weit und breit keine einzige Pflanze mehr zu entdecken! Doch während das Gras spurlos verschwunden war, war bei den meisten Bäumchen noch immer zu erkennen, wo sie einst gestanden hatten, da sie die braunen Spitzen abgestoßen hatten. Diese lagen nun weit verstreut auf dem weißen und grauen Untergrund und forderten damit vehement heraus, gründlich in Augenschein genommen zu werden.

Das Geheimnis, das sie zu offenbaren hatten, war jedoch enttäuschend. Sie waren nur vertrocknete Spitzen, die beim Rückzug der Pflanzen unter die Muschelschicht abgebrochen waren und bei Berührung zwischen den Fingern zerbröselten.

»Ich kann mir nicht helfen, aber mir scheint dieses Verhalten kein gutes Zeichen zu sein«, meinte Riette.

»Bestimmt nicht«, sagte Rempel Stilz und blickte sich mit gerunzelter Stirn argwöhnisch um. Doch dadurch, dass nun überhaupt nichts Lebendes mehr zu sehen war, gab es nichts, was sein Misstrauen hätte verdienen können. Dennoch lag eine seltsame Spannung in der Luft.

»Da kommt es auch schon!«, kündigte Hutzel an.

Wie richtig er damit lag! Es hatte zu regnen begonnen. Große Tropfen fielen träge vom Himmel und zersprühten in ungezählte kleinere, wenn sie auf Muschelschalen, Koboldmäntel oder die Tür trafen. Obwohl es nur verhalten regnete und der Niederschlag nicht stärker zu werden versprach, hob Hutzel die Tür an, als wolle er sich unterstellen.

»Wehe, ihr wagt es! Wehe!«, drohte Thor sogleich. »Ich kenne viele Orte, die nie eines Koboldes Fuß betrat, darunter etliche, wo bestimmt keiner von euch für immer bleiben will!«

»Der eine ist hier, der andere ist die Stammkneipe der Türen«, witzelte Rempel Stilz vermeintlich leise.

Ohne darauf einzugehen, fuhr die Tür fort: »Wenn es keinen Grund gibt, noch länger zu verweilen, könnten wir jetzt weitergehen, oder?«

Brams räusperte sich. »Wir gehen jetzt alle weiter!«

Sie setzten sich wieder in Bewegung.

»Eigentlich hättest du zum Weitergehen auffordern

müssen«, zischte Hutzel. »Schließlich bist du unser Sprecher!«

»Hab ich doch«, verteidigte sich Brams.

»Aber zuerst, Brams, zuerst! Zweiter ist noch schlimmer als gar nicht.« Er verzog angewidert das Gesicht. »Was ist denn das Ekliges?«

Nun bemerkte es auch Brams: Der Regen schmeckte unsagbar bitter! Noch nie hatte er derart widerwärtiges Wasser gekostet.

»Kein Wunder, dass sich das Grünzeug rechtzeitig versteckt hat!«, schimpften Riette und Rempel Stilz vom hinteren Ende der Tür.

»Unter diesen Umständen ist es wohl angebracht, wenn ihr mich hochkant tragt!«, schlug Thor vor.

Brams warf Hutzel einen verstohlenen Blick zu. Er sah zwar, wie sich dessen Lippen bewegten, konnte jedoch wegen der zerbrechenden Schneckengehäuse nichts verstehen. »Ich weiß«, entschuldigte er sich geknickt. »*Ich hätte zuerst auf den Gedanken kommen müssen, Thor hochkant zu tragen.*«

Hutzels Antwort bestand aus einigen schnellen, unverständlichen Silben, die von heftigem Mienenspiel begleitet wurden, was bei Brams das unbestimmte Gefühl weckte, dass ihm irgendetwas nicht recht war.

Der Regen hielt nicht lange an, und kurz nachdem der letzte Tropfen gefallen war, wagten sich bereits die ersten Pflanzen wieder ans Licht. Bis die Kapuzenumhänge der Kobolde trocken waren, dauerte es etwas länger, doch schon bevor es soweit war, stellte Brams zu seinem Missvergnügen fest, dass das Regenwasser helle Ränder hinterlassen hatte. Er kratzte mit dem Nagel am Stoff – und durchbohrte ihn!

»Hier sollten wir keine unnötige Zeit verbringen«, meinte er nachdenklich und untersuchte seinen Umhang nach weiteren mürben Stellen.

»Deswegen werden wir jetzt in unser aller Interesse das Bummeln sein lassen und etwas schneller gehen!«, befahl Thor.

Brams seufzte schwer. »Ihr habt es ja alle vernommen!« Hutzel anzusehen, wagte er nicht.

## 20.

Wegen der Spärlichkeit der Vegetation und des Fehlens anderer markanter Landmarken war das Ziel des Marsches frühzeitig zu erahnen. Der Weg, den die Tür wies, führte nämlich geradewegs auf einen See zu. Thor beendete das aufkommende Rätselraten schnell, indem er bestätigte, dass das Erreichen des Seeufers tatsächlich das Ende ihrer Wanderung bedeutete.

Der See hatte eine größte Ausdehnung von rund einhundertfünfzig bis zweihundert Arglang. Sein Wasser sah schon aus der Entfernung trüb und braun aus, und die hellen Schalen, die das Ufer, so weit das Auge reichte, bedeckten, ließen sein Wasser noch dunkler erscheinen. Das völlige Fehlen jeder Art von Ufervegetation erzeugte ein Gefühl von Unvollendetheit. So, als sei der See künstlich angelegt worden, erst kürzlich mit Regenwasser vollgelaufen und warte nun darauf, dass seine Ufer mit Binsen, Schilf und vielleicht der einen oder anderen Weide oder Birke bepflanzt würden. Je näher die Kobolde dem See allerdings kamen, desto mehr schälte sich heraus, dass sein Wasser nicht nur einfach trübe, sondern stark verschlammt sein musste. Diese Annahme wurde schließlich zugunsten der Ansicht aufgegeben, den See gleich als Schlammloch zu bezeichnen.

»Was wollen wir eigentlich an diesem üblen Ort?«, erkundigte sich Brams.

»Sagtet ihr nicht, ihr brauchtet eine große Menge Wechselta.(lg)?«, gab die Tür zurück.

»Halt! Sofort stehen bleiben!«, kreischte Brams, kaum dass der Satz verklungen war. »Willst du damit etwa sagen, dass das Schlammloch voller Wechselta.(lg) ist?«

»So etwas Ähnliches wird es wohl sein«, bestätigte die Tür.

Brams war fassungslos. »Wie lange ist es her, dass du zuletzt hier warst, Thor?«

»Lange, ziemlich lange, verdammt lange sogar, wenn ich's mir so überlege.«

»Verdammt lang her!«, wiederholte Brams düster, wobei er den lebhaften Eindruck hatte, plötzlich im Chor zu sprechen, da Hutzel, Rempel Stilz und Riette ebenso beeindruckt waren wie er selbst.

»Verdammt lang her!«, sagten auch sie.

Brams atmete tief durch. »Weißt du zufällig, was Wechselta.(lg) bedeutet, Thor?«

»Das weiß doch jeder«, erwiderte die Tür gelangweilt. »Sicher weiß ich es, auch wenn ich schon richtig lange nicht mehr damit zu tun hatte.«

»Also?«, drängte Brams.

»Wie, also?«

»Sagen!«

»Ich soll sagen, was es bedeutet?«, fragte die Tür erstaunt. »Ja, wo sind wir denn hier?«

»Keinen Dunst!«, knurrte Hutzel. »Niemand weiß das. Nicht einmal die Tür, die uns hierherbrachte, hat eine Ahnung!«

»Da versucht sich schon wieder einer als Schlaumeier«, antwortete die Tür. »Aber wenn es meine kleinen Koboldchen glücklich macht, so will ich ihnen ebendiesen Wunsch erfüllen. *Wechselta.(lg)* bedeutet *Wechseltalg, leicht gehässig.* Zufrieden?«

»Und alter Wechselta.(lg)?«, hakte Brams nach.

»Das wird aber schwer sein«, antwortete Thor. »Vermutlich heißt er *alter* Wechselta.(lg) oder Großmutt...«

»Nein!«, riefen alle Kobolde in perfektem Vierklang.

»Wechseltalg verändert sich, wenn er nicht mehr frisch ist«, erklärte Brams erregt. »Er hört auf, nur *leicht gehässig* zu sein. Er wird zu...«

»... *Wechselta.(b-b-b)*!«, schrieen alle vier Kobolde dramatisch im Chor.

»Er stottert?«, erkundigte sich die Tür zweifelnd.

»Nein«, wurde ihr abermals im Vierklang widersprochen. »Wechselta.(b-b-b) bedeutet *Wechseltalg*, ...«

Doch nun geriet der Chor ins Stolpern, da jedes seiner Mitglieder eine etwas andere Vorstellung von der Bedeutung der Abkürzung hatte.

»Bitter, bitterböse!«, war zu hören, und: »Beängstigend bitterböse!« und: »Bedrohlich bitterböse!«, ja sogar:

»Barttragend, beängstigend und böse!«

Zwei Augenpaare wandten sich aufgrund dieser letzten Deutung nach hinten und eines zur Seite. Riette, die sich plötzlich im Brennpunkt allgemeinen Interesses fand, zuckte die Schultern. »Mir fiel auf die Schnelle leider nichts Besseres ein, Kackpuh!«

»Schön und gut, aber was hat das mit uns zu tun?«, brachte sich die Tür in Erinnerung.

»Ist es nicht offensichtlich?«, erwiderte Brams leicht beirrt. »Dieses Schlammloch muss den ältesten Wechseltalg enthalten, den sich ein Kobold...«

»Ich sagte *so ähnlich*«, unterbrach ihn die Tür.

»... nur vorstellen kann!«, sprach Brams ungerührt weiter. »Ein Wechselbalg, den man daraus machen würde, wäre das bösartigste...«

»So ähnlich«, wiederholte die Tür ruhig.

»... wäre meinetwegen *so ähnlich* bösartig wie...« Brams stockte. »Warum unterbrichst du mich eigentlich ständig?«

»Ich sagte *so ähnlich*«, erklärte die Tür gelassen ein weiteres Mal. »Im Unterschied zu gewöhnlichem Wechseltalg hätte ein Wechselbalg, den ihr aus diesem Schlamm erschaffen würdet, keinen eigenen Antrieb. Man müsste ihm sagen, was er tun soll. Für normale Zwecke wäre er gänzlich ungeeignet, aber in unserem Fall...«

»Ach!«, rief der Koboldchor verblüfft. »Aber wo bleibt denn dann der Spaß?«

»Das soll unsere kleinste Sorge sein«, erwiderte die Tür. Aus dem einsetzenden, enttäuschten Gemurmel heraus meldete sich Hutzel zu Wort: »Ein Wechselbalg ohne eigenen Antrieb – bedeutet das etwa auch, dass er von sich aus gar keinen Streit mit dem Original suchen wird?«

»So sieht es leider aus«, räumte Thor ein. »Ihr werdet ihn wohl eigens dazu auffordern müssen.«

»Reicht denn ein einziger Befehl wie etwa: Verhau den Drachen!«, fragte Riette, »oder muss man ihm alles einzeln erklären: Kratze ihn! Beiße ihn! Zieh ihn an den Schuppen! Spuck ihm ins Auge!«

»Da bin ich überfragt«, räumte Thor ein. »Wenn ihr ganz sichergehen wollt, werdet ihr wohl oder übel die ganze Zeit bei ihm bleiben müssen.«

»Uns wird sicher etwas einfallen«, sagt Brams rasch, da Thors Ausführung ein für seinen Geschmack etwas zu deutliches Bild von spitzen Zähnen, Flammenzungen und dem Ritt auf einem Drachenrücken in seiner Vorstellung heraufbeschwor.

»Doch zurück zum Wesentlichen!«, fuhr die Tür fort.

»Wie ich von Anfang an klarstellte, bin ich eine sehr alte Tür, was in erster Linie bedeutet, dass ich erfahrener bin, klüger, weiser und geri…« Ein merkwürdiges mehrfaches Knarren war zu vernehmen. »Ach, lassen wir das«, sprach Thor nach dieser kurzen Unterbrechung versonnen weiter. »Das spielt momentan sowieso keine Rolle. Beschränken wir uns einfach auf erfahren, klug und weise. Übrigens sind das drei Eigenschaften, die mich zu eurem natürlichen Anfüh…«

»Brams ist unser Sprecher!«, warf Hutzel atemberaubend schnell ein.

»So ist es«, bestätigte Brams. »Genau so und kein bisschen anders.«

»Nun … ja«, sagte die Tür gedehnt. »Am besten schauen wir uns alles erst einmal aus der Nähe an.«

Die Kobolde setzten ihren Weg zum See fort, blieben aber vorsichtshalber ein ganzes Stück von seinem Ufer entfernt stehen. Erst als Thor sie zum Weitergehen ermutigte, wagten sie sich noch ein paar Schritte dichter heran. Mit einer Mischung aus Faszination und Unbehagen beobachteten sie die zähe braune Flüssigkeit, die in ihrem Muschelscherbenbett aus dieser geringen Entfernung ganz und gar nicht mehr mit dem Wasser eines Sees zu verwechseln war. Die dichte Wolkendecke und das Fehlen der kleinsten Brise bewirkten, dass nirgendwo auf der Oberfläche Sonnenlicht blitzte oder sie sich im Wind kräuselte. Sie wirkte weder lebendig noch tot, sondern lauernd. Das Wissen, dass aus der dickflüssigen Masse – dazu der gewaltigsten Ansammlung, von der je ein Kobold gehört hatte – sich jederzeit ungewisse, vielleicht unheimliche Formen erheben konnten, verstärkte diesen Eindruck.

Doch nichts geschah. Anspannung und knisternde Erwartung wurden nach einiger Zeit von Enttäuschung und schließlich purer Langeweile abgelöst.

»Da geschieht nichts mehr«, bemängelte Hutzel.

»Er ist zu alt und nicht mehr fähig, sich zu verwandeln«, stimmte Brams zu.

»Sehe ich auch so«, erklärte Rempel Stilz.

»Geduld! Geduld!«, forderte die Tür ein.

Nur Riettes Zuversicht schien ungebrochen. »Gleich«, behauptete sie gut gelaunt. »Gleich ist es so weit.«

Nachdem weitere Zeit vergangen war, wiederholte sich das Gespräch nahezu wortgleich mit vertauschten Sprechern, wobei bloß Riette und Thor ihren Rollen treu blieben. Brams entging jedoch nicht, dass die Stimme der Tür jetzt weniger vertröstend und stattdessen um Etliches beschwörender klang, als sei auch sie sich nicht mehr ganz über den Ausgang ihres Wartens sicher. Noch zweimal erfolgte dieser Wechsel aus Langeweile und gegenseitigem Bekunden, dass mit einer Veränderung ohnehin nicht mehr zu rechnen sei, bis schließlich alle Zweifler Lügen gestraft wurden.

An vier Stellen gleichzeitig erwuchsen Gebilde aus dem dunklen Schlamm. Doch auch wenn nun endlich in Gange kam, was allen vertraut war, verstrich ungewohnt viel Zeit, bis endlich erkenntlich wurde, wem die Gebilde ähneln wollten. Allesamt verwandelten sie sich in Türen, und nirgends war auch nur ansatzweise eine Koboldform zu erkennen.

»Selbst diesen dämlichen Brei hat er schon versklavt!«, raunte Hutzel von hinten in Brams' Ohr.

Auf Anraten der Tür zogen sich die Kobolde vom Ufer zurück, was alsbald zu einem Abbruch der Verwandlung und zu einer Rückbildung des Schlamms führte.

Brams schüttelte unzufrieden den Kopf. »Damit können wir nichts anfangen, Thor. Das dauert viel zu lange! Für einen Wechselbalg müsste man den Auszutauschenden festbinden, damit er nicht ständig gelangweilt wegliefe.«

»Oder ihm eine fesselnde Geschichte erzählen«, schlug Riette vor.

»Oder das«, stimmte Brams zu. »Doch wenn wir den Drachen erst fesseln könnten ...«

»Es liegt am Tageslicht«, warf die Tür ein. »Nachts verwandelt es sich wesentlich schneller. Das hätte ich erwähnen sollen. Wenn es euch möglich wäre, die Doppelung nachts vorzunehmen ...«

»Nachts ist gut!«, rief Rempel Stilz.

Brams nickte. »Nachts erledigen wir unsere Geschäfte sogar am liebsten. Das wäre alles andere als eine Einschränkung ... Wie viel schneller?«

»Wie meinen?«

»Wie viel schneller verwandelt es sich nachts?«

»Zack!«, antwortete Thor.

»Zack?« Brams riss die Augen weit auf. »Das ist aber arg schnell!«

»Vielleicht geht es auch nur zack-zack oder zacker-di-zack-zack-zack-zack-zack. Was weiß ich?«, schwächte Thor seine Behauptung ein wenig ab. »Es geht jedenfalls wirklich schnell. Mit dem, was ihr soeben gesehen habt, kann man es gar nicht vergleichen. Deswegen ist es auch nicht ratsam, das Zeug nach Sonnenuntergang abzufüllen.«

»Wann ist denn Sonnenuntergang?«, fragte Rempel Stilz.

»Wenn es plötzlich stockdunkel ist«, erklärte die Tür.

»Die Wolken! Kein Mond, keine Sterne, nichts da! Stock, stock, dunkel.«

»Da wir gerade beim Abfüllen sind«, begann Hutzel. »Wie wollen wir diesen Wechselbrei eigentlich mitnehmen? Ich habe mich auf dem Weg hierher ständig nach Fallholz umgesehen, aus dem wir Behältnisse fertigen könnten, aber kaum welches entdeckt, nicht einmal ausreichend für ein Feuer, um Lehm zu brennen, falls wir welchen unter dem Muschelschutt fänden. Wir hätten geeignete Gefäße mitbringen sollen.«

Brams zuckte zusammen, da Hutzels Worte in seinen Ohren wie ein Vorwurf klangen. Verstohlen blickte er zur Tür. Zum Glück machte sie nicht den Eindruck, als hätte sie diese Notwendigkeit vorausgesehen. Erleichtert atmete Brams auf: Auch ihr unterliefen Fehler! Er klatschte in die Hände: »Ausschwärmen! Am besten schauen wir uns einfach ein wenig in der Umgebung um, ob sich irgendwo etwas findet, woraus wir Fässer, Beutel oder Schläuche herstellen könnten. Alles kommt infrage!«

Da niemand Grund hatte, Hutzels Beobachtung in Zweifel zu ziehen, beschlossen Brams und seine Gefährten, nur die Umgebung ihres augenblicklichen Standortes abzusuchen. Die Gruppe teilte sich daher. Zwei liefen links am See entlang, zwei rechts, wobei abgemacht war, dass beide Paare sich nach einer Weile trennen sollten.

Brams ging anfänglich noch mit Riette zusammen, und nachdem er und sie verabredungsgemäß verschiedene Richtungen eingeschlagen hatten, verlor er sie bald aus den Augen. Da er trotz größter Aufmerksamkeit nichts entdecken konnte, was für ihre Zwecke geeignet gewesen wäre, hatte seine Stimmung nach knapp einer halben Stunde einen Tiefpunkt erreicht. Es schien tatsächlich weit und breit kein Bruchholz zu geben! Doch warum? Selbst bei dieser kargen Pflanzenwelt musste gelegentlich welches anfallen! Wo blieb es also ab? Diente es den Käferchen, die er aufgescheucht hatte, als Nahrung, oder war der Regen, der den Stoff ihrer Kapuzenmäntel mürbe machte und alle Pflanzenteile, die ihm ausgesetzt waren, braun verbrannte, für sein spurloses Verschwinden verantwortlich?

Die Aussichtslosigkeit ihres Unterfangens bedrückte Brams, mehr noch aber litt er unter dem auffälligen Mangel an Leben in diesem Land. Er fühlte sich so einsam wie noch nie, und um das Gefühl von Leere und Verlassenheit zu vertreiben, sammelte er sich und rief, so laut er konnte: »Hallo!«

Sein Ruf eilte über unzählige leere Muschel- und Schneckenhäuser hinweg, bis er folgenlos verklang. Nicht einmal ein Echo war zu vernehmen. Deswegen hielt sich Brams nun die Hände trichterförmig vor den Mund und schuf sich selbst ein Echo: »Hallo-lo-lo-lo! Hallo-lo-lo-lo!«

Zehn-, zwanzigmal rief er gegen die Einsamkeit an, bis er unerwartet eine Antwort erhielt: »Brams, trödle nicht!«

Ertappt zuckte er zusammen. Er stellte sich auf die Zehenspitzen, reckte sich und blickte sich wachsam um, ohne allerdings jemanden zu entdecken, der ihm geantwortet haben konnte. Sicher musste es einer seiner Gefährten gewesen sein. Denn wenn nicht sie, so antwortete ihm mittlerweile die Einsamkeit!

Seufzend setzte Brams die vergebliche Suche fort. Im Fall aller Fälle, dachte er, bestand zwar die Möglichkeit, ins Menschenreich zurückzukehren, um sich dort mit Gefäßen zu versorgen, doch diese Aussicht gefiel ihm überhaupt nicht. Denn während jeder Übergang, den ihnen die Tür von hier ins Menschenreich und zurück ermöglichte, für sie nur einige kurze Augenblicke dauerte, würden wegen der Ungewissheit des *Hoplapoi Optalons* im Koboldland Tage, Wochen, womöglich Monate verstreichen. Zeit, in der der Tyrann Raffnibaff seinen Dienern eine Ungeheuerlichkeit nach der anderen befehlen konnte. So viele Häuser, Kobolde und auch Türen mochten in der Zwischenzeit zertrampelt werden. Das galt es zu vermeiden!

Brams fiel auf, dass sich die Pflanzen während seines Brütens über Raffnibaffs Bosheit wieder in den Boden zurückgezogen hatten. Es würde also in absehbarer Zeit regnen! Lange musste er tatsächlich nicht warten, bis die ersten dicken und trägen Tropfen wieder fielen. Da Brams nun besser über den Regen Bescheid wusste, war er ihm noch unangenehmer als beim vorigen Mal. Er vermeinte bereits an den Wassertropfen ein tückisches, öliges Schillern zu erkennen und leisestes Zischen zu vernehmen, wenn sie sein Gewand trafen. Im Geiste sah er, wie sie sich durch den Stoff fraßen und danach durch Haut, Muskeln und den ganzen Körper! Angewidert murmelte er: »Wenn wir noch lange hierbleiben, werde ich so viele Löcher bekommen, dass man mich *das Sieb* nennen wird. Brams das Sieb! Gestatten, Brams das Sieb. Geeignet für Erbsen, Saubohnen und andere Hülsenfrüchte!«

Mit einem Mal schienen seine Befürchtungen Wahrheit zu werden. Er spürte einen Tropfen zwischen den Schulterblättern. An jedem anderen Ort hätte Brams angenommen, dass die Feuchtigkeit seine Kleidung gesättigt hätte und nun durch den Stoff drang, und sich nichts weiter gedacht. Doch hier, in diesem aufgegebenen Land, konnte, nein, musste es auf jeden Fall bedeuten, dass der Regen sich durch den Stoff *gebrannt* hatte. Nun rann der Tropfen juckend zwischen seinen Schulterblättern abwärts, verweilte kribbelnd und kitzelnd an einer Stelle, machte kehrt, rann hoch, dann wieder abwärts und wieder aufwärts, irgendwie planlos, doch beständig juckend, juckend, juckend.

Kein Regentropfen verhielt sich so! Das stand außer Zweifel, wusste Brams. Vermutlich hatte ein Tausendfüßler oder eine Assel arglos, harmlos und verängstigt unter seinem Gewand Zuflucht vor dem mörderischen Brandregen gesucht! Brams schwankte. Er wollte den kleinen Flüchtling nicht versehentlich zerquetschen, indem er sich kratzte, aber er wollte auch nicht den Kapuzenmantel ausziehen und damit das Heranrücken seiner Zukunft als praktisches Küchengerät beschleunigen.

Brams das Sieb. Gestatten, Brams das Sieb, flüsterte ein Stimmchen in seinen Ohren.

Also blieb nur ein Weg: Er rannte mit großen Schritten zurück zu der Stelle, wo er sich von den anderen getrennt hatte. Hutzel, Rempel Stilz oder Riette würden ihm Linderung verschaffen. Sie fänden einen Weg, den Fünftausendfüßler schonend zu verscheuchen. Vielleicht mithilfe eines Zeltes aus ihren eigenen Umhängen? Sicher nicht der schlechteste Gedanke!

Laufen war ohnehin gut, dachte Brams. Das rhythmische Stampfen, Krachen, Knacken, Zerbersten schloss das Geräusch des fallenden Regens fast völlig aus. Eigentlich schloss es sogar sämtliche Sinneswahrnehmungen aus. Vollständig!

Er würde nie hören, falls ... oder vorgewarnt werden, wenn ...

Brams blieb abrupt stehen. Es war so unendlich leicht, sich einzureden, dass die Muschel- und Schneckenschalen im Grunde nichts wesentlich anderes waren als eine Art besonders hartes Laub, das im Wechsel der Jahreszeiten verrottete, zerfiel und zerbröselte und schließlich den Blick auf guten, sicheren Waldboden freigab. Doch in Wahrheit war nicht einmal erwiesen, dass die Scherbenschicht nicht vielleicht hundert oder tausend Arglang tief reichte oder dass es neben den festen, tragenden Stellen, die sie bislang kennengelernt hatten, nicht auch lockere gab – Fallgruben! Trichter! –, in denen ein einzelner, unachtsamer Kobold bis zu den Knöcheln, Knien, Hüften oder bis über den Scheitel versinken und für alle Zeit unauffindbar verschwinden konnte! Nein, ausgeschlossen war das überhaupt nicht.

Brams fühlte sich, als ginge er über das zerbrechlichste Glas. Jeder Schritt schien plötzlich zu voreilig sein und zögerliches Tasten lebensnotwendig. Was konnte er tun, um dem lauernden Verderben zu entkommen? Überraschend schnell wusste er eine Lösung. Er benötigte ein Rad! Genauer gesagt einen großen, breiten Reifen, auf dessen Innenseite er sicher voranschreiten würde wie auf einer beweglichen, befestigten Straße. Durch den Reifen würde sein Gewicht besser verteilt werden und ein Einsinken verhindert. Wunderbar!

Brams war zufrieden. Genau das würde er den anderen erzählen! Von Weitem würde er schon rufen: Ich habe die Lösung, alles wird gut! Wir brauchen einen Reifen! Ein wirklich fruchtbarer Ausflug!

Doch schon meldete sich wieder ein kleines Stimmchen: War die Suche nach dieser Lösung wirklich der Grund gewesen, warum sie sich getrennt hatten? Einen winzigen

Augenblick noch gab sich Brams dem schönen Glauben hin, dass es vielleicht so gewesen sein könnte, dann holte ihn die Wirklichkeit unbarmherzig ein. Sein Rücken juckte.

## 21.

Als Brams den Treffpunkt erreichte, waren alle anderen schon zurück von ihrer Erkundung. Riette, Rempel Stilz und Hutzel hockten zusammen und schienen sich angeregt untereinander und mit der Tür zu unterhalten, die aufrecht neben ihnen stand und sie alle überragte. Mitunter wurde herzhaft gelacht. Rempel Stilz winkte, als er Brams entdeckte, und rief: »Beeil dich, Brams! Wir hatten einen hervorragenden Einfall und wissen nun, was zu tun ist.«

»Ihr?«, erwiderte Brams beklommen.

»Ja, ja«, antwortete Rempel Stilz leutselig. »Wir alle zusammen. Da kommst du nie drauf!«

Mit einem Mal schwappten alle Enttäuschungen des Tages und alle Gefühle von Unzulänglichkeit und Versagen wie mächtige Wogen über Brams zusammen. Bevor er sich recht besinnen konnte, kreischte er: »Ihr alle? Er etwa auch?«, und zeigte auf Thor.

Jegliches Lachen erstarb.

»Ich habe damit nichts zu tun«, antwortete Thor gänzlich ungerührt. »Handwerklich bin ich völlig ungeschickt, und zwei linke Hände wären bei mir schon eine erhebliche Verbesserung! Aber im Grunde will ich gar keine. Was sollte ich mit ihnen? Ich bin schließlich eine Tür und weiß, wo es langgeht. Das reicht völlig! Alles andere überlasse ich gern euch Koboldchen.«

Brams spürte, wie seine Ohren zu glühen begannen. Das Gefühl allumfassender Peinlichkeit wurde nicht schwächer, als er Rempel Stilz mit gesenktem Blick brummen hörte: »Jeden Tag wird er eigenartiger und eigenartiger.«

Und es wurde auch nicht leichter zu ertragen, als er hörte, wie ihn Riette verteidigte: »Nur weil er mitunter Selbstgespräche führt? Das hat gar nichts zu bedeuten. Der verrückte Rüben-Enz macht das ebenfalls ständig.«

»Soll ich dir jetzt verraten, was wir uns überlegt haben?«, fragte Hutzel. Brams warf ihm einen dankbaren Blick zu und ermunterte ihn mit einem Nicken. Sogleich hob Hutzel zwei unterarmlange Schneckenhäuser hoch und erklärte: »Damit! Wir sägen bei den Gehäusen die Spitzen ab und stecken sie dann ineinander. Selbstredend nicht nur zwei, sondern so viele, dass wir richtig lange Röhren erhalten. Nun wirst du fragen ...«

»Hält das denn?«, fragte Brams zweifelnd.

»Hält das denn?«, fuhr Hutzel lächelnd fort. »Aus den Muscheln stellen wir Stifte her, mit denen wir die Gehäuse aneinander festmachen. Einige werden wir auch zermahlen müssen, um die Fugen abzudichten.«

»Klingt aufwendig«, meinte Brams.

»So wird es wohl kommen«, stimmte Hutzel zu. »Wir werden sicher einen halben Tag damit beschäftigt sein, eine ausreichende Anzahl von Schnecken-Muscheln-Behältern zu fertigen, selbst wenn wir auf den Einbau von Extras verzichten. Aber wir meinen, dass wir sie guten Gewissens weglassen können. Das siehst du doch auch so?«

»Vermutlich. Ich glaube schon«, stimmte Brams zu und wandte sich ab, um bei der Suche nach möglichst großen Gehäusen mit gutem Beispiel voranzugehen und dadurch vielleicht seinen Auftritt vergessen zu machen.

»Du hast dir ein Löchlein in den Kapuzenmantel gerissen«, hörte er Hutzel sagen. »Darum solltest du dich bald kümmern, damit es nicht noch größer wird und du auch noch garstig heruntergekommen wirkst. Es befindet sich knapp unter dem Kragen.«

Dann war es also doch keine Assel gewesen, dachte Brams, der vorübergehend seine Beschwerden vergessen hatte. »Es liegt am Regen«, erwiderte er, ohne sich umzuwenden. »Er frisst sich durch den Stoff! Zuerst durch den Stoff, dann durch den Kobold. Deswegen sollten wir hier nicht länger als unbedingt nötig verweilen. Was meinst du übrigens mit *auch noch*?«

Brams erhielt keine Antwort, doch plötzlich spürte er Hutzels Finger auf seinem Rücken. »Nein, das war nicht der Regen«, hörte er ihn nachdenklich sagen. »Das sieht verbrannt aus, Brams, offenbar stammt das von einem Funken. Das muss geschehen sein, als...« Unvermittelt brach er ab.

Brams fragte nicht danach, wie sein Satz hatte enden sollen, da er es ohnehin wusste. »Er ist allgegenwärtig«, murmelte er. »Und auch wenn er nicht zu sehen ist, so begleitet er uns auf Schritt und Tritt. Wir dürfen nicht scheitern, Hutzel!«

Wie vorausgesehen, wurde es Abend, bis die Kobolde genügend Behältnisse hergestellt hatten. Sie waren ungefähr doppelt so lang wie jeder von ihnen, dabei unterschiedlich dick und unregelmäßig gebogen, sodass sie riesigen Leberwürsten im Schweinsdarm in allem bis auf die Farbe ähnelten. Der Abend dauerte kaum mehr als einen einzigen Augenblick. Gerade war es noch Tag, dann war es stockdunkel, so wie es Thor angekündigt hatte. Glücklicherweise hatten Hutzel und Rempel Stilz Kerzen dabei, sodass den Kobolden ein Warten in Finsternis erspart blieb. Allerdings vermochte das Kerzenlicht nur das Dunkel zu vertreiben und nicht die sich ausbreitende Langeweile.

Für Abhilfe sorgte jedoch das gegenseitige Erzählen von Geschichten, und da jeder der vier wusste, dass die Wahrheit zumal in der Nacht kurz und farblos ist, waren es samt und sonders Lügengeschichten. Als endlich der Tag ebenso sang- und klanglos zurückkehrte, wie er entwischt war, wurde er mit einem freudigen »Ah!« begrüßt. Danach begann das Abfüllen des Wechselbreis, ein Begriff, den Hutzel mühelos hatte durchsetzen können. Obwohl jeder aus der Gruppe wusste, dass sich der Brei im trüben Licht des Tages nur sehr, sehr langsam verändern konnte, wurde diese Tätigkeit mit größter Eile verrichtet, denn völlig traute keiner dem braunen Schlamm. Schließlich konnte auch die letzte der fünfzehn Röhren verschlossen werden. Eine nach der anderen wurde auf Thor gelegt, der sich mit viel Mühe, Beharrlichkeit und ständigem Verweis auf die gute Sache hatte überreden lassen, als Trage zu dienen. Allerdings bestand er darauf, dass diese *schändliche Tätigkeit* niemals bekannt werden dürfe.

Dann wurde es Zeit für den Rückweg. Dazu mussten Brams und seine Gefährten die Tür genau zu der Stelle bringen, wo sie das Scherbenland betreten hatten. Zu aller Überraschung erklärte Thor unaufgefordert, dass dies die einzige Möglichkeit sei, wieder in eine bekannte Gegend zu gelangen, da er sich hier nicht auskenne. Durch diese ungewohnte Offenherzigkeit ermutigt, fragte Brams, ob wohl wieder eine Optalonerei im Spiele sei. Thor verneinte. Es habe nur mit einer unüberschaubaren Vielzahl von rechten Winkeln zu tun, aber das verstünde Brams sowieso nicht.

Obwohl Rempel Stilz wie immer die Hauptlast trug, erwies sich das Vorankommen als schwierig, da die Kobolde wegen des Gewichtes des Breis tiefer in den Schalen einsanken, als sie erwartet hatten. Brams konnte daher gar nicht anders, als seinen gestrigen Gedanken über verborgene Trichter und Mulden mit treibsandartigen Muscheltrümmern wieder aufzunehmen. Mehrmals setzte er dazu an, seine Gefährten über seine Befürchtungen zu unterrichten, doch jedes Mal kam er wieder davon ab. Dann regnete es auch noch!

Als dieser weitere Regenschauer vorüber war und allerorten die wenigen Pflanzen sich wieder aus ihren Verstecken wagten, geschah etwas Unerwartetes. Nur wenige Arglang vor Brams und seinen Begleitern kam Bewegung in den brüchigen Untergrund. Die Schalen begannen zu hüpfen und klappernd seitlich zu springen, während immer mehr Muscheltrümmer hochgeschleudert wurden und als harter Regen wieder herabrieselten. Zuerst machte alles den Eindruck, als bahne sich eine bislang unbekannte Pflanze beachtlichen Ausmaßes den Weg ans Licht, doch dann wurden haarige Beine sichtbar. Irgendjemand schrie erschrocken: »Ein Hund!«

Sofort ergriffen alle vier Kobolde kreischend die Flucht. Auch Brams rannte um sein Leben. Er getraute sich nicht zurückzuschauen, da er den heißen Atem des Verfolgers in seinem Nacken zu spüren glaubte und das hechelnde, sabbernde, zähnestarrende Maul gleich hinter sich wähnte. Denn wen sonst als ihn sollte sich der Hund wohl als Beute erwählen?

Urplötzlich ertönte eine laute Stimme: »Wie ich das vermisst habe! Es ist immerzu das Gleiche mit euch Kobolden! Im-mer-zu!«

Brams wagte nun doch einen Blick über die Schulter. Niemand verfolgte ihn, stellte er erleichtert fest. Bei Rempel Stilz, Brams und Riette war es dasselbe. Keiner von ihnen schwebte in unmittelbarer Gefahr. Einzig um Thor, den sie hatten fallen lassen, als der Ruf »Hund!« ertönt war, war es anders bestellt. Er lag auf dem Boden, teilweise unter den Beinen eines Geschöpfes, das überhaupt kein Hund war, sondern ein wahrhaft bemerkenswert großes Spinnentier, und zeterte: »Sofort zurück, Kobolde! Augenblicklich! Ich habe auch schon einen feinen Plan ersonnen: Zuerst vertreibt ihr das Vieh, dann hebt ihr mich auf, danach tragt ihr mich weg. Einfach, was? Und nun ans Werk! Ohne Aufschub! Spornstreichs und stracks!«

Brams seufzte unzufrieden. Auch wenn er kein Verlangen verspürte, sich mit diesem zu groß geratenen Geschöpf anzulegen, so sah er keine Möglichkeit, wesentlich von Thors Vorschlag abzuweichen. Hilflos hob er die Hände, schaute zu seinen Gefährten und ging wieder zurück. Das taten auch die anderen drei. Plötzlich beschleunigte Riette ihre Schritte. »Überlasst das mir«, rief sie. »Ich kenne mich aus.«

»Übernimm dich nicht«, warnte Hutzel sie.

»Keine Sorge, Hutzelheimer«, erwiderte Riette, streifte ihre Kapuze zurück und deutete auf das braune Borstengestrüpp auf ihrem Kopf. »Spinnenhaar, richtiges Spinnenhaar – ein Geschenk von Spinnes Kindern!«

»Wieso sollte dir das einen Vorteil verschaffen?«, rief Hutzel aus einiger Entfernung verblüfft zurück.

»Da ich als Einzige von uns Spinnenhaar besitze, spricht

viel dafür, dass ich auch am meisten Erfahrung habe!«, antwortete Riette stolz.

Brams war sich unsicher, was er mit dieser Erklärung anfangen sollte. Ein wenig leuchtete sie ihm ein, gleichzeitig kam sie ihm aber auch völlig abwegig vor. Zudem stimmte es gar nicht, dass sie über viel mehr Erfahrung verfügte als alle anderen. Immerhin waren die meisten von ihnen mit Tadha bekannt gewesen, dem unter zweifelhaften Umständen verschwundenen Lebensgefährten ihrer Freundin Spinne. Und das war auch kein Wunder, da Tadha ein sehr beharrlicher und ausdauernder Besucher gewesen war, gleichgültig bei wem.

Brams verzichtete darauf, Riette auf diese einfache Tatsache hinzuweisen. Er versuchte zwar nicht gerade, sie einzuholen, ging aber zügig weiter. Erst als sie ihn mit Grimassen und heftigem Zischen zum Innehalten aufforderte, blieb er stehen. Zumindest solange sie in seine Richtung blickte. Tat sie es nicht, so war Zeit für den einen oder anderen Schritt.

Riette hielt entschlossen und furchtlos auf das braungelb gestreifte Spinnentier zu. Brams kam es so vor, als schrumpfe sie mit jedem Schritt und werde winziger und winziger. Kurz vor ihrem Ziel blieb sie endlich stehen. Der borstige Rücken des Tieres überragte ihren Scheitel um mindestens zwei Köpfe.

»Meiner untrüglichen Einschätzung nach handelt es sich um eine Spiesin, *Archaeopteron Bambastalon*«, verkündete Riette gelehrtenhaft und erklärte gleich danach ihre Wortschöpfung. »Das steht für Spinnenriesin!«

»Wohl so etwas Ähnliches wie eine Rinne?«, spottete eine Stimme. »Das steht für Riesenspinne!«

»Mitnichten, Hutzelplapper«, antwortete Riette, ohne

sich umzuwenden. »Eine Spinnenriesin und eine Riesenspinne unterscheiden sich wesentlich in etlichen Punkten. Wie folgt sind das ...«

»Kann diese ungeheuer feingeistige Unterscheidung womöglich warten?«, beschwerte sich Thor.

»Meinetwegen«, antwortete Riette leichthin. »Was ich damit ausdrücken wollte, ist, dass sie viel zu viele Augen hat für eine Spinne. Wer weiß, was sonst noch an ihr nicht stimmt.«

Als Brams genauer hinsah, musste er Riette recht geben. Das Tier hatte nicht nur wie üblich acht pechschwarze, funkelnde Augen, aus denen es aufmerksam die Welt betrachtete, sondern mindestens sechzig oder achtzig! Sie waren in mehreren Reihen übereinander angeordnet, und einige Augen schienen sogar Lider zu besitzen.

»Sie muss nachts unglaublich gut sehen«, vermutete Hutzel. »Wahrscheinlich jagt sie dann, wobei ich davon ausgehe, dass sie nicht von den Käferchen lebt, sondern von etwas Großem, das vielleicht zur gleichen Zeit unterwegs ist.«

»Gut, dass wir heute Nacht noch nichts davon wussten«, meinte Rempel Stilz erleichtert.

»Ein haarige Sache, fürwahr!«, spottete Thor. »Doch bestimmt ernährt sie sich nur von Hunden, die unter Muscheln leben ... Wird's jetzt bald? Ans Werk! Ich möchte nicht herausfinden müssen, wohin sie ihr *Geschäftchen* macht.«

In diesem Augenblick griff die Riesenspinne an. In ihren acht Beinen steckte so viel Kraft, dass es aussah, als mache sie einfach einen großen Satz vorwärts. Damit hatte Riette nicht gerechnet! Der Angriff ließ ihr so wenig Zeit, dass sie sich gar nicht erst umwandte, sondern rückwärts rennend flüchtete. Das ging jedoch nicht lange gut. Sie stolperte, das Tier kam näher, und wäre sie allein gewesen, so wäre es um sie geschehen.

Doch Brams, Rempel Stilz und Hutzel ließen das nicht zu. Sie schwangen die Arme, brüllten, sprangen auf und ab und bewarfen die getigerte Spinne mit Muscheln. So viel Aufmerksamkeit offenbar nicht gewohnt, suchte sie sich ein neues Opfer – Brams!

Er schrak zusammen, als sie plötzlich auf ihn zurannte und er nun auch ihre Giftzangen erkannte. Ohne es zu merken, brüllte er unablässig, während er ihr zu entkommen trachtete: »So war das nicht gedacht! So war das nicht gedacht!« Als ihm schließlich bewusst wurde, dass er seine Gedanken in die Welt hinausschrie, fiel ihm auf, dass das Knacken der zerbrechenden Muscheln nur von seinen eigenen Schritten stammen konnte. Erleichtert verstummte er und blickte sich um. Die Spinne verfolgte ihn aber noch immer! Trotz ihres sicher beachtlichen Gewichts rannte sie nahezu geräuschlos über die Muscheln. Brams konnte Rempel Stilz nur aus ganzem Herzen zustimmen: Wie gut, dass sie nachts noch nichts von ihr gewusst hatten!

Wieder in alte Gewohnheiten verfallend, brüllte er: »So war das nicht gedacht!«

Aber auch Brams wurde nicht im Stich gelassen. Dank der Ablenkungsbemühungen seiner Begleiter rannte das Spinnentier bald Hutzel hinterher, dann Rempel Stilz, Riette, erneut Brams, erneut Hutzel, ein weiteres Mal Brams, dann wiederum Rempel Stilz. Er stürzte, sie biss ihn und schleppte ihn weg.

## 22.

Brams fühlte sich wie von sich selbst getrennt, so, als befände er sich gleichzeitig innerhalb und außerhalb seines Körpers. Sein Körper konnte sich nicht bewegen und war kaum in der Lage, selbsttätig zu atmen. Er war eingehüllt von einem allumfassenden Kribbeln und Rauschen, das sämtliche Sinneswahrnehmungen unterdrückte. Gleichzeitig pendelte ein anderer, körperloser Teil seines Selbsts zwischen Schrecken und Erschöpfung, unfähig, das eine vom anderen zu trennen. Brams wusste, dass keiner von ihnen entkommen würde, sollte das vieläugige Spinnentier einen weiteren Angriff unternehmen. Daran ließe sich nichts ändern. Einer nach dem anderen. So war das eben! Einer nach dem anderen.

Gegenwärtig hatte die Spinnenriesin jedoch andere Pläne. Mit dem baumelnden Koboldkörper zwischen den Zangen, ging sie steifbeinig ein Stück und begann dann auf der Stelle zu tanzen. Ihr seltsames Verhalten führte schließlich dazu, dass sich Brams ein wenig aus der körperlosen Zange winden konnte, die seinen Geist festhielt. Augenscheinlich, so begriff er, war das Tier dabei, sich wieder in den Untergrund zu wühlen. Doch dann brach es seinen Versuch plötzlich ab. Es stapfte ein Stück weiter und begann erneut zu »tanzen«. Doch auch dieser Ort schien ihm nicht zu gefallen. Wiederum brach es sein Bemühen ab und kam sogar wieder zurück. Sein nächster »Tanz« machte Brams schließlich so neugierig, dass er sich ganz aus seiner geistigen Zange befreien konnte. Was trieb dieses Tier?

Augenscheinlich wollte die Spinnenriesin sich dorthin zurückziehen, woher sie gekommen war, nämlich unter die Scherbendecke, doch irgendetwas gefiel ihr nicht. Was war der Grund dieses Verhaltens?

Plötzlich hatte Brams einen wahnwitzigen Einfall. Was, wenn sie etwas behinderte? Aus voller Brust schrie er: »Rempel Stilz, hörst du mich? Hat sie dich gebissen?«

Die Antwort klang gepresst: »Momentan halte ich noch ihre Klauen auseinander. Aber du wirst sicher einsehen, Brams, dass das nur eine vorübergehende Lösung sein kann.«

Ein Freudenschrei drang aus Brams' Brust und vermischte sich mit den gleichzeitig ertönenden Freudenbekundungen von Riette und Hutzel. Ohne nachzudenken, rannten alle drei Kobolde erleichtert zu Rempel Stilz mit der Folge, dass die Riesin, die ihn gefangen hielt, gemäß ihrer Gewohnheit umgehend angriff. Während die drei wieder kreischend flüchteten, rief Rempel Stilz, der bei der Verfolgung heftig hin und her geschleudert wurde, besorgt: »Reizt sie nicht, sonst rutsche ich womöglich ab!«

Die Spinnenriesin brach ihre Jagd schon nach kurzer Zeit ab. Möglicherweise war sie es einfach leid, fortwährend kleinen, kreischenden Gestalten hinterherzurennen, die sich dann nicht einmal anständig beißen ließen! Stattdessen nahm sie wieder ihren Tanz auf.

Riette, Brams und Hutzel kamen zusammen, um ihr weiteres Vorgehen zu beratschlagen. Riette eröffnete das Gespräch: »Ich habe einen ganz tollen Plan!«

Brams rutschte das Herz in die Hose. Eigentlich hatte er nichts gegen Riettes Pläne, er pflegte lediglich zu erschaudern, wenn sie mit leuchtenden Augen von *tollen* Plänen sprach.

»Nämlich?«, fragte er misstrauisch.

»Lass dich überraschen!«, erwiderte sie und hüpfte fröhlich in Richtung von Rempel Stilz und seiner ungebetenen Begleiterin. Brams blickte zu Hutzel. Der zuckte die Schultern. Anscheinend hatte er ebenfalls keine Vorstellung von dem, was sie plante.

Trotz ihrer anfänglichen Unbeschwertheit wurde Riette vorsichtiger, je näher sie der Riesenspinne kam. Sie umkreiste sie, und ziemlich rasch war offensichtlich, dass sie seitlich an sie herangelangen wollte. Doch das Tier erlaubte es nicht. Es drehte sich mit ihr und ließ die Koboldin nicht aus ihren Dutzenden von Augen. Schließlich hatte sie genug von diesem Spiel und griff an. Erneut war sie schneller, als Riette erwartet hatte, und rannte sie einfach nieder. Hätte die Riesin nicht schon einen unwilligen Kobold in den Zangen gehabt, so wäre ein Häppchen Koboldin ihr nächstes Festmahl geworden.

»Nicht reizen!«, rief Rempel Stilz mahnend.

Toller Plan, dachte Brams und setzte sich besorgt und gleichzeitig verärgert in Bewegung

»Warte!«, stieß Hutzel aus und hielt ihn zurück.

Es war noch nicht alles zu Ende! Riette hatte zwar sicher nicht vorgehabt, niedergetrampelt zu werden, doch wie Brams nun verfolgen konnte, umklammerte sie mit den Händen ein Spinnenbein und schwang sich flink auf den Rücken des Tieres. Sie erhob sich und streckte einen Arm mit ausgestrecktem Zeigefinger nach oben.

»Entweder bedeutet die Geste ›Eins!‹ oder ›Gleich gibt's Prügel!‹«, übersetzte Hutzel.

Die erste Möglichkeit schien die richtige zu sein, da Riette bis zum Ende des Hinterleibs ging, sich bückte, und – nachdem sie sich wieder aufgerichtet hatte – auf ihrem Reittier hüpfte, tanzte und Rad schlug, wobei sie rief: »Brams und Hutzelwatschel, kommt näher!« Da die Spinnenriesin ebenfalls wieder zu »tanzen« begann, erschien es so, als hätte Riette sie abgerichtet.

Auch Rempel Stilz strotzte offenbar nicht gerade vor Zutrauen in Riettes *tollen* Plan, da er ihre Aufforderung an Hutzel und Brams mit der flehentlichen Bitte beantwortete: »Regt sie nicht auf! Sie ist sehr schreckhaft!«

Wäre das *schreckhafte* Tierchen nicht noch immer fest entschlossen gewesen, ihn aufzufressen, so hätte sein Wunsch lautes Gelächter ausgelöst.

Obwohl die Spinnenriesin womöglich gar nicht ahnte, was auf ihrem Rücken vor sich ging, war es alles andere als einfach, Riettes Ansinnen zu befolgen. Wie Brams und Hutzel nur zu früh merkten, stellte sie sich unter *näher* denkbar nah vor, und zwar am besten in Griffweite, was die Spinnenriesin nun gar nicht dulden wollte. Wurde eine gewisse Entfernung unterschritten, so griff sie unerbittlich an, was jedes Mal einen Ausbruch von Rempel Stilz zur Folge hatte. Da er jedoch einsah, dass ihm gewisse Widrigkeiten nicht erspart bleiben konnten, wollte er jemals den wie Elchschaufeln geformten Kieferklauen entkommen, änderte er seine Taktik. Anstatt seine Gefährten zu beschwören, nichts Unbedachtes zu unternehmen, beschwichtigte er das Spinnentier: »Sie meinen es nicht böse! Sie sind ganz harmlos und könnten keiner Fliege etwas zuleide tun.«

Brams und Hutzel erkannten nach einigen vergeblichen Versuchen, dass es das Beste war, wenn sie sich trennten und von verschiedenen Seiten kamen. Wurde einer von ihnen bemerkt und machte sich das Spinnentier daran, ihn zu verscheuchen, so versuchte derweil der andere, heimlich an sie heranzukommen. Aber auch diese Vorgehensweise war kein Königsweg, da die Riesin noch immer nach einer gewissen Zeit ihren Standort wechselte und einen neuen Tanz begann, der so lange währte, bis ihr wieder einfiel, dass sie auf keinen Fall unter der Muscheldecke verschwinden konnte, solange jemand ihre Kieferklauen auseinanderdrückte.

Als Hutzel es endlich doch geschafft hatte, an den Leib der Spinnenriesin heranzukommen, wurde er genauso von ihr überrumpelt wie Riette vor ihm. Eben stand er noch und fing etwas auf, das sie ihm vom Rücken des Tieres zugeworfen hatte, schon rannten die haarigen Stelzbeine über ihn hinweg, und er verschwand unter dem dicken Leib. Als das Tier ihn passiert hatte, sprang er jedoch munter wieder auf und rief: »Brams, komm schnell her und fass mit an!«

Brams befolgte die Aufforderung, und als er den dünnen, schillernden Faden in Hutzels Händen erkannte, begriff er, was Riette sich ausgedacht hatte. Gemeinsam mit Hutzel zerrte er an ihm. Doch was leicht begann, kam plötzlich zum Halt, als habe sich der Faden irgendwo verfangen. Hoffend, dass er nicht reißen würde, befahl Brams: »Auf drei!«, und zählte: »Eine Rübe, zwei Rüben, drei Rüben!«

Er und Hutzel zogen an dem Faden mit einem kräftigen Ruck, dann war der Widerstand plötzlich überwunden: Eines der acht Beine schnellte hoch und hing nun festgezurrt am Spinnenleib! Der Verlust der Kontrolle über ein einziges Bein schien die Spinnenriesin kaum zu behindern, doch da Riette mit ihrem *Tanz* das Tier weiter melkte und für einen unablässigen Nachschub an Faden sorgte, blieb es nicht bei einem. Bald konnte die Spinnenriesin nur noch im Kreise gehen und kurz danach lag sie still und bewegungslos, gefesselt mit ihrem eigenen Faden!

Endlich konnte auch Rempel Stilz aus seiner Zwangslage befreit werden. Er hing so unglücklich zwischen den Kieferklauen, dass er seine Bärenkräfte kaum zur Geltung hatte bringen können. Allerdings wäre dennoch jeder andere als er längst gebissen und vergiftet worden. Gemeinsam bogen Hutzel, Riette und Brams die Kiefer auseinander, wohlbedacht, sich nicht selbst an den drei recht beweglichen Giftdornen zu verletzen, die wie Finger vorschnellten und sich wieder krümmten.

Nun musste nur noch Thor aufs Neue beladen werden, da während des Durcheinanders fast alle Schnecken-Muschel-Behältnisse von ihm heruntergerollt waren. Zum Glück war keines beschädigt worden. Es entging Brams beim Beladen jedoch nicht, dass Thor mehrere Fußabdrücke aufwies. Anscheinend waren sie während ihres Kampfes gegen die Spinnenriesin öfter über ihn hinweggerannt. Nicht ganz unerfahren im Umgang mit Türen, beschloss Brams, diese Angelegenheit lieber nicht anzusprechen, und widerstand mannhaft der Versuchung, die Abdrücke abzuwischen.

Als alles erledigt war, übernahmen Brams und Rempel Stilz wie gehabt das vordere Türende und Hutzel und Riette das hintere. »Hebt an!«, befahl Brams. Sofort begann Thor derart bedrohlich und finster zu knarren und zu quietschen, dass Brams die Tür am liebsten losgelassen hätte, nach Hause gegangen wäre und sich ins Bett gelegt hätte – falls diese Möglichkeit bestanden hätte.

»Augenblick, Riette ist weg!«, berichtete Hutzel von hinten.

»War sie denn nicht gerade noch da?«, fragte Brams.

»Doch, aber dann hat sie plötzlich losgelassen.«

»Absetzen!«, sagte Brams, blickte sich um und sah, wie Riette mit schwingendem Oberkörper zu der gefesselten Spinnenriesin ging.

»Wir wollten jetzt aufbrechen, Riette!«, erinnerte er sie mit einem unguten Gefühl.

»Sofort«, erwiderte sie. »Ich will sie nur noch kurz aussaugen.«

»Du willst was?«, riefen ihre Gefährten, wobei ihre Stimmen mit jedem Wort ein paar Töne höher kletterten.

»Aussaugen!«, sagte Riette abermals, als ginge es nur um eine deutlichere Aussprache. »Ich will die *Spiesin* aussaugen.«

»Wir sind Kobolde«, brachte Brams ihr in Erinnerung. »Wir saugen eigentlich niemanden aus.«

»Ist mir bekannt«, bestätigte Riette. »Aber ich will mir schließlich keine Vorwürfe machen lassen.«

»Wer sollte dir denn Vorwürfe deswegen machen?«

»Meine Freundin, die Spinne«, sagte Riette ernst. »Wenn sie erfährt, dass wir die Spinnenriesin nicht ausgesaugt haben, wird sie mich der Vergeudung bezichtigen. Wenigstens *ich* will dann meine Hände in Unschuld waschen können!«

Hutzel seufzte. »Hast du dir das Vieh einmal angesehen? Selbst wenn wir dir helfen würden, was wir aber nicht tun werden, könnten wir sie allenfalls *an*saugen, aber nicht *aus*sagen.«

»Auch das ist mir bekannt«, gab Riette ungerührt zurück. »Aber es kann nie schaden, guten Willen zu zeigen!«

»Ich möchte niemanden aussaugen«, schimpfte Rempel Stilz. »Schon gar niemanden, mit dem ich mich eben noch angeregt unterhalten habe.«

»Sie wollte dich auffressen«, gab Hutzel zu bedenken.

»Ja und?«, empörte sich Rempel Stilz. »Dem Kuchen gestatten wir Kobolde auch nicht, uns zu verspeisen, und der Milch, uns zu ertränken! Das wäre auch noch schöner!«

Schon wieder hatte Brams den Eindruck, ein einleuchtendes und gleichzeitig völlig abwegiges Argument zu hören. Er blickte zu Hutzel, der aber nur stumm den Kopf schüttelte, was ein untrügliches Zeichen dafür war, dass er nicht glaubte, irgendjemand könne Riette mit Worten von ihrem Trachten abbringen. Deswegen versuchte er sich sogleich an dem Kunststück, ihr sowohl lautlos auf Zehenspitzen als auch so schnell wie möglich hinterherzueilen. Die Beschaffenheit des Bodens hätte allein schon ausgereicht, seinen Plan zum Siechtum zu verdammen. Brams und Rempel Stilz, die gleichzeitig lospolterten, versetzten ihm den Fangstoß.

Riette schöpfte sofort Verdacht, als sie ihre Gefährten mit ohrenbetäubendem Lärm und grimmiger Entschlossenheit auf sich zustürmen sah, und versuchte ihnen zu entkommen. Allerdings hatten Brams und Hutzel im Kampf gegen die Spinnenriesin eine gewisse Übung im gemeinsamen Jagen entwickelt, sodass sie Riette immer wieder den Weg abschnitten und sie mehrmals stellen konnten. Trotzdem gelang es ihr jedes Mal, sich aus ihren Griffen zu entwinden. Schließlich fassten Hutzel, Brams und Rempel Stilz unabhängig voneinander einen sehr wirksamen Plan: Sie warfen sich allesamt auf Riette!

Obwohl Riette unter ihren drei Gefährten begraben lag, gab sie sich noch immer nicht geschlagen. »Lasst mich los!«, zeterte sie. »Wenn ihr es mir nicht gestattet, werde ich ein schlechtes Beispiel für Spinnes Kinder abgeben!

Jedes Mal, wenn sie ihre Tellerchen nicht leer essen, wird sie ihnen vorhalten: Ihr werdet noch ganz wie Riette!«

»Wie du zu sein ist nichts Schlimmes«, tröstete Rempel Stilz sie. Richtig glaubwürdig klang er aber nicht.

Plötzlich hatte Brams einen Einfall. »Wir können die Spinnenriesin doch irgendwo aufhängen, an ein Bäumchen etwa. Und wenn wir nochmals hierherkommen sollten, dann haben wir schon etwas zu naschen. Spinne hält das doch gewiss ähnlich? Bei Tadha war das jedenfalls so. Noch heute finde ich mitunter seine kleinen Vesperpakete.«

»Das stimmt«, antwortete Riette erfreulich einsichtig. »So können wir es halten, Brams. Dann ist mir kein Vorwurf zu machen. Und nun möchte ich aufstehen!«

Ihre Gefährten waren einverstanden. Nachdem sich alle vier erhoben hatten, wurde die Spinnenriesin fast wie besprochen aufgehängt. Einige Abstriche an der ursprünglichen Abmachung waren jedoch nötig, da es nirgends einen Baum gab, der hoch genug gewesen wäre, und zudem keiner von Riettes Begleitern geneigt war, den großen Körper irgendwohin zu tragen. Also wurde ein Spinnenfaden locker von der Spinnenriesin zu einem der Bäumchen gespannt. Anschließend bemühten sich Brams und Hutzel, trotz aller offensichtlichen Widrigkeiten nicht gänzlich unglaubwürdig zu klingen, als sie beteuerten, dass ihre Beute nun gut aufgehängt sei. Wiederum zeigte sich Riette erstaunlich einsichtig und ging, ohne zu klagen, mit den anderen zur Tür zurück. Erneut wurde Thor angehoben, und auch dieses Mal ließ sein Knarren und Quietschen Mark und Bein erzittern.

»Aussaugen!«, schrie Riette plötzlich und rannte wieder weg.

»Alles wieder von vorn!«, seufzte Brams. »Absetzen!«

»Lieber nicht!«, widersprach Thor mit klebriger Freundlichkeit. »Mir scheint, als grabe sich schon wieder ein – wie sagtet ihr? – *Hundchen* an die Oberfläche. Am Ende verwechselt es mich mit seinem … *Stöckchen* … und trägt mich weg. Das wollen wir doch nicht? Nein, das wollen wir nicht!«

Glücklicherweise fiel es auch Riette auf, dass der Boden erneut in Unruhe geraten war und die Schalen scheinbar ohne Grund über ihn schlitterten. Reumütig machte sie kehrt und nahm ihren Platz an der Tür wieder ein, worauf sich alle zusammen eilig, aber unbehindert davonmachten.

Endlich war die Stelle ihrer Ankunft erreicht! Thor wurde entladen und aufgerichtet. Da Brams eine weitere Verschlechterung seiner Laune nicht für möglich hielt, wischte er die Fußabdrücke mit dem Ärmel von ihm ab. Umgehend erklang wieder die süßlich-klebrige Stimme: »Wie aufmerksam! Das war mir überhaupt nicht aufgefallen.«

»Wie weiter?«, fragte Hutzel kühl, packte Brams am Kragen und richtete ihn ziemlich grob auf.

»Ich war fast fertig«, beschwerte sich Brams, doch da ihn Thor im selben Augenblick mit einem knappen »Koboldland!« übertönte, wusste er nicht, ob er überhaupt verstanden worden war. Er befreite sich aus Hutzels Griff und fragte, um von der peinlichen Situation abzulenken: »Müssen wir nicht zuerst ins Menschenland? Gibt es denn kein Optalönchen, das das vorschreibt?«

»Was?«, erwiderte Thor knapp, unfreundlich und geistesabwesend. »Damit wir uns recht verstehen: Meinen Namen behaltet ihr für euch! Es soll nicht die Runde machen, dass ich mich wieder im Koboldland-zu-Luft-und-Wasser aufhalte. Ich bin eine ganz gewöhnliche Tür, weder besonders alt noch besonders jung. Nichts Auffälliges ist an mir!«

»Warum?«, fragte Brams verwundert.

»Ich bin eine Tür mit Vergangenheit«, erklärte Thor. »Mehr müsst ihr nicht wissen.«

»Ist gut«, erwiderte Brams. »Wir kennen dich nicht!« Er drückte die Klinke, und sofort wurde die vertraute schummrige Diele sichtbar. Da in Wahrheit nichts so war, wie es dem Auge erschien, konnten die Schnecken-Muschel-Behältnisse nicht einfach durch die Diele weitergereicht werden. Stattdessen ging ein Kobold voran, danach wurde Gefäß um Gefäß durch die Tür fallen gelassen und von ihm auf der anderen Seite aufgefangen und beiseite gelegt.

Als Brams schließlich durch die Tür schritt, fühlte er sich an seinen letzten Besuch erinnert, denn auch jetzt war es Nacht und neblig. Er sog die kühle Luft ein und wunderte sich, wie sehr sie nach Feindesland roch und wie wenig nach Heimat.

»Für die Sache!«, zischte plötzlich eine Stimme. Alle Kobolde erstarrten zu Eiszapfen und spähten argwöhnisch in die Nacht.

## 23.

»Hier bin ich!«, sprach die Stimme erneut. »Die Augen rechts!«

Brams wandte das Gesicht zur Seite und bemerkte einen prächtigen Stachelbeerstrauch.

»Wir haben euch schon vermisst«, wisperte der Strauch. »Aber nun sind unsere Helden wieder da: der weise Brams, der listige Hutzel, der starke Rempel Stilz und ... Riette offensichtlich auch. Wo ist das kleine Türchen?«

Brams zuckte die Schultern: »Es ist ... irgendwie ... verschwunden.«

»Der schlechte Raffnibaff hat es zerstört! Er kam ihm mit Feuerschwall und Lohe, sodass es zerbarst«, erklärte Thor eisig.

»Oh!«, stieß der Stachelbeerstrauch betroffen aus. »Das ist ja schrecklich! Wir kannten uns zwar nur kurz, aber das kleine Türchen war ein richtiges ... ein richtiges ...«, überwältigt von seinen Gefühlen, rang er nach Worten, »es war ein richtiges kleines Türchen!«

»So ist es«, bestätigten die Kobolde.

»Und wen haben wir hier?«, fragte der Stachelbeerstrauch freundlich neugierig.

Thor ahnte sofort, dass er gemeint sein musste, und entgegnete kalt: »Ich bin *kein* kleines Türchen! Ich bin ein sehr al... ein sehr anderes kleines Türchen.«

»Ein sehr anderes kleines Türchen?«, wiederholte der Stachelbeerstrauch beeindruckt. »Aha. Aha! Das ist ja sehr aufschlussreich, muss ich sagen. Höchst aufschlussreich!«

»Können wir jetzt weiter?«, drängte Thor.

»Nicht so schnell!«, zischte der Stachelbeerstrauch. »Ich war nicht untätig in eurer Abwesenheit! Ich habe eifrige Verbündete für unsere Sache gewonnen.«

»Ach ja?«, meinte Brams erfreut.

»Die Schnittläuche«, verkündete der Stachelbeerstrauch stolz. »Ein unglaublicher Haufen! Hoch diszipliniert und hoch motiviert!«

»Und hochgradig unbeweglich«, flüsterte Hutzel.

Der Stachelbeerstrauch schien ihn gehört zu haben. »Verstehe, kleiner Scherz unter Kameraden«, sagte er. »Doch falls Beweglichkeit eure einzige Sorge sein sollte, so kann ich euch beruhigen: Selbstverständlich habe ich einen Verbindungsmann.«

Brams blickte seine Gefährten ratlos an und formte mit den Lippen eine stumme Frage: Was meint er damit?

Der Strauch zischte und flüsterte kaum hörbar: »Ein kleines Stückchen links vor mir, aber lasst euch nicht anmerken, dass ich euch einen Hinweis gegeben habe. Er ist manchmal etwas unsicher und von Selbstzweifeln zerrissen.«

Brams beugte sich vor zu der angegebenen Stelle und entdeckte ein einzelnes Schnittlauchpflänzchen. »Aha!«, sagte er etwas zu bemüht. »Das ist sicher der Verbindungsmann!«

»Wie verbindet der Verbindungsmann denn?«, fragte Hutzel erheitert.

»Nichts leichter als das!«, erwiderte der Stachelbeerstrauch. »Hornist Zeile eins, Spalte eins, gib das Signal! Die Helden sind wieder da!«

Ein klägliches Quäken ertönte, das sich nicht wesentlich anders anhörte, als blase jemand durch einen Grashalm.

Brams verstand sofort, welcher Art die Selbstzweifel sein mussten, die den Hornisten Zeile eins, Spalte eins zerrissen. Zu seiner Überraschung wurde das Signal von einem ähnlichen kläglichen Ton beantwortet, der wiederum seine Entsprechung in einem dritten fand. Immer weiter breitete sich das quäkende Gejammer aus, sodass bald die Nacht davon hallte und Brams plötzlich das erhebende Gefühl verspürte, der großen Stunde aller bedrückten und von Zweifeln gepeinigten Schnittläuche beiwohnen zu dürfen. Ehrlich gerührt, trat er einen Schritt vor und rief aus voller Brust: »Wunderbar! Wunderbar! Erhebt euch, Schnittläuche! Erhebt euch!«

Hutzel berührte ihn am Ärmel und flüsterte: »Schnell einen Schritt zurück, Brams, du hast ihn platt getreten.«

Ein eisiger Blitz durchfuhr Brams. Beklommen blickte er auf seine Schuhspitzen und zu dem Hornisten Zeile eins, Spalte eins, der zu seiner Erleichterung, noch immer aufrecht auf seinem Posten stand.

»Angeschmiert!«, kicherte Hutzel. »Angeschmiert!«

Schritte hallten durch die Nacht.

»Damit war zu rechnen«, sagte der Stachelbeerstrauch ernst. Sofort stoben alle Kobolde auseinander und warfen sich auf den Boden.

»Offenbar habe ich mich falsch ausgedrückt«, fuhr der Strauch fort. »Ich meinte, dass damit zu rechnen war, dass über kurz oder lang das koboldische Verbindungswesen vorbeischaut.«

»Wer ist denn das Verbindungswesen?«, fragte Brams.

»Schlecht zu beantworten«, entgegnete der Strauch. »Es ist jedes Mal ein anderes Früchtchen.«

In diesem Fall erwies sich das »Früchtchen« als Fine Vongegenüber, die bei Moin nebenan wohnte. Sie blieb stehen, vergewisserte sich rasch, dass sie es nicht mit Dämmerwichteln zu hatte, und flüsterte geheimnisvoll: »Lösungswort?«

Ein kleine, quäkende Stimme, die nur von Hornist Zeile eins, Spalte eins stammen konnte, erwiderte ebenso geheimnisvoll: »Losungswort!«

»Richtig!«, betätigte Fine.

»Nein, nein, nein!«, quäkte der Hornist. »*Du* musst Losungswort sagen.«

»So ein Unfug«, widersprach Fine. »Ich werde mir doch nicht selbst die Antwort auf meine Frage geben! Und falls doch, dann würde ich mir etwas Schwierigeres einfallen lassen, etwa ... lass mich kurz nachdenken ...«

Der Hornist unterbrach sie: »Das Losungswort heißt Lösungswort!«

»Ach!«, staunte Fine. »So ist das! Und wie heißt dann das Lösungswort?«

»Es gibt kein Lösungswort!«, belehrte sie der Hornist. »Es gibt nur ein Losungswort, und das heißt Lösungswort.«

»So etwas!«, antwortete Fine Vongegenüber kopfschüttelnd. »Dabei habe ich es mir auf dem Weg hierher ständig vorgesagt: Das Lösungswort heißt Losungswort!«

»Losungswort«, verbesserte sie der Hornist.

»Jetzt weiß ich es auch«, bestätigte Fine Vongegenüber. »Losungswort ist falsch.«

»Wer hat das ausgeheckt?«, flüsterte Brams.

»Die Schnittläuche«, antwortete der Stachelbeerstrauch. »Habe ich erwähnt, dass sie ein unglaublicher Haufen sind?«

»Ja, ja«, bestätigte Hutzel. »Hoch motiviert und hoch verschroben.«

Fine wandte sich nun ihm und seinen Begleitern zu: »Wie gut, dass ihr endlich da seid. Wir haben schon auf euch gewartet. Es ist höchste Zeit.«

»Wieso?«, fragte Brams, Böses wähnend.

»Wir sollten doch Wechselta.(lg) abzweigen? Nun, wir haben mittlerweile genügend beisammen. Wenn nicht bald etwas mit ihm geschieht, so wird er womöglich noch schlecht.« Fine deutete auf die Schnecken-Muschel-Behältnisse. »Was habt ihr da?«

»So etwas Ähnliches wie Wechselta.(lg)«, erklärte Brams. »Rempel Stilz wäre deswegen fast gefressen worden.«

»Oh!«, stieß Fine erschrocken aus. »Warum macht ihr denn so etwas? Das wäre gar nicht nötig gewesen! Das Sammeln sollten wir doch übernehmen. Das haben wir auch getan, und jetzt ist genug für euch da – echter Wechselta.(lg) und nicht so ähnlicher.«

Offensichtlich duldete sie keinen Widerspruch.

»Vielleicht können wir unseren noch für etwas anderes verwenden«, warf Rempel Stilz ein.

»Ganz bestimmt«, meinte Fine. »Wegwerfen wäre zu schade. Nun kommt aber mit! Unser Treffen beginnt gleich.«

»Welches Treffen?«

Fine senkte die Stimme: »Die Sache! Ihr versteht schon.«

Brams nickte zweifelnd. Raffnibaffs Herrschaft hatte seltsame und unerwartete Veränderungen mit sich gebracht. Er und die anderen nahmen die Tür wieder auf und folgten Fine. Unterwegs fragte Brams sie, wo das Treffen stattfinde.

»Wir treffen uns immer in Rempel Stilz' Geheimkeller«, antwortete sie. »Er benötigt ihn derzeit sowieso nicht.«

Aus den Augenwinkeln sah Brams, dass Rempel Stilz

ganz blass wurde. »Darin ist aber nicht viel Platz«, hörte er ihn mit schwächlicher Stimme behaupten. »Er ist ja doch nur ein winziger Verhau.«

»Wir benutzen selbstverständlich den richtigen, den großen Geheimkeller«, versicherte Fine lächelnd. »Das bot sich einfach so an, da keine ausschweifenden Erklärungen nötig sind, wenn neue Anhänger der Sache zu uns stoßen. Jeder weiß ja, wo das ist.«

»Jeder?«, quiekte Rempel Stilz. Wenn er noch bleicher würde, so könnte er es mit dem Mond aufnehmen.

»Keine Sorge«, glaubte Fine ihn zu beruhigen. »Die Dämmerwichtel wissen es selbstverständlich nicht.«

Für eine Weile erstarben alle Gespräche, da die Gruppe nun in Gegenden vordrang, wo nächstens mit Trupps von Dämmerwichteln zu rechnen war. Schließlich erreichten sie Rempel Stilz' Haus. Es war nicht mehr die Ruine, an die sich Brams erinnerte. Jemand hatte es wieder aufgebaut, so, wie es einst gewesen war. Fine Vongegenüber ließ sich nicht lange bitten, sondern gab von sich aus eine Erklärung: »Stint und seine Sippe haben es wieder errichtet.«

Rempel Stilz schien nicht allzu glücklich mit dieser Entwicklung zu sein, sagte aber nichts. Brams musste an die vielen Gelegenheiten denken, als Rempel Stilz Stint und die Seinen eigenhändig zur Tür hinausgeworfen hatte, weil sie immer wieder vergaßen, dass es sein Haus war und nicht ihres. Das würde künftig ein Durcheinander geben!

»Wir müssen der Tür und eures Gepäcks wegen leider den Haupteingang nehmen«, erklärte Fine.

»Gibt es denn noch einen Nebeneingang?«, fragte Rempel Stilz argwöhnisch.

»Wo denkst du hin!«, entgegnete Fine. »Damit wäre nichts gewonnen. Aber selbstverständlich gibt es einige Geheimeingänge. Leider sind sie zu schmal für eure Tür.«

»Es gibt Geheimeingänge in meinen Geheimkeller?«, fistelte Rempel Stilz. Mittlerweile war sein Gesicht so fahl, dass ein silbrig-weißer Lichtschein von ihm auszugehen schien.

»Sicherlich, mehrere sogar«, antwortete Fine ungeduldig. »Wir würden sonst binnen Kurzem auffallen. Nun stell dich nicht so an, Rempel Stilz!«

Wie sich zeigte, wurden sie bereits erwartet, da Stint selbst die Tür öffnete. Die eine Hand in der Tasche eines bequemen Hausmantels, bat er sie mit ausladender Geste freundlich herein: »Willkommen in unserem schönen ...« Es musste wohl mit Rempel Stilz' Miene zu tun haben, dass er seine Begrüßungsworte spontan abänderte: »Willkommen in *dem* schönen Haus!«

Nachdem alle eingetreten waren und Stint noch ein paar Herzschläge lang misstrauisch in die Nacht hinausgespäht hatte, wurden die Gefäße mit dem Wechselbrei von der Tür genommen und vorsichtig gegen eine freie Wand gelehnt. Bei einer passenden Gelegenheit gab Thor Brams leise zu verstehen, dass er auf keinen Fall im Eingangsbereich des Hauses warten wolle, weswegen er in einen davon abgehenden Raum getragen wurde. Danach standen alle ein Weilchen unschlüssig wartend und hüstelnd herum, bis Rempel Stilz schließlich widerwillig zwischen den Zähnen hervorpresste, sie sollten ihm nun in seinen Geheimkeller folgen. Mit versteinerter Miene öffnete er eine Bodenklappe, unter der sich eine Wendeltreppe befand. Während des Abstiegs warf Brams Fine und Stint dankbare Blicke zu, weil sie Rempel Stilz auf dem Weg zu seinem Allergeheimsten den Vortritt ließen und ihn nicht überholten.

Der *öffentliche* Keller stand voller Beutel und Säckchen, die vermutlich den gesammelten Wechselta.(lg) enthielten. Hier machte sich Rempel Stilz in einer verborgenen Nische zu schaffen. Er räumte zunächst den Weg zu ihr frei und öffnete danach geräuschlos eine zuvor kaum erkennbare Tür. Da aber jeder wusste, dass der Eingang zum geheimen Raum sich auf der gegenüberliegenden Kellerseite hinter einem Regal befand, stellten sie sich sogleich davor auf und wandten Rempel Stilz den Rücken zu, bis er schließlich die Nutzlosigkeit seines Versteckspiels einsah und mit elfenbeinfarbenem Gesicht das Regal zur Seite schob.

Brams hatte den Geheimkeller zwar noch nie gesehen, hätte sich aber selbst in seinen kühnsten Träumen nicht vorgestellt, dass er aussähe wie die bei Weitem wichtigste Kreuzung in einem Ameisenbau. So viele unterschiedliche Gänge mündeten in ihn, dass sein ursprünglicher Grundriss nur noch zu erahnen war. Wie sich zeigte, war auch Rempel Stilz kein sonderlich kühner Träumer, da die quäkenden Geräusche, die plötzlich aus seinem Mund kamen, ebenso gut von Hornist Zeile eins, Spalte eins hätten stammen können.

Der Keller war nicht leer. Einige Anhänger *der Sache* hatten sich bereits versammelt, und bald trafen die nächsten ein. Ganz ohne Weiteres wurden sie jedoch nicht hereingelassen, da zuerst Passwörter von ihnen erfragt wurden. Wie sich herausstellte, herrschte dabei jedoch eine große Beliebigkeit vor. So wurde vielleicht gefragt: »Losung?«, und manchmal geantwortet: »Kann nicht klagen!«, oder vielleicht: »Lösung?«, und bisweilen erwidert: »Ich habe immer noch keine gefunden!« Brams war erleichtert. Dieses herrliche Durcheinander kam ihm deutlich koboldiger und weniger schnittlauchig vor!

Er erblickte immer mehr bekannte Gesichter: Mopf und Erpelgrütz, die im Auftrage Moins erschienen waren und wie so oft durch ihr Getuschel und allgemeines Gebaren den Eindruck erweckten, als planten sie eine Schurkerei; der Klabautermann Snickenfett, der den Weg vom Koboldmeer gekommen war und Grüße von Regentag mitbrachte, oder Trine Ausdemhinterhaus, die gleich darauf zu sprechen kam, dass sie nun im Vorderhaus wohne, da ihr altes Heim, Moins Nebenhaus, von den Riesen als eines der letzten zertreten worden sei. Diese Formulierung weckte Brams Aufmerksamkeit. »Lässt Raffnibaff seine Riesen keine Häuser mehr zertreten?«

Trine Ausdemhinterhaus antwortete mit einem Augenzwinkern. »Es gibt keine Riesen mehr. Wir sind sie alle los! Aber die Scharren sind nicht besser.«

Brams vermeinte diesen Ausdruck schon einmal gehört zu haben, doch bevor er nachhaken konnte, begann das Treffen. Sein ursprünglicher Anlass war zwar durch die unerwartete Rückkehr von Brams, Hutzel, Rempel Stilz und Riette hinfällig geworden, doch ergab sich so die Gelegenheit, sich gegenseitig auf den neuesten Stand zu bringen. Dieser Austausch war jedoch sehr einseitig, da weder Brams noch einer der anderen drei darüber reden wollte, wie sie der Zorn des Drachen noch ein Stück über die Grenze des Koboldlands hinaus verfolgt und eingeholt hatte. Außerdem hatte auch Thor darum gebeten, nichts zu unternehmen, was Aufmerksamkeit auf ihn ziehen konnte, sodass ihr gesamter Bericht schließlich aus genau drei mageren Sätzen bestand, die Hutzel, ohne mit der Wimper zu zucken, vortrug:

»Weil wir nicht wussten, was nach unserer Flucht geschah, mussten wir uns etwas einfallen lassen!

Als wir irgendwo zufällig über den Wechselbrei stolperten, nahmen wir ihn mit!

Wie sich nun zeigt, war das unnötig!«

Selbst Brams wunderte sich, dass niemand ausführlicher wissen wollte, wo das unbestimmte *Irgendwo* denn gewesen sei. Lag es daran, dass die Hiergebliebenen den Wechselbrei als Herabwürdigung ihrer eigenen Anstrengungen betrachteten und ihn daher einfach nicht erwähnten, oder fiel ihm das Ausbleiben der Fragen etwa nur deswegen auf, weil er selbst durch seine vielen Reisen und auswärtigen Abenteuer immer mehr an ursprünglicher Koboldigkeit verlor? Schließlich entschied er sich, dass Hutzels Vortragskunst das Verdienst zuzuschreiben sei. Anerkennend klopfte er seinem Freund auf die Schulter und flüsterte: »Ein wahrhaft großer Redner, der seine Zuhörer mit jeder knappen Silbe fest im Griff hat!«

Der Bericht der Dagebliebenen war erheblich üppiger, da keiner von ihnen etwas zu verbergen hatte und daher freimütig erzählen konnte, was ihn gerade beschäftigte oder in letzter Zeit beschäftigt hatte oder erstaunlicherweise nicht hatte. Die wichtigste Neuigkeit hatte allerdings Trine Ausdemhinterhaus bereits kurz erwähnt: Die Riesen waren nicht mehr da! Wie die vier Heimkehrer nun erfuhren, waren ihnen Einfalt und Streitsucht zum Verhängnis geworden. Nachdem sich ihre Zahl mit Riettes Hilfe so beeindruckend einfach von sechs auf fünf verringert hatte, war kein Tag mehr vergangen, an dem die Riesen nicht miteinander in Streit geraten waren. Sie hatten sich gegenseitig erschlagen, und als der letzte dann aus ebenso unerfindlichen Gründen Streit mit den Dämmerwichteln gesucht hatte, hatte ihn Raffnibaff aus seinen Diensten entlassen. Leider waren die unheimlichen Scharren kein bisschen besser. Trotz aller Widrigkeiten war das Sammeln des Wechseltalgs zügig vorangeschritten. Als dann aber Brams und seine Begleiter nicht zurückkamen, hatte sich die Sorge ausgebreitet, der Talg könne vielleicht zu alt und damit unbrauchbar werden, und Pläne waren geschmiedet worden, wie man ihn unauffällig wieder loswerden könne, denn selbst wenn der ursprüngliche Plan nicht mehr durchgeführt werden konnte, war er doch kein schlechter gewesen, sodass niemand davon erfahren durfte.

»Warum habt ihr ihn nicht selbst in Angriff genommen?«, fragte Brams verwundert.

Die Antwort überraschte ihn: »Ist das nicht einfach zu erraten, Brams? Ihr seid die einzigen Kobolde, die den hehren Tyrannenmord von der Pike auf gelernt haben. Wir anderen können das doch gar nicht.«

»Die Pike war eigentlich ein Ritter ohne Lanze«, murmelte Brams abwesend und schaute von einem erwartungsvollen Gesicht zum anderen. Klammheimlich beratschlagte er mit sich selbst, ob er tatsächlich nach der Bedeutung des Wortes fragen sollte, über das alle anwesenden Anhänger *der Sache* offenbar grundsätzlich schnell hinwegsprachen, wenn sie es erwähnen mussten, so als wollte kein Kobold gern darüber nachdenken. Aber mochte er selbst die Antwort hören? Konnte er sie ertragen? Und wie sollte er sie erhalten, wenn alle davor zurückscheuten, sie ihm zu geben?

Die drohende Aussicht eines Meeres ängstlich unter

Kapuzen versteckter Häupter vor Augen, dachte Brams grimmig, dass es Mittel gab, derlei zu verhindern. Furchtbare, niederträchtige Mittel! Nichtsdestotrotz würde er nicht davor zurückschrecken, sie anzuwenden.

Er atmete tief durch, ließ die Arme entspannt schwingen und stimmte sich auf das Kommende ein. Jäh stellte er seine erste Frage: »Was sind die Scharren...« Bevor sich alle Blicke senken konnten, schoss sein rechter Arm vor und deutete auf das erwählte Opfer.»... Stint?«

»Das Geräusch, das sie machen«, quiekte Stint überrumpelt und hielt sich die Ohren zu.

»Sie machen also ein Geräusch?«, wiederholte Brams nachdenklich, darauf bedacht, den schreckenerregenden Namen nicht gleich wieder zu erwähnen. Listig blickte er nach rechts und ging sogar einen Schritt in diese Richtung. »Und wie sehen sie aus...«, fragte er mit verständnisvoll weicher Stimme, bevor er stahlhart zuschlug. Dieses Mal kam die andere Hand zum Einsatz und zeigte gänzlich unerwartet hinter seinem Rücken nach links. »... Mopf?«

»Man kann sie nicht sehen!«, stieß Mopf erschrocken aus.

»Sind sie denn unsichtbar?« Brams Finger stach unerbittlich in Richtung eines neuen Opfers.

»Nicht während sie aufstehen«, röchelte es verzweifelt.

Mittels dieser Art unerbittlicher namentlicher Befragung erlangte Brams schließlich ein Bild von den Scharren. Niemand wusste, wo sie hergekommen waren oder wie viele es von ihnen gab. Allzu viele schienen sie aber nicht zu sein. Die meiste Zeit saßen sie irgendwo unsichtbar herum, lauschend, beobachtend oder Beschäftigungen frönend, über die man besser nicht nachdachte. Nur während des winzigen Augenblicks, in dem sie sich erhoben, um sich woandershin zu begeben, wurden sie sichtbar. Dann gaben sie auch dieses scharrende Geräusch von sich, dem sie ihren Namen verdankten. Wie sie aussahen, wusste niemand so genau. Die wenigen Augenzeugen, die sie zufällig beobachtet hatten, beschrieben sie als ein wirres Knäuel aus mit Schleim überzogenen Tauen, Schläuchen, Ranken und Stelzen, kurzum »... *wie etwas bösartiges Erbrochenes*«.

Das war zwar kein einladender Anblick, aber kein Grund zu erschrecken. Nach wie vor auf Überrumpelung setzend, fragte Brams weiter, bis schließlich ein beunruhigender Satz fiel: »Mancher, der zu lange ahnungslos neben einem Scharren stand, wurde nicht mehr gesehen.«

Warum?, überlegte Brams. Er wusste, dass er nun kurz vor der Lüftung des letzten Geheimnisses stand. Daher würde er mit noch größerem Widerstand rechnen müssen als bei den bisherigen Fragen. Schon bei den letzten war es ihm stetig schwerer gefallen, jemanden zu überraschen und zum Reden zu bringen, obwohl er Pirouetten gedreht, auf Händen gegangen war oder durch kleine Tanzschritte von sich abgelenkt hatte, bevor sein gnadenloser Zeigefinger unerwartet jemanden zum Antworten genötigt hatte.

Plötzlich entdeckte Brams einen Kobold, der wie geschaffen war, die Wahrheit aller Wahrheiten zu verraten, die letzte und allerletzte! Unaufmerksam stand er an der Wand und rieb an einem Fleck auf seinem Kapuzenmantel. Brams ließ sich Zeit. Wie er sich eingestehen musste, hatte er mittlerweile sogar ein wenig Gefallen an seinem Verhör gefunden. Er kratzte sich in den Haaren, zupfte sich am Kinn und ließ dann wie so oft zuvor den Arm vorschnellen. »Warum werden sie nicht mehr gesehen? Sprich!«

»Woher soll ich das wissen, Brams?«, brummte sein Opfer keck zurück. »Wir waren die ganze Zeit zusammen.«

»Stimmt, Rempel Stilz«, räumte Brams widerwillig ein. »Stimmt. Du kannst es also möglicherweise nicht wissen. Möglicherweise, sage ich nur, Rempel Stilz! Aber bilde dir jetzt bloß nicht ein, du könntest ...«

»Knochen!«, entfuhr es jemandem schrill.

»Man findet Knochen?«, fragte Brams entsetzt. »Sie fressen uns auf? Wie Hunde?«

Ein Blick in die bleichen Gesichter beantwortete seine Frage. Nun wusste er, warum er gezögert hatte, sie zu stellen! Es kam nie etwas Gutes dabei heraus, wenn man nicht auf sein Gefühl achtete.

Seine Hände wanderten zu seinen Ohren, als könne er durch ihr Zuhalten nachträglich rückgängig machen, was er soeben gehört hatte. Doch aus dem Erdgeschoss über ihm erklang lautes Krachen und Rumpeln, und eine Stimme schrie erschrocken auf.

Ein Gedränge zu den Geheimausgängen setzte ein, und im Nu war der Keller bis auf wenige Beherzte leer. Brams sah geschwind in die Runde. »Riette ist weg!«, stieß Hutzel besorgt aus und rannte in den öffentlichen Keller, um die Treppe nach oben zu erreichen. Jeder, der noch da war, folgte ihm.

Im Erdgeschoss herrschte ein furchtbares Durcheinander. Eines der Schnecken-Muschel-Gehäuse, die nebeneinander an der Wand gelehnt hatten, war offenbar ins Rutschen geraten und hatte dabei alle anderen mitgerissen. Sie waren auf dem Boden aufgeprallt, zerschellt und ausgelaufen.

Inmitten der Unordnung stand Riette und behauptete: »Ich habe überhaupt nichts gemacht!« Hilflos hob sie die Hände. Ihre zwölf Doppelgängerinnen taten genau dasselbe.

# Zwischenspiel in Hafenhausen

## 24.

Mit dem falschesten Lächeln der Welt blickte Adalbrand zum Fenster herein, während sein düsterer Bruder Kinnwolf drohend die Tür zum Flur verstellte. Onni ging rückwärts. Schritt um Schritt brachte sie näher an die Wand. Noch immer hielt sie das Leibchen wie einen Schild vor sich. Als ihre linke Ferse gegen die Wand stieß, begehrte Onni gegen ihr scheinbar unausweichliches Schicksal auf und rannte zur Tür in der Hoffnung, Kinnwolf zu überrumpeln und an ihm vorbeizukommen. Augenscheinlich hatte er jedoch mit einem Fluchtversuch gerechnet, da er sofort reagierte und ihr mit griffbereit erhobenen Händen entgegentrat.

Ohne nachzudenken, peitschte Onni Kinnwolf mit dem Leibchen ins Gesicht. Zornig brüllte er auf, taumelte – blind für einen Augenblick – und trat in Onnis halb vollen Weidenkorb, was ihn stürzen ließ. Eine Flut von Schimpfwörtern sprudelte aus seinem Mund, während er versuchte, wieder hochzukommen. Onni hatte nun die Tür erreicht. Sie hielt inne, griff mit beiden Händen nach dem Regal, in das sie noch eben sorgfältig gefaltete Wäsche gelegt hatte, und zog daran. Es schwankte zwar, gab aber nicht nach. Kinnwolfs Flüche waren mittlerweile durch finstere Drohungen ersetzt worden. Onni zog noch einmal mit aller Kraft. Das Regal begann zu kippen, fiel auf Kinnwolf und begrub ihn unter sich. Er gab einen ungewohnt weinerlichen Laut von sich, der Onni beinahe Mitleid mit ihm empfinden ließ. Sie flüchtete in den Flur, glitt aus, stürzte, sprang wieder auf, rannte durch die Küche ins Freie – und verstand nicht, wie Adalbrand vor dem Haus bereits auf sie warten konnte! Er hatte eine seiner Krücken erhoben, und da Onni vor ein paar Tagen miterlebt hatte, wie er damit trotz seiner Behinderung einen Hasen erschlagen hatte, blieb sie vorsichtig stehen, beide Hände schützend erhoben.

»Holla! Was geht denn hier vor?«, rief jemand. Ein Reiter näherte sich geschwind vom Waldrand. Durch Rüstung und Schwert war er leicht als Ritter zu erkennen. »Ich bin Herr Volkhard von der Senne«, stellte er sich vor, als er heran war. »Nun sprecht, denn ich habe nicht den ganzen Tag Zeit!«

Onni warf sich auf die Knie. »Herr, helft mir! Er will mich ermorden.«

Der Ritter blickte zu Adalbrand, der seine Krücke gesenkt hatte und nun einigermaßen sicher auf seinem einen Bein stand. »Was hast du dazu zu sagen?«

»Sie ist mein Weib!«, antwortete er.

»Auch unter Eheleuten wird gemordet«, gab der Ritter zurück. »Das will nichts besagen.«

Adalbrand schwang sich auf den Krücken ein Stück vorwärts. »Schaut mich an, Herr! Traut Ihr mir wirklich die Tat zu, der sie mich bezichtigt?«

Der Ritter sah wieder zu Onni. »Tatsächlich ist sehr schwer vorstellbar, wie dich der Krüppel umbringen sollte.«

In diesem Augenblick kam Kinnwolf aus dem Haus gestürmt.

»Sie sind zu zweit. Schaut, Herr!«, rief Onni und deutete auf ihn.

Kinnwolfs Augen blitzten zwar vor Mordlust, doch da

er sich Lippen und Nase aufgeschlagen hatte, als ihn das Regal unter sich begrub, sodass er nun heftig blutete, wirkte auch er nicht sehr überzeugend. Zudem hatten sich seine Verbände gelöst, und kaum verheilte, frühere Verletzungen waren sichtbar. Diese entgingen auch dem Ritter nicht. »Es verstört ein wenig, Frau, dass diese beiden angeblichen Mörder dermaßen gut durchgewalkt wurden und dir andererseits anscheinend niemand auch nur ein Haar gekrümmt hat?«

»Das habt Ihr gut erkannt, Herr!«, rief Adalbrand. »Los, Kinnwolf, sag dem hohen Herrn, dass sie sich in unser Haus geschlichen hat, um uns zu ermorden.«

»Sie hat sich in unser Haus geschlichen, um uns zu ermorden«, wiederholte Kinnwolf grimmig.

»So mag es vielleicht scheinen«, sagte der Ritter zögernd. »Doch verstört ein wenig, ihr Herren, dass eurer angeblichen Mörderin die kräftige Statur fehlt, um euch so zugerichtet zu haben. Selbst jetzt, da fast jeder mit euch spaßen könnte, scheint sie euch nur gerade gewachsen. *Figurativ* gesprochen ...«

»Die Gans hatte auch Hilfe!«, stieß Kinnwolf düster schäumend aus.

Volkhard von der Senne bedachte ihn mit einem tadelnden Blick, da er nicht gern vom einfachen Volk unterbrochen wurde, schon gar nicht, wenn er gerade eines seiner geliebten Machtwörter gebrauchen wollte. »Wer hat ihr denn geholfen?«, fragte er kühl und wandte das Gesicht wieder zu Adalbrand. »Kommt nun ein Galan ins Spiel? Hat sie euch ordentlich gehahnreit?« Heimlich wunderte er sich, wie gelassen sein Gegenüber die Zweifel an seiner Mannesehre ertrug.

»Schlimmer, Herr«, antwortete Adalbrand, ohne auf die

Frage einzugehen. »Sie hat sich bei den Mächten des Schinderschlundes Hilfe geholt!«

Volkhard brach in Gelächter aus. »Ihr mögt euch fragen, was mich so erheitert? Ihr glaubt nicht, wie oft ich schon diesen Vorwurf hörte. Er wird gern gebraucht, wenn man nichts Besseres vorzutragen hat oder sich für die Wahrheit schämt und sie nicht eingestehen will. Es gibt also doch einen Liebhaber? Das willst du doch in Wahrheit damit sagen!«

»So ist es hier nicht«, rief Adalbrand verärgert. »Wenn ich Schinderschlund sage, so meine ich ihn auch!«

»Dann erzähle mir eben mehr«, forderte ihn der Ritter herablassend auf. »Zum Glück bin ich auf diesem Gebiet gut bewandert und kann somit beurteilen, ob einer die Wahrheit spricht oder nicht. Wovon reden wir also: Incubi, Succubi, Iuxtacubi?«

»Ich weiß nicht, was Ihr damit sagen wollt«, holte Adalbrand aus. »Bei uns ...«

»Wichtel, Kobolde, Erdvolk!«, sagte Kinnwolf geschwind. »Meinem Bruder haben sie die Krücke entrissen und damit auf mich eingeprügelt.«

»Wichtel?«, wiederholte der Ritter und straffte sich. »Erzählt mehr!«

»Es mag Euch wieder lächerlich erscheinen, Herr«, erklärte Adalbrand, dem nicht entgangen war, dass ihr Besucher nun angespannter in seinem Sattel saß, »denn sie waren nur zu viert, und keines reichte höher als bis zu meinem Gürtel. Doch bedenkt, dass auch ein Wildschwein nicht höher ist und Euch trotzdem übel zurichten kann. Vier waren sie, darunter ein Weibchen, das so grauenhafte Lieder beherrschte, dass einem von seinem Gesang die Zähne ausfallen mochten.«

»Eine Wichtelin?«, fragte der Ritter mit leichtem Schauder. »Nannte sie euch flüsternd ihre Kinder?«

»Bewahre! Wir hatten eine gute Mutter! Gastfreundlich und gut!«, gab Kinnwolf von sich.

»Vielleicht sagte sie es, vielleicht auch nicht«, räumte Adalbrand ein. »Wegen ihres Kreischens, das gewiss den verzweifelten Schreien zahlloser Verdammter nachempfunden war, war kaum ein Wort zu verstehen. Auch sah man nicht viel von der Horde, außer ihren Umhängen und winzigen Schühchen, mit denen ...«

»Schühchen?«, unterbrach ihn der Ritter.

»So ist es, Herr, wie Kinder. Wo war ich ...?«

Volkhard hob die Hand. »Beteuerte vielleicht einer von ihnen unentwegt, ein *Rempelpilz* zu sein?«

Adalbrand zuckte mit den Schultern. »Ihr fragt schwierige Dinge, Herr. Kinnwolf, sprich: Wurde einer der Wichtel *Rempelpilz* genannt?«

»Einer wurde von den anderen *der Rempelpilz* genannt«, bestätigte Kinnwolf unverzüglich. Doch dann legte er die Stirn in Falten, was auch für seinen Bruder ein ungewohnter Anblick war. »Einer gebot über alle! Sie nannten ihn den Rams oder Praums ... oder so ähnlich.«

»Brams? Herr Brams?«, rief Volkhard aufgeregt.

»Das mag es eher treffen«, entgegnete Kinnwolf misstrauisch. »Aber *die da* kann euch das bestimmt besser sagen. Schließlich steht sie mit ihnen im Bunde.«

»Ich stehe nicht mit ihnen im Bunde!«, wehrte sich Onni. »Sie kamen des Weges, als mich die beiden gerade ermorden wollten. Sie haben sie verprügelt, das ist richtig. Doch als sie einen Lohn verlangten, befahl ich ihnen zu gehen. Aus schierer Bosheit haben sie dann die Tür gestohlen.«

»Sie haben die Tür gestohlen?«, riefen alle drei Männer erstaunt aus.

»Schaut selbst nach, wenn ihr es nicht glaubt! Zuerst haben sie mit ihr gesprochen, danach haben sie sie ohne Erlaubnis weggetragen.«

Volkhard kratzte sich am Kopf, als sein Blick auf die winzigen Fußabdrücke auf Kinnwolfs und Adalbrands Kleidung fiel. »Woher stammt das?«

»Von der Wichtelfrau! Nachdem wir niedergestreckt waren, tanzte sie auf unseren Leibern und rief: Herbei, Blut und Knochen, herbei! So war es doch, Kinnwolf?«

»Blut und Knochen!«, bestätigte Kinnwolf. »Aber auch Mi-Mi-Mi-Milz oder *Mir die Milz!*«

»Und auch Weissagungen gab eines von sich«, fiel Adalbrand ein. »Ziegen schwimmen flott im Bach – was immer das bedeuten mag.«

Ritter Volkhard war zu einer Entscheidung gelangt. »Ich habe keine Zweifel mehr, dass es hier wohl mit Dingen zuging, die nicht von dieser Welt sind. Doch kann ich nicht entscheiden, ob jemand wirklich mit ihnen im Bunde stand oder wer von euch wen zu ermorden trachtete. Deswegen werdet ihr mich alle drei nach Hafenhausen begleiten, wo ein Klügerer als ich urteilen soll!«

»Das ist unnötig, unangebracht und unüblich!«, riefen Onni und die beiden Brüder überraschend einträchtig durcheinander.

Die Hand auf dem Schwertgriff, hob Volkhard die Stimme und ließ genügend Schärfe in seine Worte fließen, um deutlich zu machen, dass er nicht geneigt war, von seinem Standpunkt abzuweichen: »Mir fällt nur ein Grund ein, ein solches Urteil zu scheuen, und der heißt: Ich bin schuldig! Noch eben ging es euch um die wichtige Frage von Leben und Tod, da werdet ihr doch diesen vergleichsweise kurzen Ausflug nach Hafenhausen nicht scheuen? Acht oder neun Stunden Weges – selbst für das Hinkebein mögen es nicht mehr als zwölf sein –, was ist das schon dagegen?«

Widerstrebend stimmten die drei zu.

»Gestattet mir, mich umzukleiden, bevor wir aufbrechen«, bat Onni, »damit ich keinen liederlichen Eindruck in Hafenhausen erwecke.«

Da der Ritter nichts gegen ihre Bitte einzuwenden hatte, verschwand Onni im Haus. Als sie jedoch nach angemessener Zeit nicht zurückkam und auch auf Rufe keine Antwort gab, sah der Ritter nach ihr, nicht ohne zuvor Kinnwolfs Angebot auszuschlagen, diese Aufgabe für ihn zu übernehmen. Onni war nicht im Haus, und es war leicht zu erraten, dass sie durch ein Fenster der abgewandten Hausseite geklettert war.

»Somit kann kein Zweifel mehr an ihrer Schuld bestehen«, äußerte Adalbrand zufrieden, als der Ritter zurückkehrte und von Onnis Flucht berichtete. »Und die beschwerliche Reise nach Hafenhausen können wir uns damit auch schenken. Doch warum bleibt Ihr nicht zum Dank bis morgen als unser Gast, Herr von der Senne? Das gäbe meinem Bruder und mir Gelegenheit, eine Speise zu bereiten, wie sie uns unsere liebe Mutter gelehrt hat und die uns sicher gut schmecken würde. Was meint Ihr?«

Der Ritter war damit jedoch nicht einverstanden. »Ich bestehe noch immer darauf, dass ihr mich begleitet. Zwar muss nun nicht mehr geklärt werden, wer wen ermorden wollte, doch ist aus meiner und auch aus Sicht des Königreiches von viel größerer Bedeutung, was ihr über euer Zusammentreffen mit dem Wichtelvolk zu berichten habt.

Ihr müsst wissen, dass ich eine ähnliche Begegnung hatte und mich deswegen große Sorgen quälen. Ich kann euch versprechen, dass, wenn ihr eure Karten gut spielt, der Ausflug euer Schaden nicht sein wird.«

Ein lauernder Zug legte sich auf Adalbrands Gesicht: »Ihr tragt Silber mit Euch und wollt uns bezahlen, Herr?«

Volkhard lachte: »Das habe ich nicht. Ich lebe eher von der Hand in den Mund wie ein Bettler. Doch seid versichert: Ich lebe gut davon. Berichtet einfach, was euch mit den Wichteln zustieß, was ihr an ihnen beobachtet habt und was sie sprachen.«

## 25.

Hafenhausen beherrschte unangefochten die Küste des Königreichs im Südosten. Sämtliche Güter, die über das Meer ins Land strömten, nahmen ihren Weg über den Hafen der Stadt. Die ansässigen Kaufleute waren dadurch so reich geworden, dass sie es sich leisten konnten, die engen und düsteren Gassen ihrer Stadt zu verlassen und sich ein eigenes Viertel aus prunkvollen Häusern zu errichten, deren Fassaden nicht vom Salz zerfressen und vom Kot der allgegenwärtigen Möwen verkrustet waren. Eine Zeit lang hatten sie sogar davon geträumt, ihre Stadt selbst zu regieren, doch dann hatte der Großvater des jetzigen Königs, für dessen Beinamen *der flinke Hacker* es mannigfache Gründe gab, ihre Hoffnungen zunichtegemacht, indem er die drei stolzesten Krämer hinrichten ließ und die Stadt samt Möwen und Kaufleuten einer seiner Bastardtöchter schenkte, die sich fürderhin Gräfin von Hafenhausen, Stadt und Land, nennen durfte. Um allzu große Kumpanei zwischen der Mächtigen und den Reichen zu unterbinden, verbot der König ihr und ihren Nachkommen, dauerhaft in ihrer Stadt zu wohnen. Da sich aber Einfallsreichtum nicht für immer verbieten lässt, wurden die einundsechzig erlaubten Tage im Jahr nach einem wohlüberlegten Schlüssel aufgeteilt, der mit jedem Nachfolger der ersten Gräfin komplizierter wurde.

Nach drei Wochen in Hafenhausen verstanden Adalbrand und Kinnwolf etwas besser, was der Ritter Volkhard gemeint hatte, als er vom Ausspielen ihrer Karten sprach.

Ganz zu Anfang, als sie im Amtssitz des gräflichen Vogtes ihre jeweiligen Geschichten erzählten, hatte es sich ihnen noch nicht erschlossen. Sie hatten Unterkunft, Speise und Trank erhalten, auch um ihre Verletzungen hatte sich jemand gekümmert, aber das war auch schon alles gewesen und nicht mehr, als sie auch zu Hause hätten haben können. Denn Karten zum Ausspielen gab es noch nicht. Auch in dem mit schwarzem und purpurnem Schiefer gedeckten Gebetshaus Monderlachs verhielt es sich nicht wesentlich anders. Der Hohe Meister, knochig, übernächtigt und noch sehr jung für sein Amt, und seine untergebenen Geistlichen hatten aufmerksam gelauscht und sich dann bedankt. Wenigstens waren das Essen und auch der Wein etwas besser gewesen als beim Vogt. Jedoch hatten Kinnwolf und Adalbrand dieses Mal verstanden, wozu der Ritter sie mitgenommen hatte: Auch wenn er die bedeutendere Geschichte über die Wichtel zu erzählen wusste – ihre Verschwörung zur Ermordung König Kriegerichs –, so hatte er nicht viel über sie selbst zu berichten. Er überließ es den Brüdern, ihr Auftreten und Aussehen möglichst anschaulich zu schildern, wobei er sich unausgesprochen darauf verließ, dass sie wussten, wie sehr sie auf ihn angewiesen waren. Zu Recht, denn Kinnwolf und Adalbrand verstanden sehr gut, dass sie ohne den Ritter, der ihre Geschichte adelte, nur zwei Waldbauern gewesen wären, die verbotenen Aberglauben verbreiteten.

Danach wurde es endlich Zeit für das Ausspielen der Karten, denn jetzt waren die reichen Bürger und neugierigen Adligen, also jeder, der einmal einen schaurigen Abend erleben wollte, an der Reihe. Nun ging es auch nicht mehr nur um Speis, Trank und ein Lager, nun wechselten auch Münzen ihren Besitzer. Doch zuvor lehrte der

Ritter die Brüder noch, dass es nicht im Geringsten reiche, in zerrissener Kleidung mit wehleidiger Miene verschorfte Wunden zu zeigen, denn diesen Anblick konnten ihre Gastgeber auch umsonst haben, wenn sie durch die Straßen Hafenhausens schlenderten und ausnahmsweise einmal auf die Bettler und durch Unfälle verkrüppelten Seeleute achteten. Die hohen Herrschaften wollten lieber saubere, gekämmte und ordentlich gekleidete Leidende mit gutem Benehmen sehen, derentwegen sie sich nicht vor ihren Gästen schämen mussten. Dafür gaben sie ihre Münzen oder ein abgelegtes Kleidungsstück, das sich leicht weiterverkaufen ließ.

Volkhard von der Senne wirkte schon den ganzen Vormittag angespannt, was leicht verständlich war, da er und seine Begleiter aufgefordert worden waren, noch einmal in der vögtlichen Residenz vorzusprechen, was nur bedeuten konnte, dass dieses Mal eine noch höher gestellte Person, also Graf oder Gräfin, zugegen sein würden.

»Ich möchte, dass ihr heute auf allzu üppiges Ausschmücken eurer Geschichte verzichtet«, ermahnte er die beiden Brüder.

»Wir erzählen also wieder von den Türen?«, erkundigte sich Kinnwolf spöttisch.

»Kein Wort über Türen!«, sagte der Ritter sofort.

»Aber das entspricht doch der Wahrheit. Ihr habt selbst gehört, wie die blöde Kuh ... ich meine die Frau, die uns ermorden wollte, erzählte, dass die Wichtel unsere Tür stahlen. Und sie ist ja auch tatsächlich weg.«

»Sie erzählte von genau einer Tür«, entgegnete der Ritter. »Hieraus nun zu folgern, es sei der geheime Plan dieser Koboldswichtel, sämtliche Türen des Königreichs in den Schinderschlund zu verschleppen, auf dass künftig jeder, ob arm oder reich, schutzlos Dieben und Einbrechern ausgeliefert sei, ist genau die Art Übertreibung, die wir heute nicht wollen.«

»Wir können es ja bei einer Tür belassen«, schlug Adalbrand versöhnlich vor.

Der Ritter schüttelte den Kopf: »Keine Tür! Sobald eine erwähnt wird, fragt bestimmt jemand nach dem Sinn dieses Diebstahls, und ruck-zuck sind wir wieder bei allen Türen des Königreiches. Ihr habt doch selbst erlebt, welchen Lachsturm ihr mit dieser Geschichte kürzlich entfacht habt. Zudem habt ihr den Raub selbst gar nicht mit angesehen.«

»Dann erzählen wir eben von der Kuh«, schlug Adalbrand vor.

»Welche Kuh?«, fragte Volkhard misstrauisch. »Ihr habt noch nie von einer Kuh erzählt. Es sei denn, ich hätte bisweilen irrtümlich den Eindruck erlangt, ihr meintet eure mörderische Konsortin, eine Verwechslung also, die bei eurer üblichen Ausdrucksweise kein Wunder wäre!«

»Die Kuh, die sie nach uns geworfen haben«, brummte Kinnwolf. »Nicht die, die uns abstechen wollte. Wir haben sie deswegen nicht erwähnt, weil Ihr uns sowieso nicht geglaubt hättet... Vier kleine Kerlchen warfen also eine Kuh? Adalbrand, Kinnwolf, wie soll das angehen?... Es waren aber gar nicht alle vier, Herr Ritter! Es war nur einer von ihnen! Darüber wurde das Vieh so unleidig, dass es später auf uns herumgetrampelt ist. Was glaubt Ihr, wie wir zu unseren gebrochenen Knochen kamen?«

»Keine Kuh«, entschied der Ritter unerbittlich.

»Gut, bleiben wir eben streng bei der Wahrheit«, erklärte Adalbrand belustigt. »Wir erzählen bloß, dass sie meisterliche Stockfechter sind, aber bevorzugt mit zwei Hackmessern gleichzeitig …«

»Welche Hackmesser?«, unterbrach ihn Volkhard.

Adalbrand deutete auf sein eines Ohr. »Notfalls nehme ich den Verband ab. Sie schlagen am liebsten mit zwei Hackmessern gleichzeitig auf Euch ein. Dabei sind sie so geschickt, dass sie in wenigen Augenblicken eine Kuh völlig zerlegen können, Bries, Brät, Bratenstücke, Brühwürste und so weiter inbegriffen!«

Der Ritter hatte noch etwas auf dem Herzen. »Da wir gerade von Würsten sprechen. Ich weiß, wie gern ihr erzählt, dass die Wichtel in Neumondnächten in Häuser einsteigen und die Bewohner zu Leberwurst und Sülze verarbeiten. Es klingt so übertrieben! Könntet ihr heute auch darüber schweigen?«

Adalbrand nickte lächelnd. »Sorgt Euch nicht, Herr Ritter, wir hatten bereits selbst erwogen, auf den Aspik zu verzichten.«

Als sie später in den lichtdurchfluteten Saal im Vogtspalast eintraten, der sonst für kleine bis höchstens mittlere Gelage vorgesehen war, wartete zur Überraschung Volkhards, Kinnwolfs und Adalbrands kein Mitglied der Grafenfamilie auf sie, sondern eine Schar Gelehrter. In dunklen, mit Essensresten besudelten Talaren saßen sie nebeneinander an einem langen Tisch. Bisweilen erhob sich einer, schritt je nach Alter schlurfend oder mit wippendem Gang zu einem seiner Kollegen am anderen Ende des Tisches, tuschelte mit ihm, worauf beide mit hungrigem Blick die drei Besucher anstarrten. Hätten sie noch mit den Armen geschlagen und mitunter schrille Schreie ausgestoßen, so hätten sie das vollkommene Abbild einer Schar Geier bei einem gerade begonnenen Mahl abgegeben.

Offensichtlich hatten sie sich bereits kundig darüber gemacht, was der Ritter und seine Gehilfen üblicherweise erzählten, da sie sofort mit Fragen um sich warfen. Volkhard gebot ihnen jedoch Einhalt. »Ich bin Herr Volkhard von der Senne, und mich begleiten die freien Bauern Kinnwolf und Adalbrand. Nun mögt Ihr Euch erklären. So nämlich sollten wir meines Erachtens beginnen.«

Er schwieg, legte den Kopf schief und beobachtete mit heiterer Miene, wie einer nach dem anderen errötete. Zuerst gab sich der Anführer des Gelehrtenschwarms zu erkennen, ein frühzeitig ergrauter Mann mit Namen Dinkelwart von Zupfenhausen, Gelehrter der Sieben Künste und Dreiunddreißig Wissenheiten. Seinem Beispiel folgten die anderen. Der Gelehrte von Zupfenhausen stellte die erste Frage, die er an Adalbrand und Kinnwolf richtete: »Die Wichtel, Kobolde oder auch Erdmännchen, wie manche Gelehrte sie aus gutem Grund nennen, leben häufig in unterirdischen Gängen. Sind euch solche bei eurem Hof aufgefallen?«

Kinnwolf dachte einen Augenblick nach und antwortete: »Jetzt, da Ihr es sagt... Fürwahr! Etliche! Wir dachten, sie stammten von Maulwürfen oder Hamstern, aber es müssen wohl die Wichtel gewesen sein.« Er verstummte und bleckte dann plötzlich die Zähne: »Unsere Kuh ist in einen der Gänge eingebrochen und hat sich ein Bein verletzt. Darauf wurde sie ungewöhnlich unleidig.«

Die Köpfe der Gelehrten senkten sich. Einige raschelten mit Pergamenten, andere ließen Federn über sie kratzen.

Der Gelehrte Dinkelwart stellte die nächste Frage: »Hatten die Wichtel eine Tür dabei?«

»Eine Tür?«, fragte Adalbrand überrascht und blickte Hilfe heischend zu Volkhard, der jedoch kaum merklich den Kopf schüttelte.

»Eine Tür?«, wiederholte der Gelehrte.

»Nein, nein, sie hatten keine Tür dabei. Auf keinen Fall!«, versicherte Adalbrand.

»Höchst ungewöhnlich.« Wieder kratzten Federn über Pergament.

Kinnwolf ergriff das Wort. »Deswegen haben sie nämlich unsere Tür gestohlen!«

Das Kratzen verstummte. »Sie haben eure Tür gestohlen?«

»Sehr wohl, Herr! Die Wichtel verfolgen damit einen geheimen Plan ...«

Dinkelwart von Zupfenhausen unterbrach ihn. »Das musst du uns nicht erklären, mein guter Mann!« Er wandte den Kopf nach links und rechts und blickte überheblich lächelnd zu seinen Kollegen. »Ich denke, dass jeder hier allerbestens Bescheid weiß über die Pläne der Wichtel, Kobolde oder – wie manche auch sagen – Erdmännchen. Die Türen dienen ihnen als Paraphernalium, um einen Zugang zum Schinderschlund zu öffnen.«

Volkhard brach in wieherndes Gelächter aus. Der Gelehrte blickte ihn verstört an und fragte ihn aufgebracht: »Was erheitert Euch, Herr von der Senne? Ihr werdet doch wohl wissen, was ein Paraphernalium ist?«

»Sicherlich weiß ich das«, antwortete Volkhart heiter, »schließlich bin ich ein Mann von Welt, wenn ich so sagen darf. Ich wundere mich eher, dass Ihr es wisst! Es gibt sie aus Elfenbein und glatt poliertem Holz und selbstverständlich in unterschiedlichen Längen. Manche so, wie es der Natur entspricht, und andere – wie ich mir sagen ließ –

etwas größer. Man staunt, wie beliebt sie bei einsamen, vernachlässigten oder etwas lasterhaften Jun...«

Seine Worte ertranken in lautem Rascheln, Räuspern, Stühlescharren, und Dinkelwart von Zupfenhausens Gesicht hatte plötzlich eine bemerkenswerte Ähnlichkeit mit einer reifen Sauerkirsche. »Offensichtlich meint Ihr etwas ganz anderes, Herr Ritter!«, erwiderte er spitz. »Ich sprach von einer Zutat zu einem Zauberwerk!«

»Oh«, sagte der Ritter, »oh!«, und sah jetzt selbst etwas fruchtig aus.

»Begleiter?«, fragte Dinkelwart, den Blick fest auf die Tischplatte geheftet.

»Sie waren mehrere«, gab Adalbrand zu bedenken.

»Bekannt!«, erwiderte Dinkelwart wortkarg und ohne aufzusehen. »Ich dachte an tierische Begleiter: Marder, Kröten, Eichkatzen, Kiebitze, Fledermäuse, Eulen etc., p.p.? Sie haben oft welche dabei.«

Adalbrand sah ihn ratlos an. »Eine Kuh meint Ihr wohl nicht?«

»Wenn, dann hätte ich es so gesagt«, wies ihn der ob des Zwischenfalls noch immer erregte Gelehrte zurecht.

»Dann hatten sie wohl kein Tier dabei«, brummte Adalbrand, nun ebenfalls verärgert.

Dinkelwart bekam von einem seiner Kollegen ein Pergament gereicht. Er legte es vor sich hin, strich es glatt und sagte: »Ich werde euch nun ein paar Namen vorlesen, und ihr antwortet wahrheitsgemäß. Trug eines der Geschöpfe den Namen Kunz?«

»Nein!«

»Fizliputz?«

»Nein!«

»Brams?«

»Ja!«
»Mardufax?«
»Nein!«
»Rempelstilz!«
»Ja!«
»Califrak?«
»Nein!«
»Brusselbeck?«

Noch einige weitere Namen fielen, bis Dinkelwart bewusst wurde, dass es immer lauter um ihn herum geworden war. Verständnislos sah er sich um, und nicht eher, als bis ihm einer seiner Kollegen ins Ohr geflüstert hatte, dass die zuvor gestellten Fragen oft mit »Ja!« beantwortet worden waren, begriff er den Grund. Erneut färbten sich seine Wangen, doch dieses Mal vor Aufregung. »Es gab unter ihnen einen Brams und einen Rempelstilz?«

Der Ritter und die Brüder bestätigten es. »So lauteten ihre Namen.«

Einer der anderen Gelehrten hob sofort abwehrend die Hand. »Das sind keine Namen, sondern eine Art Ränge unter dem Gezücht.«

Dinkelwart winkte seinem Kollegen wohlwollend zu. »Der Brams oder auch Bramsnickel, wie manche Gelehrten sagen, ist eine Art Hauptmann der Wichtel. Er gebietet unter anderem über einen halb gezähmten Diener, den Rempelstilz.«

Volkhard verdrehte die Augen, da ihm noch nie ein Diener untergekommen war, der *Herr von Stilz* genannt werden wollte. Gelehrte! Sie wussten eben alles besser. Aber auch er hatte eine Frage, die ihn sehr beschäftigte. »Könnt Ihr mir auch etwas über eine *Weiße Amme* erzählen, Meister Zupfenhausen?«

»Was meint Ihr damit, Herr Ritter?«

»Eine *Weiße Frau*, wie sie gelegentlich in verwunschenen Häusern zu finden sein soll. Nur eben als Amme.«

»Ihr findet unsere mühevolle Arbeit offenbar sehr erheiternd, Herr von der Senne«, gab der Gelehrte von Zupfenhausen beleidigt zurück. »Nein, eine Weiße Amme ist üblicherweise nicht dabei, lediglich eine mindere Rachefurie, doch die werdet Ihr kaum meinen.«

Danach wollte niemand mehr etwas von Volkhard wissen, sodass er sich zu langweilen begann. Das änderte sich erst, als die Versammlung sich auflöste und ein Mann mittleren Alters eintrat, der vielleicht mit den Gelehrten gekommen war, aber sicher nicht zu ihnen gehörte. Schon das Schwert an seiner Seite und seine ganze Haltung sprachen dagegen.

»Auf ein Wort, Herr von der Senne«, sagte er, legte die Hand auf Volkhards Rücken und führte ihn sachte beiseite.

»Bernkrieg von Stummheim ist mein Name«, stellte er sich vor. »Wie man hört, erwähnt Ihr neuerdings in Euren Geschichten, das Wichtelvolk plane nicht nur, Unheil für unseren König zu bringen – Monderlach mit ihm! –, sondern erhalte dabei sogar Unterstützung von namhaften Familien. Warum erwähntet Ihr das nicht schon bei Eurem ersten Aufenthalt in diesem Hause?«

»Es wird mir wohl nicht eingefallen sein«, erwiderte Volkhard wachsam.

Bernkrieg nickte, als sei er mit dieser Erklärung zufrieden, doch seine Worte sagten etwas anderes. »Es gibt allerdings die Meinung, Ihr hättet diese Einzelheit nur deswegen zurückgehalten, um möglichst lange Gold und

Silber aus Eurer Geschichte ziehen zu können. Was mag Euch noch entfallen sein, von der Senne?«

»Das ist schnell erzählt«, antwortete Volkhard mit gedämpftem Ärger. »Mir ist etwa ganz entfallen, dass ich die letzten Jahre nicht an einem kuscheligen Hof verbracht habe, sondern auf vielen Straßen, und dabei reichlich Gelegenheit hatte, mein Handwerk von Grund auf mit und ohne Pike zu üben, und ganz gern mit dem Schwert. Ihr auch, von Stummheim?«

Sein Gegenüber verbeugte sich. »Verzeiht, falls ich Euch reizte, Herr von der Senne. Ich bin nur die Stimme und nicht der Sprecher. Jener verlangt jedoch, dass Ihr aufhört, diesen Zusatz weiterzuverbreiten, und Vorsicht walten lasst bei dem, was Euch sonst noch nachträglich einfallen mag. Versteht Ihr mich? Ich persönlich rate Euch, diesen Wunsch zu respektieren, da der Sprecher, dessen Stimme Ihr durch mich hört, Euch so schnell zerquetschen könnte, dass er sich schon einen Augenblick später nicht einmal mehr daran erinnern würde. Nun ist gesagt, was ich zu sagen hatte. Einen schönen Aufenthalt noch, Herr Ritter!«

## 26.

Die Neue saß meist allein und etwas abseits. Da sie jedoch hilfsbereit und von freundlichem Wesen war, nahm ihr der Rest des Gesindes im Haus des Gewürzhändlers Heimwall diesen ungeselligen Zug nicht übel. Allgemein wurde angenommen, dass sie nur ein wenig Zeit brauchte, einen kürzlich erlittenen Schicksalsschlag zu verwinden, etwa eine zerbrochene Liebschaft oder Verbindung, vielleicht aber auch den Tod eines Kindes oder sonst wie nahestehenden Menschen. Alle anderen setzten sich auf ihre Plätze am langen Tisch in der Gesindeküche. Rettmar, der dem Hausherrn schon als Kind gedient hatte, saß an der Stirnseite und bereitete sich wie jeden Tag sein eigenes Mittagessen zu. Während sich alle anderen aus dem großen Topf bedienten, der Stück um Stück den Tisch hochwanderte, bestand Rettmars Mahl aus einem Stück Wurst, das er in kleine Würfel schnitt, einem Stück Käse, einer Gurke und einer Zwiebel, mit denen er ebenso verfuhr. Erkgunde, die schon so viele Jahre ein Auge auf ihn geworfen hatte, reichte ihm – ebenfalls wie jeden Tag – Essig und Öl zum Würzen und ein Stück Brot.

Siegelinde bestritt wie so oft fast allein das Gespräch, indem sie erzählte, wie sie am Vortag die »Gnädige« zu einem Besuch ins Haus des Bernsteinhändlers Willkrieg begleitet hatte. Da die *Gnädige* nicht die einzige anwesende *Gnädige* gewesen war, hatte sie mehrere gemeinsame Bekannte getroffen, von denen sie nun den anderen Angehörigen des Gesindes ausgiebig erzählte.

Nach einer Weile meldete sich unerwartet Rettmar zu Wort. Allen war jedoch bewusst, dass ihn vermutlich Erkgunde dazu angestiftet hatte, da sie sich nicht gern in fremde Gespräche einmischte.

»Was wollte die Gnädige beim jungen Willkrieg?«

Sieggelinde stand von ihrem Stuhl auf, so wie es die meisten hielten, wenn der alte Rettmar sie etwas fragte. »Er hatte drei Männer geladen, die von ihren Erlebnissen erzählten. Ihr Anführer war ein Ritter, der für meinen Geschmack gern doppelt so viele Zähne hätte haben dürfen. Er hatte zwei Begleiter, die ich nicht recht beurteilen konnte, da sie beide noch stark von einem Unfall gezeichnet waren. Der eine war ein etwas düsterer Kerl, nicht unansehnlich, wenn man derlei mag ...«

»Worüber sprachen sie denn? Was hatten sie denn für Abenteuer erlebt?«

Sieggelinde senkte die Stimme. »Kobolde! Der Ritter, ein Herr von der Senne, hatte einige beim Planen ihrer Machenschaften belauscht, während sein Gehilfe Kinnwolf, der finstere ...«

Mit lautem Klappern fiel ein Teller zu Boden. Er gehörte der Neuen, die sich von ihrem Stuhl erhoben hatte. »Wie heißt der andere?«

Sieggelinde lachte. »Adalbert oder Adelfred. Aber der ist nichts für nicht.«

Schweigend und sichtlich verstört hob die Neue ihren Teller auf und ging fort, um einem Lappen für ihr verschüttetes Essen zu holen.

»Also doch eine Männergeschichte«, mutmaßte Rettmar, worauf alle wissend nickten.

Einige Tage später nutzte die Neue eine Besorgung, die sie für die Gnädige erledigen musste, um dem Ritter zu begegnen. Sie wusste inzwischen, wo er wohnte, und lenkte ihre Schritte auf gut Glück zu seiner Unterkunft. Als sie ihn tatsächlich nach einer Weile das Haus verlassen sah, folgte sie ihm in der Hoffnung, dass sich eine Möglichkeit ergäbe, ihn ungestört anzusprechen. Gelegenheit hierzu erhielt sie in der langen Allee, die gepflanzt worden war, als die Reichen ihr eigenes Viertel errichtet hatten. Das Wagnis, das sie damit einging, war ihr bewusst gewesen, denn nicht nur er wäre mit ihr allein, sondern auch sie mit ihm.

»Seid Ihr Volkhard von der Senne?«, fragte sie.

Der Ritter wandte sich um und bestätigte es. »Das bin ich, schöne Frau.«

»Ihr solltet Euch schämen!«, sagte die Neue und veranlasste damit den Ritter, überrascht durchzuatmen.

»Es gibt einiges, worauf ich nicht stolz bin«, antwortete er gekränkt, »aber nichts, wofür ich mich schämen müsste.«

»Warum gebt Ihr Euch dann mit diesen beiden Halunken ab?«

»Das ist einfach zu erklären«, erwiderte der Ritter. »Wir teilen dasselbe Los. Alle drei wurden wir Opfer der Wichtel... Du scheinst Adalbrand und Kinnwolf zu kennen. Willst du mir verraten, woher?«

Die Neue sah sich um, legte die Hand aufgeregt auf ihre Brust und antwortete: »Ich bin Nelli, Adalbrands Frau.«

Volkhard lachte. »Nun hast du dich verraten, Feuerkopf, denn zufällig kenne ich seine Frau. Was verbindet dich wirklich mit ihm? Plagt dich die Eifersucht?«

Nelli ging jedoch nicht auf seine Frage ein, sondern

stellte eine eigene: »Lebt sie noch, oder versuchten die beiden, sie ebenfalls zu ermorden?«

Das Lachen aus Volkhards Gesicht verschwand. »Was erzählst du da?«, fragte er beunruhigt.

»Die Wahrheit!«, beteuerte Nelli. »Die Brüder wollten mich schlachten, und wären die Kobolde nicht gerade vorbeigekommen, so wäre es ihnen auch gelungen.«

»Kobolde?«

»Ja, Herr, die Wichtel, über die Ihr so Bedrohliches erzählt. Sie sind Diebe, das stimmt, und stahlen gerade unsere Kuh. Als sie aber meine Hilferufe hörten, eilten sie zu meiner Rettung. Sie hätten verschwinden können, Herr Ritter, unbemerkt, wie sie es am liebsten haben. Doch so viel Mut und Anstand steckt in den kleinen Kerlchen, dass sie es ohne Furcht mit zwei gestandenen und mehr als doppelt so großen Männern aufnahmen. Sie beschützten mich des Nachts und auch am nächsten Tag bei meiner Flucht. Ohne sie stünde ich jetzt nicht vor Euch.«

Volkhard brummte unzufrieden. »Dir ist hoffentlich bewusst, wie leichtsinnig es ist, für die Wichtel zu sprechen! Schließlich lehren die Hohen Meister, sie seien Ausgeburten des Schinderschlundes.«

Zu seiner Überraschung lächelte Nelli. »Deswegen habe ich es mir gut überlegt, wo ich Euch ansprechen kann, Herr Ritter, und außerdem …« Sie verstummte.

»Was außerdem?«

»Außerdem heißt es, Ihr wärt uns Frauen sehr zugetan, weswegen ich nicht befürchte, dass Ihr mich an den Hohen Meister verraten oder den Peinigern übergeben werdet.« Sie wurde wieder ernst. »Ich kenne nur zwei Geschöpfe des Schinderschlundes, und mit denen habt Ihr Umgang.«

Der Ritter starrte in Gedanken versunken zu Boden, ging unschlüssig ein paar Schritte und kehrte dann zurück.

»Gib mir deine Hände, schau mir in die Augen und erzähle dabei noch einmal deine ganze Geschichte von Anfang an.«

Nelli tat wie geheißen. Sie reichte Volkhard die Hände, und er umschloss sie fest. Solange Nelli sprach, wandte er keinen Augenblick lang das Gesicht ab, und erst als sie mit ihrer Erzählung zu Ende war, stellte er seine einzige Frage.

»Was war der Preis? Es heißt, die Kobolde verlangten immer einen Preis?«

»Milch und Kuchen«, antwortete Nelli geradeheraus. »Sie sind ganz vernarrt darin. Doch wegen meiner misslichen Lage waren sie sogar damit einverstanden, dass ich ihnen noch etwas schuldig blieb.«

Volkhard ließ ihre Hände wieder los. »Ich glaube dir. Was du mir erzählt hast, klingt fast wie die Geschichte der anderen Frau. Nun weiß ich, dass sie sich nicht deswegen davonstahl, weil sie schuldig war, sondern weil sie befürchtete, dass ihr niemand glaubte. Doch was erwartest du nun von mir, Rotschopf? Was soll ich tun?«

»Wollt Ihr weiter mit ihnen Umgang haben wie bisher«, fragte Nelli eindringlich. »Jetzt, da Ihr die ganze Wahrheit über sie wisst?«

»Gewiss nicht«, antwortete der Ritter unglücklich. Er rieb sich die Hände und wirkte, als fühle er sich in einer Falle gefangen. »Ich befürchte allerdings, dass auch mein Ansehen Schaden nehmen wird, wenn ich mich offen gegen sie wende. Schon jetzt scheint jemandem nicht zu gefallen, was ich zu erzählen hatte. Kämen noch zwei Mordbuben dazu, so wäre das für den Betreffenden ein gefundenes Fressen. Mir fällt jedoch noch eine andere Möglichkeit ein. Sie ist freilich nicht vereinbar mit dem Gesetz dieser Stadt oder irgendeiner anderen im Reiche König Kriegerichs. Wenn du mir vertraust und unsere Unterhaltung für dich behältst, so kann ich dir dennoch zusichern, dass du nie wieder von den beiden hören wirst.«

Nachdem sich Volkhard verabschiedet hatte, ging er zum Hafen, um eine alte Gefälligkeit einzufordern. Auf dem Weg dorthin hörte er zum ersten Mal von der angeblichen Flucht König Kriegerichs und seiner Gemahlin aus der schönen Stadt Heimhausen. Einer seiner Neffen hatte die Macht an sich gerissen!

Volkhard von der Senne wunderte sich, dass ihm sein Name nicht geläufig war. Erst auf dem Heimweg fiel ihm wieder ein, dass jener Neffe vor Jahren dem weltlichen Streben entsagt hatte, um in einem abgelegenen Bethaus zu einem Hohen Meister Monderlachs ausgebildet zu werden. Nun war er also zurückgekehrt und wollte König sein? Wie seltsam!

## 27.

Der Mond stand bereits am Himmel, doch es war noch längst nicht dunkel. Kinnwolf lehnte sich gegen das Tor eines Lagerhauses, von denen sich im unteren Hafenbereich eines an das andere reihte, und wartete auf die Rückkehr seines Bruders, der sich bei einem Hafenarbeiter nach ihrem Ziel erkundigte.

»Die nächste! Dazu hätte ich gar nicht fragen müssen«, wusste Adalbrand bei seiner Rückkehr zu berichten.

Die Brüder gingen das kurze Stück bis zur nächsten Gasse. Wegen der hohen Lagergebäude auf beiden Seiten war es einigermaßen dunkel hier, doch das Schild des Wirtshauses an ihrem Ende war gut genug zu erkennen. Es stellte einen einzelnen Stiefel dar. Da der Ritter keinen Namen genannt hatte, mochte die Schenke ebenso gut *Zum Fröhlichen Wandersmann* heißen wie *Zum Kräftigen Tritt*. Kinnwolf und Adalbrand schritten die Gasse hinab und betraten das Wirtshaus. Außer dem Wirt hielt sich in dem niedrigen Schankraum, der jedem Besucher – ob angebracht oder nicht – das Gefühl vermittelte, gebeugt gehen zu müssen, nur ein einzelner Gast auf. Adalbrand und Kinnwolf hatten sich inzwischen daran gewöhnt, dass offenbar jede Schenke Hafenhausens ihr Faktotum besaß: einen einzelnen älteren Mann, der grundsätzlich schon da war, von dem nicht ersichtlich war, ob er je ging, der mit dem Wirt oder der Wirtin gern Belanglosigkeiten austauschte, aber auch stundenlang schweigen konnte und ganz selbstverständlich die Vertretung übernahm, wenn der besagte Wirt oder die Wirtin Vorräte auffüllen oder die Latrine aufsuchen musste.

»Kinnwolf und Adalbrand«, sprach Adalbrand den Wirt an. »Wir warten auf jemanden.«

»Euer Freund ist noch nicht da«, antwortete der Wirt. »Setzt euch und trinkt solange einen Becher Scharfen. Er kommt dafür auf.«

Adalbrand und Kinnwolf nahmen Platz. Zu wem sie den Ritter an diesem Abend begleiten sollten, hatten sie nicht erfahren. Offenbar war es jemand, der keinen Wert darauf legte, dass sich ihr Besuch herumsprach. Adalbrand verwunderte das nicht, denn dass der Stern des Ritters rasch sank, war seit ihrem zweiten Aufenthalt im Palast des Vogtes offensichtlich. Niemand hatte etwas von ihm wissen wollen! Alle hatten nur sie befragt. Wahrscheinlich war heute Abend eine ihrer letzten Gelegenheiten, ein paar Münzen aus ihren Erlebnissen herauszuschlagen.

Der Wirt brachte die Becher, und Adalbrand trank. Mit der Bezeichnung *Scharfer* hatte der Wirt nicht zu viel versprochen, stellte er fest. Anerkennend nickte er seinem Bruder zu und …

Als Adalbrands nächste Gelegenheit kam, einen klaren Gedanken zu fassen, war ihm kreuzübel. Er hatte einen garstigen Geschmack im Mund, und der Boden schien unter ihm zu tanzen. So viel hatte er doch gar nicht getrunken, dachte er, rollte sich auf den Bauch und versuchte aufzustehen. Vergeblich! Der Boden war einfach zu widerspenstig. Er hob und senkte sich und dachte nicht einen Augenblick daran, damit aufzuhören.

Wo sind wir eigentlich?, fragte sich Adalbrand im selben Augenblick, als ihm einfiel, dass er sich weder daran erinnerte, den ersten Becher geleert zu haben, geschweige denn einen zweiten. Mit einem Mal hörte er ein Schlagen wie von Segeln, ein Knarren wie von Tauen, und roch Wasser und Salz. Ein meckerndes Lachen erklang, und eine Stimme war zu vernehmen: »Heute noch in Hafenhausen und morgen schon auf einem Sklavenmarkt in Burakannt! So schnell kann das manchmal gehen.«

# Deus Ex Sedili

## 28.

»Nach links!«, sagte Riette fröhlich und machte einen Schritt in die angegebene Richtung. Ihre zwölf Doppelgängerinnen taten das Gleiche.

»Und jetzt nach rechts!« Dreizehn völlig gleich aussehende Gestalten stampften auf und gingen nach rechts.

»Kopf schütteln!« Mit einem genussvollen »Brr!« schüttelte die ganze Riettenschar die Köpfe.

Riette, die echte Riette, strahlte zufrieden und sagte: »Kackpuh!«

»Kackpuh!«, wiederholte ihr treuer Chor.

Brams wusste nicht, was ihn mehr beunruhigen sollte: dass zwölf Wechselbälger von Riette existierten oder dass es Riette nun dreizehnmal gab. Unauffällig beobachtete er die anderen Anwesenden. Ihre Mienen ließen vermuten, dass sie sich mit einer ähnlichen Fragestellung beschäftigten, und ein plötzliches, streitlustiges Aufblitzen in Riettes Augen verriet, dass auch ihr gerade dieser Verdacht gekommen war.

»So geht das nicht!«, rief Hutzel aus. »Schon als wir nur zu viert waren, war die Gefahr, entdeckt zu werden, nicht zu unterschätzen. Mittlerweile sind wir sechzehn, sodass unsere Entdeckung zu einer reinen Frage der Zeit geworden ist. Schlimmer noch: Sobald jemand dem Drachen von unserem doppelten Riettchen berichtet, wird er sich leicht ausrechnen können, was wir im Schilde führen.«

»Dreizehnfaches«, verbesserte ihn Riette. »Außerdem habe ich gar nichts getan.«

»Also sollten wir keine weitere Zeit vergeuden und unseren Plan noch heute Nacht umsetzen«, schlug Brams ruhig vor.

»Heute Nacht noch?«, erwidert Hutzel. Er klang überraschter, als Brams erwartet hatte. Nach seinem Hinweis auf die Gefahr ihres Entdecktwerdens musste auch ihm klar gewesen sein, dass sofortiges Handeln ihr einziger Ausweg war. Die Nacht war zwar schon bedenklich weit vorangeschritten, und bis zum Tagesanbruch würde es nicht mehr allzu lange dauern, aber was blieb ihnen anderes übrig?

Brams tat einen Schritt auf die Wechselbälger zu. Ein ungewohnter Geruch nach feuchtem Lehm ging von ihnen aus.

Neben dem fehlenden Drang zu eigenständigem Handeln und dem Hang, ihr Vorbild Riette in allem zu kopieren und ihr zu gehorchen, stellte dieser Geruch einen weiteren Unterschied zu *richtigen* Wechselbälgern dar. Vorsichtig umschloss Brams mit der Hand den Arm eines von ihnen und drückte. Er fühlte sich keineswegs nach weichem Lehm an, sondern so fest, wie man nur erwarten konnte.

»Was machst du, Brams?«, fragte Riette misstrauisch. Ihr Ton und ihre Haltung erweckten den Eindruck, als fühle sie sich zur Beschützerin dieser Wechselbälger berufen. Es war ratsam, sie baldmöglichst von ihren Doppelgängerinnen zu trennen, dachte Brams. Schon um seines eigenen Friedens willen!

»Sie tun alles, was du ihnen sagst?«, versicherte er sich.

»Alles!«, bestätigte Riette mit einem stolzen, bedrohlich mütterlichen Lächeln, das Brams einen kalten Schauer über den Rücken jagte. Irgendjemand stöhnte auf, und dreizehn Augenpaare suchten ihn. Sie wurden jedoch nicht fündig.

»Das ist gut so«, antwortete Brams. »Sie können die Beutelchen mit dem Wechselta.(lg) tragen. Doch zuvor ...«

Er wandte sich ab und ging schnellen Schrittes zu der Tür des Zimmers, wo sie Thor abgestellt hatten.

»Was hast du vor, Brams?«, rief ihm Hutzel misstrauisch hinterher. »*Du* bist unser Sprecher!«

»Wrumms«, erwiderte Brams unwirsch. Da dachte er schon einmal als Erster an etwas, und dann wurde es ihm mit Misstrauen vergolten!

Er öffnete und trat ein.

»Danke der Nachfrage«, begrüßte ihn Thor. »Mir geht es gut! In meinem Alter regt man sich zum Glück nicht mehr so schnell auf, wenn es im Nachbarzimmer kracht und scheppert, verzweifelte Schreie ausgestoßen werden und eiliges Fußtrampeln zu hören ist. Man wird gesetzter und denkt ruhig und besonnen: Was soll die ganze Aufregung? Man kann ja doch nichts ändern. Wahrscheinlich ist lediglich die Verschwörung gegen diesen feuerspeienden und hemmungslos bösartigen Drachen aufgeflogen. Nichts Neues, denn kennt man einen rachsüchtigen Drachen, so kennt man ...«

»Werden sie wieder langsamer, sobald es hell wird?«, unterbrach ihn Brams.

»Möglich und bestimmt nicht ausgeschlossen«, erwiderte Thor gelassen. »Wovon reden wir?«

»Wechselbälger aus Wechselschlamm«, flüsterte Brams.

»Ah! Ah! Aha!«, erwiderte Thor so überheblich und wissend, dass sich Brams genötigt fühlte, sich zu verteidigen.

»Ich war es nicht!«, sagte er, doch selbst in seinen Ohren klang der Satz wie eine jämmerliche Ausrede.

»Aha! Ja, ja!«, antwortete Thor verständnisvoll. »Jeder macht einmal etwas falsch. Soweit ich weiß, werden sie nicht langsamer.«

»Danke!«, sagte Brams und eilte mit einem genuschelten »Ich war es wirklich nicht!« zu den anderen zurück. Als er an der Tür war, hörte er Thor erneut sprechen.

»Zahle es ihm heim, Kobold! Zeig ihm, dass er das mit *uns* nicht machen kann. Viel Glück!«

Brams nickte stumm. Ihm war merkwürdig feierlich zumute, als er wieder bei den anderen Kobolden stand.

»Riettes Wechselbälger sind ihrer Aufgabe gewachsen«, verkündete er. »Wo schläft der Drache gegenwärtig?«

»Beim Denkmal«, erklärte Stint. Brams verzog angewidert das Gesicht. Zwar passte es, dass Tyraffnir bei seinem eigenen Denkmal nächtigte, doch in Anbetracht dessen, was dieser Ort so vielen Kobolden einmal bedeutet hatte, erschien ihm die Wahl wie ein Hohn.

»Gibt es einen Geheimgang, der möglichst dicht zum Denkmal führt?«

»Brams, wir sind Kobolde«, erinnerte ihn Stint, »und keine Zwerge, Regenwürmer oder Engerlinge. Es gibt wohl einen Gang, der in die Richtung führt, aber er ist nicht sehr lang. Eigentlich ist er nur ganz kurz, fast nicht vorhanden.«

»Wir werden ihn dennoch benutzen«, entschied Brams. »Jedes Arglang, das wir im Verborgenen vorankommen können, ist hilfreich.« Ihm fiel auf, dass sich Rempel Stilz mit verschränkten Armen vor seiner Kellertreppe aufgebaut hatte, als wolle er unter keinen Umständen gestatten, dass nach der Hälfte aller Kobolde nun auch noch ihre Wechselbälger seinen Geheimkeller kennenlernten! Brams warf ihm einen flehenden Blick zu und bewog ihn damit zur Aufgabe. Stumm und mit hängenden Schultern stieg Rempel Stilz zum zweiten Mal allen voran die Treppe hinab.

Unten angelangt, nahm jeder so viele Beutel, wie er tragen konnte. Brams war nun ganz froh über Riettes nicht eingeplante Vervielfältigung, da andernfalls ein Karren zum Transport benötigt worden wäre. Stint und Fine Vongegenüber als erfahrene Anhänger *der Sache* boten sich an, als Späher vorauszueilen, damit die Verschwörer nicht durch ein Missgeschick einem Trupp Dämmerwichtel in die Arme liefen. Sie waren die Einzigen, denen Brams erlaubte, sie zu begleiten, da ihre Schar für eine geheime Unternehmung schon gefährlich groß war.

Wie sich zeigte, hatte Stint bei seinen Angaben über den Geheimgang nicht übertrieben, da er tatsächlich nicht weiter führte als bis zum nächsten Haus. Brams war deswegen nicht völlig unzufrieden, denn falls gleich vor Rempel Stilz' Haustür ein Dämmerwichtel gelauert haben sollte, so hatten sie ihm mit dieser unbedeutenden List ein beachtliches Schnippchen geschlagen. Sehr viel mehr missbehagte ihm, dass die Nebelschleier fast ganz verschwunden waren. So viel klare Sicht hätte nun wirklich nicht sein müssen!

Während der Trupp still und leise durch die scheidende Nacht eilte – auf das bei Tauschmissionen sonst übliche Zählen war mit aller Einverständnis verzichtet worden, da niemand genau wusste, wie gut der Drache im Schlaf hörte –, erkannte Brams nach und nach die vielen kleinen und großen Löcher in ihrem Plan. Das mit Abstand größte tat sich während der Erzeugung des Wechselbalgs auf.

Wechselbälger entstanden nicht in einer voraussehbaren Abfolge wie etwa Pflanzen, bei denen sich zuerst der Keim den Weg ans Licht kämpfte und danach aus dem jungen Trieb ein Stängel mit noch eingerollten Blättern erwuchs, die sich erst nach und nach entfalteten, sondern völlig willkürlich! Manchmal stülpte sich aus der grünlich-gelbbraunen Masse des Wechseltalgs zuerst ein Fuß heraus, ein andermal vielleicht ein Auge oder ein Stück Bauch. Einige Wechselbälger verharrten geduldig, bis sie vollständig waren, und verabschiedeten sich dann tatendurstig und mit tückischem Lachen. Andere warteten gerade so lange, bis sie ein Sinnesorgan besaßen, mit dem sie ihre Umgebung wahrnehmen konnten, und eine Hand oder einen Fuß, um ihr Vorbild zu ohrfeigen, zu zwicken oder zu treten. Kurz und gut: Der Plan konnte nur gelingen, wenn sich Tyraffnirs Wechselbalg so lange zurückhielt, bis er ihm auch gewachsen war. Das war keine Anforderung, wie sie bei anderen Tauschmissionen gestellt wurde. Üblicherweise ging bei jenen die Gefahr von Verwandten des Originals, von Hirten oder streunenden Hunden aus. Einen Augenblick lang dachte Brams darüber nach, dass es vielleicht das Beste wäre, den Wechselbalg gleich vor dem Rachen des Drachen zu erzeugen, denn so erführe er frühzeitig, mit wem er es zu tun bekam. Sicherlich wäre das eine wirkungsvolle Herangehensweise, wenn auch die für alle Beteiligten gefährlichste, falls der Drache versehentlich vorzeitig erwachte. Brams verwarf diesen Plan schließlich trotz aller Vorzüge. Von halb fertigen, verschreckt fliehenden Wechselbälgern hatte er zwar noch nie gehört, wohl aber von kreischend davonrennenden Kobolden.

Daneben gab es noch etliche kleinere Löcher, etwa: Würde sich aus diesen unterschiedlichen Quellen tatsächlich ein gemeinsamer Wechselbalg entwickeln und nicht etwa mehrere, unbrauchbare kleinere? Würde er genauso tatendurstig sein und sich gegen sein Abbild wenden, wie sie es von den üblichen Wechselbälgern kannten, oder wäre er träge und hätte nichts anderes im Sinn, als sich wegzustehlen oder gar Frieden mit dem anderen zu schließen?

Brams wagte gar nicht mehr weiter darüber nachzudenken, was alles schiefgehen konnte!

Der Augenblick, in dem sich alles entscheiden würde, rückte schneller heran, als er erwartet hatte, da der Trupp das Denkmal des einstmals Guten Königs erreichte, ohne auch nur von einem einzigen Dämmerwichtel aufgehalten zu werden. Tyraffnir lag wie hingegossen auf dem Denkmalsockel – ein Anblick, bei dem sich Brams' Haare aufrichteten.

Sie alle hätten die Wahrheit längst erahnen können! Ein schwarz und rot geschuppter Drache auf einem schwarzen Steinsockel, der von roten Adern durchzogen war – wie gut das zusammenpasste! Wie töricht waren all die Geschichten vom Guten König gewesen, der angeblich listig lächelnd Gerüchte in die Welt gesetzt hatte, dass sein Standbild verborgen sei, obwohl es in Wahrheit nie eines gegeben habe, nur damit Generation um Generation von Kobolden vergeblich nach ihm suchen sollte, um schließlich zu erkennen, dass sie alle auf einen Streich hereingefallen waren. Wie überaus töricht! Dabei hätte schon vor Langem jemand erraten können, dass es deswegen kein Standbild Raffnibaffs gab, weil der König der Kobolde sein eigenes war und seine Eitelkeit nicht einmal ein steinernes Abbild seiner selbst als Konkurrenten ertrug!

Der Drache war wie erwartet allein, da er glaubte, niemanden fürchten zu müssen, und seine Helfershelfer sich hüteten, ihm unnötige Gesellschaft zu leisten. Keiner von ihnen wollte wissen, was er tat, wenn ihn ein nächtlicher Hunger weckte.

Auf Brams' Zeichen blieben seine Gefährten kurz vor dem Denkmal stehen. Jetzt kam der gefährlichste Teil ihres Unterfangens! Weil noch niemand einen Wechselbalg aus mehreren Teilen gefertigt hatte, waren Brams und die anderen Verschwörer übereingekommen, dass der Inhalt aller Beutel in möglichst kurzer Zeit zusammengegossen werden sollte, so, als stamme der Wechselta.(lg) wie sonst auch nur aus einem einzigen Säckchen und als hätte jeder Tropfen auch genau dasselbe Alter, eine Voraussetzung, die allen von Anfang an viel Kopfzerbrechen bereitet hatte. Völlige Gleichzeitigkeit war jedoch nicht erreichbar, da jeder mehr als einen Beutel zu entleeren hatte. Allerdings verwandelten sich nun unerwartet zwei Nachteile zu Vorteilen. Die bessere Sicht wegen des fehlenden Nebels und des zaghaft einsetzenden Morgengrauens machte es leichter, sich mit Handzeichen zu verständigen, und Riettes Doppelgängerinnen waren sowieso wie geschaffen für ihre Aufgabe, auch wenn ihr gleichartiges Verhalten bisweilen etwas unheimlich wirkte.

Langsam, ganz langsam traten die Verschwörer auf den großen Leib zu, der sich im Rhythmus der Atemzüge hob und senkte. Nicht einmal vier Arglang von ihm entfernt hielten sie inne. Jeder öffnete seinen ersten Beutel und schüttete ihn aus. Dabei beugten sich alle ganz tief nach unten, um verräterisches Plätschern zu vermeiden. Dem ersten Beutel folgt eine zweiter und dem zweiten einen dritter. Brams war der Einzige, der sich hieran nicht beteiligte, denn seine Aufgabe bestand darin, den Wechselta.(lg) zu beobachteten und beim ersten Anzeichen einer eigenständigen Bewegung, die das Einsetzen der Formwerdung bedeutete, zum Rückzug zu mahnen. Schließlich war auch der letzte Beutel in die mittlerweile beachtlich große Lache geleert. Schon jetzt war ersichtlich, dass etwas ungewöhnlich war an der zähen Flüssigkeit, da jeder verschüttete Tropf das Bestreben zeigte, sich mit der Hauptmasse zu vereinigen, indem er auf sie zukullerte.

So leise, wie sich die kühnen Streiter *der Sache* und ihr Dutzend Gehilfinnen dem Drachen genähert hatten, entfernten sie sich wieder. Sie gingen nicht ganz weg, sondern versteckten sich etwa fünfzig Arglang entfernt hinter Bäumen und Büschen. Dass sie nicht abrückten, war reiner Neugier zuzuschreiben, denn eingreifen konnten sie jetzt nicht mehr. Falls der Plan gleich zu Anfang scheiterte, weil der Wechselbalg gar nicht erst wie gedacht entstand, geschweige denn über sein Abbild herfiel und es aus dem Koboldland-zu-Luft-und-Wasser vertrieb, so war ihr Hierbleiben wegen der sofortigen Entlarvung sogar gefährlich. Sorgen machte sich deswegen allerdings keiner von ihnen.

Dass die Verwandlung im Gange war, zeigte sich, als plötzlich ein langer, dünner und in einer breiten Pfeilspitze auslaufender Schwanz sich zum Nachthimmel reckte. Planlos peitschte er durch die Luft, was Brams ein Stöhnen entrang. Davor hatte er sich gefürchtet! Sofort legte sich eine Hand vor seinen Mund und verhinderte so weitere unbeabsichtigte Geräusche.

Jetzt kein Auge!, dachte Brams besorgt, als der Schwanz gar nicht mehr zu peitschen aufhören wollte. Gegenwärtig war die Gefahr, dass er zufällig den schlafenden Drachen träfe, zwar vorhanden, aber nicht übermäßig groß. Sollte das nächste Teil des Wechselbalgs aber ein boshaft forschendes Auge sein, so würde Raffnibaffs Nachtruhe bald unsanft infolge eines gezielten Hiebes enden!

Brams' Wunsch wurde nicht erfüllt, wie er zu seinem Leidwesen kurz darauf feststellen musste, als sich etwas Großes vom Boden erhob: der Schädel des drachischen Wechselbalgs! Wie bei seinem Vorbild gaukelten die spitzen Ohren und die Höcker auf seiner Stirn ein Geviert aus Hörnern vor, und ebenso wie bei diesem wuchsen an der Spitze des mächtigen Mauls bartartige Fühler. Der Kopf schien bislang nur einen Hals, aber keinen Körper zu besitzen. Neugierig beschnüffelte er sein schlafendes Ebenbild und glitt dabei ganz dicht darüber hinweg. Der Rachen öffnete sich leicht! Noch immer peitschte der Schwanz durch die Luft, doch dann senkte sich der Kopf. Brams atmete tief durch. Der Wechselbalg hatte also zu warten beschlossen!

Sein Körper vervollständigte sich nun immer schneller. Der Hals erhielt einen Rumpf, auf dem Rücken bildeten sich Flügel. Als das erste Tageslicht seine Finger ausstreckte, erhob sich neben dem schlafenden Drachen ein zweiter! Augenscheinlich hatte er sich genau überlegt, was er wollte, da er sofort seine Flügel entfaltete, mit einem kräftigen Schwingenschlag auf Tyraffnirs Rücken sprang und ihn in den Hals biss. Der König der Kobolde schreckte mit einem lauten Röhren aus dem Schlaf auf. Auch er wollte die Schwingen ausbreiten, was ihm jedoch wegen des Widersachers auf seinem Rücken nicht gelang. Er wandte den Kopf, um nachzusehen, wer oder was ihn behinderte. Eine feurige Wolke schoss aus seinem Rachen und hüllte den Gegner ein. Der Doppelgänger sprang von Tyraffnirs Rücken und schüttelte verdutzt den Kopf. Kleine Rauchwölkchen stiegen von ihm auf. Schon fegte eine neue Flammenzunge über ihn hinweg und zwang ihn, sein Heil in der Luft zu suchen. Tyraffnir folgte ihm in die Höhe, und eine Weile umkreisten sich beide, bevor sie gemeinsam der aufgehenden Sonne entgegenflogen. Die furchterregenden Geschöpfe schrumpften und wurden zu winzigen Punkten. Eine Zeit lang schienen sie zu verharren, dann wurden sie wieder größer. Sie kamen zurück! Nur wenige Hundert Arglang vom Denkmal entfernt, begann die zweite Runde ihres Ringens. Sie stürzten aufeinander zu, krallten sich ineinander und schlangen die langen Hälse umeinander, sodass sie an sich paarende Schlangen erinnerten. Ihr gemeinsamer Flügelschlag hielt sie in der Luft und verstärkte diesen Anblick besorgniserregender Vertrautheit.

Doch dann begann der Abstieg. Sie fielen, rasten dem Boden entgegen, und keiner von beiden schien bereit, den anderen aus seinem Griff zu entlassen. Bis zuletzt. Mit einem weit zu hörenden Dröhnen schlugen sie auf. Doch was für so viele andere Geschöpfe tödlich gewesen wäre, war für die beiden nur ein Zwischenspiel. Wieder stiegen sie auf, und eine neue Jagd zum Horizont begann.

Erst jetzt fiel Brams auf, dass sie nicht mehr allein waren. Scharenweise waren – ohne dass er es bemerkt hatte – Kobolde zu ihnen gestoßen, und jeden Augenblick trafen weitere ein. Und nun kam Bewegung in die Menge, da plötzlich jeder dorthin wollte, wo die Drachen auf dem Boden aufgeschlagen waren. Sie hatten eine beachtliche Mulde hinterlassen und die Erde zusätzlich mit ihren Krallen aufgerissen.

Aber nicht nur die Kobolde hatte die Neugier hergetrieben, sondern auch die Dämmerwichtel. Nicht minder laut als die Kobolde staunten sie über die Hinterlassenschaft der Geflügelten, und für einen kurzen Augenblick verschwammen die Grenzen, doch dann trennten sich beide Gruppen voneinander. Etwas anderes trat in den Mittelpunkt allgemeinen Interesses. Irgendjemand war schließlich doch aufgefallen, dass, gleichgültig wohin er blickte, fast überall Riette stand! Gerüchte blühten auf und verdorrten bald wieder, da immer mehr Anhänger *der Sache* sich zu erkennen gaben und die Wahrheit, so weit sie sie kannten, bereitwillig mit allen anderen teilten.

Der Kampf der Drachen dauerte fast eine Stunde und wurde mit allem ausgefochten, was ihnen zur Verfügung stand: Krallen, Zähnen, Feuer und Schläue. Mehrmals schossen sie feuerspeiend in niedrigem Flug über Kobolde und Dämmerwichtel hinweg, zwangen sie, sich auf den Boden zu werfen, und hinterließen bei beiden Gruppen den Geruch verschmorter Haare und versengten Stoffes. Dann endete der Kampf. Ein Drache flüchtete in unsicherem Taumelflug, kaum noch fähig, sich in der Luft zu halten. Der andere, kaum weniger mitgenommen, landete bei den Kobolden. Die Sonne glitzerte auf seinen schwarzen und roten Schuppen, als er sprach: »Ich bin Tyraffnir, König des Koboldhimmels-zu-Land-und-Wasser, ihr werdet gehorchen!«

## 29.

Der Drache ließ den Kopf von links nach rechts schwingen und die Augen über die Kobolde wandern. »Wem habe ich diesen Schurkenstreich zu verdanken?«, fragte er mit zornig rollendem »R«. »Wer war verantwortlich dafür?«

Zwar antwortete niemand, aber auch ihm war der Überschuss an Rietten nicht entgangen. Züngelnd blickte er von einer Doppelgängerin zu anderen, bis er schließlich das Original vor Augen hatte. Vielleicht konnte er Riette am fehlenden Lehmgeruch unterscheiden, vielleicht erkannte er auch als Wechselbalg andere seiner Art. So vieles war neu und unbekannt an diesem Tag.

»Ich hätte es mir denken können«, sagte er. »Du bist offensichtlich Brams.«

Riette hielt verwundert seinem Blick stand. »Ich bin nicht Brams.«

»Sicherlich bist du Brams!«, beharrte der Drache. »Wer solltest du auch sonst sein?«

»Ich bin Riette«, sagte Riette.

»Riette?«, spie der Drache aus. »Nie gehört! Dabei kenne ich viele Namen: Brams, Rempel Stilz, Hutzel… aber eine Riette?«

Riette stampfte mit dem Fuß auf: »Wohl kennst du mich. Ich war in der Höhle.«

»Die Höhle!«, wiederholte der Drache wissend. »Brams war da und Rempel Stilz, aber an dich erinnere ich mich trotzdem nicht. Haben wir miteinander gesprochen?«

»Ich weiß nicht mehr«, antwortete Riette unsicher.

Der Drache schmatzte ratlos. »Nanntest du mich vielleicht schmierigen Krötenschwanz?«

»Ich glaube nicht.«

»Oder schuppiges Wiesel?«

»Bestimmt nicht!«

»Dann nanntest du mich vielleicht...« – er ließ sich Zeit – »... Oberkackpuh?«

Riettes Augen leuchteten auf. »Das könnte es gewesen sein. Genau das!«

»Ich erinnere mich trotzdem nicht«, erwiderte der Drache zerknirscht. »Aber wenn dir meine Bekanntschaft so viel wert ist, dann halten wir es eben so, Brams...«

»Riette«, verbesserte ihn Riette.

»Natürlich, Riette! Was auch immer«, fuhr der Drache fort. »Ich komme dir entgegen: Zuerst fresse ich Brams... und dann dich! Na, ist das was?« Sein Kopf schwang herum, und seine Augen musterten Brams. »Manche scheuen vor wirklich nichts zurück, wenn sie sich damit in den Mittelpunkt stellen können. Meinst du nicht auch, Brams?«

Sein Rachen öffnete sich, als wolle er wieder Feuer speien, doch unerwartet kam ein leises Kichern heraus. Erneut blickte er zu Riette. »Dein Gesichtsausdruck ist wirklich Gold wert! Ich habe übrigens gewonnen, Kobolde. Frohlocket. Frohlocket! Euer Peiniger ist vertrieben und wird nie wieder zurückkehren!«

Lauter Jubel brandete auf. Als er nach einiger Zeit wieder abklang, wandte sich der Drache erneut an Riette. Ihre Wechselbälger hatten offensichtlich ein großes Interesse bei ihm geweckt. »Sie sind anders als ich.«

»Man muss ihnen sagen, was sie tun sollen«, erklärte sie. »Von allein machen sie gar nichts.«

»Bemerkenswert«, staunte Tyraffnirs Wechselbalg. »Woher stammen sie?«

»Ich weiß nicht«, antwortete Riette. »Wir waren …«

»Wir haben sie gefunden«, rief Brams, bevor sie am Ende noch auf Thor zu sprechen kam. »Am Wegesrand … beim Kräutersammeln … auf Pilgerfahrt …« Er biss sich auf die Zunge. So unglaubwürdig hatte er noch nie gelogen!

»So, so«, sagte der Wechselbalgdrache. »Erzählt es mir eben ein andermal, wenn ihr es jetzt nicht wollt. Lass sie vortreten, Riette!«

Riette wies ihre Doppelgängerinnen an, zu dem Drachen zu gehen. Er schnupperte an ihnen. »Sie riechen nach frischem Lehm. Muss man sie erst brennen?«

»Lieber nicht!«, entgegnete Riette besorgt. »Sie könnten Schaden nehmen.«

»Womöglich«, räumte der Drache ein und wandte sich an die Doppelgängerinnen. »Hebt alle das linke Bein und zupft euch an der Nase!« Sie gehorchten. »Bemerkenswert«, sagte der Drache. »Offenbar hat es etwas mit Willenskraft zu tun. Es wäre sicher spannend, Riette, wer von uns beiden sich bei ihnen durchsetzen würde, legten wir es auf einen Wettstreit an.« Er entblößte seine langen, spitzen Zähne in einem Lächeln und schaute zu den Dämmerwichteln. »Du mit dem roten Hut, komm her!«

Das Unbehagen troff dem Dämmerwichtel aus allen Poren, trotzdem kam er herbei. Der Wechselbalg hob die Stimme und sprach mit dem ererbten Wissen des echten Tyraffnirs: »Ihr seid hier nicht mehr erwünscht, Dämmerwichtel! Geht nun und wagt es nie wieder, ungeladen hierherzukommen! Ansonsten …« Er wandte sich wieder an die Rietten. »Zerreißt ihn!«

Gehorsam packten Riettes Ebenbilder den Dämmerwichtel an Armen und Beinen und zerrten daran. Er schrie auf vor Schmerz, seine Glieder sprangen aus den Gelenken, sein Fleisch riss, und schließlich fiel der arm- und beinlose, blutsprudelnde Körper zu Boden. Kreischend vor Entsetzen wandten sich die Dämmerwichtel, aber auch viele Kobolde zur Flucht. Als der geschundene Wichtelkörper zu zucken aufhörte, flüsterte Brams erschüttert: »Das war unnötig!«

»Mitnichten«, widersprach der Wechselbalg sanft. »Die Bürde des Königs – und ja, ich bin euer König! – ist es, das zu tun, was sonst keiner wagte. Ihr, meine Kobolde, hättet sie ziehen lassen. Doch sie hätten eure Milde als Schwäche ausgelegt und euch bald wieder geplagt. Nun fürchten sie das Land der Kobolde, denn euer König hat seine Pflicht getan. Geht nun, meine Kobolde! Wir werden noch viel Zeit miteinander verbringen, genug, um alles besprechen zu können. Wisset schon jetzt, dass ich stets ein offenes Ohr für euch haben werde, und sollten jemanden Zweifel plagen, wie unseren guten Brams, so kann er, nein, so soll er sogar zu mir kommen, auf dass ich sie ausräume. Jetzt muss ich ruhen, denn auch wenn der Tag kurz war, war er doch sehr anstrengend.«

Lange nicht mehr war eine Versammlung von Kobolden so leise auseinandergegangen. Ein kurzes Nicken als Andeutung einer Verabschiedung war schon das Äußerste, was sich die meisten abzuringen vermochten. Riette ging allein fort, als hätten sich ihre Doppelgängerinnen in Luft aufgelöst, und Brams war schon eine ganze Weile zu Hause, als ihm auffiel, dass er sich weder an seinen Heimweg erinnern konnte noch daran, wo er vorbeigekommen oder ob er jemandem begegnet war.

An der Unordnung in seinem Heim hatte sich nichts geändert, seitdem er es zuletzt gesehen hatte, außer dass sich auf die zerbrochenen Stühle und die überall verstreute Kleidung mittlerweile eine Staubschicht gelegt hatte. Brams wusste zuerst gar nicht, wo er mit dem Aufräumen anfangen sollte. Er empfand einen leichten Neid auf Rempel Stilz. Dessen Haus war sogar völlig zerstört gewesen und doch mittlerweile neu errichtet worden! Zwar um den Preis, dass nicht mehr ganz klar war, ob sich darin überhaupt noch ein Platz für ihn fand, aber jemand hatte sich darum gekümmert. Jemand hatte sich gesorgt!

Jeder seiner Gefährten hatte jemanden, der an ihn gedacht hatte. Rempel Stilz hatte seine Unterdessenmieter, Riette ihre Freundin Spinne, Hutzel hatte … Wen Hutzel hatte, war nicht so einfach zu bestimmen. Vielleicht jemand, mit dem er zuletzt gewettet oder ein Körperteil getauscht hatte, wie mit dem Reiher oder dem Igel? Irgendjemanden gab es gewiss, der auf ihn wartete. Doch er? Wer wartete auf Brams? Vielleicht Moin, dachte Brams. Sein treuer Freund Moin, der stets ungeduldig auf seine Rückkehr hoffte und immer neue Wege ersann, ihn über den Tisch zu ziehen. Unaufhörlich machte sich der gute Moin Gedanken um ihn!

Brams wurde ganz wehmütig. Plötzlich schrie er auf. Sein Willkommensstreich! Wo war er? Warum hatte ihm niemand einen Streich gespielt, wie es Höflichkeit und Anstand verlangten, wenn jemand für lange Zeit verreist war?

Er blickte sich um. Gewiss, bei der Gründlichkeit, mit der in einer besseren Zeit zuerst seine Nachbarn und später, zu einer schlechteren, die Dämmerwichtel sein Haus verwüstet hatten, war es nicht leicht, noch einen passenden Streich zu ersinnen. Aber schließlich stand das Bett nach wie vor auf zwei Beinen! Hätte nicht einer seiner Nachbarn Verstand und Rücksichtnahme beweisen und um des Scherzes willen eines davon ansägen können? War das denn zu viel verlangt?

Brams ging zum höheren Ende seines Nachtlagers und ließ sich vorsichtig darauf nieder. »Aber hoffentlich haben sie es doch nicht getan«, murmelte er tief gespalten.

Wie geht es wohl Riette?, dachte er plötzlich.

»Sie hat sich endlich von ihren Doppelgängerinnen getrennt«, beantwortete er seine Frage. »Es war schon arg unheimlich, sie in zwanglosem Umgang mit ihren eigenen Wechselbälgern zu erleben.«

Riette ist hoffentlich wohlbehalten, dachte Brams weiter.

»Wenigstens das!«, seufzte er. »Wir alle sind wohlbehalten zurückgekehrt, doch vielleicht wäre es das Beste gewesen, wenn wir weggeblieben wären!« Als brächen Dämme in ihm, sprudelte alles, was ihn bedrückte, aus ihm heraus: »Wir hielten es für einen guten Einfall, den Drachen durch einen Wechselbalg zu ersetzen. Und das ist ja auch gelungen. Aber der Wechselbalg scheint nicht besser zu sein. Er ist ebenfalls grausam, doch während der andere vor Zorn schäumte, wenn er Untaten befahl, gibt der Neue sich freundlich und erklärt sogar, was er besser hätte lassen sollen. Er scheint sich sogar einzubilden, mich getäuscht zu haben, aber vielleicht tut er auch nur so. Ich fürchte, dass wir alles noch schlimmer gemacht haben. Wir haben den alten Tyrannen durch einen neuen ersetzt, und für Riettes Doppelgängerinnen, die er als seine Werkzeuge benutzt hat, sind wir ebenfalls verantwortlich. Über kurz oder lang wird auch er irgendwelche Schergen ins Koboldland holen!«

Er weiß, wer ihn geschaffen hat, schoss es Brams durch den Kopf.

Stumm nickte er.

Er weiß weiterhin, wem der Sturz seines Vorgängers zuzuschreiben ist.

»So ist es!«, stimmte Brams seinen Gedanken zu.

Also weiß er auch, wen er zu fürchten hat und wen er zuerst ausschalten muss! Einleuchtend, wie?

»Nein, warum?«, zweifelte Brams seine Gedanken an. »Es ist ja nicht so, dass wir bereits einen neuen Plan hätten, um ihn loszuwerden. Womöglich wird uns auch nie einer einfallen.«

Das ist ihm einerlei, behaupteten seine Gedanken. Mach dir nichts vor, Brams! Sei nicht so ein einfältiger Rübenschädel! Du schwebst in allerhöchster Gefahr und die liebliche Riette ebenfalls. Du, Riette, jeder einzelne von euch!

Das war dann doch zu viel für Brams. Er sprang vom Bett auf, und auch wenn es nur noch Weniges in seiner Wohnung gab, worunter oder wohinter er hätte nachschauen können, schaute er nun dort, wo es eben noch ging, darunter oder dahinter nach. Als er jedoch niemanden aufstöberte, verschränkte er die Arme und befahl laut: »Zeige dich! Ich weiß, dass hier jemand ist, selbst wenn ich dich nicht sehe!«

Niemand antwortete, doch Brams ließ sich dadurch nicht beirren. »Merke dir eines! Obwohl ich mich mitunter sehr angeregt mit mir selbst unterhalte, käme ich nie auf den Gedanken, mich Rübenschädel zu nennen. Wer oder was bist du?«

»Man nennt es innere Stimme«, behauptete zaghaft eine

innere Stimme. »Redet sie pausenlos und in einem fort, so spricht man auch gern von einem inneren Monolog. Es sei denn, er bestünde nur aus einem einzigen, wiederkehrenden Satz, womöglich einer Aufforderung, etwas zu tun. In dem Fall ist die Bezeichnung Wahnvorstellung eher angebracht. Tatsächlich gilt das öfter, als man so denkt. Doch keine Sorge, Br... äh, *ich*. Keine Sorge – ich! –, in diesem Fall trifft Letzteres nicht zu.«

»Kackpuh drauf, innere Stimme und innerer Monolog!«, schimpfte Brams. »Einmal auf den Leim gegangen, bedeutet nicht für immer festgeklebt! Ich werde dir schon noch auf die Schliche kommen!«

Misstrauisch sah er sich um. Wie schon einmal fiel ihm auf, dass es in seinem verwüsteten Zuhause genau einen Winkel gab, über den der Sturm der Unordnung folgenlos hinweggebraust war, nämlich die Stelle, wo der Stuhl mit den geschnitzten Schreckensfratzen stand. Niemand hatte es für nötig befunden, ihn umzustoßen oder gar eines seiner Beine abzubrechen. Warum? Selbst wenn dieses Versäumnis durch sein abschreckendes Aussehen zu erklären war, warum hatte sich dann keiner an den Pantoffeln unter ihm vergriffen? Noch immer standen sie so unberührt nebeneinander, wie Brams sie hinterlassen hatte.

»Ich weiß nun, wer du bist«, sagte Brams, »und es gefällt mir nicht. Du bist der Stuhl, ein großer, hässlicher Stuhl, der sich heimlich in meine Gedanken drängt!«

Ein Seufzen war zu hören oder zu denken, und eine Stimme sprach, oder ein Gedanke wurde gedacht: »Das ist nun wirklich kein Grund, gleich persönlich zu werden, Brams, und bevor du etwas Unüberlegtes tust, solltest du bedenken, wie lange der Stuhl schon neben deinem Bett steht und du ihm deine Pantoffeln anvertraust. Wir sind immer gut miteinander ausgekommen. So ist es doch? Ich habe deine Pantoffeln gewissenhaft behütet, obwohl das am Anfang in vielerlei Hinsicht eine ungewohnte Tätigkeit für mich war.«

»Warum dann die Heimlichkeit?«, verlangte Brams zu wissen. »Ich bin ein Kobold, und belebte Möbelstücke sind nichts Ungewohntes für mich.«

»Um genau zu sein, bin ich gar nicht der Stuhl«, behauptete Brams' Stuhl. »Ich bewohne ihn nur. Aber fürchte dich nicht vor mir.«

»Ich fürchte mich nie vor Stühlen«, erwiderte Brams trotzig.

»*Nicht* der Stuhl!«, erinnerte ihn der Stuhl oder was immer in ihm wohnte.

»Dann eben *nicht* der Stuhl! Das habe ich schon verstanden, dass du nicht der Stuhl bist«, entgegnete Brams ungeduldig. »Aber wer bist du dann?«

»Ich zeige es dir«, vernahm er, und fremdartige Bilder stürmten plötzlich auf ihn ein. Brams fühlte sich schlagartig an einen anderen Ort versetzt, doch da er gewohnt war, mit Hilfe der Türen oft genug an andere Orte zu gelangen, wusste er, dass alles, was er sah, Trugbilder sein mussten.

Er blickte auf einen Hügel, auf dessen Spitze sich eine steinerne Figur erhob. Eine breite Treppe führte zu ihr hinauf, die von einem Geländer in der Mitte in zwei Bereiche geteilt wurde. Das Geländer stellte einen langen, vielfach segmentierten Wurm dar; breite Rinnen zu beiden Seiten sollten anscheinend dafür sorgen, dass das Regenwasser ablaufen konnte, ohne sich über die Stufen zu ergießen. Leider wurden sie nur nachlässig gepflegt und würden daher höchstwahrscheinlich beim nächsten heftigen Regenguss verstopft werden.

Plötzlich stand Brams vor der Figur. Sie war mehrere Arglang hoch und hielt in ihren vier Fäusten lange Klingen. Ihr Gesicht war in Tobsucht verzerrt, wodurch sie den Schnitzereien auf Brams' Stuhl verblüffend ähnelte. Ein zweiter Blick ließ Brams an seiner ersten Einschätzung zweifeln, denn ebenso gut wie Tobsucht konnte das Steingesicht auch gefrorenes Entsetzen ausdrücken. Dasselbe galt für die Mordwerkzeuge. Ebenso gut konnten sie Gartengeräte sein. Sicheln, Hacken, Scheren.

Unterhalb der Statue stand ein Steintisch mit Rillen und Mulden, hinter dem drei Menschen warteten. Zwei waren nackt bis auf Lederschürzen, die ihnen bis zu den Knien reichten. Der dritte trug ein langes, fließendes Gewand und war völlig haarlos. Seine Wangen waren kahl geschabt und ebenso der Schädel, der eine Krone aus weißen und gelben Federn trug. Selbst die Augenbrauen waren entfernt worden. Zahlreiche goldene Arm- und Halsreifen vervollständigten seine Tracht. Auch sein Gesicht war verzerrt, doch im Gegensatz zu dem der Statue gab es bei ihm keinen Zweifel, ob durch Tobsucht oder Entsetzen. Alle drei Menschen hatten spitz zugefeilte Zähne – ein Anblick, der Brams undeutlich vertraut vorkam.

Tausende Trillerschreie ertönten aus einer Menge, die sich am Fuß der Treppe eingefunden hatte, und zwei weitere Menschen schleppten einen dritten die Treppe empor. Oben angekommen, reichten sie ihn an die beiden in den Lederschürzen weiter, die ihn auf den Steintisch drückten, damit der Haarlose mit der Federkrone ihm ruhig und fachmännisch die Kehle durchschneiden konnte. Brams wunderte sich, dass ihn der schreckliche Anblick überhaupt nicht entsetzte oder auch nur berührte, obwohl er ganz genau beobachten konnte, wie die Messerklinge auf die Haut drückte, sie spannte, dann durchschnitt und tiefer drang.

Schon kam das nächste Opfer an die Reihe, danach das übernächste. Dutzende, Hunderte folgten noch, und wie Brams vorausgesehen hatte, vermochten die Rinnen am Geländer ihrer Aufgabe – ihrer wirklichen Aufgabe! – nach einiger Zeit nicht mehr nachzukommen. Das Blut ergoss sich ungeplant über die Stufen und machte sie glitschig, was schließlich zum ersten Unfall führte.

Wieder einmal begaben sich zwei Knechte mit ihrem Opfer auf den langen Weg nach oben. Unversehens glitt einer von ihnen aus und riss die anderen beiden mit sich. Sie purzelten die Treppe hinab, an deren Fuß die beiden Knechte mit gebrochenen Hälsen liegen blieben, während sich das Opfer einigermaßen unbeschadet wieder erhob. Zwei weitere Knechte nahmen sogleich die Stelle der Verblichenen ein, um deren Ungeschick auszugleichen, und erneut wurde das Opfer hinaufgeführt. Doch abermals schlug das Schicksal zu, sogar fast an derselben Stelle. Erst das dritte Paar Knechte vermochte den tückischen Aufstieg zu vollenden und das Opfer erfolgreich seinem schaurigen Ende zuzuführen. Als sein Auge brach, brüllte der Schlächter, dessen Federschmuck und Gewand längst starrte vor Blut, unter ohrenbetäubendem, schrillem Trillern: »Spratzquetschlach will es so!«

Der Bilderreigen verschwand, und Brams empfand noch immer nichts. Eine raue Stimme sprach zu ihm oder wurde von ihm gedacht: Ich bin Spratzquetschlach, ein Blutgott!

## 30.

Das unerklärliche Fehlen von Mitgefühl hinderte Brams nicht, sich zu empören. »Das ist ja grauenhaft! Warum zeigst du mir das, und warum berührt es mich nicht?«

»Damit du dich nicht fürchtest«, antwortete Spratzquetschlach. »Es ist zwar nicht leicht, ein Gott zu sein, aber gelegentlich hat es Vorteile. Glaube mir, Brams, du willst nicht fühlen, wie es wirklich war. Bevor du jedoch unüberlegt handelst: Ich habe ihnen diese Scheußlichkeiten nicht befohlen! Ich sagte ihnen, ich wolle ein paar Blüten. Du weißt, was Blüten sind, Brams. Jeder weiß, was Blüten sind: Lilchen, Vergissmeinnichtchen, Fliederchen, Magnölchen – aber sie haben immer nur Bluten verstanden. Bluten! Bluten! Bluten! Da ich vermutete, sie könnten einen Sprachfehler haben oder einfach nur sehr dumm sein, ließ ich sie wissen, dass ich statt Blüten nun doch lieber *Bluten* wolle. Doch nichts änderte sich. Sie hörten einfach nicht auf mit diesen grauenhaften Dingen! Sie hatten einen Grund gefunden, einander zu töten, und blieben ihm treu. Ich hatte nichts zu sagen. Schließlich machte es gar keinen Unterschied mehr für mich, ob sie gerade jemanden umbrachten oder nicht, weil ich die Schreie ununterbrochen hörte. Außerdem befürchtete ich, dass sie sich bald an mir vergreifen könnten, denn einige verkündeten bereits: Spratzquetschlach ist tot oder sollte es bald sein. Daher beschloss ich zu fliehen!«

»So kamen wir zusammen?«, fragte Brams zweifelnd. »An eine Treppe erinnere ich mich nämlich gar nicht.«

»So war das auch nicht«, meinte Spratzquetschlach. »Zuerst war der Stuhl dran. Du weißt, welcher! Er sollte ein Geschenk für einen fernen Tempel sein, wodurch er mir als Fluchtgefährt geeignet erschien. Also versteckte ich mich in ihm. Doch welch Irrweg! Glaube mir, Brams, wenn sie wollen, dann finden sie überall einen Hügel.«

»Wie meinst du das?«, fragte Brams. Doch statt einer Antwort fühlte er sich an einen anderen Ort versetzt.

Dieses Mal handelte es sich um ein Gebäude mit Säulengängen und hoher Decke. Rußende Fackeln, die in Haltern steckten, spendeten wankelmütig Licht. Brams erkannte seinen Pantoffelstuhl sofort. Er stand vor einer der schmalen Seiten des Tempelraumes und wurde von zwei kahlköpfigen Menschen flankiert. Beide trugen lange Bärte, die zu einem Zopf geflochten waren. Ihre Hände spielten mit goldenen Kordeln. Trillerschreie ertönten, und die Besucher des plötzlich gut gefüllten Tempelraumes öffneten eine Gasse, durch die zwei Knechte einen dritten Menschen zerrten. Er wurde auf den Stuhl gedrückt und anschließend von einem der Bärtigen erwürgt. Neue Trillerschreie ertönten.

»Das ist nicht minder grauenhaft!«, rief Brams und war froh, dass er noch immer kein Mitgefühl empfinden musste.

»Vor allem erlebt man es noch näher!«, sagte Spratzquetschlach leise. »Doch nun zum erfreulichen Teil!«

Unversehens war Brams wieder in dem Tempelraum. Er war gähnend leer bis auf zwei Tempelwächter, die sich in eine Nische gekauert hatten und lautstark schliefen. Plötzlich löste sich eine kleine Gestalt aus den Schatten, rannte zu dem Stuhl, blieb stehen, klatschte in die Hände und lachte. Blitzschnell kletterte sie auf die Sitzfläche, beugte sich zu einer der Fratzen vor, hakte dann beide Zeigefinger in die Mundwinkel ein und zog den Mund in die Breite. Gleichzeitig streckte sie die Zunge heraus, schielte und sprach: »Ach ban Brams! War bast dann da?« Nachdem sie noch etliche andere Grimassen geschnitten hatte, trat ein verschlagener Ausdruck auf das Gesicht der Gestalt. Sie sprang vom Stuhl, sah sich rasch um, ergriff ihn und rannte mit ihm weg. Wieder verschwand die Bilderflut.

»Der erhabene Augenblick meiner Befreiung«, sagte Spratzquetschlach spöttisch.

»Ich wusste gar nicht, dass ich so lustig sein kann!«, freute sich Brams.

Der Blutgott wurde wieder ernst. »Manchmal, vor allem wenn du auf deinen Missionen bist, Brams, überlege ich, ob ich ihnen einfach hätte befehlen sollen, ihre Priester zu opfern oder sich selbst. Meinst du, das wäre ein guter Einfall gewesen?«

Brams hob abwehrend die Hände. »Nicht so schnell! Ich habe erst kürzlich alles über den hehren Tyrannenmord gelernt, angefangen beim freudigen Erdolchen bis hin zum ernsthaften Vergiften. Wir wollen es mit den Gewalttätigkeiten nicht übertreiben!«

Plötzlich erinnerte er sich an etwas, das ihm aufgefallen war. »Wieso erwähnst du so oft Riette? Sie war damals gar nicht dabei.«

»Ri?«, entgegnete einsilbig der Blutgott.

»…ette!«, ergänzte Brams.

»Sie ist ein ganz wildes Blümchen!«, schwärmte Spratzquetschlach. »Außerdem hat sie einen niedlichen kleinen Hi… Himbeerhut.«

»Himbeerhut? Ich habe sie noch nie mit einem Hut gesehen«, wunderte sich Brams.

»Wenn man lang genug in einem Stuhl wohnt, so ergeben sich gewisse Dinge«, erklärte Spratzquetschlach so geheimnisvoll, wie es nur ein Gott vermochte. »Allerdings ist das nun nicht mehr von Bedeutung«, fuhr er fort. »Sei abermals gewarnt, Brams: Ihr schwebt in höchster Gefahr und könnt hier nicht bleiben.«

Brams seufzte. »Du meinst, dass wir noch einmal ganz von vorn beginnen müssen?«

»Ich meine, dass ihr hier nicht sicher seid und wegmüsst, vielleicht für immer.«

»Das geht nicht. Unmöglich!«, rief Brams erschrocken. »Wir kennen jetzt den Ablauf eines hehren Tyrannensturzes. Nun müssen wir nur herausfinden, was beim ersten Mal falsch lief, damit wir es beim nächsten Mal besser machen können. Vielleicht war der Wechselta.(lg) zu unterschiedlich im Alter? Vielleicht wäre es auch besser gewesen, stattdessen den Wechselschlamm zu verwenden und einen Balg ohne eigene Absichten und Gelüste zu erschaffen. Notfalls befragen wir sogar erneut einen Ritter nach weiteren Möglichkeiten. Beim zweiten Mal wird alles leichter. Außerdem sagt man doch: Kennt man einen hehren Tyrannensturz, so kennt man alle.«

»So sagt man eben nicht!«, widersprach Spratzquetschlach. »Ich wiederhole mich gern: Im Gegensatz zum ersten Drachen weiß der zweite, dass ihr ihm gefährlich werden könnt und wie ihr mit seinem Vorgänger verfahren seid. Ein zweites Mal wird dein Plan also nicht gelingen. Oder hast du noch einen anderen?«

»Das war bereits der andere«, räumte Brams ein. »Denn das, was uns der Ritter lehren wollte, war entweder untauglich, da mit Aufgefressenwerden verbunden, oder unkoboldig.«

»Was willst du dann tun? Wie lautet dein neuer Plan?«, bedrängte ihn der Blutgott.

Niedergeschlagen ließ sich Brams auf die Überreste seines Bettes fallen. Da es dieser Belastung jedoch nicht mehr gewachsen war, brach es nun ganz zusammen, krachte auf den Boden und wirbelte große Mengen Staub auf. Inmitten einer dichten Wolke, doch den Blick unbeirrt auf den leeren Stuhl gerichtet, sagte Brams: »Ich bin ratlos. Wenn ich wenigstens wüsste, warum wir immer dachten, Raffnibaff sei nett, obwohl er es offensichtlich nie war.«

»Vom göttlichen Standpunkt aus lässt sich diese Frage sehr einfach beantworten«, erwiderte Spratzquetschlach.

»So?«, meinte Brams, nur mäßig interessiert.

»Ja!«, sprach der Blutgott begeistert weiter. »Es gibt sogar einen Fachbegriff dafür. Er klingt so ähnlich wie Simultaneität oder Synchronizität, falls es das Wort überhaupt gibt. Wie ärgerlich! Es fällt mir einfach nicht ein! Ein Dasein als Blutgott verengt eben doch auf die Dauer den Horizont.«

»So?«, sagte Brams, kaum weniger teilnahmslos.

»Es ist auch nicht weiter wichtig«, meinte Spratzquetschlach, »obwohl ich schon gern... Lassen wir's! Im Wesentlichen bedeutet es, dass aus hinreichend großem Abstand Gegensätze ihre Bedeutung verlieren. Alles wird gleichzeitig richtig! Wenn das eine stimmt, dann heißt das also nicht, dass das Gegenteil nicht ebenfalls stimmen könnte.«

»So?«, warf Brams ein, nun eher verwirrt. »Wo ist der Zusammenhang zu meiner Frage? Oder willst du damit ausdrücken, dass er gleichzeitig vorhanden sei und auch nicht?«

»Der König ist gut, und der König ist bösartig«, erklärte Spratzquetschlach geduldig.

»Was bedeutet das?«

»Das kann vielerlei bedeuten! Etwa, dass er trotz seiner Bosheit einen guten Kern hatte. Hättest du ihn vielleicht an einem anderen Tag unter günstigeren Bedingungen angesprochen, so hätte er sich womöglich als richtig feiner Kerl und Drachentyrann erwiesen. Das lässt sich nun aber nicht mehr nachprüfen, und bei seinem Nachfolger solltest du auch nichts Derartiges versuchen, Brams.«

Das hatte Brams allerdings auch nicht vorgehabt. »Vielerlei!«, brachte er in Erinnerung. »Was noch?«

»Bekloppt!«, erwiderte Spratzquetschlach schonungslos. »An einem Tag ist er freundlich, am nächsten unausstehlich. Das ist mehr als nur launisch. Zwei Seelen wohnen – ach je! O weh! Oweioweiowei! – in seiner Brust, ohne dass die eine von der anderen weiß.«

»Das wäre doch sehr auffällig gewesen«, zweifelte Brams. »Das wäre bestimmt überliefert worden.«

»Es müssen keine Tage sein«, gab der Blutgott zu bedenken. »Es könnten auch Jahre zwischen dem Auftreten des einen Wesenszugs und dem Auftreten des anderen liegen. Natürlich gibt es noch die banale Möglichkeit, dass es die ganze Zeit über schon mehrere Könige gab: einen guten, einen bösen ...«

»Es gibt mehrere Raffnibaffs?«, fragte Brams auf einmal hellwach.

»Denkbar«, sagte Spratzquetschlach. »Zwei kennst du ja sowieso schon.«

An der Tür klopfte es, und eine wohlbekannte Stimme ertönte von draußen: »Brams, bist du da? Hier ist Riette!«

Brams stand grinsend vom Boden auf. Er freute sich auf Riettes Gesichtsausdruck, wenn sie erfuhr, was es mit dem Stuhl auf sich hatte, auf dem sie trotz seines Verbotes immer so gerne saß. Doch urplötzlich hallte sein Kopf von einem einzigen, mächtigen Gedanken wider: Öffne nicht! Das ist nicht Riette!

Selbst wenn Brams gewollt hätte, so hätte er für ein paar Augenblicke keinen Schritt vorwärts tun können.

Wieder klopfte es. »Brams, bist du da? Hier ist Riette!«

Und noch einmal! »Brams, bist du da? Hier ist Riette!«

Nun wusste Brams, dass vor seiner Tür ganz bestimmt nicht Riette wartete. Sie hätte nicht so oft geklopft, sondern wäre entweder wieder gegangen oder hätte sich mittlerweile selbst Zutritt verschafft.

»Brams, bist du da? Hier ist Riette!«, ertönte es wieder und wieder.

Schick sie weg, dachte Brams, doch auf diesen Gedanken war er schon selbst gekommen. »Brams ist nicht da. Er ist auf dem Letztacker!«, sagte er entschlossen und in der begründeten Hoffnung, dass sich derzeit auch keiner seiner Bekannten auf dem Letztacker aufhalten würde.

Das Klopfen brach sofort ab, und Riettes Stimme wiederholte: »Brams ist nicht da. Er ist auf dem Letztacker!«

Brams wartete noch eine kurz Zeitspanne, bevor er zur Tür schlich. Er öffnete sie, spähte ins Freie und entdeckte in einiger Entfernung eine bekuttete Gestalt, die durchaus Riette hätte sein können. Er zog sich wieder zurück.

»Verflixt!«, sagte er. »Zu gern hätte ich mich weiter über die vielen Raffnibaffs unterhalten, aber ich muss dringend die anderen warnen!«

»Das hat keine Eile«, beruhigte ihn Spratzquetschlach. »Rempel Stilz ist nicht allein, Riette kann nicht von ihren Doppelgängerinnen getäuscht werden, und Hutzel ist viel zu schlau und misstrauisch, um sich so leicht überrumpeln zu lassen.«

»Wrumms«, nuschelte Brams. Spratzquetschlach hielt es offenbar für ausgemacht, dass es nur einen einzigen Kobold gab, dessentwegen man sich Sorgen machen musste. Einen, der sich nach Einschätzung eines hässlichen Würgestuhls wahrscheinlich von jedem übertölpeln ließ, der es auch nur halbherzig darauf anlegte.

»Wo finde ich denn dann einen etwas netteren Raffnibaff?«, fragte er spitz.

»Das weiß ich nicht, und vielleicht gibt es auch gar keinen«, erwiderte Spratzquetschlach. »Ich bringe nur alles in Einklang. Doch wenn es je einen König der Kobolde gab, so wie ihr ihn euch vorstellt, hat er ja vielleicht eine Nachricht hinterlassen?«

»Hat er nicht!«, antwortete Brams. »Alles, was wir über ihn wussten, war, dass er nett war. Und seine Abschiedsrede beweist es.«

»Eine Abschiedsrede?«

»O ja!«, sagte Brams und empfand zum ersten Mal seit Langem beim Gedanken an Raffnibaff wieder etwas Stolz. »Jeder Kobold kennt seine Abdankungsrede! Sie lautet wie folgt: ›Liebe Kobolde, ihr braucht mich nicht länger mehr als König! Ich wünsche euch allen auch weiterhin noch viel, viel Spaß!‹ ... Edel, nicht wahr?« Er ließ die Schultern sacken. »Vielleicht stimmt ja kein Wort davon.«

»Ist das die ursprüngliche oder die bereinigte Version?«, erkundigte sich Spratzquetschlach.

»Wieso bereinigte Version?«

»Es könnte doch sein, dass der freundliche Raffnibaff gar nicht so flüssig sprach, wie es sich jetzt anhört. Vielleicht sagte er: ›Ihr ... äh ... braucht mich nicht länger, hm, mehr ... als ... na! ... König.‹ Jemand hat vielleicht alle Verlegenheitslaute entfernt, damit die Rede würdevoller klingt.«

»Wäre das ein Unterschied?«, fragte Brams verständnislos.

»Durchaus!«, versicherte Spratzquetschlach ihm. »Man kann auch falsch bereinigen. Wenn es jetzt nicht geheißen hätte: ›nicht länger, ähm, mehr als König‹, sondern stattdessen etwa ›nicht länger *am* Meer als König‹, so könnte das ein Hinweis sein, dass der König sich im Hochgebirge versteckt hält.«

»Es gibt nur eine Version«, antwortete Brams schnell.

»Hast du denn je versucht, die Sätze rückwärts zu sprechen?«

»Warum sollte ich?«, entgegnete Brams in Erwartung eines Scherzes. Doch der Blutgott lachte nicht. Offenbar meinte er den Vorschlag ernst. Als gelte es, seine Worte und Gedanken in Stein meißeln zu lassen, verkündete er: »Viele große Geheimnisse enthüllen sich erst, wenn man einen bestimmten Satz rückwärts oder seitwärts spricht! So sage ich, Spratzquetschlach!«

»Wie spricht man einen Satz seitwärts?«, fragte Brams verblüfft.

»Das ist eines der großen Geheimnisse! So sage ich, Spratzquetschlach!«, ließ ihn der Blutgott wissen.

Brams zuckte die Schultern. »Versuchen kann ich es ja mal: *Spaß viel, viel noch weiterhin auch allen ...* Das klingt aber nicht nach einem Hinweis!«

»Das ist ja auch völlig falsch!«, rief der Blutgott. »Nicht einfach die Wörter in verkehrter Reihenfolge ...«

»Schon verstanden!«, sagte Brams fröhlich. »*Spaß viel, viel noch hinterwei auch lenal euch schewün*... Hinter Wei gibt es auch einen Lenal? Das ist der Hinweis? Raffnibaff versteckt sich in einem Lenal gleich hinter Wei?«

»Das ist womöglich auch grottenfalsch«, schlug Spratzquetschlach in sanftem Ton vor. »Ein wenig sinnvoll sollte sich das Ganze schon anhören.«

»Hinter Wei befindet sich gar kein Lenal?«, fragte Brams ungläubig.

»Nein!«, antwortete der Blutgott auffallend kurz angebunden. »Versuche es Silbe für Silbe.«

»Und das soll sinnvoller sein als der Hinweis auf das Lenal bei Wei?«

»Alles ist sinnvoller!«

»Wenn du meinst«, sagte Brams achselzuckend, dachte einen Augenblick lang nach und begann dann rückwärts zu sprechen. »Sab lif lif honiehduabra hanär i och schnübche ...«

»Manchmal muss man die Geschwindigkeit und Tonmelodie ändern! So sage ich! Ich könnte es mir jedenfalls vorstellen«, erklärte Spratzquetschlach selbst etwas verunsichert.

Brams begann erneut, doch schon nach wenigen Lauten wurde er scharf unterbrochen.

»Warum steht die Tür offen, Brams?«

Der Kobold blickte zur Eingangstür: »Ich habe vorhin nachgesehen, wohin die falsche Riette ...«

Wieder wurde er unterbrochen: »Du bist nicht allein! Renne so schnell du kannst, Brams! Renne!«

Brams fühlte sich auf einmal ganz bang. Unsicher drehte er mit den Fingern am obersten Knopf seines Kapuzenmantels und ging zur Tür – oder hatte es wenigstens vor, denn urplötzlich prallte er gegen etwas Festes und wurde zu Boden geschleudert. Er blinzelte verständnislos und vermeinte eine flüchtige Bewegung zu bemerken, ähnlich dem Flimmern heißer Luft über einer Kerze. Doch dann enthüllte sich vor und über ihm ein Durcheinander aus Stangen und Stelzen, Schläuchen, Schlingen und Schnüren, von denen Schleim tropfte. Ein garstiges Scharren drang in Brams' Ohren, und der säuerliche Geruch von Erbrochenem stach ihm in die Nase. Mit einem Mal verspürte er einen festen Druck, der von einem seiner Beine ausging und dann langsam durch seinen Bauch wanderte, durch die Brust und bis zum Hals. Brams war es, als drücke ihm jemand die Luft ab. Seine Ohren rauschten, und er meinte, die Augen müssten ihm jeden Augenblick aus den Höhlen treten. Erschrocken stemmte er sich mit den Armen halb vom Boden hoch und suchte die Stelle, wo der schreckliche Druck seinen Anfang genommen hatte. Er blickte auf sein rechtes Bein, genauer gesagt das, was davon noch übrig war, denn der rechte Unterschenkel fehlte! Das Bein war bloß noch ein ausgefranster Stumpf. Brams verstand auf einmal ganz genau, dass er lebendigen Leibes von dem Scharren aufgefressen wurde!

Angst, Entsetzen und der noch immer auf sich warten lassende Schmerz drohten ihn zu überwältigen und ihn in eine Nacht zu schleudern, aus der er nicht zurückkehren würde. Er kämpfte gegen die nahende Ohnmacht an und wusste doch genau, dass er diesen Kampf längst verloren hatte. Es würde schwarz um ihn werden, und das war es dann.

Schon hüllte ihn eine unwirkliche Leichtigkeit ein. Er spürte die Wärme der Sonne, sah ihr Licht und bildete sich ein, auf einem See zu treiben, einem See mit trübem Wasser und weißen Seerosen. Wie friedlich alles war!

Anfänglich noch leicht, dann stärker kräuselte sich die Oberfläche des Sees. Eine Welle kündigte sich an. Sie war schon ziemlich hoch, als Brams sie bemerkte, wuchs dann höher und höher, bis sie mindestens einhundert Arglang erreicht hatte. Unbehindert raste sie über den See und wurde von einem lauten und doch gleichzeitig gedämpften Brausen begleitet. Sie trillerte, tobte und schrie mit der Verzweiflung tausendfachen und niemals vergessenen Todeskampfes! Schlagartig verschwand der Druck auf Brams' Bein, und ein irres Schluchzen und Wimmern erklang, als die grauenhafte Woge über dem Geschöpf zusammenschlug, das Brams auffraß. Sofort veränderte es sich auf entsetzliche Weise: Seine Knochenstangen brachen, seine Atem- und Verdauungsschläuche platzten, und die Sehnen rissen! Wurde es von einer großen Hand zusammengeknüllt, oder tat es sich vielleicht alles nur selbst an? Täter oder Opfer – von einem gewissen Standpunkt aus war kein Unterschied mehr zu erkennen! Eine ruhige und gleichzeitig unsagbar traurige Stimme sprach: »Ich will es so! Ich will es so! Spratzquetschlach will es so!«

# Der Drachencode

## 31.

»Bekiefert!«

»Völlig bekiefert!«

»Geeicht, verbucht und danach gelinde eingeeschert.«

»Das fichtet mich überhaupt nicht an.«

»Zeder und Mordio! Zeder und Mordio!«

Als Brams zu sich kam, hatte er einen tannigen Geschmack im Mund und verspürte ein Kribbeln wie von tausend Nadeln. Insgeheim wehrte er sich gegen die Unterstellung, bekiefert zu sein. Er war vielleicht ausgelatscht und zerlärcht, aber ganz bestimmt nicht bekiefert!

Wo war er? Wer war er?

Stück für Stück rankte er sich aus dem Urmorast völligen Unwissens zu der Einsicht empor, dass seine Sinneseindrücke und Gedanken nicht wesentlich mehr Sinn ergaben als das Geschwätz von Rempel Stilz, Hutzel und Riette, die sich offenbar nicht allzu weit von ihm entfernt aufhielten. Gleichzeitig quälte ihn die Vermutung, dass es etwas gab, das er wissen sollte, aber nicht wissen wollte und das mit dieser Fülle unsinniger, verholzter Worte zusammenzuhängen schien. Ein böses Wort musste es sein! Nicht ausgelatscht, nicht ausgebucht, schon gar nicht gelindert, sondern …

… ausgeweidet!

Brams riss die Augen auf. Wie ein harter Hagelschauer prasselten die Erinnerungen an Stiele, Ranken, Schläuche, sauren Geruch und hässliches Schaben auf ihn ein. Er setzte sich aus dem Liegen auf, bekam dabei ganz nebenbei mit, dass er irgendwo anders war, nämlich im Freien, unter einer Ulme, an irgendeinem unbekannten Ort, und starrte auf sein Bein. Sein Fuß steckte nicht in einem Schuh, und auch der Unterschenkel war nackt. Vorausgesetzt, das war überhaupt die richtige Beschreibung dafür. Fleisch konnte nackt sein, Wände konnten nackt sein und selbst die Wahrheit …

Brams streckte die Hand aus und berührte sein Schienbein. Er ließ die Fingerspitzen über die harte, glatte Oberfläche gleiten, bis er zu dem schmalen Streifen gelangte, wo sich Holz und Fleisch berührten. Der Übergang war fast nicht zu bemerken, und das Holzbein hätte nicht besser an seinen ausgefransten Beinstumpf angepasst sein können, aber etwas anderes war auch gar nicht zu erwarten.

»Mein Bein«, klagte Brams. »Mein Bein!«

Ein Schatten fiel auf ihn, und Riette sprach: »Wir haben alle mitgearbeitet, damit es deinem eigenen so ähnlich wie möglich wird. Eine Zeit lang haben wir sogar erwogen, Stint hinzuzuziehen.«

»Stint?«, fragte Brams weinerlich. »Was hat denn der mit meinem Bein zu tun?«

»Du hast ihn einmal in den Hintern getreten«, eröffnete ihm Riette. »Das hat ihm eine nicht zu unterschätzende Vertrautheit mit deinem Fuß und speziell der Sohlenform verschafft.«

Brams wurde darüber ganz unglücklich und jammerte: »Ich habe Stint getreten? Den armen, guten Stint? Das tut mir leid! Das wollte ich doch bestimmt gar nicht!«

»Es muss dir nicht leidtun, Brams«, mischte sich Hutzel ein. »Nachdem wir länger darüber nachgedacht hatten, kamen wir nämlich zu dem Schluss, dass du es gar nicht gewesen sein konntest.«

»*Ich* habe ihn nämlich getreten!«, verkündete Rempel Stilz laut. »Und es tut mir überhaupt nicht leid. In der linken Hand trug ich nämlich bereits seinen Onkel und in der rechten seine Tante, zudem hatte ich auch noch eine seiner Basen unter den Arm geklemmt. Da blieb nur noch der Fuß! Was hätte ich auch sonst tun sollen? Ich hatte schließlich nicht den ganzen Tag Zeit, sie alle einzeln aus meinem Haus zu werfen...« Er stockte. »Sagte ich, ich hätte seinen Onkel links getragen? Dann kann das rechts nicht Stints Tante gewesen sein. Sicher war es die Base! Aber wen hatte ich dann unter dem Arm? Sagen wir, links einen Neffen, rechts den Großonkel und unter dem Arm...? Das kommt auch nicht hin! Links die Base, rechts die Nichte, nein, nein!«

»Mein Bein!«, jammerte Brams.

»Augenblick, ich habe es gleich«, erwiderte Rempel Stilz. »Stint hat doch einen Viertelbruder und der wiederum...«

»Mein Bein!«, wiederholte Brams, nun weniger jammernd, dafür merklich ungehalten, da er sich mit seinem Unglück alleingelassen fühlte. Doch damit war er an den Falschen geraten.

»Für dich mögen solche Dinge vielleicht unbedeutend sein, Brams«, wies ihn Rempel Stilz streng zurecht. »Für mich aber nicht! Ich halte gern Ordnung bei meinen Erinnerungen. Ich kann mich nicht in allem nach dir richten! Außerdem hast du doch schon ein neues Bein.«

»Es ist nicht meins«, beschwerte sich Brams. »Und es ist aus Holz.«

»Tatsächlich besteht es aus mehreren Holzsorten«, belehrte ihn Rempel Stilz. »Doch alles ist bestens verfugt! Da gibt es nichts zu beanstanden. Obendrein haben wir es mit Koboldleim angeklebt. Du weißt hoffentlich, was das bedeutet?«

Brams blickte ihn leidend an, und Rempel Stilz schüttelte entrüstet den Kopf. »Er hat wieder einmal nicht aufgepasst, dabei habe ich es ihm erst vor wenigen Jahren erklärt. Er hört einfach nicht zu! Immer die Nase in den Wolken und den Verstand im Wind.«

Obwohl Brams bewusst war, dass Rempel Stilz Selbstgespräche führte, dachte er dennoch über eine passende Erwiderung nach. Doch nun sprach ihn Hutzel an: »Du weißt doch, wozu man Koboldleim verwendet?«

Brams blickte ihn gespannt an, da er sich nicht gleich wieder vorwerfen lassen wollte, nicht aufgepasst zu haben. Hutzel betrachtete ihn ebenso erwartungsvoll. Nach einer Weile schüttelte er jedoch den Kopf und murmelte: »Allein mit dem Verlust eines Beines lässt sich das kaum erklären.« Er hob seine Stimme: »Brams, du weißt doch, wozu man Holzleim benötigt?«

»Man verleimt Holz damit«, antwortete Brams.

»Richtig!«, bestätigte Hutzel und strahlte so unerträglich, als wolle er gleich einen Freudentanz aufführen. Brams wäre vor Scham am liebsten im Boden versunken. Doch Hutzel war noch nicht fertig. »Mit Holzleim klebt man also Holz. Wozu benötigt man dann Koboldleim?« Er ließ die Frage einen Augenblick lang einwirken und deutete dann mit beiden Händen nach links, wobei er »Hier!« murmelte, danach nach rechts, wobei er leise »Da!« sagte. Diesen Hinweis wiederholte er: »Hier, da! Hier und da! Holz, Kobold!«

»Kobolde verleimen?«, quetschte Brams hervor.

»Richtig!«, jubelte Hutzel völlig unangebracht. »Nun wird es etwas schwieriger, Bramsileinchen! Das neue Bein ist aus Holz, und dennoch haben wir keinen Holzleim verwandt. Warum?«

Brams kam sich zwar selbst ungewöhnlich schwerfällig vor, doch nun schwankte er einen kurzen Augenblick, ob er Hutzel sofort etwas antun oder sich lieber die Zeit nehmen sollte für einen besonders lästigen Heimzahlstreich. Mit einem Mal begriff er, was Hutzel ihm sagen wollte. »Das Holzbein wird koboldig?«

Hutzel nickte zufrieden. »Das eine passt sich an das andere an, und Fremdes wird zu Gleichem.«

»Und wenn ihr versehentlich Holzleim genommen hättet?«, erkundigte sich Brams. Doch nun wirkte Hutzel besorgt, sodass Brams rasch entschied, dass ihm die Antwort auf seine Frage nicht weiter wichtig war. »Mein Bein wird also wieder wie früher!«, rief er erleichtert.

»Sofern wir nichts falsch gemacht haben«, warf Riette ein.

»Falsch?«

»Wir waren nicht so ganz sicher, ob du eine gerade oder ungerade Anzahl von Zehen hattest«, erklärte die Koboldin. Brams begann sofort hastig zu zählen: »Eins, zwei, drei ...«, und seufzte erleichtert, als er bei fünf angelangt war und es danach nicht weiterging.

»Habe ich es euch nicht gesagt«, hörte er Riette flüstern. »Er hätte es gar nicht sofort bemerkt!«

»Mein Bein wird also wieder fast wie früher!«, rief Brams glücklich.

»So ist es«, bestätigte Hutzel. »Du darfst natürlich keine Wunder erwarten, Brams. Ein paar Tage wird es schon dauern, bis wieder alles beim Alten ist. In der Zwischenzeit solltest du das Bein schonen und pfleglich behandeln.«

»Das bedeutet?«, fragte Brams.

Hutzel zählte die einzelnen Punkte seiner Antwort an den Fingern ab: »Nichts hineinschnitzen, nicht zerkratzen und stets daran denken: Holzwürmer sind vorerst nicht deine Freunde!«

Brams versprach, sich an diese Anweisungen zu halten. Nun, da sein Kopf nicht mehr voller Sorgen war, drängten sich ihm etliche neue Fragen auf. »Wo sind wir?«

»Thor hat uns wieder ins Menschenland gebracht«, erklärte Hutzel. »Genauer gesagt sind wir in einem Wäldchen. Es ist nicht sehr groß, aber recht vielfältig, was Bäume anbelangt – was du sicher zu schätzen weißt. Für die Menschen scheint es von Bedeutung zu sein, da sie mittendrin einen Tisch errichtet haben, zu dem ein völlig geradliniger Pfad führt. Das Merkwürdige ist, dass weit und breit keiner von ihnen zu leben scheint.«

Brams sah sich im Sitzen um. Er erblickte Thor, der so unbeteiligt, wie es nur Türen vermochten, an einem Baum lehnte, und entdeckte dann auch den Tisch, den Hutzel erwähnt hatte. Tatsächlich handelte es sich bei ihm um einen kleinen Altar aus gemauertem Stein, auf dem eine flache, zweifellos aus Lehm geformte und gebrannte Schale stand. Brams verspürte den unbestimmten Drang, sich an etwas erinnern zu müssen, wusste aber nicht, woran.

»Warum sind wir hier?«, fragte er.

»Wir trauen dem neuen Raffnibaff nicht«, erwiderte Hutzel. »Sein Auftreten war nicht besser als das des alten, und die Selbstverständlichkeit, mit der er sich Riettes Wechselbälger unterwarf, verspricht auch nichts Gutes.

Wir wollten nicht so lange warten, bis er sich mit uns beschäftigt.«

»Das sind nicht *meine* Wechselbälger, Hutzelhager«, behauptete Riette ungehalten. »Ich habe mich mit ihnen überworfen und von ihnen losgesagt. Eigentlich hatten wir von Anfang an nicht viel gemein, denn im Grunde sind sie nur verkleckerter Schlamm. Kleckerkackpuhs, genau genommen.«

»Eine Riette war bei mir«, sagte Brams. »Ich habe sie aber nicht ins Haus gelassen.«

»Das war ich nicht«, sagte Riette.

»Ich weiß«, antwortete Brams. »Ich habe ihr gesagt, ich sei nicht da, worauf sie wieder gegangen ist. Hätte es noch eines Beweises bedurft, dass du es nicht warst, so hätte ich ihn damit erhalten. Denn du hättest dich nie und nimmer so leicht abschütteln lassen! Bei dir hätte ich mir schon mehr einfallen lassen müssen. Eine ganze Menge mehr!« Als Brams auffiel, dass Riettes Blick immer eindringlicher und lauernder wurde, ließ er es mit einem Nuscheln ausklingen. »Außerdem war sie kleiner und dicker als du.«

»Das war sicher klug gehandelt, Brams«, stimmte Hutzel zu. »Sie wird nicht aus eigenem Antrieb bei dir gewesen sein, sondern auf Geheiß Raffnibaffs, und führte sicherlich nichts Gutes im Schilde. Aber wenn du sie fortgeschickt hast, wer hat dich dann so zugerichtet? Als Rempel Stilz dich abholen wollte, stand deine Tür offen, und niemand sonst war da.«

»Überhaupt niemand war da«, bestätigte Rempel Stilz. »Außerdem sah es wirklich unordentlich bei dir aus, Brams, und es roch auch sehr streng.«

»Erinnert ihr euch daran, was die anderen über die Scharren erzählten?«, fragte Brams.

»Leider!«, ertönte es gleich dreifach.

»Eines von diesen Wesen war bei mir. Ich kann nicht einmal sagen, ob sie Tiere oder Pflanze sind«, flüsterte Brams. »Sie scheinen nur aus Mägen, Schlünden, Sehnen und Fangarmen zu bestehen. Dieses eine war so schnell über mir, dass ich gar nicht gleich mitbekam, wie es mein... mein... mein...« Er stotterte und war unfähig, den Satz zu beenden.

»Keines von diesen Kackpuhs ist hier, Brams«, beruhigte ihn Riette. »Und das ist wirklich schlau von ihnen, denn mit Rempel Stilz ist heute nicht zu spaßen!«

»Kein bisschen«, versicherte Rempel Stilz. »Aber wie bist du ihm entkommen, Brams?«

»Ich kann mich nicht erinnern«, antwortete Brams. »Vielleicht hatte es genug von mir, oder du hast es gestört. Man kann sie ja nicht sehen, wenn sie es nicht gerade darauf anlegen.«

Rempel Stilz schüttelte sich. »Du meinst, dass es noch da war und ich es nicht gemerkt habe?«

Brams nickte besorgt.

Eine Zeit lang waren alle damit beschäftigt, sich *nicht* vorzustellen, wie Rempel Stilz ahnungslos das Zimmer mit einem Wesen geteilt hatte, das er gerade dabei unterbrochen hatte, Brams aufzufressen. Thors Stimme beendete ihre Bemühungen.

»Ich habe mir unterdessen einige Gedanken über euer weiteres Vorgehen gemacht und die einzelnen Schritte bereits ausgearbeitet«, eröffnete ihnen die Tür. »Zuerst bringt ihr mich wieder dorthin, wo ich bis zu eurem Auftauchen meinen Ruhestand verbrachte. Falls keine Menschen mehr da wohnen, könnt ihr ebenfalls auf dem Hof bleiben. Ihr seid ja jetzt auch Ruheständler, und falls es euch irgendwann nicht mehr bei mir gefällt, könnt ihr immer noch diese anderen Kobolde aufsuchen, von denen ihr erzählt habt. Was haltet ihr davon? Ich meine, dass das ein sehr guter Plan ist, und deswegen sollten wir es auch so machen.«

Brams' geistige Trägheit war plötzlich wie verflogen. »Was? Was?«, rief er. »Was? Was? Was?« Er ließ den Blick von Riette zu Rempel Stilz wandern und bei Hutzel verweilen. Der Kobold verstand die Aufforderung auch ohne Worte.

»Wir haben es zweimal versucht, Brams, und nichts ist besser geworden. Im Gegenteil ist zu befürchten, dass wir alles nur noch schlimmer gemacht haben. Eigentlich haben wir nur bewirkt, dass Birke nicht mehr da ist und dir beinahe Ähnliches widerfahren wäre. Wir Kobolde sind einfach nicht geeignet für einen hehren Tyrannensturz.«

»Und seit wann hört ihr auf ihn?«, rief Brams außer sich und deutete auf Thor.

»Wenn der Kapitän von Bord geht, muss jemand anders das Ruder übernehmen, wie man so schön sagt«, erklärte die Tür unaufgefordert. »So ist das nun einmal.«

»Ich bin nicht von Bord gegangen«, widersprach Brams aufgebracht. »Ich wurde nur kurzfristig über die Reling geschupst ... wie man ebenfalls so schön sagt. Nun stehe ich wieder mit beiden Beinen ... mit einem Bein und einem Holzbein ... an Deck!«

»Aber war das abzusehen?«, entgegnete die Tür. »Nicht umsonst heißt es: Wenn der Anführer das Heft aus den Händen gleiten lässt, dann muss eben derjenige das Schwert hochhalten, dessen Klinge noch ein Heft besitzt – oder so ähnlich. Ebenfalls eine alte Redewendung, jedoch nicht mehr sehr gebräuchlich in diesen Tagen. Aber falls du eine Idee hast, wie wir deiner Meinung nach verfahren sollten, dann sage es einfach, Brams. Nein? Dachte ich es mir doch. Deswegen sollten wir...«

Erbost darüber, dass ihm Thor überhaupt keine Gelegenheit zu einer Antwort gelassen hatte, brüllte Brams: »Es gibt noch einen weiteren Raffnibaff! Einen zusätzlichen zu den beiden, die wir kennen. Einen dritten!«

Alle starrten ihn an und riefen: »Woher weißt du das?«

»Weiß ich nicht«, antwortete Brams schroff, »aber ich weiß es trotzdem genau. Nur so passt nämlich alles zusammen: Unsere Erinnerungen beziehen sich auf einen netten Raffnibaff, während wir den anderen, den nicht netten, den unser garstiger Wechselbalg vertrieb, womöglich vergessen haben, wie es Koboldart ist!«

»Bemerkenswerte Überlegung«, lobte ihn Thor. »Durchaus reizvoll! Solche Spekulationen nützen jedoch überhaupt nichts, solange niemand weiß, wo dieser angebliche andere Raffnibaff zu finden sein könnte. Oder hast du auch hierauf eine schlaue Antwort? Nein? Dachte ich es mir doch! Deswegen sollten wir...«

»Er hat eine geheime Botschaft hinterlassen!«, kreischte Brams. Damit brachte er selbst Thor zum Schweigen.

»Eine geheime Botschaft? Woher weißt du denn das schon wieder?«, staunte Rempel Stilz.

»Woher soll ich das wissen? Ich weiß es eben! Gelegentlich hat es nämlich auch Vorteile, ein Gott zu sein. Raffnibaff hat uns eine Botschaft hinterlassen. So ist es!« Brams verstummte, als ihm bewusst wurde, was soeben seinem Mund entschlüpft war. Wie kam er denn auf solche krausen Gedanken? Irgendetwas war offenbar noch nicht ganz richtig mit seinem Kopf. Sicherlich war es eine Nachwirkung des Scharrenüberfalls.

Verlegen musterte Brams seine Gefährten, die seinen Blick offenen Mundes und mit einer Mischung aus Zweifel, Besorgnis und Mitleid erwiderten. Da er befürchtete, die Tür könne jeden Augenblick ein hämisches Lachen ausstoßen, steckte er sich vorsichtshalber die Finger in die Ohren, bevor er weitersprach. »Ich weiß selbst nicht, warum ich das eben gesagt habe. Wahrscheinlich ist es eine Redewendung, die mir einfach so entschlüpfte. Es hat Vorteile, ein Gott zu sein – klingt doch danach? Eine sehr alte Redewendung vermutlich, und sie bedeutet ... Nun, wenn jemand morgens sehr früh unterwegs ist und es nach Regen aussieht, dann sagt man doch gern: ›Ja, es hat gelegentlich Vorteile ...‹ Nun starrt mich nicht alle so an! Die Redewendungen der Tür werden auch nie von euch angezweifelt! Warum also meine? Euer Kapitän ist wieder an Bord und hält das Heft in beiden Händen, damit er es wieder auf sein Schwert stecken kann ... oder was immer er damit treiben mag. Woher soll ich das wissen? Ich habe kein Schwert!«

»Wenn du die Finger aus den Ohren nähmst, wärst du vielleicht überzeugender«, riet ihm Hutzel. »Doch Raffnibaff hat uns keine Botschaft hinterlassen, außer seiner Abschiedsrede, Brams. An der ist nichts geheim. Du bildest dir das alles nur ein.«

»Eben nicht!«, schmetterte ihm Brams feurig entgegen. »Glaubt ihr denn, der Gute König Raffnibaff würde etwas tun, ohne damit einen Streich zu verknüpfen? Er war der König der Kobolde, der Streichertüftler der Streichertüftler! Wahrscheinlich lacht er noch immer darüber, dass niemand sein Geheimnis entschlüsselt hat. Doch ich kenne es! Man muss seine Abschiedsrede rückwärts sprechen! Ihr wisst doch sicherlich, dass sich viele große Geheimnisse erst enthüllen, wenn man etwas rückwärts spricht. Natürlich nicht irgendetwas Beliebiges. Man muss schon wissen, was man rückwärts sprechen will.«

## 32.

Fast gleichzeitig begannen Brams' Gefährten rückwärts zu sprechen.

»Spaß viel viel noch weiterhin auch allen euch wünsche ich...«, sagte Hutzel kopfschüttelnd, während jedes Wort die Zweifel in seinem Gesicht deutlicher werden ließ.

Rempel Stilz hörte sich zunächst ähnlich an wie er und sah auch so aus, doch dann wuchs sein Interesse schlagartig. »Spaß viel viel noch hinter Wei, auch Lenal euch schewünich...«

Riettes Vortrag schließlich ähnelte von Anfang an den düsteren Visionen einer gefährlichen Wahnsinnigen. Mit furchteinflößenden Betonungen schrie und wisperte sie: »Ssaps leiv-leiv: Hcon! Niehre tiew! Niehre tiew! Niehre tiew, Hcuah! Nella-hcü... Er kennt diese Nelli, habt ihr gehört? Raffnibaff kannte eure Nelli!«

Brams wunderte sich, dass ihm die Bemühungen seiner Freunde so vertraut vorkamen. Fast so, als hätte er das alles schon einmal erlebt. »Das ist leider so nicht richtig«, sagte er, als sie wieder schwiegen.

»Gut, dass du es einsiehst«, sagte Hutzel erleichtert. »Mir kam es nämlich nicht so vor, als mache es einen großen Unterschied, ob ich die Rede vorwärts oder rückwärts spreche.«

Riette unterstützte ihn: »Lustig, aber sinnlos. Ich bin mit Hutzelwärts einer Meinung.«

Allein Rempel Stilz war anderer Ansicht: »Offensichtlich ist da eine Botschaft verborgen, und sie beginnt damit, dass entweder gleich hinter Wei – ein Ort, vielleicht auch ein Zeitpunkt, etwa ein Fest? – sehr viel Spaß wartet, oder sehr weit hinter Wei etwas weniger Spaß. Wenn ich nur wüsste, was *schewünich* bedeutet? Das Wort kommt mir dermaßen bekannt vor.«

»Alles erscheint bekannt, wenn man es nur oft genug ausspricht«, gab Hutzel zu bedenken.

»Ich habe es erst einmal gesagt, und es kommt mir trotzdem bekannt vor«, wehrte Rempel Stilz ab. »Schewünich, schewünich, schewünich... vielleicht genuschelt für: Schön windig?«

Brams war sich so uneins wie schon lange nicht mehr. Ein starkes Gefühl sagte ihm zwar, dass Rempel Stilz völlig falsch lag, doch verstandesmäßig konnte er ihm nur zustimmen. Irgendwo hatte auch er schon einmal von der Stadt Wei gehört, diesem Ort vielfältiger Geheimnisse, diesem Schlüssel zum Unbekannten.

Kurz entschlossen traf er eine Entscheidung: »Rempel Stilz wird weiter versuchen, das Geheimnis von Wei und Schewünich zu ergründen. Das heißt aber nicht, dass er recht hat. Ihr anderen beiden werdet die Rede auf eine neue Weise rückwärts sprechen, nämlich nicht wort- oder silbenweise, sondern sogar die Laute umkehren! Das bedeutet: Wenn ihr den Mund öffnen müsstet, schließt ihr ihn, wenn ihr die Lippen spitzen müsstet, macht ihr sie breit.«

»Du sagst das nicht nur, weil du unbedingt recht behalten willst?«, vergewisserte sich Hutzel.

»Nein«, antwortete Brams und lieferte auch gleich ein Beispiel dafür, was er meinte. »Sab lif lif honiehduabra hanär i och schnübche chi nüx...«

Hutzel und Riette blickten sich schweigend an. »Bist du

sicher, Brams?«, fragte Hutzel noch einmal. »Auch dir muss doch aufgefallen sein, dass deine Kostprobe überhaupt keinen Sinn ergibt?«

»Zu klein! Zu bescheiden!«, antwortete Brams brüsk. »Gegen wen treten wir an, Gefährten? Gegend den wahren Raffnibaff, den König der Kobolde, den Ertüftler der raffiniertesten und feinsinnigsten Streiche, die man sich nur vorstellen kann! Selbstverständlich ist so noch kein Sinn zu erkennen. Man muss schon die richtige Geschwindigkeit und Tonhöhe herausfinden!«

»Woher kommt denn diese Weisheit schon wieder?«, entgegnete Hutzel misstrauisch.

Brams unterdrückte ein »Ist mir gerade so eingefallen«, denn auch wenn es der Wahrheit entsprach, befürchtete er, damit Wasser auf Hutzels Mühlen zu gießen. Stattdessen erklärte er: »Allgemein bekannt. Auf ähnliche Weise wurde das Geheimnis des Seitwärtssprechens gelüftet.«

»Das geht?«, fragte Riette staunend.

»Sicher!«, antwortete Brams so überzeugend, dass er es fast selbst glaubte. »Sogar in jede Richtung, nach rechts und nach links. Könnte ich es, so würde ich es sofort vorführen. Nun lasst uns keine weitere Zeit vergeuden!«

Hutzel war noch immer nicht zufrieden. »Dass die Sprechgeschwindigkeit etwas ausmacht, verstehe ich, denn wenn man *Brams* schneller spricht, wird daraus *Brs*. Aber welche Bewandtnis hat es mit der Tonhöhe?«

»Lassen wir uns überraschen«, entschied Brams. »Doch jetzt, da du es ansprichst, überlege ich mir, ob der Schöpfer der tollkühnsten Streiche, die die Welt je sah, vielleicht jemanden mit der gewalttätigen Stimme – was sage ich denn da? –, der Stimmgewalt Riettes im Sinne hatte? Vielleicht sollte sie diesen Weg allein verfolgen?«

Riette strahlte, Hutzel ebenfalls, was etwas verwunderlich war, da er soeben von seiner Mitwirkung entbunden worden war.

Rempel Stilz war mittlerweile zwischen den Bäumen verschwunden, doch laute Rufe zeugten davon, dass er seine Vermutung hartnäckig weiterverfolgte. »Schewünich!« hallte es durch den Wald, und hin und wieder erklang auch ein mahnendes »Debolko belie!«

Zu diesen noch einigermaßen verträglichen Geräuschen der Wildnis gesellten sich nun neue hinzu, die manchmal wie Zirpen und gefisteltes Schluchzen klangen, ein andermal nach tiefem Gurren, oft genug aber einfach nur eine schwere Bürde für jedes Ohr waren. Deswegen wurde beschlossen, dass auf jeden Augenblick, in dem Riette ihren stimmlichen Experimenten frönte, vier Augenblicke völliger Ruhe folgen sollten. Hutzel gab sich schon recht früh geschlagen und erklärte alle seine bisherigen Einwände für null und nichtig. »Wir machen uns derartig zum Narren, dass es kein Zufall mehr sein kann«, äußerte er. »Ganz offensichtlich spielt man uns hier einen ausgeklügelten Streich, was nur bedeuten kann, dass Brams recht hat. Es gibt eine geheime Botschaft!«

So verstrich Stunde um Stunde und sogar ein Großteil der Nacht. Dann verstummte Riette plötzlich, obwohl gerade keiner der Augenblicke war, an denen sie schweigen und Stille herrschen sollte. Einen winzigen Augenblick lang befürchtete Brams, jäh ertaubt zu sein, doch als er in einiger Entfernung noch immer Rempel Stilz »Schewünich! Schewünich!« rufen hörte, atmete er erleichtert auf. Riette klatschte erfreut in die Hände. »Ich kann viel höhere Töne sprechen, als ich hören kann.«

»Du kannst höhere Töne von dir geben, als du selbst

hören kannst?«, wiederholte Brams ungläubig die Neuigkeit.

»Wundert es dich?«, flüsterte Hutzel. »Sie kann alles, was Lärm macht und dazu neigt, unerträglich zu sein!«

»Ich kann es beweisen!«, behauptete Riette, ohne auf den Spötter einzugehen. »Ich werde nun etwas mit so hoher Stimme sagen, dass weder ihr es hören könnt noch ich. Abgemacht?« Umgehend öffnete und schloss sie ein paarmal den Mund, und wie angekündigt war nichts zu hören. »Beeindruckend, wie?«

Brams war nicht halb so beeindruckt, wie sie vielleicht erwartet hatte. Genau wie sie, öffnete und schloss er mehrmals den Mund, und auch bei ihm war nichts zu hören.

»Du hast überhaupt nichts gesagt!«, warf ihm Riette vor.

»Vielleicht hast du ebenfalls nichts gesagt?«, hielt ihr Brams schmunzelnd entgegen.

»Ich kann es beweisen!«, behauptete Riette. »Aber ihr dürft nicht auf mich hören, während ich spreche.«

Sie stemmte die Fäuste in die Hüften, öffnete und schloss nach Herzenslust den Mund und zog dazu wilde Grimassen. Brams konnte nicht umhin zuzugeben, dass Riette ihren Auftritt unter darstellerischen Gesichtspunkten wesentlich verbessert hatte, doch vom Stimmlichen her fand er ihn noch immer ungenügend. Dass er sie nicht hörte, bewies überhaupt nichts!

Plötzlich lächelte sie. Brams spürte, wie Hutzel überrascht seinen Arm ergriff, und bevor er sich noch lange über den Grund dafür wundern konnte, drangen die auffälligen Laute aus der Ferne auch schon zu ihm durch: das Winseln der Wölfe, das Geheul der Bären und das Bellen der Füchse! Das Erstaunlichste dabei war aber, dass diese Geräusche sofort erstarben, sobald Riette den Mund nicht mehr bewegte, und erneut einsetzten, sobald sie es wieder tat.

»Höher, als ihr hören könnt!«, bekräftigte Riette stolz.

»Beachtlich!«, sagte Hutzel anerkennend. »Nun lasst uns hoffen, dass der Aushecker der Aushecker keine Nachricht hinterlassen hat, die nur Wölfe oder Füchse verstehen können.«

Nachdem Riette herausgefunden hatte, wie hoch sie sprechen konnte, wenn sie es darauf anlegte, wunderte es niemand, dass ihr Augenmerk fürderhin bevorzugt auf die schrilleren Möglichkeiten des Rückwärtssprechens gerichtet war. Dass sie dabei gelegentlich zu verstummen schien, empfanden Hutzel und Brams zwar als große Erleichterung, allerdings konnten sie aus der stets damit einhergehenden schlagartigen Zunahme entfernten, unterwürfigen Wolfwimmerns und Bärengewinsels mühelos schließen, dass Riette während dieser scheinbaren Pausen in Wahrheit die verzweifelte, einheimische Raubtierwelt mit ihrer neuen Kunst erfreute. Dass ihre Streiche im Grunde zu Lasten des eigentlichen Ziels gingen, wollten ihr weder Brams noch Hutzel vorwerfen, da sie sich längst stillschweigend auf die Losung geeinigt hatten: Entweder die Tiere des Waldes oder wir!

Gegen Morgengrauen beschloss Brams, nach Rempel Stilz zu sehen. Seine Schewünich-Beschwörungen waren im Laufe der Nacht deutlich leiser geworden, und Brams sorgte sich, dass er sich womöglich noch so weit von ihnen entfernte, bis keiner mehr vom anderen wüsste, wo er sich aufhielt. Der Wald war an diesem Tag ungewöhnlich arm an üblichen Geräuschen, sodass es Brams leicht fiel, der eintönigen Stimme zu folgen. Auf dem Weg zu ihr, während er Zweige auseinanderbog und durch Büsche schlüpfte, während er in Rinnsale sprang, über umgestürzte Stämme rannte, an Spinnennetzen zupfte und durch Pilzkreise hüpfte, fragte sich Brams, ob Rempel Stilz schon erste Antworten gefunden hatte. Soweit er sich erinnerte, hatte sein Gefährte zwar während der Nacht fast immer das Gleiche gerufen, aber das schloss ja nicht aus, dass sich womöglich sein ungeheuer pfiffiger Verdacht bestätigt hatte, das geheimnisumwitterte Wei könne statt eines Ortes ein regelmäßig wiederkehrendes Fest sein! Brams konnte es kaum erwarten, ihn danach zu fragen. Als er ihn fast erreicht hatte, blieben weitere Rufe plötzlich aus.

Brams wartete vergeblich auf die Rückkehr der vertrauten Stimme. Ein Zufall konnte das nicht sein, dachte er. Wahrscheinlich hatte ihn Rempel Stilz kommen hören, was nicht schwer war, wie sich Brams eingestand, da er wegen des Holzbeins nicht sonderlich leise gewesen war. Rempel Stilz hatte ihn also kommen hören und beschlossen, ihm einen kleinen Vormittagsstreich zu spielen! Brams lächelte. So leicht wollte er es ihm nicht machen! Er schätzte ab, wo Rempel Stilz zuletzt gestanden haben musste, und ging dann in einem weiten Bogen auf diese Stelle zu. Doch jetzt bewegte er sich nahezu geräuschlos durch den Forst, da er die gesamte Erfahrung eines Koboldes einsetzte, der es gewohnt war, nächtens in fremde Häuser einzudringen und mit dem Vieh der Bewohner oder auch einem von ihnen selbst unbemerkt wieder zu verschwinden.

Doch die ganze Mühe zahlte sich nicht aus.

Brams war maßlos enttäuscht, als er am Ziel entdecken

musste, dass Riette schon vor ihm da war. Anscheinend war sie ihm heimlich gefolgt und hatte ihn auch noch unbemerkt überholt, als er auf dem letzten Stück vorsichtig, zu vorsichtig wahrscheinlich, weitergegangen war. Er wollte sich schon zu erkennen geben, als er sich die Frage stellte, was Riette augenblicklich tat. Sie stand vornübergebeugt, als wolle sie etwas aufheben.

Brams machte einen Schritt zur Seite, um besser sehen zu können. Nun erkannte er, dass Riette die Beine von Rempel Stilz ergriffen hatte, der halb in einem Strauch lag und den sie aus der Umklammerung von Zweigen und Dornen zu befreien suchte. Brams erschrak und wollte gerade hinzueilen, um ihr zu helfen, als ihm ein feiner Geruch nach frischem Lehm in die Nase wehte. Nun hatte Brams noch mehr Grund zu erschrecken.

Das war nicht Riette, verstand er sofort, sondern eine ihrer Doppelgängerinnen. War sie allein, oder waren mehrere dieser Geschöpfe anwesend? Mit Grauen erinnerte er sich, wie zwei von ihnen einen lebendigen Dämmerwichtel in Stücke gerissen hatten. Wie kräftig waren Riettes Wechselbälger wirklich? Es gab nur einen Weg, die Antwort darauf zu finden, doch wenn selbst Rempel Stilz mit seinen Trollkräften gescheitert war, was konnte er dann ausrichten?

Brams wusste, dass er sofort handeln musste, wenn er Rempel Stilz noch retten wollte. Erst wegzulaufen, Hilfe zu holen und dann zurückzukehren, war bestimmt das größere Wagnis. Zeit war entscheidend, Kraft war der Schlüssel, und für Selbstzweifel war gegenwärtig kein Platz!

Ein Zucken ging durch Brams. Kraft war in der Tat der Schlüssel! Der Doppelgängerdrache hatte es selbst gesagt, als er Riette verspottete: Wer gewänne wohl, wenn wir beide unsere Willenskraft einsetzten?

Brams entblößte die Zähne zu einem grimmigen Lächeln: Kackpuhdrache! Dein Wille gegen meinen! Wer wird wohl gewinnen? Schade, schade, dass momentan nur einer von uns beiden anwesend ist und in diesem Wettkampf antreten kann!

Brams setzte alles auf eine Karte und schritt offen auf Riettes Wechselbalg zu. Das Geschöpf nahm die Hände von Rempel Stilz und richtete sich auf. Obwohl es Riette sogar bis auf die Spinnenhaare glich, waren seine Augen nicht halb so lebendig wie ihre. Brams streckte den Arm aus und befahl so entschlossen, wie er konnte: »Gehe weg und kehre nie wieder!«

Das Geschöpf schien kurz zu erstarren, wandte sich dann um und ging. Brams widerstand der Versuchung, vergnügt in die Hände zu klatschen. Wie lange würde der Doppelgängerdrache wohl brauchen, bis er bemerkte, dass die falschen Rietten nur so lange willfährige Werkzeuge waren, wie er sie im Auge behielt?

Er rannte zu dem Strauch und zerrte nun ebenfalls an Rempel Stilz' bewusstlosem und hoffentlich noch lebendigem Körper.

Ein Zweig knackte. Die falsche Riette war zurückgekehrt.

Dieses Mal konnte Brams nichts über ihre Augen erfahren, da die noch tiefstehende Sonne im Rücken der Doppelgängerin sie in einen dunklen, kaum kenntlichen Schemen verwandelt hatte. »Bist du Brams?«, fragte sie.

Brams wusste, was er zu antworten hatte. »Brams ist nicht hier. Er ist auf dem Letztacker. Geh dorthin, und du wirst ihn finden. Solltest du unterwegs dem Großen begegnen und sollte er dich fragen, von wem du Brams' Aufenthaltsort weißt, so richte ihm aus, dass mein Name Dummpaffnir ist. Hörst du? Dummpaffnir!«

Wieder entfernte sich die falsche Riette. Nicht sicher, dass sie nicht erneut einen Grund fände zurückzukehren, riss Brams seinen Gefährten roh aus dem Gebüsch, warf ihn sich über die Schulter und humpelte, so schnell er konnte, zu den anderen zurück. »Riette ist da!«, rief er schon von Weitem.

»Weiß ich doch längst«, antwortete Riette, »denn hier stehe ich doch!«

»Eine deiner Doppelgängerinnen, meinte ich«, klärte Brams das Missverständnis auf. »Mindestens eine ist hier!«

Damit löste er bei allen große Aufregung aus, und selbst der eben noch bewusstlose Rempel Stilz war plötzlich hellwach. »Warum hast du das nicht früher gesagt, Brams? Ich bin schon lange wieder bei Sinnen, doch da ich nicht wusste, wie ernst die Lage ist, ließ ich mich selbstverständlich lieber von dir tragen.«

»Selbstverständlich«, äffte ihn Brams nach.

»Selbstverständlich«, bekräftigte Rempel Stilz. »Ich dachte, ich sei bloß ausgeglitten und hätte mir vielleicht den Kopf angeschlagen.«

»Hast du nicht«, erwiderte Brams. »Wäre ich nicht rechtzeitig gekommen, so gäbe es dich jetzt vielleicht auch in mehreren Stücken.«

»Wirst du wohl?«, herrschten ihn die drei anderen Kobolde an. »So genau will das niemand wissen, Brams!«

»Niemand sollte eigentlich wissen können, wo wir sind«, sprach Thor laut knarrend. »Das ist so gut wie ausgeschlossen. Es geht nicht! Wenn dem verdammenswerten Drachen dieses Kunststückchen dennoch gelungen ist, so kann er es vielleicht jederzeit wiederholen. Das Beste wird sein, umgehend und dann gleich mehrmals hintereinander unseren Aufenthaltsort zu wechseln. Mit Glück vergeht dabei durch die Unwägbarkeit des *Hoplapoi Optalon* so viel Zeit, dass er gar nicht mehr an euch denkt. Sagt mir einfach, was unser nächstes Ziel sein soll.«

»Ich weiß es! Ich weiß es!«, verkündete Riette gut gelaunt, klatschte in die Hände und hüpfte auf der Stelle. »Ich weiß die Antwort!«

»Du weißt, wo wir den wahren Raffnibaff finden?«, rief Brams überwältigt.

»Ich kenne seine Botschaft«, versicherte Riette, noch immer hüpfend.

»Sag's!«, krächzten drei Kobolde.

»Die richtige Tonhöhe ist ganz entscheidend«, sprach Riette weiter. »Sie wirkt wie ein Sieb. Was zu hoch ist, kann man nicht mehr hören und zählt daher nicht. Nur was übrigbleibt, ist wichtig.«

»Sag's!«, krächzten ihre Gefährten erneut, doch Riette war offenbar fest entschlossen, sich auch in der fernsten Zukunft nicht vorwerfen zu lassen, ihre große Stunde leichtfertig dem Drängen ihrer Gefährten geopfert zu haben. Daher ließ sie sich nicht beeindrucken.

»Ihr könnt euch das leicht an dem Wort *eintreiben* verdeutlichen. Das Wort sagt euch, wo ich mich verstecke. Stellt euch vor, die ›i‹ wären die höchsten Töne, also die, die ihr als Erste nicht mehr hören könnt. Was bleibt übrig?«

»E ntre ben«, antwortete Brams schnell. »Sinnloses Gestammel! Nun sag's endlich!«

»Und was bedeutet das?«

»Keine Ahnung, nun sag's endlich!«

Hutzel lachte schallend. »Entreben! Ent-reben, Reben entfernen! Du stehst in einem Weinberg!«

Riette sprang zu ihm, ergriff seine Hände und wollte sich mit ihm im Kreise drehen. Doch Hutzel blieb wie angewurzelt stehen und herrschte sie an: »Nun sag's endlich!«

Riette seufzte und sprach mit schwindelerregend hoher Stimme eine Nachricht, die ständig von winzigsten und scheinbar sinnlosen Pausen unterbrochen wurde: »In Burakannt gleich nördlich der Stadt Owei.«

»Es ist doch Wei!«, kreischte Rempel Stilz begeistert. »Habe ich es nicht die ganze Zeit gesagt? Schewünich noch mal, es ist Wei!«

»Kannst du mit Burakannt etwas anfangen?«, fragte Brams Thor.

»Burakannt, das Land der Königstrommler. Es gehört zum Menschenland«, antwortete die Tür. »In der guten, alten Zeit war ich öfter dort. Doch die Stadt Owei ist mir unbekannt.«

»Wir werden sie schon finden«, erwiderte Brams zuversichtlich. »Burakannt ist das Ziel, und wir nehmen den kürzesten Weg!«

Brams drückte Thors Klinke und wartete, bis alle durch die offene Tür gegangen waren. Er warf einen Blick zurück in den Wald, hoffend, keine Riette zu sehen, klopfte auf sein Holzbein und murmelte: »Verabschiede dich, Bein!« Dann betrat auch er die schummrige Diele. Als er sie auf der anderen Seite wieder verließ, kreischte er in Todesangst und rannte um sein Leben!

# Die Trommeln von Burakannt

## 33.

Brams fand sich urplötzlich in einem alles beherrschenden Getöse wieder. Es krachte, donnerte, und der Boden unter seinen Füßen dröhnte und zitterte wie an jenem Tag, als Tyraffnirs Riesen ihr Blutbad angerichtet hatten. Erschrocken hielt er sich die Ohren zu. Überall sah er Menschen! Sie zeigten mit aufgerissenen Mündern und verzerrten Gesichtern auf ihn. Sie waren erstaunt, erschüttert, entsetzt, unfähig zu planvollem Denken. Manche flohen, rannten, stürzten, sprangen auf und rannten weiter. Andere verharrten wie gelähmt, mit bleichen, wächsernen Gesichtern, wieder andere reckten die Hälse, neugierig, manchmal scherzend, und in dem Bemühen herauszufinden, was um sie herum geschah.

Menschen schrieen, schluchzten, brüllten sich die Seele aus dem Leib oder stießen eigenartige blökende Laute aus. Auch Brams schrie! Niemand musste ihm den schmalen Grat erklären zwischen Furcht und dem Verlangen, das zu zerstören, was diese Furcht auslöste. In Todesnot rannte er den flüchtenden Menschen hinterher und erweckte damit den Anschein, er treibe sie an und verfolge sie.

Schneller liefen die Flüchtenden, schneller, und immer öfter stürzte einer von ihnen und wurde zurückgelassen, allein und auf sich selbst gestellt. Brams sprang über Leiber, die am Boden lagen, zuckend und sich windend vor Furcht. Er hatte nur eine Hoffnung, und – endlich, endlich! – schienen die bar jeder Vernunft Fliehenden bereit, den stummen Wunsch ihres unwillentlichen Verfolgers zu begreifen. Sie teilten sich in zwei Schwärme, schufen dadurch eine ständig breiter werdende Schneise, sodass es schließlich niemanden mehr gab, der vor Brams lief. Er erreichte eine sandige Böschung, griff mit beiden Händen um Halt nach den Halmen des dünn wachsenden Grases und hastete so, halb sich hochziehend, halb auf allen vieren kletternd, die steile Böschung hinauf. Oben setzte sich die Flucht fort. Sie führte ihn unter regelmäßig gepflanzte, stark riechende Ölbäume, aus deren mit silbernen Blättern bewachsenem Geäst plötzlich eine Hand herabfuhr.

»Greif zu, Brams!«

Brams gehorchte und wurde schwungvoll von Riette in den schützenden Blättermantel des Ölbaumes gezogen. Hutzel und Rempel Stilz erwarteten ihn zusammen mit ihr.

»Was ist hier los?«, stieß Brams keuchend aus. Riette bedachte ihn mit einem mahnenden Blick: »Es gibt Zeiten, wo auch du wissen solltest, dass es besser ist zu schweigen. Womöglich hören sie uns noch.«

Von der Höhe des Baumes hatte Brams einen guten Überblick auf ein weites, mit dünnem Stoppelgras bewachsenes Feld. Mehrere Tausend Menschen hielten sich auf ihm auf. Aber sie standen und saßen nicht beliebig beieinander, sondern in Gruppen von zwanzig bis fünfzig entlang der drei Seiten eines offenen Rechteckes. Alle taten dasselbe: Sie trommelten! Das erklärte den unglaublichen Lärm.

Auf der vierten und entferntesten Seite des Rechtecks erkannte Brams ein breites Podest mit einem großen Thron und mehreren kleinen. Ein Sonnendach spendete den Menschen auf den Thronen Schatten sowie jenen, die neben und hinter ihnen standen. Beidseitig des Podestes drängten sich zwei Haufen von Speerträgern, an die sich jeweils wieder eine peinlich gerade ausgerichtete Reihe von Reitern anschloss. Zusätzlich gab es noch zahlreiche andere Menschen, die wie aufgescheuchte Ameisen das Podest umschwärmten und Speisen, Getränke und Wasser heranschafften oder wieder wegtrugen.

So musste es ursprünglich ausgesehen haben, doch so sah es nicht mehr ganz aus. Mittlerweile befand sich eine Ecke des Rechteckes in einem Zustand fortschreitender Auflösung, da die Menschen, die bis vor Kurzem dort getrommelt hatten, sich auf der Flucht befanden. Noch waren sie eine winzige Minderheit, verglichen mit denen, die ungestört und ohne etwas zu bemerken, mit Händen, Fäusten, Stöcken und Schlägeln auf ihre Instrumente einschlugen.

Vom Podest eilte im Laufschrift eine Schar Speerträger zu dem Auslöser von Unruhe und Flucht, nämlich Thor, der weit geöffnet auf dem Feld stand. Als die Speerträger heran waren, umzingelten sie die Tür. Das gelang ihnen auf drei Seiten auch ganz gut, doch auf der vierten, von der aus sie in die Türöffnung blicken konnten, trat ein, was ihnen jeder Kobold ohne weiteres Nachdenken hätte vorhersagen können: Die Speerträger rannten entweder erschrocken davon oder wälzten sich, Vergebung und Gnade erflehend, auf dem Boden.

Selbstverständlich verhinderte ihr Vorbild nicht, dass einige weitere Speerträger aus schierer Neugier nachsahen, was ihre Kameraden so schrecklich ängstigte. In jedem einzelnen Fall brüllten sie ihre Entdeckung kurz danach gellend in die Welt hinaus.

Etwas musste geschehen, dachte Brams. Doch der Einzige, der etwas unternehmen konnte, war Thor selbst, denn kein Kobold konnte jetzt noch zu ihm gelangen. Brams hatte gesehen, wie sich die Tür von selbst geöffnet hatte. Es hatte ihn überrascht. Warum schloss sie sich nicht wieder? Konnte sie das nicht, oder gab es andere Gründe, warum sie es nicht tat?

Brams fiel auf, dass er jeden seiner Gedanken laut aussprach. Mehr noch! Seine Begleiter taten dasselbe, und offenbar beschäftigten alle dieselben Gedanken. War Thor vielleicht starr vor Schrecken, wie es auch ein Kobold sein konnte? Oder wartete er auf ihre Rückkehr, womöglich in der Befürchtung, dass er sie nicht wiederfände, wenn er ohne sie verschwände? Denn dass er nicht absichtlich inmitten einer riesigen Menschenmenge erschienen war, war wohl nicht zu bezweifeln. Irgendetwas musste dieses Missgeschick verursacht haben!

Plötzlich fielen dicke Tropfen vom Himmel, als stammten sie von einem sehr winzigen Wolkenbruch, da sie ausschließlich in der Umgebung der Tür niedergingen. Brams blickte nach oben. Der Himmel war beinahe wolkenlos, jedoch ballte sich am Horizont eine dunkle Front zusammen, von der immer wieder vereinzeltes Donnern herüberrollte. Es bedurfte nicht viel Phantasie, sich einzubilden, das Donnern der Trommeln und das Donnern des heraufziehenden Gewitters stünden in einem ähnlichen Zusammenhang wie Frage und Antwort.

Das Bemerkenswerte waren jedoch weder Wolken noch Gewitter und schon gar nicht das vermutete Wölkchen, das sich über Thor ausgeregnet hatte, denn es gab gar keines! Dort, wo es sich hätte befinden müssen, schwebte ein breites Brett am Himmel, das etwa doppelt so groß war wie eine Tür. Es senkte sich rasch und offenbarte sich dabei als starrer Teppich, auf dem drei Menschen saßen. Der unübersehbar wichtigste war groß und füllig und trug ein Gewand, das über und über mit Silbermünzen und Medaillen besetzt war. Seine Kopfbedeckung bestand im Wesentlichen aus dem Schädel einer Wasserechse, vielleicht auch eines Vogels, der seines Unterkiefers beraubt worden war. Die Kleidung seiner halbwüchsigen Begleiter war wesentlich schlichter. Sie bestand aus Leinenhosen und einem Knochen, der in ihr Haar geflochten war. Beide benahmen sich ausgesucht unterwürfig und hatten die Augen verbunden.

»Die drei erinnern mich an Moin-Moin, Mopf und Erpelgrütz«, stellte Hutzel fest.

»Nur dass Mopf und Erpelgrütz keine Augenbinden tragen und mehr anhaben als Hosen«, stimmte Brams zu. »Es wäre aber lustig, Moin-Moin dazu zu bringen, ihnen künftig ebenfalls die Augen zu verbinden. Wir sollten uns etwas gründlicher damit beschäftigen.«

»Wegen ihres Verräterblickes«, schlug Rempel Stilz vor. »Du könntest andeuten, dass du nur deswegen nicht mehr auf seine Verträge hereinfällst, weil du Mopf und Erpelgrütz an den Augen ablesen kannst, wenn er eine Schurkerei im Sinn hat.«

»Glaubt er nicht«, erwiderte Brams schicksalsergeben. »Glaubt er nie und nimmer!«

Mittlerweile hatte der Teppich auf dem Boden aufgesetzt. Moins menschliches Ebenbild erhob sich, griff nach einem Eimer, aus dem er schon vorher Flüssigkeit über Thor geschüttet hatte, und leerte nun noch schwungvoll den Rest über ihm aus. Dann nahm er einen langen Stab von dem Teppich, fasste ihn an seinem einen Ende und stieß damit die Tür zu. Dass er dabei selbst einen Blick in die Öffnung warf, schien ihn wenig zu kümmern. Auf seinen Ruf rissen die Gehilfen die Augenbinden ab und griffen nach einer Kette, die sie anschließend gleich mehrfach um Thor wickelten. Zwar wurde immer noch munter getrommelt, doch nun brandete Beifall auf und Hochrufe erklangen, die der Mann mit dem Schädel auf dem Kopf sichtlich genoss.

Aus Richtung des Podestes preschte ein Reiter heran. In geringer Entfernung des fliegenden Teppichs sprang er ab, warf sich auf dem Boden und streckte dem Bezwinger der Tür einen Beutel entgegen. Jener nahm ihn an und warf sich dann ebenfalls auf den Boden, um dem Menschen auf dem großen Thron, der ihn auf diese Weise geehrt hatte, seine Dankbarkeit zu beweisen. Er erhob sich wieder, ging zu dem Teppich zurück, den seine Gehilfen inzwischen mit der Tür beladen hatten, setzte sich zu ihnen, und auf dieselbe Weise, wie die drei gekommen waren, entfernten sie sich nun wieder. Der Teppich erhob sich in die Luft und flog weg.

»Der weiß mehr über Türen als wir«, sagte Brams erschüttert.

»Er weiß *etwas* über Türen«, widersprach Riette.

»Offenbar aber ausreichend viel, um unsere Tür stehlen zu können«, meinte Brams niedergeschlagen.

»Er scheint niemanden erschreckt zu haben«, murmelte Hutzel. »Im Gegenteil, sie bejubelten ihn und zollten ihm Beifall. Nach allem, was wir über Menschen wissen, muss er also ein vertrauter Anblick für sie sein. Das bedeutet ...«

»... dass er nicht weit weg wohnen kann!«, beendete Brams den Satz erfreut. »Mal sehen, wer uns verraten wird, wo das ist.«

Den Menschen schien viel daran gelegen zu sein, die

Unterbrechung ihres Trommelfestes oder vielleicht auch Trommelrituals möglichst schnell zu vergessen und mit dem geplanten Ablauf fortzufahren, als wären sie nie gestört worden. Offenbar war es eine sehr wichtige Angelegenheit für sie. Die Speerträger kehrten zu ihrem Gebieter zurück. Diejenigen, die der Schrecken übermannt hatte, gingen mit gesenkten Häuptern, vielleicht aus Scham, vielleicht auch in Erwartung einer Bestrafung.

Sogar die Lücke in der Anordnung der Trommler schloss sich wieder, zwar langsam, aber beständig. Diejenigen, die die Lücke gerissen hatten, dachten jedoch nicht daran, zurückzukehren. Brams sah sie abseits in Grüppchen oder allein, gerade so, wie ihre Flucht sie zerstreut hatte. Die meisten erholten sich noch von dem erlittenen Schrecken oder versuchten zu verstehen, was über sie gekommen war. Manche traten bereits den Heimweg an.

Brams hatte seine Entscheidung getroffen. Für einige dieser unglücklich Verstreuten würde der Tag noch etwas denkwürdiger werden!

»Wir sollten auf jeden Fall hier weg!«, schlug Rempel Stilz vor und deutete auf eine Schar Reiter, die der Herr des Podestes ausgeschickt hatte, um nach dem Rechten zu sehen. Sie ritten weitläufig um die Trommler herum und würden über kurz oder lang auch bei den Ölbäumen sein.

»Folgt mir!«, sagte Brams. »Ich weiß, was zu tun ist.«

## 34.

Eine halbe Stunde Fußweg von dem Ölbaumhain entfernt, stießen die vier Kobolde auf einen breiten Karrenweg, der durch Süßrohrfelder führte und für ihre Absichten bestens geeignet erschien, da er den Spuren nach häufig benutzt wurde und gleichzeitig über ausreichend viele, nicht gut einsehbare Stellen verfügte.

Brams' Plan war im Grunde sehr einfach: Sobald ein einzelner Mensch vorbeikam, sollte Riette zwischen den hohen Süßrohrhalmen hervortreten, die beidseitig des Weges wuchsen, und so lange kindähnliche Geräusche von sich geben, bis sich der Mensch in Koboldreichweite zu ihr hinabbeugte. Sodann sollte sie blitzschnell die Voraussetzungen für weiterführende Gespräche schaffen.

Hutzel, der auf Rempel Stilz' Schultern saß und deswegen ausgezeichnet über die Spitzen der hohen Halme hinwegschauen konnte, sollte darüber wachen, dass auch wirklich nur ein einzelner Mensch vorbeikam und ihm nicht etwa in geringem Abstand eine ganze Horde weiterer folgte. Als alle bereit waren, dauerte es gar nicht so lange, bis Hutzel leise verkünden konnte: »Eine dicke Frau kommt. Keine Begleitung ersichtlich.«

Umgehend trat Riette aus dem Feld und begann zu wimmern. Als die Frau auf ihrer Höhe angekommen war, blieb sie stehen und sprach: »Was fehlt dir denn, du kleines Mädchen? Hast du deine Mamma verloren?«

Statt mit Worten antwortete Riette mit zwei besonders herzzerreißenden Schluchzern. Das bewog die Frau, näher zu treten, sich zu ihr herabzubeugen und tröstend zu sagen: »Du musst doch nicht weinen, Kind. Alles wird wieder gut!«

»Das hoffen wir auch!«, antwortete Riette, während ihre Hand hochschoss und sich in das Gewand der Frau krallte, gleich unterhalb ihrer Kehle. Vor Schreck richtete sich die Frau blitzschnell wieder auf und trat zurück. Dadurch wurde Riette von den Beinen gerissen. Einen kurzen Augenblick lang hing sie an der Frau wie eine reife Zwetschge an ihrem Baum, dann schüttelte sich ihr Opfer und schleuderte sie weg. Riette fiel auf den Hintern und konnte nur noch erstaunt zur Kenntnis nehmen, wie die *dicke Frau ohne Begleitung* schreiend davonrannte und damit jeden Gedanken an weiterführende Gespräche zunichtemachte.

»Schwerwiegender Mangel«, urteilte Rempel Stilz, und Brams konnte ihm nur zustimmen. Riettes Aufgabe musste unbedingt von jemandem übernommen werden, der stärker war als sie, und der Kräftigste von ihnen allen war nun einmal Rempel Stilz Mit dieser Umbesetzung war jeder zufrieden; Rempel Stilz etwas weniger, da er nach eigenem Bekunden nicht gerne fremde Leute ansprach.

Die Neuverteilung der anderen Aufgaben gestaltete sich schwieriger, da sich Hutzel standhaft weigerte, Riette auf seine Schultern zu nehmen mit der Begründung: »Sie wird mir wahrscheinlich die Haare abschneiden, sie färben oder verkleben, und das kann ich heute nicht brauchen!«

Riette war daraufhin allerdings auch nicht mehr bereit, Hutzel auf ihre Schultern zu nehmen. Sein Misstrauen habe sie so aufgewühlt, führte sie an, dass sie sich nun nicht mehr mit aller Kraft dieser tragenden Tätigkeit widmen könne. Außerdem habe sie die Nacktschnecke nur an sich genommen, damit niemand auf sie trete. Nach dieser Erklärung ließ sie das halbe Dutzend Schnecken und die Schar Asseln, die sie in dieser erstaunlich kurzen Zeit aufgelesen hatte, wieder frei.

Brams erklärte sich daraufhin bereit, Riette auf seine Schultern zu nehmen. Während sie auf ihn kletterte, achtete er jedoch genauestens darauf, dass sie nichts in den Händen hielt.

Nun begann wieder geduldiges Warten, bis Riette endlich verkündete: »Auskunftsperson zwei gesichtet! Mann mit Handtrommel.«

Wie zuvor Riette trat nun Rempel Stilz auf den Weg, um kindähnliche Geräusche zu erzeugen. Er war nicht halb so gut wie Riette. Tatsächlich klang seine Darbietung eines weinenden Kindes eher so, als begliche er gerade eine sehr, sehr alte Rechnung mit einem verfeindeten Eichhörnchen. Deswegen sprach auch nicht Mitgefühl aus der Stimme von *Auskunftsperson zwei*, als sie innehielt, sondern eine Mischung aus Neugier und kaum unterdrückter Beunruhigung: »Was treibst du, Junge? Hör sofort damit auf!«

Zum Glück hielt es auch dieser Wanderer für nötig, sich zu dem vermeintlichen Kind hinabzubeugen. Einen Augenblick später zappelte er bereits hilflos in Rempel Stilz' unentrinnbarem Griff. Damit er auf keinen Fall entkommen konnte, sprangen nun auch die anderen hinzu und hielten ihn fest. Damit machten sie es dem Menschen sehr leicht zu erkennen, mit wem er es zu tun hatte.

»Ihr seid die Geschöpfe aus den Verdorrten Gärten!«, rief er verzweifelt. »Ich habe gesehen, wie ihr aus der verfluchten Pforte entwichen seid! Weh mir, ihr Guten Götter, steht mir bei! Ich bin ein schlechter Mensch und bereue es jetzt. Ich lüge, trinke und fluche, bin jähzornig und teile auch manchmal kräftig aus, aber das hier habe ich nicht verdient. Habt Erbarmen!«

»Sag uns einfach, wer der Mann auf dem Fliegenden Teppich war!«, forderte Brams.

*Auskunftsperson zwei* starrte ihn kurz mit offenem Mund an und erwiderte: »Ihr kennt ihn nicht? Das war der Incantator und Bonifaktor Speralja. Jeder kennt ihn!«

»Wo finden wir ihn?«

Der Mann wollte gerade antworten, hatte sogar bereits den Mund geöffnet, als er plötzlich aschfahl wurde. Laut klagte er: »Nein! Nein! Nein! Ihr wollt, dass ich ihn euch ans Messer liefere, diesen grundgütigen Menschen? Steht mir bei, gute Götter, das Gezücht der Verdorrten Gärten will mich zum Verräter am Bonifaktor Speralja machen! Das kann ich nicht tun! Diese Schande könnte ich nicht ertragen. Ihr Ungeheuer aus den Verdorrten Gärten, wollt ihr nicht lieber Silber? Die Herrin bewahrt es in ihrem Keller auf! Töpfeweise und mehr, als ihr tragen könnt. Ich kann euch verraten, wie ihr daran gelangt. Oder wollt ihr nicht lieber wissen, mit wem der Hohe Bewahrer Unzucht treibt? Zweimal in der Woche, achtmal im Monde, Ilonja ist ihr Name...«

»Ganz gewiss wollen wir wissen, wo es töpfeweise Silber gibt, Schrumpfkopf!«, fuhr ihn Hutzel an. »Natürlich nicht! Das ist ein Scherz! Wir stammen überhaupt nicht aus deinen Verdorrten Gärten, sondern wollen bloß wissen, wo dieser elende Speralja zu finden ist!«

»Kackpuh-Gärten!«, unterstützte ihn Riette.

»Von wegen Gärten!«, schimpfte auch Rempel Stilz. »Ich spucke auf sie!«

Brams seufzte. »Lasst ihn los, sonst erzählt er uns ja doch nichts.«

Der Mann richtete sich auf. »Ihr seid gar kein Gezücht aus den Verdorrten Gärten?«, vergewisserte er sich.

»Nein, natürlich nicht«, versuchte Brams ihn in gutmütigem Ton zu beruhigen. »Wir sind Kopoltrier, arglose, harmlose Reisende auf der ... nun ja, Durchreise eben. Und nun sage uns, wo sich der Incantator und Bonifaktor Speralja aufhält.«

»Nicht aus den Verdorrten Gärten?«, stammelte sein Gegenüber noch einmal.

»Nein! Nein! Nein! Nein!«, klang es von allen Seiten beruhigend.

»Nicht aus den Verdorrten Gärten?«, ertönte es noch einmal. Urplötzlich lief der Mann rot an. »Was fällt euch Strolchen dann ein, arglose Leute zu belästigen? Schert euch bloß weg, ihr vier Bengel, bevor ich euch heimleuchte!« Mit strammem Schritt entfernte er sich, unablässig weiterschimpfend, und ließ vier wirklich sprachlose Kobolde zurück.

»Wir sind Ausgeburten des Schinderschlundes«, rief ihm Riette schließlich hilflos hinterher, als er bereits außer Hörweite war.

Ein völliger Fehlschlag war diese Begegnung nicht gewesen. Immerhin wussten sie jetzt, dass Thors Entführer Speralja hieß, und auch die Annahme, er müsse allgemein bekannt sein, hatte sich bestätigt. Während die Kobolde noch darüber sprachen, wie die nächste Befragung verbessert werden könne und ob es vielleicht sinnvoll wäre, wieder die Methode anzuwenden, die sich bei Ritter Volkhard von der Senne bewährt hatte, rollte eine Kutsche vorbei, deren Kommen in der Hitze der Rede keiner bemerkt hatte. Sie war im Wesentlichen ein backsteinförmiger Kasten aus rohem Holz und wurde von zwei Pferden gezogen. Auf ihrem Bock saß ein Mann mit Strohhut und gelber Schärpe. Auf einen Befehl aus dem Kasten ließ er die Kutsche ausrollen und zum Stillstand kommen. Ihre Tür öffnete sich, eine Hand erschien und winkte. Auf Brams' Nicken hin gingen die Kobolde zur Kutsche. Ihr einziger Reisender war ein älterer Mann in gelber Toga, dessen Schädel kahl rasiert und blau gefärbt war.

»Rafanja ist mein Name! Ich kam nicht umhin mit anzuhören, dass ihr auf dem Weg zum Incantator und Bonifaktor Speralja seid?«, eröffnete er das Gespräch. »Sein Turm liegt zwar nicht ganz auf meinem Weg, doch der Umweg ist keine sonderliche Mühe, und wie ihr vielleicht wisst, zählt jede Wohltat vierfach, die man auf einer Pilgerwanderung erweist.«

»Allgemein bekannt«, stimmte Brams sofort zu und stieg ein. Nachdem alle vier Kobolde nebeneinander und gegenüber von Rafanja auf dem weichen Polster Platz genommen hatten, rollte die Kutsche wieder an.

»Ihr wollt euch wahrscheinlich bei Speralja als Lehrlinge verdingen?«, erkundigte sich Rafanja.

»Allemal!«, bestätigte Hutzel. »Du auch?«

Rafanja lachte herzhaft. »Dafür bin ich dann doch zu alt! Ihr seid wohl nicht von hier?«

»Kopoltrier, allesamt«, bestätigte Brams. »Wir vier!«

»Wie ihr an meinem Gewand erkennen könnt«, erklärte Rafanja, »befinde ich mich auf Pilgerwanderung nach Sur. Ihr wisst schon, die üblichen Gründe: innere Einkehr, Besinnlichkeit, Selbstfindung und so weiter. Ihr versteht das sicher. Es mag euch erstaunen, warum ich nicht zu Fuß gehe? In diesen Zeiten ist das leider ein Wagnis, da man nicht weiß, wer sonst noch unterwegs ist. Die Kutsche ist sicherer, und zudem dauert die Pilgerwanderung dann auch nicht vierzig Tage, sondern nur zehn. Ich mache sie nicht zum ersten Mal, wie ihr aus meinen Worten heraushören könnt, da es immer wieder eine tiefschürfende Erfahrung ist. Als ich jünger war, nahm ich gern Wechselpferde. Denn wenn man die Tiere nicht schonen muss, dann schafft man die gesamte Pilgerwanderung in sagen wir drei, bei gutem Wetter sogar in zwei Tagen. Das ist dann aber wirklich anstrengend! Da beneidet man dann schon einmal diejenigen, die sich Zeit lassen und gemütlich vierzig Tage lang vor sich hinschlendern nach dem Motto: Komme ich heute nicht, komme ich morgen! Doch so ist das nun mal mit der Pilgerschaft. Sie hat ja auch so noch genug Härten! Ihr wisst ja – oder könnt es euch denken –, dass es Speisegebote gibt. Kein Fleisch, kein Obst und als Gemüse nur Kohl, also nichts, wonach man sich die Finger lecken würde. Ich schicke deswegen, wann immer sich die Gelegenheit ergibt, Natanja – das ist mein Kutscher – aus, Austern und Fischrogen zu besorgen. Wenn ihr bei Speralja in die Lehre gehen wollt, werdet ihr ja wissen, dass beides weder Fleisch noch Obst oder Gemüse ist. Das geht nicht immer, deswegen ernähre ich mich dann meistens von etwas anderem, das ich in einem Kasten aufbewahre. Aber auch das ist kein Vergnügen auf die Dauer. Immer dasselbe! Nun ja, es geht bei der ganzen Sache ja eigentlich vor allem um die innere Einkehr und Dingens und so. Schaut her, was mir sonst als Speise bleibt.«

Rafanja griff unter seine Sitzbank und zog einen hölzernen, bemalten Kasten hervor. »Ich nenne ihn meinen kleinen Kasteiungskasten«, erklärte er und öffnete ihn. Er war bis zum Rand mit Kuchen gefüllt!

»Kuchen!«, röchelten alle vier Kobolde im Chor.

»Greift ruhig zu!«, forderte Rafanja seine Gäste großzügig auf. »Jede barmherzige Wohltat zählt bekanntlich vierfach.«

Als der Kasten jedoch innerhalb kürzester Zeit halb leer war, schloss Rafanja ihn wieder und schob ihn unter seinen Sitz zurück. Auf Pilgerschaft dürfe man auch bei den erlaubten Speisen nicht der Völlerei anheimfallen, erklärte er.

Einem Einfall nachgebend, sagte Brams plötzlich: »Später wollen wir noch nach Wei.«

»Was soll das sein?«, erkundigte sich Rafanja ratlos.

»Ein Ort?«, entgegnete Brams unsicher.

Rafanja schüttelte den Kopf. »Ein solcher Ort ist mir nicht bekannt. Leider!«

»Es soll auch eher eine Stadt sein«, warf Rempel Stilz ein.

»Auch damit kann ich nicht dienen«, entschuldigte sich Rafanja. »Es gibt weit und breit nur Burakannt, nichts anderes. Uns reicht das! Burakannt ist eine beeindruckende Stadt, o wei!«

»Burakannt heißt auch Owei?«, fragte Brams.

»Ich weiß nicht, wie du darauf kommst«, erwiderte Rafanja. »Burakannt heißt Burakannt, wie das ganze Land.«

»Und ist es eine beeindruckende Stadt?«, fragte Hutzel lauernd.

»O wei!«, bestätigte Rafanja.

»Er hat es schon wieder gesagt!«, brüllten alle vier Kobolde und zeigten auf ihn. Einige Augenblicke lang war der alte Mann völlig entgeistert. »Was habe ich gesagt?«

»O wei!«

Rafanja ging ein Licht auf. »Nun verstehe ich endlich, was ihr meint! Es ist eine örtliche Redensrat. Burakannt ist groß und für Fremde oft verwirrend. Schon immer hielten einige die Stadt für lasterhaft und verurteilten es. Deswegen sagten sie missbilligend: Die Stadt, o wei! Andere hielten die Stadt für lasterhaft und begrüßten es. Deswegen sagten sie beeindruckt: Die Stadt, o wei! Daraus entwickelte sich der Brauch, dass schließlich jeder sagte: Die Stadt, o wei.«

»O wei!«, stöhnte Hutzel.

»O wei!«, bestätigte Rafanja und schloss die Augen zu einem Nickerchen.

Als die Kutsche den Turm des Incantators erreichte, war es schon über eine Stunde dunkel. Rafanja war zu diesem Zeitpunkt nicht mehr zugegen, da er sich gegen Abend bei einer freundlichen Herberge hatte absetzen lassen. Die heutige Wanderung habe ihn so erschöpft, dass er sich früh zur Nachtruhe begeben wolle, hatte er sich bedauernd verabschiedet. Seine Kutsche werde *die jungen Leute* aber wie versprochen noch zu ihrem Ziel bringen.

## 35.

Brams und seine Gefährten warteten, bis Natanja und seine Kutsche kaum noch zu hören waren. Erst dann gingen sie zum Turm. Nur ganz oben brannte noch Licht, was Brams zu der Bemerkung veranlasste: »Wo Licht ist, ist auch Feuer – altes Sprichwort!«

Die Form des Turms, ein schlanker Schaft, der sich an der Spitze wie die Blüte einer Blume verbreiterte, legte sowieso den Gedanken nahe, dass sich sämtliche Arbeits- und Wohnräume ganz oben befanden. Der Pforte, durch die man den Turm betrat, war auf den ersten Blick anzusehen, dass sie durch ein kompliziertes Schloss und zusätzlich noch mehrere Riegel auf der Innenseite gesichert war. Tatsächlich benötigten Rempel Stilz und Hutzel, obwohl sie gemeinsam daran arbeiteten, so lange zum Öffnen, dass der Mond unterdessen hinter einer Wolke verschwinden und wieder auftauchen konnte.

Wie schon erwartet, führte der Eingangsraum umgehend in ein Treppenhaus. Es gab zwar noch eine Falltür, durch die man offensichtlich in Kellerräume, vielleicht sogar *geheime* Kellerräume, gelangte, doch da Rempel Stilz bei ihrem Anblick leicht geknickt wirkte, zweifellos in Erinnerung an die kaum bewältigte Niederlage bei seinem eigenen Geheimkeller, erwähnte sie niemand. Stattdessen taten alle so, als hätten sie die Falltür gar nicht bemerkt, und schritten rasch über sie hinweg.

Die Wendeltreppe nahm den gesamten Innenraum des Schaftes ein, und der Aufstieg war wegen der viel zu hohen Stufen alles andere als angenehm. Die Treppe endete in einem Vorraum, von dem eine Tür abging, unter der Licht durchschien. Außerdem gab es auch noch Fensteröffnungen, durch die man bei Tag sicher einen schönen Fernblick hatte. Vorsichtshalber spähten die Kobolde durch das Schlüsselloch der Tür, bevor sie eintraten, um sich zu vergewissern, dass auf der anderen Seite kein Hund auf sie wartete.

Auch wenn der Incantator und Bonifaktor Speralja nicht sein silberbesetztes Gewand trug, sondern nur Hosen aus ungefärbtem Leinen, Pantoffeln und eine Bluse, aus deren Halsausschnitt weiße Haare quollen, erkannten sie ihn sofort. Da er in ein Buch vertieft war, bemerkte er sie zuerst gar nicht.

»Schätzchen, du hattest doch schon dein Geschenk«, sagte er stockend und abwesend, ohne aufzublicken. »Und auch wenn ich, verglichen mit anderen Männern meines Alters, noch wie ein Stier bin mit …« – er blätterte geräuschvoll eine Seite um, wodurch er kurzfristig unverständlich wurde – »… wie Kürbissen, so gilt doch …« Mitten im Satz hielt er inne, schüttelte unzufrieden den Kopf und sah auf. Nun bemerkte er, dass er mit jemand anderem sprach, als er gedacht hatte. »Wer seid ihr?«, fragte er herrisch und legte das Buch beiseite.

»Wir wollen unsere Tür wiederhaben!«, antwortete Brams in ähnlichem Ton. »Jetzt gleich und sofort!«

»Eure Tür?«, wiederholte Speralja, als wisse er gar nicht, wovon Brams sprach. »Du meinst das Xingramäische Artefakt, das mir heute in die Hände fiel? Besorgt euch selber eines! Wo sind wir denn? Schließlich hat es Jahre gedauert, es einzufangen.« Er klatschte in die Hände und rief: »Vyrkfed, herbei!«

Eine Tür zu einem weiterführenden Raum öffnete sich lautlos, und eine grünliche Gestalt mit spitzer Schnauze, großen Ohren und Stummelflügeln auf dem Rücken schwebte herein. Ein Stück vor Speralja hielt sie an, verbeugte sich untertänig und sprach: »Du hast gerufen, Meister?«

»Er ist es! Das ist der Rachegeist!«, brüllte Brams im selben Augenblick und sprang das Wesen an. Im Fluge fiel ihm ein, dass es nur aus Rauch bestand und ihm deswegen keinen guten Halt böte. Umso verblüffter war er, als seine Finger wider Erwarten etwas Körperliches umschlossen. »Er ist ja fest!«, rief er überrascht.

»Natürlich ist er das«, schnauzte ihn Speralja an. »Seine Art hat gerade Paarungszeit. Wie soll das denn sonst etwas werden, wenn sie nur Wölkchen sind? Nun aber nimm gefälligst die Hände von meinem Famulus!«

Brams dachte nicht daran, sondern rief im Gegenteil Hutzel herbei. »Schnell, hilf mir, diesen Strolch wieder in die Kiste zu packen!«

»Nicht in die Kiste!«, kreischte der Vyrkfed. »Habt ihr nicht verstanden? Ich bin momentan in fester Form! Selbst wenn ich wollte, und das will ich bestimmt nicht, würde ich nicht in die Kiste passen.«

»Lass das unsere Sorge sein«, erwiderte Hutzel. »Wir bekommen dich auf jeden Fall hinein. Mach dir da keine Gedanken!«

Nachdem Speralja seine Besucher noch einige Male dazu aufgefordert hatte, seinen Famulus endlich in Ruhe zu lassen und sich schnellstmöglich aus seinen Turm zu entfernen, ohne dass ihm jemand Beachtung schenkte, beschloss er, handfestere Maßnahmen zur Anwendung zu bringen. Er griff nach seinem Stab – demselben, mit dem er auf dem Feld die Tür geschlossen hatte –, und rief mit rauer Stimme: »Bei der Macht von Aschna-Kraschnazz! Hoschtschock, tschomnock, poschlock...«

Geschwind entriss ihm Riette den Stab und reichte ihn weiter an Rempel Stilz, der ihn kurzerhand über dem Knie zerbrach. Der Incantator verstummte inmitten seiner Beschwörung und keuchte fassungslos: »Er ist mit Kraft getränkt! Kein Mensch kann ihn zerbrechen!«

»Wir sind ja auch keine«, belehrte ihn Rempel Stilz und zerbrach den Stab ein zweites Mal. Ein Stück reichte er Riette, die noch zwei weitere Teile daraus machte.

»Hutzelbrech?«, fragte sie höflich.

»Gerne!«, antwortete Hutzel und überließ den Vyrkfed für einen Augenblick wieder allein Brams. Da das Stückchen Zauberstab mittlerweile etwas kurz war, war es jedoch nicht mehr ganz so leicht, es nochmals zu zerbrechen.

»Wo ist unsere Tür?«, fragte Hutzel, als er die Bruchstücke wegwarf.

»Nie und nimmer werdet ihr das von mir erfahren«, antwortete Speralja bleich vor Zorn. »Und jetzt schon gar nicht!« Er wirbelte herum, rannte zu der Tür, durch die Vyrkfed eingetreten war, und verschwand.

»Der Teppich!«, rief Brams geistesgegenwärtig. »Er will zu seinem Teppich. Fass!«

Riette und Rempel Stilz nahmen unverzüglich die Verfolgung auf, während sich Hutzel wieder dem Vyrkfed widmete und ihn auf den Boden drückte.

»Fass?«, wiederholte er Brams' Anweisung. »Fass?«

Brams zuckte die Schultern. »Er hätte lieber warten sollen, bis wir mit diesem grünen Lumpen fertig sind.«

Hutzel nickte zustimmend. »Allein mit Rempel Stilz und Riette – kein guter Einfall!«

Aus den Nachbarräumen war das Schlagen von Türen zu hören. Brams wandte sich an ihren Gefangenen. »Weißt du überhaupt, was du angerichtet hast?«, herrschte er ihn an.

»Ihr hättet mich nicht einsperren dürfen!«, gab der Vyrkfed schnippisch zurück. »Es war mein Recht, mich deswegen zu rächen.«

»Wir haben dich nicht eingesperrt, sondern befreit!«, hielt ihm Brams vor. »Das ist das Gegenteil!«

»Schnickschnack!«, antwortete der Vyrkfed geringschätzig. »Derjenige, der dich freilässt, ist gewöhnlich derselbe, der dich gefangen nahm. Vyrrack! Vyrkack! Vyrlack! Suche denjenigen, der die Macht über den Riegel hat! So war es, so ist es, so wird es immer sein.«

»Du hast einen bösartigen Drachen auf uns losgelassen!«, zeterte Brams. »Viele, die überhaupt nicht bei deiner Befreiung zugegen waren …«

»Meiner Gefangennahme!«, widersprach der Vyrkfed.

»Deiner Befreiung!«

»Gefangennahme!«

»Befreiung! … mussten darunter leiden.«

»Ich habe ihn gar nicht freigelassen!«, behauptete der Vyrkfed nun.

»Wer denn sonst?«, fuhr ihn Hutzel an.

»Ein Ritter!«, erhielt er zur Antwort. »Aber ich war nicht dabei.«

»Wieso sollte ein Ritter auf einen solch verrückten Einfall kommen? Noch dazu ganz zufällig, nachdem du gerade Brams' Geheimnis aufgespürt hattest?«

»Vielleicht wollte er schon immer gegen einen Drachen antreten?«, antwortete der Vyrkfed leichthin. »Vielleicht hat ihm jemand verraten, wo einer zu finden sei? Vielleicht habe ich ihm nächtelang ins Ohr gesäuselt, er solle ihm die Ketten abnehmen und sich mit ihm in ritterlichem Kampfe messen?« Seine letzten Worte gingen in ein gehässiges Meckern über.

»Und dann?«

»Ich war nicht dabei!«, erinnerte der Vyrkfed die Kobolde. »Vielleicht hat der Ritter gewonnen, vielleicht auch der Drache. Was weiß ich! Außerdem hat mich bald danach der Incantator incantiert.«

»Er hat dich beschworen?«

»Sage ich doch!«

»Stopfen wir diesen Freund böser Streiche einfach in die Kiste!«, schlug Brams vor.

»Ich passe doch nicht hinein!«

»Ach was!«, meinte Hutzel in aufmunterndem Ton. »Kopf hoch! Das wird schon klappen.«

Brams hatte bereits ein geeignetes Behältnis ausgesucht, nämlich eine Truhe, die erheblich größer war als das Kästchen in Nellis Bauernhof. Speralja benutzte sie zum Aufbewahren selten benötigter Bücher und Schriftrollen, die nun innerhalb kürzester Zeit über den ganzen Fußboden verstreut waren. »Vielleicht befreit dich der Incantator, wenn du ihn schön bittest«, spottete Hutzel, als er und Brams den Rachegeist in die leere Kiste zwängten.

»Das wird er nicht tun, da er weiß, dass ich mich sofort an ihm rächen werde!«, quiekte der Gefangene.

»Doppelplem!«, murmelte Hutzel kopfschüttelnd und machte dazu eine einschlägige Handbewegung. »Du solltest die Abgeschiedenheit nutzen, um dich mit einigen grundlegenden Fragen auseinanderzusetzen! Wie nannte Rafanja das? Innere Einkehr, Selbstfindung und so weiter.«

Lachend wollte er den Deckel zuschlagen, als Brams mit

der Bemerkung »Vielleicht ist der Bonifaktor dann eher bereit, sich mit deiner Freilassung zu beschäftigen«, ein schmales, wahllos herausgegriffenes Büchlein in die Kiste warf. Auf seinem Einband war zu lesen: DREIZEHN FRAGEN ÜBER DAS ERDMANNERCHEN, GESTELLT UND BEANTWORTET VON MEISTER DINKELWART VON ZUPFENHAUSEN, GELEHRTER DER SIEBEN KÜNSTE UND DREIUNDDREISSIG WISSENHEITEN.

Hutzel bat Brams, sich auf den Deckel der Truhe zu setzen, damit er sich ungestört um ihr Schloss kümmern könne. Er baute es aus, nahm es auseinander, verbesserte es und versah es mit einigen *Extras*, dann baute er es wieder ein.

Brams fiel auf, dass er schon lange kein Türenschlagen mehr gehört hatte. Hatten Rempel Stilz und Riette Erfolg gehabt, oder bestand Grund zur Sorge? Genau in diesem Augenblick kehrten beide jedoch wieder zurück.

»Wo ist der grüne Rachegeist?«, wollten sie wissen.

»Er ist in der Truhe eingesperrt und hofft, vom Incantator möglichst bald dekantiert zu werden«, erklärte Hutzel feierlich, worauf Brams vor Lachen von der Kiste fiel. Rempel Stilz und Riette sahen sich verständnislos an und bewegten stumm die Lippen zu wenig schmeichelhaften Bezeichnungen.

»Wo habt ihr den Incantator gelassen?«, erkundigte sich Brams.

»Er legt sich gerade eine Antwort auf unsere Frage nach Thors Aufenthalt zurecht«, antwortete Riette. Dieses Mal kicherten sie und Rempel Stilz.

»Wo ist er denn?«, fragte Brams etwas später.

»Weiter oben gibt es einen Laufgang«, erklärte ihm Riette. »Da haben wir ihn gelassen.«

»Wird er denn nicht abhauen?«, fragte Brams besorgt. »Er hat doch noch seinen Teppich?«

»Kann er nicht«, beschwichtigte ihn Rempel Stilz. »Wir haben den Incantator und Bonifaktor festgeleimt.«

»Was habt ihr?«, entfuhr es Brams.

»Mit Koboldleim«, bestätigte Rempel Stilz. »Wir hatten leider gerade nichts anderes zur Verfügung.«

Brams verspürte plötzlich ein Kribbeln in seinem Holzbein. Er berührte es und wunderte sich, dass es sich nicht mehr so hart anfühlte wie bisher, sondern weicher und nachgiebiger. Mit bangem Gefühl entblößte er es und entdeckte, dass es sich verändert hatte. Es war nicht nur weicher geworden, sondern sah auch nicht mehr nach Holz aus. Zwar noch nicht nach Fleisch, aber bestimmt nicht mehr nach Holz! Seine Gefährten hatten nicht zu viel versprochen: Durch den Leim würde es wieder zu einem richtigen Koboldbein werden!

Gedankenverloren zeichnete Brams mit den Fingern die ausgefranste und deutlich sichtbare Linie nach, wo der neue Unterschenkel an den Stumpf des alten ansetzte. Irgendetwas Dringendes hatte er doch fragen wollen?

»Sorge dich nicht«, tröstete ihn Hutzel. »Bei dir als Kobold werden vermutlich keine Narben zurückbleiben.«

Nun fiel Brams wieder ein, was ihm auf der Zunge gelegen hatte. »Wenn ihr den Incantator und Bonifaktor mit Koboldleim festgeleimt habt, besteht dann nicht die Möglichkeit, dass der ganze Turm zu einem Teil von ihm wird?«

»Möglich«, räumte Rempel Stilz ein.

»Oder wird er vielleicht zu einem Teil des Turms, also zu Stein?«, rätselte Brams.

»Möglich«, erwiderte sein Gefährte.

»Was wird denn eher eintreten?«

»Dass er hinunterfällt«, brummte Rempel Stilz, und Riette klatschte vergnügt in die Hände. Da sich Rempel Stilz' spärliche Äußerungen sehr nach einem Kurz-nach-Mitternachtsstreich anhörten, bestand Brams darauf, umgehend zu Speralja geführt zu werden.

Gemeinsam mit Hutzel folgte er seinen Gefährten durch eine Reihe von Arbeits- und Wohnräumen ins darüberliegende Stockwerk und dann auf den Laufgang, der durch eine Brüstung geschützt wurde, die ihnen bis über den Scheitel reichte. Brams blickte sich um. »Wo ist er denn?«, fragte er.

»Andere Seite«, antwortete Rempel Stilz.

Brams ging um den Turm herum und brachte dann die schlechte Nachricht: »Er ist nicht mehr da!«

»Andere Seite«, sagte Rempel Stilz abermals und fügte hinzu: »Der Brüstung.«

Brams zog sich mit beiden Händen an dem Geländer hoch. Als er hinüberblicken konnte, entdeckte er den Incantator. Mitternachtsstreich war reichlich untertrieben! Er hing tatsächlich draußen an der Turmmauer, wächsern und leise murmelnd.

»Um der Guten Götter willen, zieht mich herein!«, flüsterte er. »Ich werde euch auch sagen, wo sich das Xingramäische Artefakt befindet!«

»Wir wollen lieber unsere Tür wiederhaben!«, rief Riette.

»Nehmt ruhig alle!«, bot ihr Speralja an. »Nehmt alle Türen im Turm mit. Ich brauche keine einzige mehr und bin ihrer im Grunde längst überdrüssig. Nur zieht mich endlich herein!«

Rempel Stilz tat ihm den Gefallen. Nachdem Brams sich wieder herabgelassen hatte, nahm er dessen Platz auf dem

Geländer ein. Nach wenigen Augenblicken hatte er die Verleimung gelöst, und der Incantator stand wieder auf sicherem Grund. Obwohl er am ganzen Leib zitterte, sah er sich rasch um, als schätze er tatsächlich ab, ob einer raschen Flucht Erfolg vergönnt sein könne. Mutlos ließ er schließlich die Schultern sinken. Nun kehrten alle wieder in die Kammer zurück, wo sich Speralja ursprünglich aufgehalten hatte. Nur Hutzel folgte mit ein wenig Verspätung.

Speralja seufzte, als er die Unordnung erblickte, und begann wortlos seine verstreuten Bücher vom Boden aufzusammeln. Vorsichtshalber eröffnete ihm Brams rechtzeitig, welchen Zweck die Kiste inzwischen erfüllte, auch wenn er es als im Grunde überflüssig betrachtete, da leicht einsichtig war, dass der Famulus ja irgendwo verblieben sein musste. Speralja ließ sich nach dieser Eröffnung wortlos in einen Sessel fallen.

»Wo ist die Tür, die du auch als Xingramäisches Artefakt bezeichnest?«, bedrängte ihn Brams.

Den Blick fest mit dem Boden verwachsen, erklärte der Incantator mit stockender Stimme: »Im Schuppen. Es gibt einen Schuppen. Ihr geht unten durch die Pforte und dann einmal um den Turm herum, bis ihr auf der gegenüberliegenden Seite des Eingangs seid. Von da aus geradeaus weiter, etwa zweihundert Schritt, womöglich auch mehr. Für euch auf jeden Fall mehr! Vierhundert, fünfhundert, will ich meinen! Nun geht, lasst mich allein! Solltet ihr noch eine weitere Tür benötigen, so nehmt sie ungefragt mit.«

»Wehe, sie ist nicht mehr da!«, verabschiedete sich Riette mit der unglaublich tiefen und hohlen Stimme, mit der sie gern Fährleute erschreckte.

Draußen, im Vorraum, baute Hutzel schnell das Türschloss aus und nach einigen grundlegenden Verbesserungen wieder ein. »Um das obere habe ich mich schon gekümmert«, flüsterte er.

Nun ging es wieder die mehr als kniehohen Stufen der Wendeltreppe hinab, was womöglich noch unangenehmer war als der Aufstieg. Die Kobolde waren noch nicht ganz unten angelangt, als von oben eine gepeinigte Stimme zu hören war. »Ich habe mich schrecklich geirrt! Es gibt gar keinen Schuppen! Das Artefakt ist in Wahrheit im Keller bei den Sklaven.«

»Sind das die beiden Jungen?«, fragte Brams.

»Nein, die sind gar nicht hier«, antwortete Speralja weinerlich. »Die Jungen sind die Jungen und die Sklaven die Sklaven. Sie bewachen die Tür. Ein Missgeschick. Leider!«

»Gibt es auch einen Geheimkeller?«, rief Rempel Stilz.

»Nein«, antwortete die gepeinigte Stimme auffällig verzögert.

»Wirklich nicht?«, hakte Hutzel nach.

»Doch!«, antwortete Speralja etwas schrill.

Brams und seine Gefährten kümmerten sich nicht weiter um ihn. Unten angekommen, hoben sie die Falltüre an und stiegen eine weitere Treppe hinab. Wieder wies ihnen Licht, das durch Ritzen drang, den Weg. Dieses Mal führte es sie zu einer Tür, hinter der Stimmen erklangen. Zwei Riegel verhinderten, dass sie von innen geöffnet werden konnte. Brams zog die Riegel zurück und riss die Tür auf. Sein Blick fiel auf Thor, der waagrecht über zwei Fässern lag. An seinen schmalen Enden saßen Kinnwolf und Adalbrand. Beide hielten Besteck in den Händen.

»Sie wollen unsere Tür aufessen!«, schrie Brams.

Erschrocken sprang Adalbrand auf.

»Ihr schon wieder!«, antwortete er nicht minder laut. »Warum verfolgt ihr uns? Was haben wir euch bloß getan? Könnt ihr uns nicht endlich in Frieden lassen?«

»Welche Unvernunft«, brüllte sein Bruder. »Jetzt essen wir angeblich auch noch Türen auf! Was denn noch? Niemand tut so etwas! Seit Wochen gibt es bei uns nichts als Hirsebrei! Kein Bröckchen Fleisch, nur Hirsebrei, Hirsebrei, Hirsebrei! Er quillt mir bereits aus den Ohren heraus!«

Unbeherrscht griff er nach einem Schälchen, das vor ihm stand, und schlug damit so lange auf die als Tischplatte dienende Tür ein, bis der gesamte Inhalt verspritzt war. Mit der freien Hand, die einen Holzlöffel umklammerte und kein Messer, wie Brams fälschlich angenommen hatte, fuchtelte er wild herum. Dann war auch er auf den Beinen! Sein Gesicht verfärbte sich rasch von Rot über Dunkelrot nach Violett. Jede neue Farbschattierung ließ ihn unverständlicher werden, bis seine Stimme schließlich einem wütenden Bellen ähnelte und er nur noch unkontrolliert zuckte und spuckte.

»Beruhige dich doch«, versuchte ihn Adalbrand zu besänftigen. »Du weißt doch, dass wir gegen die Kurzen jedes Mal den Kürzeren ziehen!« Als Kinnwolf jedoch mit dem Löffel nach ihm schlug, ging er rasch auf Abstand.

»Das ist überhaupt nicht unsere Tür«, meinte Rempel Stilz plötzlich.

»Nein?«, entgegnete Brams. »So etwas!«

»Falls ihr die Tür meint, die so ähnlich aussieht wie die, die ihr bei uns gestohlen habt«, warf Adalbrand ein, »die lehnt an der Wand.« Er zeigte auf eine Tür mit Kette, die ohne Zweifel die richtige war.

Die Kobolde nahmen ihre Tür und gingen. »Vergelt's euch!«, wünschte Riette zum Abschied.

Draußen entfernten sie die Kette und auch die eingetrockneten Spritzer von der Flüssigkeit, mit der Speralja die Tür benetzt hatte.

»Was macht *ihr* denn hier?«, tat Thor überrascht.

»Wir lassen nie jemanden zurück!«, versicherte ihm Brams feierlich, als sei ihm der scheinheilige Unterton völlig entgangen.

»So?«, antwortete die Tür bissig. »Für einen Augenblick dachte ich schon, wir seien genau deswegen hier!«
Brams ließ ihn abblitzen. »Wir haben inzwischen herausgefunden, wo Owei, die Stadt ist. Owei, die Stadt! Lustig, wie?«

# Der hehre Tyrannensturz

## 36.

Nördlich der Stadt Burakannt (o wei!) verlor das Land rasch seine üppige Fruchtbarkeit. Der Boden wurde steiniger und der Anblick von Disteln immer vertrauter. Allem Anschein nach würde sich daran bis zu den nahen, nicht sonderlich hohen Bergen nicht mehr viel ändern.

Auf einem von ihnen musste der Drache hausen. Das hatten sich die Kobolde anhand zweier einfacher Tatsachen zurechtgelegt: Zum einen waren die Berge nahe genug bei Burakannt, um noch als »gleich nördlich der Stadt« durchgehen zu können, zum andern hatte jeder von ihnen schon einmal gehört, dass Drachen am liebsten auf Bergen wohnten, obwohl gerade Letzteres auf die beiden, die sie kannten, nicht zutraf.

Trotz der Kargheit der Landschaft waren Einheimische, die dem Boden im Schweiße ihres Angesichts doch noch nennenswerte Erträge abrangen, leicht zu finden. Für gewöhnlich traten Brams und Hutzel ihnen gegenüber als Lehrjungen und Lehrsklaven eines bekannten Bonifaktors und Incantators auf und stellten ihre Fragen. Die Antworten, die sie erhielten, waren gleichzeitig ermutigend und niederschmetternd: Ja, es hatte einmal einen Drachen im Gebirge gegeben. Nein, man hatte schon lange nichts mehr von ihm gehört.

Immerhin konnten die Menschen den Ort der Drachenhöhle so genau benennen, sodass Thor nach der fünften Befragung bekannt gab, er könne sich nun gut genug vorstellen, wo sie sich befinden müsse, wodurch weitere Fragen überflüssig würden und sie es sich ersparen könnten, den ganzen weiten Weg zu Fuß zu gehen. Dies wurde von allen erfreut zur Kenntnis genommen, und bald danach schritt Brams wieder einmal durch die schummrige Diele, gespannt darauf, was ihn auf der anderen Seite erwartete.

Einen kurzen Augenblick später stand er etwa zehn Arglang tief in einer Höhle. Ihr Eingang war zweifellos weit genug für einen Drachen, und auch ihre Ausmaße genügten allem Anschein nach den Anforderungen eines so großen Bewohners. Die Höhle erinnerte Brams auf unangenehmste Weise an die, in der er zum ersten Mal Tyraffnir begegnet war. Allerdings war die Luft trockener und der Geruch nach Fledermäusen wesentlich schwächer. Aber war sie nun bewohnt oder nicht?

Noch standen alle vier Kobolde im einigermaßen überblickbaren und ausreichend vom Tageslicht beleuchteten vorderen Teil der Höhle, und keiner von ihnen verspürte sonderlich viel Lust, tiefer hineinzugehen.

»Wir könnten nach ihm rufen«, schlug Brams vor und ging auch gleich mit gutem Beispiel voran. »Hallo!«

Sein Ruf hallte zwar beträchtlich nach, doch keine Antwort kam zurück. Nun versuchten alle ihr Glück: »Hallo? Hallo? Hallo?« Doch auch sie hatten keinen Erfolg. Dennoch ließen sie sich nicht entmutigen und machten weiter.

»Zwerge! Was ihr tun?«, ertönte plötzlich eine polternde Stimme.

Brams wandte sich um und sah im Höhleneingang einen riesigen Kerl stehen. Er war mindestens vier Arglang groß! Schieferfarbene Haut spannte sich über einen Körper, der derart vor Muskeln strotzte, dass es den Anschein erweckte, als besäße er gar keinen Hals, sondern als wäre der wuchtige Schädel mit seinen spitzen, ausgefransten Ohren und dem kräftigen Gebiss direkt mit den Schultern verwachsen. In der Hand hielt er eine Keule, die offenkundig einmal die Wurzel einer Tanne gewesen war, und auf dem Kopf hing ihm ein Reif, der aussah wie eine Krone, aber viel zu fein gearbeitet war, als dass er oder einer seiner Art sie gefertigt haben konnte.

»Wir sind keine Zwerge«, widersprach Rempel Stilz. »Wir sind ...«

»Kopoltrier!«, übertönte ihn Brams rasch. »Wer bist du?«

»König von Trolle sein«, antwortete der Riese und wies dabei auf seine Krone. »Sehen? Drache nicht da, Kopo!«

»König der Trolle? So, so, was es nicht alles gibt«, sagte Brams. »Kommt der Drache denn wieder?«,

Der Trollkönig schüttelte den Kopf. »Nicht glauben, Kopo, nicht glauben.«

»Weißt du vielleicht, wo er sich aufhält?«

Der Troll nickte. »Wumms-Wamma-Wumms wissen das, Kopo!«

»Du heißt Wumms-Wamma-Wumms?«, schrie Riette begeistert.

»So sein! Wumms-Wamma-Wumms! Guter Name«, bestätigte der Troll. »Sehr guter Name, Kopo.«

»Kannst du uns denn zu ihm bringen?«, fragte Brams.

Der Troll schwieg und hob statt einer Antwort vier seiner klobigen Finger.

»Vier?«, rätselte Brams. »Was willst du damit ausdrücken? Wir sind zu viert. Das ist richtig. Vier Kobolde! Ist es das?«

Der Troll schüttelte den Kopf. »So schwer ist das doch gar nicht. Gerade ihr als Kobolde solltet euch doch denken können, dass es vielleicht Regeln gibt, zumal wir allein lebenden Trolle für Spielchen bekannt sind. Die ersten vier Fragen waren frei. Für meine nächsten Antworten müsst ihr schon etwas mehr tun.«

»Er spricht plötzlich unangenehm flüssig«, stellte Riette fest.

Wumms-Wamma-Wumms zuckte die Schultern. »Ist wie Wind in Weide, Kopo, wehen in Blätter, wehen aus Blättern, wehen drumherum.«

»Und was sollen wir tun, damit du uns verrätst, wo der Drache ist?«, fragte Brams mit gerunzelter Stirn.

»Ich dachte an ein Wettrennen.«

»Einer von uns gegen dich?«

»Nein, nein!«, antwortete der Troll lachend. »Ihr vier mit eurer Tür gegen mich.«

»Ist denn draußen genügend Platz für so etwas?«

Der Troll nickte. »Ausreichend.«

»Ein Rennen über einhundert Arglang!«, sagte Brams schnell.

»Meinetwegen«, erwiderte der Troll.

Allesamt verließen sie die Höhle. Das Gelände davor, das mit vertrocknetem Gras bewachsen war, zwischen dem allenthalben nackter Boden durchschimmerte, war einigermaßen eben. Der Trollkönig hatte also nicht zu viel versprochen. Umgehend nahmen die Kobolde ihre jeweilige Trageposition bei Thor ein, und der Troll stellte sich neben sie. Ein Bein streckte er waagrecht nach vorn, während er mit einer Hand seine Nase berührte und mit der anderen ein Ohr.

»Ihr müsst das natürlich genauso machen wie ich«, eröffnete er den Kobolden.

»Dann können wir unsere Tür nicht mehr tragen«, meinte Brams.

»Stimmt«, räumte der Trollkönig ein. »Dann geht das so nicht. Lassen wir das mit dem Ohr eben sein.«

»Und jetzt hüpfen wir auf einem Bein um die Wette?«, fragte Hutzel belustigt.

Der Troll verneinte. »Das ist nur die Ausgangsstellung. Danach darf jeder so, wie er will. Die Finger sollten aber während des Wettlaufs an der Nase bleiben. Seid ihr bereit?«

Ein vierfaches »Ja!« ertönte. Doch der Troll schüttelte unzufrieden den Kopf. »Ihr steht noch nicht richtig.« Er ging von einem zum andern, sagte vielleicht »Kinn höher!« oder »Bein durchdrücken!« oder legte auch Hand an, bis alle so dastanden, wie er es sich vorstellte. Dann begab er sich wieder auf seinen Platz zurück.

»Bereit?«

»Bereit!«, erscholl es im Vierklang.

»Auf los. Eins, zwei, drei, los!«

Die Kobolde setzten sich in Bewegung und purzelten sofort wild durcheinander, während der Troll in lautes Gelächter ausbrach. Wie sich herausstellte, hatte er die Kapuzenmäntel der Kobolde mit Pflöcken am Boden befestigt.

»Das zählt nicht!«, rief Brams.

»Einverstanden«, sagte der Troll gleich. »Doch es sah gar zu lustig aus, und bestimmt zeigt es auch, dass ich mich auf koboldische Art höflich zu benehmen weiß. Fangen wir am besten von vorne an.«

Wieder stellten sich alle in Position, doch erneut hatte der Trollkönig etwas an der Haltung seiner Gegner auszusetzen. Wie zuvor ging er von einem zum anderen und korrigierte sie, doch dieses Mal achteten die Kobolde darauf, dass er nicht wieder ihre Gewänder klammheimlich im Boden verankerte. Dann hieß es abermals: »Eins, zwei, drei, los!«

Wiederum purzelten die Kobolde durcheinander. Der Troll schüttelte sich vor Lachen, und Tränen liefen ihm über das Gesicht. Dieses Mal hatte er jedem einen Stolperstein vor die Füße gelegt.

»Köstlich!«, heuchelte Brams. »Ganz köstlich, aber das zählt auch nicht!«

»Wie du wünschst«, stimmte der Troll zu und wischte sich die Tränen aus den Augen. »Jetzt wird es also ernst!« Entgegen dieser Ankündigung verlief zunächst alles wie bei den ersten beiden Malen. Der Trollkönig bemängelte die Haltung der Kobolde, korrigierte sie umständlich und zählte. Brams war sich völlig sicher, dass nun alles mit rechten Dingen zugehen würde, da sie ihn keinen Herzschlag lang unbeobachtet gelassen hatten. Einen Augenblick später fand er sich mit seinen Gefährten erneut auf dem Boden wieder.

»Ich bekomme gleich keine Luft mehr vor Lachen«, beteuerte der Troll, während die Kobolde verständnislos die Köpfe schüttelten und sich voneinander befreiten. Wie hatte er es bloß fertiggebracht, unbemerkt ihre Schnürsenkel miteinander zu verknoten?

»Er mag vielleicht nur einen einzigen Streich beherrschen, doch den meisterlich!«, meinte Rempel Stilz. Niemand dachte daran, ihm zu widersprechen.

»Warum sucht ihr den Drachen?«, fragte der Troll, während sich alle wieder erhoben. »Womöglich frisst er euch Kerlchen einfach auf, wenn ich euch gewinnen lasse und euch zu ihm führe?«

»Wir hoffen, dass er einstmals unser guter König war, und suchen seine Hilfe«, erklärte Brams, »denn ein anderer Drache nahm seinen Platz ein, der bösartige Tyraffnir. Er brachte Riesen, Dämmerwichtel und Scharren mit sich, vielleicht vieles, das wir gar nicht wissen, bestimmt aber etliches, das zu wissen wir nicht ertragen. Ihn konnten wir zwar vertreiben, doch nichts wurde dadurch besser. Wir verhalfen so nur einem Nachfolger zur Herrschaft, der uns nach dem Leben trachtet, um zu verhindern, dass er bezwungen werden kann wie sein Vorgänger. Deswegen müssen wir dich besiegen, auch wenn es uns den ganzen Tag kosten sollte.«

»Das klingt nach bösen Streichen«, erklärte der Troll. »Daher sollten wir keine weitere Zeit vergeuden und es hinter uns bringen. Seid ihr bereit?«

Die Kobolde blickten ihn verwundert an. »Gibt es diesmal nichts an unserer Haltung auszusetzen? Steht kein Bein falsch, ist kein Kinn zu sehr gehoben?«

»Fast hätte ich es vergessen«, antwortete der Trollkönig, nahm sein Krönchen ab, drehte es zweimal zwischen den Fingern und verschwamm auf eine Weise, als hätte er schwungvoll einen Mantel angelegt und jeder unterdessen nur auf den vorbeifliegenden Saum geachtet. Seinen bisherigen Platz nahm nun ein großer, schwarz und rot geschuppter Drache ein.

»Tyraffnir!«, entfuhr es Brams überrascht.

»Der Name Raffnibaff ist mir lieber, schon weil er wesentlich schewünicher klingt«, erwiderte der Drache.

»Schewünich?«, stieß Rempel Stilz erregt aus.

»Schewünicher«, bestätigte Raffnibaff. »Oder solltet ihr womöglich nicht wissen, was der Begriff bedeutet? Kommt mit, und ich werde es euch zeigen!«

Den Kopf auf dem langen, geschmeidigen Hals noch immer den Kobolden zugewandt, schritt er voran in Richtung der Höhle. Brams und seine Gefährten wollten ihm folgen, doch schon wieder purzelten sie durcheinander. Abermals waren sie auf den König der Kobolde hereingefallen!

»Der Aushecker der Aushecker, der Ertüftler der feinsinnigsten Streiche, die die Welt je sah«, murmelte Hutzel leise, bis ihm Brams mit einem Stoß in die Rippen zu schweigen gebot.

Nun ließ sich Raffnibaff von seinen Besuchern ausführlich erzählen, was sie zu ihm geführt hatte, angefangen bei dem anderen Drachen und seinen Riesen und Dämmerwichteln, die so viel Unheil angerichtet hatten, über die Pläne, ihn zu stürzen, und ihre Entscheidung, diese Tat mit Hilfe eines Wechselbalges zu vollbringen. Sie erzählten von Brams' Gefangennahme, Thors Hilfe bei der Fortführung ihres Vorhabens, der Erschaffung des Wechselbalges und der schrecklichen Erkenntnis, gescheitert zu sein. Schließlich noch von Brams' unglücklicher Begegnung mit dem Scharren, seinem plötzlichen Wissen über die versteckte Botschaft und von der Begegnung mit der falschen Riette im Menschenland. Einige Dinge blieben ausgespart, darunter alles, was zu furchtbar erschien, um sich daran zu erinnern. Zweifellos konnte sich Raffnibaff aber selbst zusammenreimen, was ihm vorenthalten wurde. Zweimal merkte er auf. Das erste Mal, nachdem Thors Name gefallen war.

»Du bist nicht der Thor, den ich kannte«, fragte er, »oder vielleicht doch?«

»Wenn es so wäre, so vermag ich mich nicht an dich zu erinnern«, antwortete die Tür, »denn sehr viel Zeit ist verstrichen, seitdem der König der Kobolde verschwand.

Vielleicht kannten wir uns, vielleicht habe ich nur von dir gehört. Ich bin Thor, der einzige Thor.«

Das zweite Mal betraf den Kampf zwischen Tyraffnir und seinem Wechselbalg.

»Wie lange hat ihr Streit gedauert?«, fragte er. »Nur den Tag über oder auch noch die Nacht dazu?«

Hutzel gab ihm eine Antwort, die ihm offenkundig überhaupt nicht behagte: »Eine Stunde ungefähr. Vielleicht etwas weniger, bestimmt aber nicht wesentlich mehr.«

»War er danach wenigstens äußerst schwer verletzt?«

Das konnte niemand bestätigen. »Aber er fand den Kampf ziemlich anstrengend«, äußerte Brams kleinlaut.

Als alles gesagt war, klang Raffnibaffs Antwort nicht mehr allzu überraschend: »Er ist viel jünger, schneller und wahrscheinlich auch stärker als ich. Ich kann ihn nicht besiegen, denn ich bin ein alter Drache.«

»Dann war unser Kommen vergebens?«, fragte Brams.

Raffnibaff warf ihm einen strengen Blick zu: »Vergebens? Das könnte man durchaus als unhöflich auffassen! Ein alter Drache, sagte ich! Ich mag vielleicht nicht so schnell sein wie er, aber ich weiß sehr viel mehr! Gönne mir etwas Zeit zum Nachdenken.«

Der Drache entfernte sich und legte sich ein Stück von der Höhle entfernt ins spärliche Gras. Die Kobolde blickten einander ratlos an. »Am Schluss hörte er sich an wie die Tür«, meinte Riette.

»Ist mir nicht entgangen«, antwortete Brams. »Ich bin nämlich ein sehr alter Kobold, musst du wissen.«

Da die Kobolde nichts Besseres zu tun hatten, als auf einen Geistesblitz von Raffnibaff zu warten, suchten sie sich ebenfalls ein Plätzchen, wo sie sich niederlassen konnten. In der Ferne, wo die Stadt (o wei!) liegen musste, ballten sich Wolken zusammen. Wahrscheinlich regnete es dort. Dass sich auch ein Wölkchen in die Berge verirren würde, erschien abwegig. Aus irgendeinem unbekannten Grund war es hier trockener als nur ein kleines Stück weiter im Süden. Brams' Bein juckte. Nachdem er sich ausgiebig gekratzt hatte, fiel ihm auf, dass es das Holzbein war, das ihn plagte! Er entblößte es und stellte freudig fest, dass es inzwischen noch viel mehr nach seinem alten Bein aussah. Selbst die Narbenlinie war im Verblassen begriffen. Glücklich wies er seine Gefährten darauf hin.

Raffnibaff dachte noch immer nach.

Als die Schatten länger wurden, begab sich Brams auf Drängen der anderen Kobolde zu ihm. Da Raffnibaffs Kopf auf den Boden gebettet lag und er die Lider geschlossen hatte, fiel es Brams schwer zu entscheiden, ob er wach war oder schlief. Während er sich noch mit der Frage beschäftigte, ob es womöglich gefährlich sei, schlafende Drachen zu wecken, fragte Raffnibaff: »Was gibt es?«

»Es war vermutlich kein guter Einfall von uns, den Höhlen-Tyraffnir durch einen jungen, flinken, umtriebigen und strebsamen Wechselbalg zu ersetzen«, sagte Brams zerknirscht.

»Ist das deine Frage, Kobold?«, erwiderte Raffnibaff mit dröhnender Stimme, die Brams bis ins Mark erzittern ließ und ihn zu überwältigen drohte.

Anscheinend beherrschen sie alle diesen Kniff, dachte er teils unangenehm berührt, teils schwer beeindruckt. Seine Frage kam ihm plötzlich überaus bedeutungslos vor. Daher stellte er eine neue: »Wer von euch ist eigentlich der Ursprüngliche? Du? Der in der Höhle? Oder sogar keiner von euch?« Doch auch diese Frage kam ihm, kaum dem Munde entschlüpft, in Gegenwart des riesigen alten Drachen ungeheuer abgedroschen vor, sodass er sie am liebsten sofort widerrufen hätte.

»Ich weiß es nicht mehr«, behauptete Raffnibaff. »Gewiss ist, dass alles irgendwie angefangen haben muss, denn das ist der Lauf der Dinge. Doch das Einzige, das wirklich von Bedeutung ist, Brams, ist stets das, was zuletzt geschah.«

Brams bedankte sich für die Auskunft, auch wenn er mehr ahnte als wirklich wusste, was der Drache gemeint hatte oder gemeint haben mochte oder vielleicht auch nicht. Er wollte schon zu den anderen Kobolden zurückkehren, als ihm plötzlich eine feine, ausgefranste weiße Linie auffiel, die sich über Raffnibaffs Flügel zog. Gleich darauf entdeckte er noch eine weitere am rechten Vorderbein. Beide ähnelten viel zu sehr derjenigen, die die Grenze zwischen seinem Beinstumpf und dem Holzbein bildete, als dass er sich hätte beherrschen können. Wie unter Zwang streckte er die Hand aus und zeichnete die Linie mit dem Finger nach.

»Ich wurde als Drache geboren, aber nicht als König der Kobolde«, sagte Raffnibaff leise. »Dazu wurde ich gemacht.«

Nun verstand Brams, was er zunächst nur erahnt hatte. Es war völlig gleichgültig, welcher Drache der ursprüngliche Tyraffnir gewesen war, denn es gab nur einen, der nach dem Verlust von Flügel und Bein koboldig geworden war!

## 37.

Am übernächsten Tag gelangte Raffnibaff zu einer Entscheidung. »Ich wünsche, dass du ein paar deiner Art herbeirufst«, sagte er zu Thor.

Doch genau so, wie Raffnibaff sich als alter Drache sah, betrachtete sich Thor als alte Tür.

»Kommt nicht infrage!«, antwortete er. »Ich bin nicht so leichtgläubig und einfach zu beeindrucken wie die Kobolde, denn ich bin eine sehr alte Tür.«

»Und ich bin ein sehr alter Drache«, antwortete Raffnibaff. »Wie bringt uns das weiter?«

»Du hast nichts getan, was mich überzeugt hätte, dass du der wahre Raffnibaff bist«, entgegnete Thor stur. »So, wie ich es sehe, könntest du dich jederzeit als ein weiterer Höhlen-Tyraffnir oder sein Wechselbalg gebärden.«

»Wie kann ich dich überzeugen? Soll ich von Dingen sprechen, die nur ich wissen kann?«

»Dein Wechselbalg wüsste sie ebenfalls«, widersprach Thor. »So, wie du sie wüsstest, wenn du der Wechselbalg wärst.«

»Er wüsste eben nicht alles«, widersprach Raffnibaff. »Er weiß zu Anfang genug, um nicht aufzufallen, aber das ist längst nicht alles. So ist es doch, Brams?«

Brams warf seinen Gefährten einen verstohlenen Blick zu. Entweder zuckten sie die Schultern oder sahen zu ihrem Nachbarn. Sie waren keine Hilfe! »Genau so ist es«, erklärte er rasch und in der Hoffnung, keinen Fehler zu begehen.

»Dann sage mir etwas, das nur einer wissen kann«, forderte Thor Raffnibaff heraus.

»Ich will dich nicht in Verlegenheit bringen, Thor«, erwiderte der Drache, »deswegen lass mich harmlos beginnen und danach zum Bedeutsamen fortschreiten.« Er wandte sich den Kobolden zu. »Wusstet ihr, dass die Türen nicht alle gleich sind? Es gibt eine verschworene Gemeinschaft unter ihnen, die sich der *Kreis der Türpförtner* nennt. Sie bewahren ein Geheimnis, das jedoch allein daraus besteht, dass es eines gibt. Doch die *Türpförtner* bilden nur den äußeren Kreis. Es gibt auch einen inneren, wesentlich kleineren. Sie sind zu zwölft! Zwölf Türen, die ein Geheimnis bewahren, das auch mir nicht bekannt ist und das kein Kobold erfahren will. Diese zwölf nennen sich *Die Türannischen* oder *Das Türannium.*«

Die Kobolde brachen in lautes Kreischen aus und wälzten sich vor Vergnügen auf dem Boden. Hutzel rief ununterbrochen: »Ich wusste es! Ich wusste es schon immer!«, während Thor erbost wiederholte: »Das stimmt nicht! Das stimmt überhaupt nicht! Das stimmt ganz und gar nicht!«

Raffnibaff erlöste ihn: »Es stimmt tatsächlich nicht. Ich habe es mir nur ausgedacht. In Wahrheit nennen sie sich nämlich: *Der Rote Türkies.*«

Thor beruhigte sich: »Du weißt in der Tat einiges über uns. Aber das ist nicht der Grund, warum ich dir glaube, dass du der wahre Raffnibaff bist. Vielmehr ist es dieser wirklich, wirklich sehr seichte Scherz, der noch immer unvergessen ist. Sage mir, was ich tun soll?«

»Sechs von euch sollten ausreichen für meinen Plan«, entgegnete Raffnibaff. »Am liebsten hätte ich außer dir noch Tyr, Portulus, Dora, Puerta und Döör. Ist es dir möglich, sie zu rufen?«

»Es ist lange her, dass so viele von uns am selben Ort versammelt waren«, erwiderte Thor, »und es wird einige Tage dauern, bis sie hier sind, wegen des ...«

»... *Hoplapoi Optalon*, ich weiß«, ergänzte Raffnibaff seinen Satz.

Nach zwei Stunden erschien die erste Tür vor der Drachenhöhle und begrüßte Thor mit einem knarrenden »Tür und Siegel!«. Drei weitere Tage vergingen, bis alle versammelt waren, deren Namen Raffnibaff genannt hatte. Sie waren verziert oder schlicht, schmal, niedrig, hoch – aber allesamt uralt. Die Kobolde kamen anfangs aus dem Staunen gar nicht mehr heraus, da sie nicht geahnt hatten, dass die Türen miteinander in Verbindung treten konnten. Oder beherrschten diese Kunst nur ein paar wenige? Eine dieser Türen war ihnen wohlbekannt, da sie zu dem befreundeten Klabautermann Bookweetelin gehörte. Ahnte er überhaupt, dass seine Tür gegenwärtig nicht mehr anwesend war? Die Kobolde begrüßten sie als alten Gefährten, bestellten Grüße an den Klabautermann, doch dann wurde ihnen das Warten bald langweilig. Es besserte sich nichts, als alle Türen versammelt waren und ihre Unterhaltung mit Raffnibaff begann. Auch die neu Eingetroffenen hegten Zweifel, dass er wirklich einstmals der König der Kobolde gewesen war, ließen sich aber von ihm überzeugen, als er ihnen beinahe dasselbe sagte wie schon zuvor Brams: »Entscheidend ist nur, was zuletzt geschah. Obwohl ich einige eurer Geheimnisse kenne, erwuchs euch daraus in der ganzen vergangenen Zeit kein Schaden.«

Was immer Raffnibaff mit den Türen auszuhandeln hatte, schien bei den meisten auf wenig Gegenliebe zu stoßen. Thor schlug sich zwar von Anfang an auf seine

Seite, und Bookweetelins Tür schloss sich ihm aus alter Verbundenheit mit Brams und seinen Gefährten an, doch die restlichen waren nicht so einfach zu überzeugen. Hin und her wogte ihr Streit.

Die Kobolde unternahmen zwei beherzte Versuche herauszufinden, worum es dabei überhaupt ging. Beide Male befiel sie schon nach wenigen Sätzen, die sie mit anhörten, ein unwiderstehliches Bedürfnis nach Schlaf.

Dann, gänzlich unvorhersehbar, endete die Verhandlung, und Raffnibaff kam zu den Kobolden. »Sie sind einverstanden, daher wird es nun doch einen Wettstreit zwischen mir und dem Wechselbalg geben«, sagte er.

»Was haben die Türen damit zu tun?«, fragte Hutzel sofort.

»Soweit ich weiß, nehmt ihr den Übergang durch die Türen als Diele war?«, holte Raffnibaff aus.

»So ist es«, bestätigte Brams. »Sie ist aber nicht sehr lang, nur ein paar Schritte, und beruht bloß auf Einbildung.«

»Aber ihr müsst euch dennoch vorwärtsbewegen, um die andere Seite zu erreichen?«

Brams zuckte die Schultern. »Ich wäre nie auf den Gedanken gekommen, es nicht zu tun oder gar stehen zu bleiben. Du würdest gar nicht hineinpassen, denn so groß ist sie nicht.«

»Wenn sie nur Einbildung ist, dann ist sie immer so groß, wie sie sein muss«, folgerte der Drache. »Nun stellt euch vor, dass die Diele nicht auf die andere Seite führte, jedenfalls nicht sofort, sondern in die nächste Diele und die wiederum in die übernächste.«

»Das können sie?«, riefen alle vier Kobolde und blickten zu den Türen.

»*Die* können es«, erwiderte Raffnibaff. »Sie sind keine gewöhnlichen Türen. Sie gehören allesamt zum *Roten Türkies*. Nun stellt euch weiter vor, die Diele gabelte sich und es gäbe plötzlich zwei Ausgänge.«

»Wohin führt der andere?«, fragte Hutzel schnell und kam damit Brams nur knapp zuvor.

»Die Türen kennen viele Orte«, erklärte Raffnibaff. »Einige scheuen sie, und von manchen gibt es kein Zurück.«

»Betrifft sie das selbst?«, wollte Rempel Stilz wissen.

»Sie werden nicht lange genug verweilen, bis sich diese Frage stellt«, antwortete Raffnibaff. »Sie werden sich nur so lange öffnen, dass jemand, der in großer Eile ist, vielleicht weil ihn der Zorn treibt, dorthin gelangt, von wo es kein Zurück mehr gibt.«

»Also noch einmal von vorn«, sagte Brams. »Es wird vermutlich nicht nur eine Gabelung geben, und wahrscheinlich auch mehr als nur zwei Ausgänge?«

Raffnibaff bejahte seine Frage. »Sie werden ein Labyrinth erschaffen, in das ich den Wechselbalg locken und so lange vor ihm fliehen werde, bis es mir gelingt, ihn dazu zu verleiten, den falschen Ausgang zu wählen.«

»Klingt abwechslungsreich«, meinte Riette.

»Gefährlich, meint sie«, übersetzte Hutzel.

»Sehr sogar, und zwar für alle Beteiligten«, räumte Raffnibaff ein. »Deswegen haben sich die Türen auch so geziert.«

»Was hat sie überzeugt?«

Die Drachenstimme wurde ganz leise. »Man muss mit ihnen in einer Sprache sprechen, die sie verstehen, und es schadet auch nicht, über das eine oder andere Bescheid zu wissen, von dem sie nicht wollen, dass ihr es erfahrt.«

»Nämlich?«, wisperten die Kobolde.

»Höhle!«, antwortete der Drache verschwörerisch. Als die Kobolde jedoch vorausgehen wollten, stolperten sie zur Freude ihres einstigen Königs auf Neue übereinander. Während Brams den Pflock aus dem Boden zog, der für seinen Sturz verantwortlich war, erinnerte er sich an eine Bemerkung Raffnibaffs. Er wartete so lange, bis der Drache zu lachen aufhörte, dann sagte er: »Du schienst dir nicht ganz sicher zu sein, wie wir den Übergang wahrnehmen. Als was siehst du ihn? Offenbar nicht als schummrige Diele?«

Raffnibaff schüttelte den mächtigen Kopf. »Als etwas ganz anderes. Um es abzukürzen: Ich könnte nicht links von rechts unterscheiden. Deswegen muss mich einer von euch begleiten und mir die Richtung sagen.«

Brams atmete tief durch: »Ich werde mitkommen.«

»Wir kommen alle mit«, sagte Hutzel sofort.

Doch damit war der Koboldkönig nicht einverstanden. »Einer, notfalls zwei, doch jeder weitere wäre eine Last. Immerhin hoffe ich noch, dem Wechselbalg zu entkommen.«

»Dann eben nur ich«, sagte Hutzel.

»Ich habe Trollblut in den Adern«, gab Rempel Stilz zu bedenken.

»Und?«, fragte Hutzel. »Und?«

»Und!«, bekräftigte Rempel Stilz. Offenbar war es doch seine gesamte Aussage gewesen.

Riette klatschte in die Hände. »Der Wechselbalg soll schäumen vor Wut. Wem traut ihr am ehesten zu, dass er das erreicht? Dem Hutzelwutzel, dem Rempelpempel oder der liebreizenden Riette?«

Damit war entschieden, wer Brams begleiten würde.

»Woran werde ich den richtigen Ausgang erkennen?«, fragte Brams.

»Er wird dir als häufiger benutzt erscheinen«, erwiderte die Tür Döör und war plötzlich weg. Die anderen Türen verschwanden genauso grußlos. Deutlicher hätten sie nicht ausdrücken können, wie unliebsam es ihnen war, sich am selben Ort aufzuhalten.

»Wir können nichts unternehmen, bevor nicht alle wieder dort sind, wo sie herkamen«, erklärte Thor.

Diese Wartezeit kam den Kobolden nicht ungelegen, da noch ein paar Fragen offen waren. Schließlich war es eine Sache, sich bereit zu erklären, Raffnibaff bei seinem Wettstreit zu begleiten, aber eine andere, sich vorzustellen, wie dieses Vorhaben praktisch verwirklicht werden sollte. Raffnibaffs Rücken bot zwar genug Platz für Brams und Riette, doch ihr Ritt würde nicht gerade sanft ausfallen. Die Gefahr, dass sie in der Hitze des Gefechtes heruntergeschleudert würden, womöglich im Fluge, war nicht zu unterschätzen! Hutzel und Rempel Stilz hatten schließlich den Einfall, zwei ihrer bemerkenswerten Sauggriffe zu fertigen, an denen Riette und Brams sich später festhalten sollten. Sie hafteten so gut wie unverrückbar auf fast jeder Art Untergrund, doch da ihre beiden Erfinder die ersten Exemplare aus Leuchtern hergestellt hatten und nie dazu gekommen waren, ihre Form auf das Wesentliche zu reduzieren, sahen sie noch immer danach aus.

»Lassen sie sich wieder entfernen?«, fragte Raffnibaff misstrauisch.

»Verlierst du manchmal Schuppen?«, antwortete Hutzel mit einer Gegenfrage.

»Ja«, sprach Raffnibaff und klang dabei sehr nachdenklich.

Dieses Mal wirkte sich die Verzögerung durch das *Hoplapoi Optalon* zugunsten der Wartenden aus, denn schon nach einer halben Stunde wusste Thor zu berichten, dass die anderen Türen ihr Zuhause erreicht hatten. Da alles besprochen war, gab es keinen Grund, noch unnötig zu warten. Die Kobolde gingen voran durch die Tür, und Raffnibaff folgte ihnen.

## 38.

Im Koboldland-zu-Luft-und-Wasser war es ein wenig später am Tage als vor der Höhle in Burakannt. Ob es jedoch noch derselbe Tag war oder soeben einige Wochen verstrichen waren, war wie immer nicht zu erkennen.

Hutzel und Rempel Stilz trennten sich nun von ihren Begleitern, da ihnen keine Aufgabe zufiel und es außer Freundschaft und Verbundenheit keinen Grund gab, dass sie blieben und ihr Leben aufs Spiel setzten. Sie gingen jedoch nicht sehr weit weg, sondern verbargen sich in Sichtweite.

»Und nun?«, fragte Riette.

»Nun warten wir so lange, bis er kommt!«, erwiderte Raffnibaff.

Von ihrem Platz aus, der auf halbem Weg zwischen Rempel Stilz' Haus und dem einstigen *Kartoffelsalat mit Pilzen* lag, beobachteten sie die Vorbeigehenden. Dabei lernten sie, dass der Wechselbalg – anders als sein Vorgänger – bei seinen Schergen nicht nur auf Angehörige zweier oder dreier Völker gesetzt hatte, nämlich Riesen, Dämmerwichtel und Scharren. Sie erblickten Zwerge, Alben, Trolle, Schrate, Nachtbolde, Blutzinken, Chrotten – immer nur Einzelne ihrer Art, und bestimmt war keiner von ihnen daheim sonderlich beliebt oder angesehen gewesen.

»Weiß er denn, dass du hier bist?«, fragte Brams, dem trotz aller Anspannung und Gefahr langweilig wurde.

»Er wird es bald erraten«, antwortete Raffnibaff und

lachte auf eine Weise, die Brams und Riette bewog, heimlich nachzusehen, ob er schon wieder ihre Schnürsenkel verknotet hatte.

Zufällig kamen kurz darauf einige Schrate vorbei. »Ich bin Tyraffnir, König des Koboldhimmels-zu-Land-und-Wasser, wie ihr wisst«, sprach Raffnibaff sie an. »Geht sofort zu meinem Schlafplatz und grabt ihn völlig um!«

Die nächsten, die er erblickte, befahl er ebenfalls zu sich: »Geht zum Ende des Regenbogens und bringt mir den Silberkessel, den ihr dort finden werdet! Vergesst dabei nie: Ein Versagen werde ich nicht hinnehmen!«

So ging es weiter. Mit großer Freude befahl Raffnibaff den ahnungslosen Gefolgsleuten seines Widersachers, die Spitze des höchsten Berges zu erklimmen und dann noch einige Arglang weiterzuklettern, sich einen Schuh als Hut auf den Kopf zu binden und auf einem Bein zu den Alwen zu hüpfen oder einen Ort namens Fleck zu finden und sich nicht mehr von ihm weg zu wagen. Eine Zeit lang gefiel es ihm, einfach unverständlich zu knurren und dann drohend hinzuzufügen: »Und wehe, es gefällt mir nicht!«

Die wachsende Umtriebigkeit unter seinem Gefolge blieb dem Wechselbalg nicht lange verborgen. Er kam angeflogen und landete nicht weit entfernt. Allem Anschein nach verwechselte er Raffnibaff zuerst mit dem Tyraffnir, den er vertrieben hatte. Er wurde rasch eines Besseren belehrt.

»Ich bin Raffnibaff, der Einzige von uns, der sich zu Recht König der Kobolde nennt«, eröffnete ihm sein Rivale. »Wenn ich bitten dürfte?«

Die Worte allein konnten nicht der Grund sein, warum der andere Drache plötzlich vor Zorn erbebte und brüllte.

Vielleicht war Raffnibaffs Tonfall dafür verantwortlich, vielleicht auch eine bestimmte, nur Drachen geläufige Bewegung des Schwanzes, der Flügel, der Ohren, Hörner, Klauen oder sogar nur ein Geruch. Der Wechselbalg verstand jedoch die Beleidigung sehr gut, und das war das Einzige, was in diesem Augenblick zählte.

Allzu lang konnte Brams nicht über den Auslöser dieser unbändigen Wut nachdenken, denn nun befahl Raffnibaff: »Aufsteigen!« Brams und Riette sprangen geschwind auf den Drachenrücken, umklammerten die »Leuchter«, und schon stürzten sich die drei durch die geöffnete Tür.

## 39.

Brams wurde ganz mulmig zumute, als er auf dem Rücken des Drachen in die schummrige Diele schoss, da sie derjenigen, auf die er eingestellt gewesen war, nur oberflächlich glich. Sie war länger als gewohnt, wesentlich länger! Nicht nur doppelt oder zehnmal so lang, sondern mindestens hundertmal, und ihr Ende war bei dem schlechten Licht kaum zu erkennen. Selbst bei der gewaltigen Kraft, mit der Raffnibaff voranstürmte, würde er einige Zeit bis dorthin benötigen. Aus dem raschen Durchqueren einer Abfolge unterschiedlicher Dielen und den schnellen Entscheidungen für den jeweils richtigen Ausgang – das begriff Brams in diesem Augenblick! – würde nun ein richtiges Wettrennen werden, eines, bei dem Ausdauer und Geschwindigkeit zählten – und wer von beidem mehr besaß.

»Er ist uns gefolgt«, verkündete Riette, die Rücken an Rücken mit ihm saß, wenig später und begann unverzüglich mit dem, was sie als ihre Aufgabe betrachtete, nämlich dem Reizen des Wechselbalges bis zur Weißglut. Brams war versucht, sie zu bitten, wenigstens so lange damit zu warten, bis das Ende der ungeahnt langen Diele absehbar war, ließ es dann aber sein. Schließlich baute ihr Plan darauf, den kräftigeren und flinkeren Wechselbalg zu dem alles entscheidenden Fehler zu verleiten. Je eher er ihn beging, desto kürzer wurde das Rennen!

Brams starrte in das Dämmerlicht und lauschte. Anerkennend musste er zugeben, dass die vielen Stunden, in denen Riette Schimpfwörter geübt hatte, sich nun auszahlten. Sollte sie diese erstaunliche Vielfalt an Beleidigungen und Schmähbegriffen weiterhin beibehalten, so wäre der drachische Wechselbalg sicher bald bereit, seinem Herausforderer den Sieg zu schenken, wenn er dafür zum Ausgleich Riette zwischen die Zähne bekäme!

Doch das war nicht alles, was Brams von seiner Begleiterin zu hören bekam. Zwischen zwei Schmähungen flüsterte sie: »Der andere ist ziemlich schnell.« Doch dann war das Ende der Diele erreicht.

Obwohl Brams genau gewusst hatte, dass dieses Mal keine andere Seite auf sie wartete, war es ein Schock für ihn, als alles genauso aussah, als befänden sie sich wieder ganz am Anfang! Diese weitere Diele unterschied sich nämlich überhaupt nicht von der vorigen und schien ebenfalls endlos lang zu sein. Doch es gab einen Unterschied, und zwar ein Geräusch wie von tropfendem Wasser, das laut genug war, um von Riettes Geschrei nicht übertönt zu werden. So etwas war Brams noch nie aufgefallen!

Raffnibaff wirkte gänzlich unbeeindruckt. Weder kam er aus dem Tritt, noch wurde er langsamer. Sein Plan!, dachte Brams ein bisschen beruhigt. Er weiß sicher, was er tut.

Hinter ihm jauchzte Riette: »Da staunst du, wie? Das hättest du nicht erwartet, Schuppenrübe, Matschflügel, Hinkedrache, Quastenmaul! Fang uns doch!«

Aber je länger sich die Flucht durch die Diele hinzog, desto mehr verlor sich ihre anfängliche Begeisterung. Sie wurde leiser, stockender und wählerischer in dem, was sie dem Wechselbalg an den Kopf warf, und auch das Tropfen klang scheinbar lauter.

»Ich kann dich kaum noch verstehen, Koboldin!«, brüllte Raffnibaff plötzlich unzufrieden. »Wenn ich es nicht kann, wie soll er dich dann hören? Sei lauter! Welche Seite, Brams?«

Urplötzlich hatte sich der Gang geteilt. Brams kniff die Augen zusammen. Der richtige Ausgang sollte »benutzter« aussehen? Welcher war es? Beim besten Willen, das war überhaupt nicht zu unterscheiden!

»Verlasse dich auf dein Gefühl«, ermahnte ihn Raffnibaff. »Du bist diesen Weg unzählige Male gegangen.«

Gefühl, Geschmühl, dachte Brams hilflos. Es gibt hier nichts zu sehen!

Kurz entschlossen löste er die Hände von dem »Leuchter« und kletterte, so schnell er konnte, Raffnibaffs Hals hoch bis zu seinem Schädel, in der Hoffnung, mehr erkennen zu können. Seine Hände suchten Halt bei den Hörnern.

Die Gabelung war nun fast erreicht. Der Koboldkönig gedachte nicht mehr länger zu warten und gebrauchte seine Ehrfurcht erzwingende Drachenstimme: »Links oder rechts! Sag es!«

»Links! Links, links, links«, schrie Brams, als ihm keine Wahl blieb und er aber auch gleichzeitig den richtigen Weg erkannte. Der Drachenschädel schwang in die neue Richtung. Die Kobolde kreischten, als der mächtige Leib versuchte, dem Kopf und dem Hals zu folgen. Er schlitterte, schlug gegen die eine Seite der Diele, prallte von ihr ab, und plötzlich war es stockdunkel.

»Seltsam«, rätselte Raffnibaff. »Es hört sich an, als stieße man mit etwas Festem zusammen, aber es fühlt sich bloß unsagbar kalt an.

»Brams?«, rief Riette. »Wo bist du?«

»Er sitzt auf meinem Kopf und ahnt offenbar nicht, woran er sich festhält«, antwortete Raffnibaff heiter.

»Was?«, quiekte Brams und kletterte eilig wieder den Drachenhals hinab, zurück auf seinen ursprünglichen Platz. Ein betörender Geruch nach etwas Essbarem und überaus Schmackhaftem drang in seine Nase. Nach Eisen! Nach glühend rotem Eisen! Obwohl Brams wusste, dass kein Kobold Eisen verzehren konnte und er auch kein ernsthaftes Bedürfnis danach verspürte, lief ihm dennoch das Wasser im Munde zusammen. Heißes, zischendes Eisen!

Dafür war das Tropfen verschwunden.

»Vermutlich ist es ein gutes Zeichen, dass wir einander noch hören können«, sagte Raffnibaff. Obwohl er nichts sah, schritt er trotzdem weiter, als wolle er auf keinen Fall stehen bleiben.

»Oder ist es ein Hinweis auf euer bevorstehendes Ende«, ertönte eine fast gleich klingende Stimme – der Wechselbalg! »Ein letztes Aufbäumen eines verzweifelten Geistes. Ich bin mir noch nicht sicher, wie du das zustande gebracht hast und wie dein Plan aussieht, doch wenn dazu gehört, dass du mir entkommen musst, so wird dir das nicht gelingen. Du bist zu langsam!«

Brams merkte, wie etwas über ihn hinwegstrich, und roch dann Raffnibaffs heißen Atem – Eisen, köstliches Eisen! Das Maul des Drachen musste fast an seinem Ohr sein.

»Sie werden das nicht mögen«, hörte er ihn leise sagen, »deswegen gibt es kein zweites Mal. Pass gut auf und merke dir genau, was du gleich sehen wirst.«

Der Kopf zog sich wieder zurück, und gleich darauf wurde es für einen winzigen Augenblick hell. Raffnibaff hatte Feuer gespieen! Zwar keine mächtige Flamme, sondern nur eine, die hell genug war, um die Dunkelheit zu durchdringen. Brams sah glitzernde, zerklüftete schwarze Wände – keiner Diele, eher einer Höhle zugehörig – und in kaum zehn Arglang Entfernung fünf nebeneinander liegende Ausgänge. »Der zweite von rechts«, zischte er sofort dem Drachen zu.

»Es gibt nur zwei«, widersprach Raffnibaff eindringlich. »Du meinst also den linken?«

Brams schwieg verwirrt. Konnte ihn die kurz aufleuchtende Lohe geblendet haben? Doch dann besann er sich darauf, was seine Aufgabe war.

»Du kannst sie nicht sehen, weil dir meine Erfahrung fehlt«, erwiderte er und begann den Drachen blind zu führen. »Rechts, ein Stück zurück und jetzt geradeaus! Es gibt hier keine Wand, gegen die du laufen könntest, auch wenn es dir anders erscheint.«

Raffnibaff ließ sich willig leiten. Als er den Ausgang gerade erreicht haben musste, entfaltete er schlagartig seine ledrigen Flügel und bedeckte mit ihnen die Kobolde. Blendende Helligkeit leuchtete durch die Drachenschwingen! Auch der Wechselbalg hatte Feuer gespieen. Raffnibaff bäumte sich auf und stieß durch den Ausgang in die nächste vermeintliche Diele.

Hier war es hell, nicht eben strahlend hell, und das Licht kam von nirgendwo. Soweit war fast alles wie erwartet. Doch statt an eine Diele erinnerte dieses weitere *Dazwischen* an ein auf die Öffnung gestelltes gläsernes Schneckenhaus. Allerdings nur auf den ersten Blick. Ein zweiter offenbarte, dass es den Wänden des Schneckenhauses an Festigkeit fehlte. Sie verhielten sich wie eine schillernde, ölige Flüssigkeit, die unablässig strömte, von oben nach unten, über den Boden und oft auch umgekehrt, sich aber nirgends staute, und die ein Geräusch verursachte, als rühre jemand einen Bottich voller Sand durch. Brams' erste Annahme, nämlich dass sie nur dem gewundenen Schneckengang folgen müssten, wurde rasch zunichtegemacht, als er entdeckte, dass sich allenthalben Ausgänge bildeten und größtenteils wieder verschwanden. Etwas war längst nicht mehr so, wie es sein sollte.

»So sollte das nicht sein!«, stellte Raffnibaff fest.

»Längst nicht mehr!«, stimmte Riette zu.

Brams hatte kurzfristig das sehr sichere Gefühl, diesen Augenblick schon einmal erlebt und den Wortwechsel bereits gehört zu haben. Vielleicht in anderer Folge, vielleicht in Folge von etwas anderem. Dann sprach er aus, was eigentlich Riette hätte sagen sollen. »Er ist ebenfalls da!«

Obwohl der Wechselbalg keine zwanzig Arglang entfernt stand und nichts die Sicht versperrte, schien er sie nicht wahrzunehmen. Offenbar eine Auswirkung dieser eingebildeten Wirklichkeit! Der Kopf mit dem langen Hals hob und senkte sich, berührte sogar den Boden, als wolle er ihre Fährte erschnüffeln. Brams musste zweimal hinsehen, bevor er glaubte, was er sah. Danach verzichtete er darauf zu flüstern. »Der einzige richtige Ausgang ist gleich hinter ihm.«

»Dann lässt es sich wohl nicht mehr vermeiden«, erwiderte Raffnibaff. »Schützt euch, so gut ihr könnt, und haltet euch von meiner rechten Seite fern.« Damit schritt er auf den anderen Drachen zu. Brams' leise Hoffnung, jener werde sie womöglich auch weiterhin nicht bemerken, hatte fast bis zum Ende Bestand. Doch dann, auf den letzten Arglang, wurde der Wechselbalg doch noch auf sie aufmerksam.

Die Drachen begegneten sich wortlos und belauerten sich sofort. Ihre Köpfe hoben und senkten sich, und ihre Hälse erinnerten an tanzende Schlangen. Erstaunlicherweise kamen zuerst ihre Hörner zum Einsatz. Die Schädel donnerten zusammen, die Hörnerpaare verschränkten sich, und beide Drachen zerrten, pressten und drehten die Köpfe, als beabsichtigten sie, einander die Hälse zu brechen. Nachdem keiner Erfolg damit hatte, befreiten sie sich und schnappten abwechselnd nacheinander. Brams wunderte sich noch, dass diesen großen und schlauen Wesen nichts Besseres einfiel, als mit Krallen, Zähnen und Hörnern aufeinander loszugehen, als plötzlich der Wechselbalg Raffnibaff am Hals zu fassen bekam. Seine Kiefer schlossen sich, und er rüttelte und schüttelte an ihm in einem zweiten Versuch, ihm den Nacken zu brechen. Doch da seine Zähne die harten Schuppen nicht zu durchdringen vermochten und abglitten, scheiterte er daran. Nun bäumten sich beide Drachen auf! Riette und Brams hingen unversehens hilflos baumelnd an ihren Leuchtern, während die Drachen miteinander rangen. Der Wechselbalg schien noch wesentlich stärker zu sein, als Raffnibaff befürchtet hatte. Fast mühelos raubte er seinem Gegner das Gleichgewicht und stieß ihn mit solcher Wucht um, dass Raffnibaff auf seine rechte Seite stürzte und wegschlitterte. Wie durch ein Wunder genau durch den Ausgang, den Brams genannt hatte!

*Drüben* vergewisserte sich Raffnibaff rasch, dass er seine Begleiter nicht versehentlich zerquetscht hatte, bevor er sich erhob, um das Rennen fortzusetzen.

Er hätte ruhig etwas redseliger sein können, dachte

Brams missmutig, während er sich wieder auf seinen Rücken zog.

Das neue *Dazwischenstück* hatte fast wieder das Aussehen des ersten, krümmte sich aber nach einer Seite, sodass weder seine Länge noch sein Ausgang bestimmbar waren. Viel zu früh für Brams' Geschmack verkündete Riette die Ankunft des Wechselbalges: »Er ist wieder da. / Da ist er wieder!«

Zu früh, dachte Brams, viel zu früh! Er rieb sich die Augen, da er den Weg immer schlechter erkennen konnte. Ließen sie ihn etwa im Stich, oder wurde es dunkler? Zweifellos galt Letzteres, entschied er. Es wurde tatsächlich dunkler!

»Alles ist nicht so, wie es sein sollte. / Sollte es nicht so sein, wie alles ist?«, sprach Raffnibaff.

Riette stimmte ihm sofort zu. »Ist es ganz und gar nicht! / Und es ist nicht ganz gar!«

Brams wunderte sich. »Sie sprechen seltsam«, wollte er sagen. Doch in seinen Ohren hörte sich sein Gemurmel an wie: »Sie sprechen seltsam. / Seltsam, sie sprechen!«

Das fehlte noch, dachte er. Nun geriet offenbar alles aus den Bahnen, dachte Brams. Hatten diese Seltsamkeiten womöglich mit dem Feuerspeien der beiden Drachen zu tun? Raffnibaff hatte noch erwähnt, dass die Türen es nicht mögen würden, und sein Widerpart war nicht so zimperlich gewesen wie er. Brams schickte sich an, erneut auf Raffnibaffs Kopf zu klettern, denn wenn die Lichtverhältnisse noch schlechter wurden, wäre er vor den Ausgängen um jedes Arglang froh, das er weiter vorne saß!

»Spuckst du mir in den Nacken, Brams? / Brams, du spuckst mir in den Nacken!«, rief Riette.

Brams wunderte sich zwar über den seltsamen Wunsch,

tat ihr aber den Gefallen, bevor er weiterkletterte. Riette wandte sich um und blickte ihn erstaunt an. »Also doch! / Doch also!«

Plötzlich spürte Brams Feuchtigkeit auf seinem Gesicht. Er wischte sie ab und besah seine Finger. Blut! Woher stammte es?

»Du bist verwundet. / Bist du verwundet?«, sagte er zu Raffnibaff.

»Weiß ich? / Ich weiß!«, antwortete jener. Brams kletterte weiter. Hinter sich hörte er ihren Verfolger drohen: »Ihr könnt mir nicht entkommen! / Nicht ihr könnt mir entkommen!«

Und schon kam wieder der Ausgang in Sicht. »Ist links richtig? / Links ist richtig!«, fragte und behauptete Raffnibaff.

»Nein, rechts! / Rechts, nein!«, verbesserte ihn Brams.

»Was ist rechts? / Rechts ist was?«, entgegnete der König der Kobolde verständnislos. »Noch höher? / Höher noch?«

Wir verlieren noch alle den Verstand, dachte Brams und zog, so fest er konnte, an Raffnibaffs rechtem Ohr. Und wieder wechselten sie in ein neues *Dahinter*.

Ein breiter, vereister Gang erwartete sie. Vielflächige Kristalle aus hellblauem Eis bedeckten die kalten Wände. Dutzende von Drachen und Kobolden spiegelten sich auf den glatten Oberflächen, wurden gebrochen, vielfach reflektiert und verzerrt. Sie begleiteten die Flüchtenden oder kamen ihnen in Scharen entgegen.

»Er ist da!«, gab Riette bekannt.

»Wenn er einmal fort ist«, begann Raffnibaff aus heiterem Himmel zu erklären, »dann werden auch seine Schergen verschwinden. Viele sind wahrscheinlich sowieso nur in seinen Dienst gezwungen worden. Einige werden es eilig haben fortzukommen, andere werden sich mehr Zeit lassen. Oh, das kommt aber überraschend.«

Sein letzter Satz bezog sich auf die vier Ausgänge, die plötzlich erschienen. Brams war ebenso verblüfft wie er, da er nicht schon wieder mit ihnen gerechnet hatte.

»Welcher ist es?«, drängte Raffnibaff.

»Der zweite von links«, antwortete Brams.

»Bist du dir sicher?«

»Ganz sicher!«

Urplötzlich schüttelte sich der Drache. Riette schrie auf, als ihr der Leuchter aus den Händen gerissen wurde und sie von Raffnibaffs Rücken rutschte. Beherzt griff Brams nach ihr und bekam mit Müh und Not ihre Finger zu fassen. »Ich habe dich! Ich habe dich!«, rief er ermutigend.

»Lass bloß nicht los!«, antwortete sie.

Aus den Augenwinkeln nahm Brams eine jähe Bewegung wahr. Er blickte auf und sah Raffnibaffs schuppigen Schwanz auf sich zuschießen. Er lief in einer Pfeilspitze aus, die jedoch so breit war wie ein Paddel. Sie traf Brams mit großer Wucht, fegte ihn vom Drachenrücken und schleuderte ihn und Riette zu dem Ausgang, den er genannt hatte.

»Tür und Siegel!«, rief Raffnibaff. »Euch allen noch viel, viel Spaß! Ihr ...«

Brams sah gerade noch, wie er einen der falschen Ausgänge wählte und der Wechselbalg ihm folgte. Dann hatten er und Riette endlich die andere Seite erreicht.

## 40.

Im Koboldland-zu-Luft-und-Wasser sah es fast so bizarr aus wie im *Dazwischen*. Thor wurde umlagert von Türen! Sie standen überall, schweigend und beobachtend. Brams hatte plötzlich das Bild eines Großvaters im Kopf, der von zahllosen Enkeln umgeben war. Einige verehrten ihn, andere fürchteten ihn, und alle waren bass erstaunt, weil sie gerade hatten entdecken müssen, dass er noch immer die Zügel in Händen hielt. Ein Gott zu sein, konnte sich nicht viel anders anfühlen. Ein Gott...

Doch nun gesellten sich Scharen von Kobolden hinzu und viele, die gar keine waren, wie das Erdmännchen Regentag oder eine Erdschildkröte, die Brams noch nie gesehen hatte. Anscheinend war sie eine äußerst verdienstvolle Anhängerin *der Sache* und vielen anderen ein strahlendes Vorbild gewesen. Hutzel und Rempel Stilz kamen, Moin und Erpelgrütz, Mopf und Stint, Fine Vongegenüber und Trine Ausdemhinterhaus und ungezählte andere. Sie quollen über und über vor Fragen, und erst nach und nach wurde Brams bewusst, dass die meisten von Raffnibaffs Rückkehr erst im Nachhinein gehört hatten. Gesehen hatten ihn kaum welche.

Wo war er? Wo war er verblieben?

Brams war ratlos. Sollte er ihnen schonungslos eröffnen, dass der wahre und wirkliche Gute König Raffnibaff nie wiederkehren würde, weil er inzwischen tot war oder an einen Ort gegangen, von dem ihn niemand, wirklich niemand zurückbringen konnte? Sollte er die paar wenigen Worte aussprechen, die das ganze Koboldland in einem einzigen gequälten Schrei vereinen würden? Er blickte zu Hutzel und wusste, dass er ihn durchschaute, sah zu Rempel Stilz und sah, dass er ebenfalls die Wahrheit erahnte.

Riette befreite ihn aus seiner Notlage. Sie hob an, auf einem Bein im Kreise zu hüpfen und dazu munter ein erfundenes Garn zu spinnen: »Brams versprach ihm, nichts zu verraten, doch da ich weghörte, weil er mir in den Nacken spuckte, bin ich an kein Wort gebunden. Unser Guter König Raffnibaff plant den feinsinnigsten Streich, den die Welt je sah. Den Streich der Streiche, kurz und bündig: den Streichissimo! Sobald er alles durchdacht hat, wird er ihn seltsamen Wesen spielen, die in den Trommeln leben und jede Gelegenheit zum Türmen nutzen. Die Bonifaktoren werden sie genannt! Vielleicht werden wir irgendwann davon hören, ansonsten muss sich eben jeder den Streich selbst ausdenken. Aber ich sage es gleich: Es wird alles andere als leicht für euch werden, den Streichissimo zu erraten.«

»Lässt Raffnibaff etwas ausrichten?«, rief jemand.

»Klar«, erwiderte Riette. »Er wünscht uns allen noch viel, viel Spaß!«

»Brauchen wir ihn denn wieder?«, wollte derselbe Frager wissen.

Nun antwortete Brams gemeinsam mit Riette: »Darüber verlor er kein einziges Wort.«

Das Fest der Kobolde und aller, die sich ihnen verbunden fühlten, dauerte zwölf Tage. Süße Milch floss in Strömen und mit den Krümeln, die von Buntem Kuchen stammten, hätte man Hügel aufschichten können. Kaum jemand war in der Lage, aus eigener Kraft den Heimweg einzuschlagen, und noch weniger fanden jemanden, der bereit gewesen wäre, sie zu führen oder zu stützen.

Die ersten fünf Tage blieb Thor geöffnet, doch niemand kam durch ihn hindurch. Er verabschiedete sich schließlich mit der Begründung, nach seinem Haus sehen zu wollen, um seinen verdienten Ruhestand fortzusetzen. Im *Feingeölten Scharnier,* der Stammkneipe der Türen, wurde anschließend noch viele Tage über die Glaubwürdigkeit seiner Aussage gestritten. Viele zweifelten sie an. Zuerst hatten diese Kobolde um Brams den tot geglaubten *Portulus die Klinke* zurückgebracht und jetzt den *Schönen Thor.* Irgendetwas war da doch im Busch!

Als das Fest schließlich endete, hatten die meisten Schergen der beiden Tyrannen das Koboldland schon verlassen, so wie es Raffnibaff angekündigt hatte. Nun ging es vor allem darum, die Schäden der düsteren Zeit zu beheben und wieder zu richten, was noch herzurichten war. Dazu gehörte auch, die Gräben zuzuschütten, die die Schrate auf Befehl des einzig wahren Guten Königs Raffnibaff an seinem Denkmal gegraben hatten, und außerdem jede Spur der bösen Könige zu beseitigen. Danach wurde der Denkmalsockel um eine würdige Neuerung bereichert, nämlich um ein Holzbein. Zu aller Erstaunen hatte es die Form eines Koboldbeines und nicht eines Drachenbeines. Brams behauptete, so sei der rätselhafte Wunsch des Königs gewesen, da er die vielen Gedanken nicht enthüllen wollte, die er sich deswegen gemacht hatte und die allesamt zu dem Geheimnis führten, das ihm Raffnibaff enthüllt hatte. Er war genau so ein Drache gewesen wie Tyraffnir aus der Höhle oder sein Wechselbalg: mächtig, fordernd und unerbittlich. Einzig der Verlust und anschließende Rückgewinn eines Beines und eines Flügels hatten ihn verändert.

Dieses Holzbein wurde in der Folgezeit, wie es auch niemand anders erwartete, ständig entwendet, aber stets wohlbehalten und gut gepflegt zurückgebracht. Zeitweise tauschten es Koboldeltern sogar gegen einen Hahnenfuß aus, in der Absicht, ihrem leichtgläubigen Nachwuchs einen lehrreichen Streich zu spielen. Doch lange davor, nämlich noch am selben Tag, als Brams und Riette zurückkehrten, ereignete sich etwas anderes ...

## 41.

Obwohl das Freudenfest, das gänzlich ungeplant und plötzlich im weiten Umkreis um die Türen herum ausgebrochen war, erst wenige Stunden dauerte, spielte Brams bereits mit dem Gedanken, nach Hause zu gehen. Echte Feierlaune empfand er nicht, was sehr ungewöhnlich für ihn war. Die Wahrheit, die er mit Riette, Thor, Hutzel und Rempel Stilz teilte, bedrückte ihn, und er befürchtete, unter dem Einfluss von zu viel Süßer Milch in eine rührselige Stimmung zu geraten und am Ende Dinge preiszugeben, die unter allen Umständen ungesagt bleiben mussten. Wenn er noch wollte, so konnte er morgen wieder zurückkehren oder übermorgen, denn gewiss würde noch viele Tage gefeiert werden.

Dabei hatten ihm so viele gezeigt, wie froh sie darüber waren, ihn wieder unter sich zu haben! Moin, dem Rechenkrämer, waren die Tränen über die Wangen gelaufen, während er beteuerte, wie sehr er ihn vermisst hatte. Sogleich hatte er Brams in einige erfolgversprechende Unternehmungen eingeweiht, die ihm während der Tyrannei eingefallen waren. Wenn Brams nur wolle, so könne er schon morgen zu einer neuen Mission aufbrechen! Ach was, wer rede denn von morgen, umgehend, jetzt gleich! Er müsse es nur sagen.

Brams hatte abgelehnt. Er sei viel zu erschöpft, um in nächster Zeit wieder zu einer Mission aufzubrechen, und schon gar nicht dazu bereit, während alle anderen feierten.

Tatsächlich fragte er sich ernsthaft, wie er in Zukunft

die schummrige Diele durchqueren sollte. Sie war nicht mehr so heimelig, wie sie immer gewesen war, seitdem er wusste, was in ihren Schatten lauerte und wie leicht es war, vom Weg abzukommen und für immer verloren zu gehen.

Er blickte über die vielen Kobolde, die im Gras saßen, hüpften, tanzten oder Rad schlugen und sich rechtschaffen bemühten, einer lauter als der andere zu sein. Hutzel war noch immer mit dem Würfelspiel beschäftigt, an dem außer ihm ein Reiher und eine äußerst bunte Schar anderer Mitspieler teilnahmen. Als Brams zuletzt vorbeigegangen war, hatte der Einsatz gerade eine Nase betragen, wahlweise auch einen Schnabel oder Saugrüssel für die Mitspieler, die keine Nase besaßen. Rempel Stilz und Stint schienen noch immer in ihre Unterhaltung verstrickt, die Brams insgeheim für die langweiligste hielt, die sich zwei Kobolde ausdenken konnten. Sie bestand ausschließlich darin, Becher um Becher Süßer Milch zu trinken und abwechselnd zu sagen: »Mein Haus!« Riette schien noch am meisten aufzublühen. Umgeben von einer Traube von Zuhörern berichtete sie heftig schauspielernd und abwechselnd flüsternd und schreiend von ihren Erlebnissen. Obgleich sie viel zu weit weg war, als dass Brams auch nur ein Wort hätte verstehen können, war es offensichtlich für ihn. Er hoffte nur, sie möge bisweilen erwähnen, dass er, Hutzel und Rempel Stilz wenigstens gelegentlich und aus der Ferne bei ihren Taten zugeschaut hätten.

Brams erhob sich, um nun wirklich zu gehen, und stürzte. Kichernd dachte er: Er schafft es immer wieder! Dann fiel ihm aber ein, dass *er* gar nicht mehr da war, sondern an einem Ort ohne Wiederkehr weilte. Er blickte noch einmal zu Riette und stellte verwundert fest, dass sie ebenfalls gerade inmitten ihrer Erzählung hingefallen war. Was für ein sonderbarer Zufall!

»Soll ich dich nach Hause geleiten, Kamerad?«, fragte eine besorgte Stimme. Brams erkannte sie sofort als die der Erdschildkröte, die ihm als glühende Anhängerin *der Sache* vorgestellt worden war.

»Danke, wird nicht nötig sein ... Kameradin«, lehnte er ab und beobachtete, wie sie zielstrebig einen Schritt geradeaus ging und noch einen und noch einen. Dann reckte sie den faltigen Hals, wandte den Kopf und fragte: »Oder willst du vielleicht mitkommen, Kamerad? Wir wollen Zeili abfüllen. Das wird bestimmt lustig!«

»Zeili?«, rätselte Brams.

»Du kennst ihn gut«, antwortete die Erdschildkröte. »Hornist Zeile eins, Spalte eins mit vollem Rang und Namen. Das Ganze war Stachis Einfall, weil er immer so steif ist.«

»Danke, nein«, lehnte Brams ein weiteres Mal ab. »Aber euch allen noch viel, viel Spaß dabei!«

Wahrscheinlich wurde er wahnsinnig, dachte Brams. Jetzt unterhielt er sich schon mit Schildkröten über das Betrunkenmachen von Schnittläuchen! Aber war das so schlimm? Trunken war er bereits gewesen, da war Wahnsinn eine nette Abwechslung!

Brams brach nun endgültig auf. Als der Lärm des Festes leiser wurde und er allein war in der schon ein oder zwei Stunden alten Nacht, wurde ihm sein Weg leicht unheimlich, denn immer wieder bemerkte er flüchtige Schatten, die zu einzelnen Personen oder kleinen Gruppen gehörten. Die Schergen des Tyrannen stahlen sich davon! Sie wussten zwar nicht, was wirklich geschehen war, doch dass die Kobolde ihren für unbesiegbar gehaltenen Herrn niedergerungen und für alle Zeiten vertrieben hatten, hatte sich rasch unter ihnen herumgesprochen. Nun fürchteten sie Vergeltung und flohen: Zwerge, Alben, Schrate, Chrotten, Nachtbolde, Blutzinken, Schreckhocker!

Plötzlich entdeckte Brams etwas entfernt den Umriss eines großen Zweibeiners. Er lauerte ihm nicht auf, sondern folgte ebenfalls entschlossen einem Weg, der aus dem Koboldland führte. Er war groß, beträchtlich breit in den Schultern und trug eine Keule. Auf seinem Kopf hing nachlässig etwas, was vielleicht eine Krone war.

Brams rannte und schrie, so laut er konnte: »Raffnibaff, bleib stehen! Raffnibaff, warte auf mich!«

Doch dann verlor er den Schatten aus den Augen. Vielleicht war es wirklich nur ein ganz gewöhnlicher Troll gewesen, der sich nun vor ihm versteckte, dachte er. Vielleicht wäre es aber auch besser gewesen, ihm ohne einen einzigen Laut zu folgen.

Als Brams sein Haus erreichte, musste er feststellen, dass es darin noch immer so verwüstet aussah wie beim letzten Mal. Wie hatte er das bloß vergessen können! Ihm stand nun wirklich nicht der Sinn danach, vor dem Zubettgehen noch lange aufzuräumen. Hätte er nicht einfach Stint bitten können, ihm einen Platz in Rempel Stilz' Haus zuzuweisen? Wie ärgerlich!

Brams entzündete eine Kerze und sagte laut: »Lebt er noch oder nicht? Du weißt es bestimmt!«

Als eine Antwort ausblieb, sprach er weiter: »Wahrscheinlich wunderst du dich, dass ich mich an dich erinnere, obwohl du dich an meinem Gedächtnis zu schaffen gemacht hast? Eine Zeit lang wusste ich tatsächlich nichts mehr von dir, Spratzquetschlach, doch mir ist kürzlich wieder alles eingefallen. Vielleicht liegt es daran, dass ich kein Mensch, sondern ein Kobold bin, vielleicht auch daran, dass ich mich daran gewöhne, umgeben zu sein von Wesen, die irgendjemand verehrt oder fürchtet.«

Du weißt, dass ich es zu deinem Wohl tat, dachte Brams plötzlich.

Er wischte die schattenhaften Erinnerungen an Schläuche und Stangen beiseite und erwiderte: »Das zweifle ich nicht an. Doch die erste Zeit kam ich mir dumm vor, da ich einfache Sachverhalte nicht mehr begriff. Gleichzeitig zweifelten meine Freunde an meinem Verstand, da ich ständig Behauptungen von mir gab, die ich nicht begründen konnte. Das war kein feiner Streich!«

Wenn wir üben, wird es sicher besser, dachte er.

»Wir werden nicht üben, mein Gedächtnis verschwinden zu lassen!«, schrie Brams empört. »Hörst du! Wir üben es nicht! Und nun beantworte meine Frage: Lebt er noch? Du bist ein Gott, Spratzquetschlach! Das muss doch noch andere Vorteile haben, als arglose Kobolde in Trottel verwandeln zu können!«

Ich kann es dir nicht sagen, dachte Brams.

»Du willst es nicht!«

Auch das. Denn wisse, Brams, sobald ich dir diese Frage enthülle, erleuchte ich dich und mache dich zu meinem Propheten! Kein Kobold sollte der Prophet eines Blutgottes sein. So sage ich, Spratzquetschlach!

»Aber du bist längst kein Blutgott mehr!«, widersprach Brams.

Du könntest jedoch meinen Gläubigen durch Zufall erneut begegnen, und in diesem Fall würden sie dich sogleich als Erleuchteten erkennen! Das will ich nicht, denn sie sind kein guter Umgang, Brams. Nicht für dich oder mich oder überhaupt jemanden.

»Na schön«, sagte Brams. »Dann lass es! Wahrscheinlich hat Riette recht. Raffnibaff hat sich irgendwohin zurückgezogen und plant im Geheimen den Streichissimo! Ich glaube zu ahnen, worin er bestehen könnte.«

Vor seinem geistigen Auge sah Brams die Welt aus der Sicht eines Falken. Wohin er blickte, verließen Menschen – oder wer immer sie waren – ihre Häuser, stolperten und stürzten. Ein ganzes Volk purzelte durcheinander! Brams klatschte vor Freude in die Hände. So würde es geschehen, in großem Maßstab! Dann zweifelte er plötzlich an seiner Vision. Vielleicht war alles nur eine Ablenkung, und der Streichissimo sah ganz anders aus? Das war fast zu erwarten! Raffnibaff war schließlich der König der Kobolde, der Aushecker der Aushecker, der Ertüftler der unglaublichsten Streiche, die die Welt je gesehen hatte!

Glücklich und zufrieden kletterte Brams auf Spratzquetschlachs Würgestuhl und zog seine Schuhe aus. Den ersten noch in der Hand haltend, rief er plötzlich begeistert: »Auch dieses Mal hinterließ er uns eine Botschaft. Tür und Siegel! Ich muss morgen mit Riette darüber reden, wie wir sie verbreiten können, ohne dass jemandem auffällt, dass wir beim ersten Mal gelogen haben.«

Ganz gegen seine Gewohnheit ließ er den Schuh unordentlich zu Boden fallen und nahm sich den zweiten vor. Sein Mitbewohner fiel ihm wieder ein. »Möchtest du übrigens, dass ich deinen Stuhl an Riette verleihe?«

Lieber nicht, dachte er umgehend. Sie ist ein solch wildes Pflänzchen, dass sie ihn womöglich zerbricht. Dadurch würden einige sehr schwierige Antworten anfallen. Sage ihr lieber, sie solle möglichst bald einmal vorbeischauen.

»Werde ich tun«, antwortete Brams gähnend und schlief auf dem Würgestuhl ein.

# Von düsteren und sonnigen Tagen eines in die Jahre kommenden Ritters

## 42.

Sanft fiel das Mondlicht durch die Fenster. Neben dem Bett, in dem friedlich eine rothaarige Frau schlummerte, stand ein großer Stuhl mit Erfurcht einflößenden Schnitzereien von Rittern, Greifvögeln und Drachen. Für gewöhnlich stellte die Frau ihre Pantoffeln darunter oder legte ihre Kleider über die Lehne. Gegenwärtig lagen sie nicht darauf, denn der Stuhl war besetzt.

Volkhard von der Senne war noch wach.

Er blickte durch das Fenster auf die dunkle, regennasse Straße, durch die ein einsames Paar von Wachen schritt. Heutzutage war nicht mehr einfach zu durchschauen, ob sie im Auftrage der Stadt, der Gräfin oder des Tempels unterwegs waren, denn vieles hatte sich verändert, seitdem der alte König vertrieben worden war und sein Nachfolger den Thron an sich gerissen hatte. Priesterkönig wurde er genannt, so wie es der Wahrheit entsprach. Die Hohen Meister Monderlachs hatten nämlich die seit Jahren kursierenden Gerüchte über die Sichtung unheimlicher Wesen aus dem Schinderschlund als Vorwand benutzt, einen der Ihren auf den Thron zu hieven. Gnadenlos hatten sie so manchen von edlem Blute hingerichtet, der ihnen nicht willfährig genug erschien. Von Tyrannei wurde allenthalben geraunt, und einige wenige suchten sogar ihr Heil im alten, fast verschwundenen Glauben, bei den verbotenen Lehren, und nannten Monderlach einen Blutgott.

Kaum ein Mond verging, in dem nicht irgendein Angehöriger seines Standes den Ritter von der Senne aufforderte, sich der Verschwörung zur Vertreibung des unrechten Königs anzuschließen. Doch jedes Mal lehnte Volkhard ab. Er sei zu alt für den edlen Tyrannenmord, ein Jüngerer möge ihn begehen! Er verschwieg dabei, dass er sich als ein anderer sah, seitdem die Rothaarige ihn aus der Ziellosigkeit seines bisherigen Lebens befreit hatte. Sie hatte ihn beeindruckt, als sie ihn mutig wegen seiner Gefährten zur Rede gestellt hatte, und war ihm danach nicht mehr aus dem Sinn gegangen. Er hatte ständig an sie denken müssen, an ihr Auftreten, ihr herrliches, flammendes Haar und ihren niedlichen Hintern.

Nein, ein anderer sollte den Tyrannen stürzen! Er und Nelli würden schon bald ein Schiff besteigen und dieses blutgetränkte Land verlassen. Sie würden zu den Städten jenseits des Meeres segeln, vielleicht sogar bis Burakannt.

Volkhard lächelte. Gleichförmig würde seine Zukunft wirklich nicht werden.

# Anhang

# Personen

*Aktive und inaktive Angehörige von Brams' Wechseltrupp*

Birke – eine abenteuerlustige Tür
Brams – Sprecher des Trupps
Hutzel – mitunter gefiederter Kobold
Krümeline – Muse der Rebellion
Pürzel – Thors Opfer
Rempel Stilz – ein Kobold mit Trollblut in den Adern
Riette – eine Koboldin mit gewaltiger Stimme


*Weitere Bewohner des Koboldlandes*

Erpelgrütz – einer von Moins Gehilfen
Fine Vongegenüber – Moins schwer lokalisierbare Nachbarin und Anhängerin der »Sache«
Moin, genannt Moin-Moin – der Rechenkrämer
Mopf – einer von Moins Gehilfen
Snickenfett – ein Klabautermann; der Letzte seiner Art (lokal)
Trine Ausdemhinterhaus – Moins schwer lokalisierbare Nachbarin und Anhängerin der »Sache«
Spinne – eine gute Freundin Riettes und alleinerziehende Mutter
Stint – Rempel Stilz' Unterdessenbewohner und Anhänger der »Sache«
Tadha – nach wie vor Spinnerich misterioso, sein Verbleib gibt Anlass zur Sorge

Hornisten Zeile eine, Spalte eins – Anhänger der »Sache«
Regentag – ein Erdmännchen und Freund von Brams
und Co.

*Bewohner des Waldbauernhofs*

Adalbrand – Kinnwolfs Bruder
Kinnwolf – Adalbrands Bruder
Nelli – Adalbrands Frau
Onni – ebenfalls Adalbrands Frau

*Diverse weitere Menschen*

Bernkrieg von Stummheim – einst Ritter der Königin, nun
  von ungewisser Loyalität
Dinkelwart von Zupfenhausen – ein Gelehrter, der sieben
  Dinge weiß
Erkgunde – Gesinde im Haushalt des Händlers Heimwall
  in Hafenhausen
Rafanja – Pilger aus Burakannt
Rettmar – Gesinde im Haushalt des Händlers Heimwall in
  Hafenhausen
Sieggelinde – Gesinde im Haushalt des Händlers Heimwall in Hafenhausen
Speralja – Zauberer aus Burkannt
Volkhard von der Senne – Ritter; die Straße ist sein Zuhause

*Die Türen*

Dora – alte Tür
Döör – alte Tür

Portulus die Klinke – Tür des Klabautermanns Bookweetelin
Puerta – alte Tür
Thor – Tür im Ruhestand
Tyr – alte Tür

*Götter*

Spratzquetschlach – Blutgott

**Koboldische Maße und Gewichte**

Arglang – Längenmaß; ca. 1 Meter
Rechtkurz – Längenmaß; ca. 1 Zoll
Arglangundbreitunddannauchnochquerdurch – Flächenmaß; ca. 1 Quadratmeter
Ziemlichschwer – Gewichtseinheit; ca. 1 Kilogramm
Undjetztallezusammen – Gewichtseinheit; ca. 1 Zentner

**Anmerkung**

Von Brams' erster Reise und seiner schicksalhafte Begegnung mit Tyraffnir berichtet der Roman *Die Kobolde.* Birkes erster Einsatz wird in der Kurzgeschichte »Dicke Rote Männer« in *Das Fest der Zwerge* beschrieben.

**PIPER**

Daniela Knor
*Nachtreiter*

Roman. 480 Seiten. Broschur

Über die Steppe Phykadoniens, die Heimat der beiden Krieger Braninn und Grachann, bricht ein unerklärliches Ereignis herein: Immerwährende Dunkelheit schiebt sich über das Land und vertreibt alles Licht aus dem Leben der Steppenreiter. Als ihr Herrscher Ertann sein Volk zum Krieg gegen das Nachbarland Sarmyn aufstachelt, ahnen Braninn und Grachann: Ertann selbst steht mit Dämonen im Bunde. Auf der Flucht verschlägt es die beiden Freunde ausgerechnet ins feindliche Sarmyn. Doch dort finden sie Hilfe. Zwei sarmynische Ritter und eine geheimnisvolle Reisende schließen sich ihnen an. Gelingt es den ehemaligen Gegnern, ihre Welt der dunklen Macht der Dämonen zu entreißen? Fesselnd und atmosphärisch erzählt Daniela Knor von einer Welt voller Magie, einer widernatürlichen Macht und der Grenzen überwindenden Kraft der Freundschaft.

**PIPER**

## Karl-Heinz Witzko
## *Die Kobolde*

Roman. 416 Seiten. Broschur

Der Kobold Brams und seine Gefährten sind im Wechselbalggewerbe tätig. Mithilfe ihrer Assistentin Tür, die ihren Namen zu Recht trägt, treten sie in die Menschenwelt und rauben dort Tiere und Großmütter. Diese werden durch bösartige Wechselbälger ersetzt. Doch in letzter Zeit gestalten sich die Missionen gefährlicher – die Tür wird immer unzuverlässiger. Und dann lässt sie die Kobolde beim letzten Raubzug in der Menschenwelt zurück. Ein unvorstellbares Abenteuer beginnt …
Action, Humor und wahnwitzige Verwicklungen – endlich der große Roman über das geheimnisvollste, gemeinste und zugleich liebenswerteste Volk der Fantasy.

01/1675/01/R